# 적과 흑 2

**Le Rouge et le Noir**

세계문학전집 96

# 적과 흑 2

**Le Rouge et le Noir**

## 스탕달

이동렬 옮김

민음사

**일러두기**

1. 이 책은 Henri Martineau판 『Romans et Nouvelles』(tome I, Bibliothèque de la Pléiade, Gallimard, 1952년간)에 수록된 *Le Rouge et le Noir*를 저본으로 번역했다.
2. 본문의 모든 각주는 역주다.

# 차례

2권　**2부(하)**

1권 　　1부
　　　　2부(상)

# 2부
(하)

# 6장 발음법

그들의 드높은 사명은 민중의 나날의 삶에서
일어나는 자질구레한 사건들을 냉정하게
판단하는 일이다. 사소한 원인에 의해서나,
또는 소문이 잘못 퍼져 작은 사건의 성격이
변질됨으로써 일어나는 커다란 분노를
예방해야 하는 것이 그들 지혜의 사명이다.

——그라티우스

처음으로 파리에 발을 디딘 사람으로 자존심 때문에 이것 저것 캐물어 보지도 않은 처지로서는 쥘리앵은 별반 커다란 실수를 저지르지 않은 셈이있다. 하루는 갑작스러운 소나기를 만나 생토노레 거리의 카페로 밀려 들어간 일이 있었는데, 거친 모직 프록코트를 입은 커다란 사내가 쥘리앵의 우울한 눈길에 놀라서 그를 처다보았다. 그 처다보는 태도는 전에 브장송에서 아망다 양의 애인이 처다보던 태도와 똑같았다.

쥘리앵은 그때의 모욕을 그대로 넘긴 것을 자주 후회하고 있었으므로 이번에는 그런 시선을 참고 견딜 수가 없었다. 그는 그 사내에게 그렇게 처다보는 이유를 따져 물었다. 프록코트를 입은 사내는 더러운 욕설을 퍼부으며 대들었다. 카페 안에 있던 사람들이 모두 그들의 주위로 모여들었다. 행인들은 카페 문 앞에 발길을 멈췄다. 시골 사람다운 조심성으로 쥘리 앙은 항상 작은 피스톨을 넣고 다녔다. 그는 부르르 떨리는 손으로 주머니 속의 피스톨을 움켜잡았다. 하지만 그는 영리했다. 그는 그 사내에게 "여보, 당신 주소가 어디요? 나는 당신을 경멸하오." 하고 되풀이해 말했을 뿐이었다.

쥘리앙이 그 몇 마디 말만 끈기 있게 되풀이하자 구경꾼들은 감명을 받았다.

"아무렴! 혼자 떠들어 대는 사람이 자기 주소를 대 줘야 옳아." 구경꾼들이 이런 의견을 거듭 말하자, 프록코트를 입은 사내는 쥘리앙의 면전에 대여섯 장의 명함을 내던졌다. 다행히 한 장도 쥘리앙의 얼굴에 맞지는 않았다. 쥘리앙은 상대방이 손을 대지 않는 한 피스톨을 사용하지 않기로 작정하고 있었다. 사내는 뒤돌아보며 때때로 주먹질을 해 대고 욕설을 퍼부으면서 가 버렸다.

쥘리앙은 흠뻑 땀에 젖어 있었다. 인간 말짜 같은 놈이 나를 이처럼 흥분시키다니! 어떻게 하면 이런 창피를 씻을 수 있을까? 그는 화가 머리끝까지 치밀어 혼자 중얼거렸다.

어디서 결투의 증인을 구한단 말인가? 그에게는 친구가 한 명도 없었다. 몇 사람을 사귀기는 했었다. 그러나 육 주일쯤 관계를 맺은 후에는 모두들 그에게서 멀어지는 것이었다. 나는 비사교적이야, 그 벌을 톡톡히 받는 셈이지. 그는 이렇게 생각했다. 마침내 그는 96연대의 중위로 제대한 리에방이란 이름의 사내를 찾아볼 생각을 해냈다. 그 사람은 쥘리앙과 함께 자주 검술 연습을 했던 가련한 사내였다. 쥘리앙은 그에게 솔직히 얘기를 털어놓았다.

"기꺼이 자네 증인이 되어 주지. 하지만 조건이 하나 있네. 자네가 상대방에게 상처를 주지 못하면 즉석에서 자네는 나와 결투를 해야 하네." 리에방이 이렇게 말했다.

"좋습니다." 쥘리앵이 기뻐서 외쳤다. 그들은 생제르맹 교외의 명함에 적힌 주소로 드 보부아지 씨를 찾아갔다.

아침 7시였다. 그 집 문을 두드리고 나서, 쥘리앵은 그 사람이 전에 로마나 나폴리의 대사관에 근무하던 사람으로 성악가 제로니모에게 소개장을 써 주었던 드 레날 부인의 친척일지도 모르겠다는 생각이 들었다.

쥘리앵은 전날 그 사람이 자기에게 집어 던졌던 명함 한 장과 자기 명함 한 장을 하인에게 건네주었다.

그와 그의 입회 증인은 45분이나 기다렸다. 마침내 그들은 아주 우아하게 꾸민 방으로 안내되었다. 그들 앞에 마네킹처럼 차려입은 키가 큰 청년이 모습을 드러냈다. 그의 얼굴은 완전무결하면서도 아무런 특징이 없는 그리스적인 미를 보여 주었다. 현저히 작아 보이는 그의 머리에는 아름다운 금발이 피라미드형으로 빗겨 있었다. 그 머리칼은 대단한 정성을 기울여 파마한 것으로 한 올의 머리칼도 길이가 어긋나지 않았다. 이 못된 멋쟁이 녀석이 머리를 볶느라고 우리를 기다리게 했구나 하고 96연대의 퇴역 중위는 생각했다. 현란한 빛깔의 실내복이며 아침나절에 입는 바지며 수놓은 실내화까지 모든 것이 빈틈없고 기막히게 다듬어진 것이었다. 고상하면서도 무의미해 보이는 그의 얼굴은 그가 온건하고 빈약한 사상의 소유자로, 불의의 사태와 농담을 싫어하며 대단히 근엄한 사교계 인사의 전형이라는 것을 보여 주고 있었다.

면전에다 거칠게 명함을 내던지고 나서 또 이처럼 오래 기다리게 하는 것은 이중의 모욕이라고 96연대의 퇴역 중위에게 설명을 들은 쥘리앵은 드 보부아지 씨의 방으로 통명스럽게 달려들었다. 그는 오만하게 보이는 동시에 아울러 점잖은 태도를 지니려고 했다.

그러나 드 보부아지 씨의 온화한 태도라든가 신중하면서도 위엄 있고 자족적(自足的)인 풍모, 주위 물건의 뛰어난 우아함에 너무도 놀라 쥘리앵은 눈 깜짝할 사이에 오만한 태도를 보이려던 애초의 결심을 잃고 말았다. 그는 전날 마주쳤던 그 사람이 아니었다. 카페에서 마주쳤던 야비한 인물 대신에 이처럼 뛰어난 사람과 만나게 된 데 너무 놀라서 쥘리앵은 한마디 말도 할 수 없었다. 그는 자기에게 내던졌던 명함 한 장을 꺼내 줬다.

"이건 분명 제 이름입니다." 아침 7시부터 검은 옷을 입고 있는 쥘리앵을 하찮게 생각하며 멋쟁이 사내가 말했다. "하지만 어찌된 일인지 도대체 이해가 되지 않아서……."

이 마지막 말을 하는 투가 쥘리앵을 불쾌하게 만들었다.

"저는 선생과 결투를 하러 왔습니다." 그는 단숨에 모든 사태를 설명했다.

곰곰이 그 문제를 생각하고 난 샤를 드 보부아지 씨는 쥘리앵의 검은 양복의 재단에 만족해했다. 이건 스토의 솜씨가 분명해. 쥘리앵의 얘기를 들으면서 그는 이런 생각을 했다. 이 조끼는 아주 맵시 있고 장화도 좋고, 그런데 이른 아침부터 검은 양복을 입다니 참 알 수 없는 노릇이군! 탄환을 잘 피하려는 수작이겠지. 드 보부아지 기사는 혼자 이렇게 생각했다.

이렇게 멋대로 해석을 내리고 나서 그는 다시 빈틈없는 예절을 차리고 쥘리앵을 거의 동급으로 대해 주었다. 대화는 꽤 오래 계속되었다. 사건은 미묘했다. 그러나 쥘리앵은 결국 명백한 사실을 부인할 수가 없었다. 자기 앞에 있는 이 뛰어난 젊은이는 전날 자기를 모욕했던 야비한 사내와는 전혀 닮지 않았던 것이다.

쥘리앵은 그대로 돌아서기가 죽도록 싫어서 설명을 질질 끌었다. 그는 드 보부아지 기사(쥘리앵이 그저 선생이라고 자기를 호칭하는 데 기분이 상해서 그 사람은 스스로 기사라고 자신을 밝혔다.)의 자만의 태도를 관찰하고 있었다.

쥘리앵은 잠시도 그에게서 떠나지 않는 온건한 거드름과 묘하게 뒤섞인 그의 근엄함에 감탄했다. 또 단어를 발음할 때 기묘하게 혀를 놀리는 그 사람의 방식에도 놀라지 않을 수 없었다. 하지만 그 어떤 것에서도 결투를 할 조그만 구실도 찾아낼 수가 없었다.

젊은 외교관은 원한다면 기꺼이 결투에 응하겠다고 했다. 그러나 한 시간 전부터 다리를 벌리고 넓적다리 위에 두 손을 올려놓고 팔꿈치를 뒤로 빼고 앉아 있던 96연대의 퇴역 중위는, 자기 친구 소렐 씨가 명함을 도둑맞았을 뿐인 사람에게 이유 없이 싸움을 걸 사람이 아니라고 결론을 내렸다.

쥘리앵은 몹시 불쾌한 기분으로 밖으로 나왔다. 드 보부아지 기사의 마차가 마당의 층계 앞에서 기다리고 있었다. 무심코 고개를 든 쥘리앵은 마부석에서 어제의 그 사내를 발견했다.

그를 본 것과 그의 모닝코트 자락을 잡아 마부석에서 끌어내린 것과 채찍으로 그를 마구 후려친 것은 단 한순간에 일어난 일이었다. 하인 두 명이 동료를 방어하려고 했다. 쥘리앵은 주먹질을 당했다. 그 순간 쥘리앵은 작은 피스톨을 꺼내 들어 그들에게 쏘았다. 그들은 재빨리 도망쳤다. 이 모든 것은 단 1분 만에 일어난 일이었다.

드 보부아지 기사는 대귀족다운 말투로 "이게 무슨 일인가? 무슨 일이야?" 하고 되풀이하면서, 우스울 정도로 엄숙한 태도를 짓고 층계를 내려왔다. 그는 분명히 대단한 호기심을 느끼는 모양이었으나, 외교관다운 위엄 때문에 더 이상의 흥미를 나타내 보일 수가 없었던 것이다. 사건의 전말을 알고 나서도, 외교관의 얼굴이 나타내 보여야 하는 약간 명랑하면서도 냉정한 그의 표정 속에는 아직 오만한 기색이 뒤섞여 있었다.

96연대의 퇴역 중위는 드 보부아지 씨가 결투하고 싶어 한다는 것을 눈치챘다. 그는 자기 친구에게 교묘하게 결투의 주도권을 마련해 주고 싶었다. 그래서 이렇게 소리쳤다.

"이번에는 결투의 이유가 생겼다고 생각합니다!"

"저도 충분히 이유가 있다고 봅니다." 외교관의 응수였다.

"저 못된 마부는 내쫓겠다. 다른 사람이 마부를 맡도록." 그는 자기 하인들에게 이렇게 말했다.

마차 문이 열렸다. 기사는 쥘리앵과 그의 증인에게 한사코 먼저 마차에 오르라고 권유했다. 그들은 드 보부아지 씨의 친구 한 사람을 찾으러 갔다. 그 친구는 조용한 곳을 결투 장소로 지정했다. 결투장으로 가면서 그들은 화기애애하게 대화를 나누었다. 외교관의 실내복 차림만이 이상할 뿐이었다.

이 신사들은 지체 높은 귀족인데도 드 라 몰 씨 댁에 식사하러 오는 사람들처럼 따분하지가 않군. 쥘리앵은 이렇게 생각했다. 그러고는 잠시 후에 또 이런 생각을 했다. 그건 이 사람들이 점잔을 빼지 않기 때문일 거야.

그들은 전날 밤에 있었던 발레에서 두드러졌던 무희들의 얘기를 주고받았다. 그 신사들은 쥘리앵과 그의 증인인 96연대의 퇴역 중위가 전혀 모르는 재미있는 일화를 넌지시 얘기하고 있었다. 쥘리앵은 어리석게 그런 얘기를 아는 척하지 않았다. 그는 솔직하게 모른다고 털어놓았다. 그의 솔직함은 기사의 친구 되는 사람 마음에 들었다. 그래서 그는 쥘리앵에게 그 일화의 세부적인 데까지 재미있게 얘기해 주었다.

쥘리앵에게 한 가지 놀랍기 짝이 없는 일이 있었다. 성체 첨례(聖體瞻禮) 행렬을 위해 길 한복판에 세우고 있는 임시 제단 때문에 마차가 잠시 멈췄다. 그러자 그들은 서슴없이 농담을 해댔다. 그들은 주임 사제를 대주교의 아들이라고 말하는 것이었다. 공작이 되고자 하는 드 라 몰 후작 댁에서는 그런 농담은 감히 입밖에 낼 수도 없는 것이었다.

결투는 순식간에 끝났다. 쥘리앵은 팔에 탄환을 맞았다. 그들은 쥘리앵의 팔을 손수건으로 잡아매고 거기에 브랜디를 적셔 주었다. 드 보부아지 기사는 자기 마차로 집에까지 바래다주겠다고 쥘리앵에게 공손하게 청했다. 쥘리앵이 드 라 몰 저택을 대자 젊은 외교관과 그의 친구는 눈길을 주고받았다. 쥘리앵이 부른 삯마차가 거기 와 있었지만, 그는 이 신사들의 대화가 선량한 96연대 퇴역 중위의 얘기보다 훨씬 재미있었다.

결투란 이런 것에 불과한가! 쥘리앵은 생각했다. 그 마부 녀석을 다시 만나게 돼서 참 다행이었다! 카페에서 당한 모욕을 그대로 견뎌야 했다면 얼마나 괴로웠을까! 재미있는 대화가 거의 쉬지 않고 계속되었다. 쥘리앵은 외교관식의 허식도 좋은 면이 있다고 생각했다.

권태란 상류 사회 사람들의 대화에 필연적으로 따르는 것은 아닌가 보다! 쥘리앵은 이렇게 생각했다. 이 사람들은 성체 첨례 행렬을 조롱하기도 하고, 아주 노골적인 일화를 아슬아슬한 데까지 얘기하지 않는가. 이들에게 결핍되어 있는 것은 정치적 문제에 대한 판단일 뿐인데, 이런 결함도 이들의 우아한 어조와 정확한 표현으로 보상되고도 남는 듯하다. 쥘리앵은 그들에게 몹시 마음이 끌렸다. 이 사람들과 자주 만날 수 있다면 얼마나 좋을까!

쥘리앵과 헤어지자마자 드 보부아지 기사는 상대방에 관해 알아보러 다녔다. 알아낸 사실은 별로 신통한 것이 못 되었다.

그는 상대방을 알고 싶은 강한 호기심을 느꼈다. 상대방을 방문해도 체면이 손상되지 않을 것인가? 그가 입수할 수 있었던 약간의 정보는 별로 고무적인 것이 아니었다.

"이거 참 낭패로군!" 그는 자기 증인에게 말했다. "마부가 내 명함을 훔쳤다고 해서, 드 라 몰 씨의 일개 비서와 결투를 벌였다고 어떻게 얘기하고 다닌담."

"영락없이 웃음거리밖엔 안 되겠네."

그날 저녁으로 드 보부아지 기사와 그의 친구는, 소렐 씨란 사람은 나무랄 데 없는 젊은이로 드 라 몰 후작과 친한 친구의 사생아란 소문을 사방에 퍼뜨리고 다녔다. 이 소문은 쉽사리 퍼져 나갔다. 일단 그런 소문이 받아들여지자, 젊은 외교관과 그의 친구는 쥘리앵이 방 안에서 요양하는 반 달 동안에 몇 차례 그를 방문했다. 쥘리앵은 지금껏 단 한 번밖에 오페라 극장에 가 본 일이 없다는 사실을 고백했다.

"이거 참 놀라운 일이군요. 사람들이 가는 데라곤 거기밖에 없는데. 당신의 첫 외출은 「오리(Ory) 백작」을 구경 가는 것으로 하지요."

드 보부아지 기사는 오페라 극장에서 당시 엄청난 성공을 거두고 있는 유명한 성악가 제로니모에게 쥘리앵을 소개했다.

쥘리앵은 기사를 거의 숭배할 지경이었다. 이 젊은이의 자존심과 신비스러운 위엄과 거드름이 뒤섞인 태도에 매료됐던 것이다. 가령 기사는 말을 더듬는 결점을 가진 어떤 대영주와 자주 접촉한 탓으로 자기 자신도 약간 말을 더듬고 있었다. 보잘것없는 시골뜨기가 본받을 만한 세련된 태도와 아울러 재미있고 익살스러운 면을 함께 지니고 있는 사람을 쥘리앵은 아직껏 본 적이 없었던 것이다.

드 보부아지 기사와 함께 오페라 극장에 나타나는 쥘리앵의 모습이 자주 눈에 띄었다. 이런 교제로 쥘리앵의 이름이 사교계 사람들의 입에 오르내리게 됐다.

하루는 드 라 몰 씨가 쥘리앵에게 이렇게 말했다.

"자네는 내 친구인 프랑슈콩테 지방의 부유한 귀족의 사생아가 되어 있더군."

자기는 그런 소문을 퍼뜨리는 데 아무런 역할도 안 했다고 변명하려는 쥘리앵의 말을 후작이 가로막았다.

"드 보부아지 씨는 일개 목수의 아들과 결투한 것이 창피스러운 모양이지요."

쥘리앵이 이렇게 말하자 드 라 몰 씨가 말을 받았다.

"알고 있네, 알고 있어. 그 소문은 내게도 편리한 점이 있으니 이제 내가 그 소문을 확고한 것으로 만들어야겠어. 그런데 자네에게 부탁이 하나 있네. 30분 정도만 시간을 내면 될 일이야. 오페라 극장에 가는 날마다 11시 30분에 상류 사회 사람들이 출입하는 입구에 가 있게. 아직 자네에게서 촌티가 눈에 띄는 일이 있으니, 그걸 떨쳐 버려야겠어. 저명인사들을 눈으로 익혀두는 것만 해도 나쁘지는 않거든. 앞으로 그들에게 자네를 심부름 보낼 일이 있을지도 몰라서 하는 얘길세. 그리고 좌석 예약계에도 자네 얼굴을 알려 두게. 자네는 무료로 입장하도록 조치해 두었으니까."

# 7장 신경통

나는 승진했는데, 그건 공적 때문이 아니라
내 주인이 신경통을 앓았기 때문이었다.

―베르톨로터


아마도 독자는 이런 허물없고 거의 친구 같은 후작의 어조
에 놀랐을 것이다. 우리는 후작이 육 주일 전부터 신경통의
발병으로 집에 침거해 있었다는 사실을 얘기하는 것을 잊고
있었다.

드 라 몰 양과 그녀의 모친은 이에르에 있는 후작 부인의 어
머니 곁에 가 있었다. 노르베르 백작은 잠깐씩만 아버지를 대
면할 뿐이었다. 이들 부자간은 아주 사이가 좋았지만 별로 주
고받을 얘기가 없었던 것이다. 그래서 쥘리앵만을 상대하게 된
드 라 몰 씨는 쥘리앵이 많은 아이디어를 갖고 있는 데 놀랐다.
그는 쥘리앵에게 신문을 읽게 했다. 젊은 비서는 곧 흥미 있는
대목만 골라 읽을 수 있게 되었다. 후작이 몹시 싫어하는 새
신문이 하나 있었다. 후작은 그 신문은 절대 읽지 않겠다고 맹

세했지만 매일 그 신문 얘기를 꺼냈다. 쥘리앵은 웃지 않을 수 없었다. 현 시대에 분개한 후작은 티투스 리비우스[1]의 책을 읽게 하기도 했다. 그는 쥘리앵이 라틴어 문장을 즉석에서 번역하는 투를 재미있어 했다.

하루는 후작이 지나치게 공손한 어조로 쥘리앵에게 말했다. 쥘리앵을 번번히 역정 나게 만드는 공손한 어조였다.

"친애하는 소렐 군, 자네에게 푸른 양복 한 벌을 선사하게 해 주게. 마음 내킬 때 그 옷을 입고 내 방에 와 주게나. 그러면 자네는 드 쇼 백작의 동생, 다시 말해 내 친구인 노공작의 아들처럼 보일 것 같네."

쥘리앵은 무슨 영문인지 알 수 없었으나, 바로 그날 저녁에 푸른 옷을 입고 후작에게 갔다. 후작은 그를 대등하게 대우해 주었다. 쥘리앵은 그런 진정한 예절에 민감한 마음씨는 갖고 있었으나 뉘앙스를 알아챌 만한 분별력은 없었다. 후작의 그런 변덕스러운 태도를 대하기 전까지는 자기가 후작에게 그처럼 정중한 대우를 받으리라고는 상상조차 할 수 없었던 것이다. 참 감탄할 만한 재능이시군! 쥘리앵은 속으로 이렇게 생각했다. 쥘리앵이 방을 나가려고 일어서자, 후작은 신경통 때문에 바래다줄 수 없어 미안하다고 사과하는 것이었다.

후작의 그런 이상한 태도를 대하고 나서 쥘리앵은 골똘히 생각에 빠지지 않을 수 없었다. 나를 조롱하는 것인가? 하고 생각했다. 그는 피라르 사제에게 조언을 청하러 갔다. 후작보

---

1) Titus Livius(?B.C. 59~A.D. 17). 로마의 역사가. 『로마사』의 저자.

다 정중하지 않은 사제는 대답 대신 휘파람을 불어 보이고는 다른 얘기를 꺼냈다. 다음 날 아침 쥘리앵은 서류철과 서명받을 편지를 들고 검은 옷차림으로 후작에게 갔다. 후작은 이전과 같은 방식으로 그를 맞았다. 그러나 저녁에 푸른 옷차림으로 찾아가자 아침과는 전혀 달리 지난밤과 똑같은 정중함으로 그를 대했다.

후작은 이렇게 말했다.

"가엾은 늙은 병자를 이렇게 친절하게 찾아 주니, 자네가 지내온 얘기도 자세히 들려주게나. 알기 쉽고 재미있게 얘기하는 것 이외에 다른 생각은 하지 말고 허물없이 털어놓게나. 재미있게 지내야지, 인생살이에서는 재미 말고는 다 헛것이라네. 매일같이 내게 백만금을 선사하는 사람이 있다 해도 나날의 싸움에서 내 인생을 구해 낼 수는 없을 거야. 여기 내 긴 의자 곁에 리바롤이 있다면, 그 사람은 매일 한 시간씩은 고통과 권태에서 나를 구해 낼 수 있을 거야. 나는 망명 생활 동안 함부르크에서 그 사람과 자별한 사이였다네."

그리고 후작은 한마디의 재담을 풀기 위해 리바롤과 함부르크 사람들과 함께 넷이서 연합해 머리를 짜내던 일화를 쥘리앵에게 얘기해 주었다.

이 젊은 신학생만을 상대하며 지내게 된 드 라 몰 씨는 그를 흥겹게 해 주려고 했다. 후작은 쥘리앵에게 잘 대해 주며 그의 자존심을 자극했다. 후작이 사실대로 얘기해 줄 것을 청했으므로 쥘리앵은 모든 것을 털어놓기로 결심했다. 그러나 두 가지 사실에 대해서만은 입을 다물기로 했다. 즉 후작을 불쾌하게 할 인물에 대한 열광적인 숭배와, 장차 사제가 될 자신의 처지와는 어울리지 않는 완전한 무신앙이었다. 드 보부아지 기사와의 사건이 때맞춰 화제에 올랐다. 생토노레 거리의 카페에서 그에게 더러운 욕설을 퍼부으며 대든 마부와 벌였던 싸움 장면에서 후작은 너무 웃어 눈물이 날 지경이었다. 그것은 주인과 피보호자의 관계에서 완전한 솔직함이 이루어졌던 한때였다.

드 라 몰 씨는 이 독특한 성격에 흥미를 느꼈다. 처음에는 쥘리앵의 우스꽝스러운 점을 재미있어하며 즐겼다. 그러나 후작은 곧 이 젊은이의 그릇된 관점을 은밀히 교정해 주는 데 더 많은 흥미를 느끼게 되었다. 후작은 이렇게 생각하는 것이었다. 다른 시골뜨기들은 파리에 오면 모든 것에 감탄하게 마련인데 이 청년은 모든 것을 증오한단 말이야. 다른 시골뜨기들은 허식을 부리기에 바쁜데 이 사람은 별로 그렇지도 않아서 바보들은 오히려 이 사람을 바보로 여기거든.

겨울의 심한 추위로 신경통 발작이 계속되어 몇 달을 끌었다.

후작은 혼자 생각했다. 좋은 스패니얼 개에 집착하는 사람들도 있는데, 이 어린 사제에게 애착을 갖는다고 뭐 부끄러울 것이 있겠나? 이 청년은 독창적이란 말이야. 내가 그를 친자식처럼 대한다고 해도 뭐 나쁠 것이 있겠나? 이런 변덕이 계속된다면 그에게 500루이짜리 다이아몬드를 남겨 주도록 유서에다 써넣을지도 모르지.

일단 자기 피보호자의 군건한 성격을 이해하자 후작은 그에게 매일 새로운 일을 맡겼다.

쥘리앵은 이 대영주가 같은 문제에 관해 모순되는 지시를 하는 일이 있는 것을 알고 질겁했다.

그런 모순된 지시 때문에 중대한 실수를 범하게 될지도 몰랐다. 그래서 쥘리앵은 후작과 일을 처리할 때면 반드시 후작의 결정을 기록한 장부를 갖다 놓았고 후작의 서명을 받았다. 쥘리앵은 특별 장부에 각각의 일에 관계되는 결정 사항을 베껴 놓는 서기를 한 사람 거느리게 됐다. 이 특별 장부에는 편지도 모두 베껴 두게 했다.

이런 조치가 처음에는 우스꽝스럽고 귀찮기 짝이 없는 것으로 여겨졌다. 그러나 채 두 달도 안 되어 후작은 그것이 아주 편리하다는 것을 깨달았다. 쥘리앵은 후작에게 은행 출신의 서기 한 사람을 데려오자고 제안했다. 그 서기는 쥘리앵이 관리를 맡은 영지의 모든 출납 관계를 복식 부기(複式簿記)로 기재할 사람이었다.

이런 조치들은 후작에게 자신의 사업 관계를 대단히 명료하게 밝혀 주었으므로, 후작은 돈을 횡령하기 일쑤인 명의인의 도움을 받지 않고도 두세 건의 새로운 투자를 할 수 있게 되어 기뻤다.

"자네 몫으로 3000프랑만 떼어 두게." 어느 날 후작은 그의 젊은 비서에게 이렇게 말했다.

"후작님, 그러면 제 행동에는 비난받을 여지가 생기게 됩니다."

"그러면 어떻게 해야 되겠나?" 후작은 언짢은 기분으로 대꾸했다.

"결제를 하시고 장부에 손수 기입해 주셨으면 합니다. 그렇게 결제해 주시면 3000프랑을 받겠습니다. 제게 이런 회계법을 가르쳐 주신 분은 피라르 사제님이십니다." 자기 집사인 푸아송 씨의 회계 보고를 듣는 드 몽카드 후작 같은 귀찮은 표정을 지으며 후작은 그 결정을 기록했다.

저녁에 쥘리앵이 푸른 복장으로 나타났을 때는 전혀 사업 얘기를 거론하지 않았다. 후작의 호의는 우리 주인공의 항상 고통받는 자존심을 너무나 만족시켜 주었으므로 그는 곧 자신도 모르는 사이에 이 상냥한 노인에게 일종의 애착을 느끼게 되었다. 그것은 쥘리앵이 파리에서 흔히 뜻하는 식으로 민감했기 때문이 아니었다. 하지만 그는 무정한 사람은 아니었다. 늙은 군의가 세상을 떠난 이후로는 아무도 그에게 그처럼 친절하게 말을 건네준 사람이 없었던 것이다. 후작이 그의 자존심을 존중하여 예절 바른 배려를 해 주는 것을 알고 그는 놀라지 않을 수 없었다. 그런 배려는 늙은 군의관에게서도 볼 수 없었던 것이었다. 후작이 자기 청색 훈장을 자랑스러워하는 것 이상으로 군의가 자기 훈장을 자랑스러워했다는 것도 쥘리앵은 깨닫게 되었다. 후작의 부친은 대영주였던 것이다.

어느 날 검은 옷차림으로 사무적인 용건을 처리하기 위해 아침 회견을 끝냈을 때 쥘리앵은 후작을 즐겁게 했다. 후작은 그를 두 시간이나 붙들어 놓더니, 자기 대리인이 증권 시장에서 막 가져온 은행권 얼마를 주려고 했다.

"후작님, 제가 후작님께 품고 있는 깊은 존경심을 손상시키지 않는다면 한마디 말씀드리고 싶습니다."

"어서 말하게나, 이 사람아."

"후작님께 대단히 죄송하오나 이 선물은 받고 싶지 않습니다. 후작님께서 이 선물을 주시는 것은 검은 옷을 입은 사람에게가 아닙니다. 이 선물을 받으면 후작님께서 푸른 옷을 입은 사람에게 친절히 허용해 주시는 태도가 손상될까 저어됩니다." 그는 공손하게 고개 숙여 인사하고 후작을 쳐다보지도 않고 방을 나왔다.

후작은 이런 태도를 재미있어했다. 그는 저녁에 피라르 사제에게 그 얘기를 했다.

"사제님, 한 가지 밝혀 둘 게 있어요. 저는 쥘리앵의 출생을 알게 됐습니다. 이 얘기에 관해서는 비밀을 지키지 않으셔도 좋습니다."

오늘 아침 그의 태도는 귀족다웠어, 내가 그를 귀족으로 만들어야지. 후작은 이렇게 생각하는 것이었다.

얼마 후 후작은 외출할 수 있을 정도로 건강이 좋아졌다.

"두 달쯤 런던에 가서 지내고 오게." 후작이 쥘리앵에게 말했다. "내가 받은 편지를 메모와 함께 특별 우편이나 보통 우편으로 자네에게 보내겠네. 그러니 자네는 회신을 작성해서 각 내신(來信)을 해당 회신과 함께 넣어 내게 보내 주게. 내 계산으로는 회신이 늦어지는 시간이 닷새 정도에 불과할 것 같아."

칼레를 향해 우편 마차를 달리면서, 쥘리앵은 자기를 런던으로 파견하는 용건이란 것이 너무나 하찮은 데 놀라지 않을 수 없었다.

쥘리앵이 얼마나 큰 증오와 거의 전율에 가까운 감정을 품고 영국 땅을 밟았는지는 얘기하지 않기로 하겠다. 우리는 보나파르트에 대한 그의 열광적인 숭배를 알고 있는 터이다. 그는 장교를 만날 때마다 허드슨 로[2] 경을 생각했고, 대귀족을 볼 때마다 세인트헬레나의 온갖 치욕을 명령함으로써 그 보상으로 십 년 동안 대신 자리를 누렸던 바더스트 경을 상기하는 것이었다.

런던에서 그는 자만의 극치가 어떤 것인지를 알게 되었다. 그는 러시아의 젊은 귀족들과 사귀며 그들에게서 깨우침을 얻었다.

"소렐 씨, 당신은 운명적으로 타고난 사람입니다. 당신은 우리가 애써 추구하는 냉정하고도 일상의 감정을 초월한 그런 풍모를 천성적으로 갖추고 있습니다." 그들은 쥘리앵에게 이렇게 말했다.

"당신은 당신의 시대를 이해하지 못하는 것 같군요." 코라소프 공이란 사람은 그에게 이렇게 말했다. "항상 남들이 기대하는 것과는 정반대로 행동하라. 이것이 진정 이 시대의 유일한 종교인 것입니다. 열광과 허식을 버리시오. 그러지 않으면 사람들은 당신에게서 열광과 허식을 기대하게 될 것이고 그러면 계율을 완수할 수 없을 테니까요."

어느 날 쥘리앵은 코라소프 공과 함께 만찬에 초대받아 간 피츠 폴크 공작의 살롱에서 명성을 얻었다. 사람들은 한 시간

---

2) Hudson Lowe(1769~1844). 영국의 장군. 1815년에 세인트헬레나 총독으로 임명되어 나폴레옹을 감시했다.

동안이나 그를 기다렸다. 기다리고 있던 스무 명 정도의 사람들 가운데에서 쥘리앵이 취한 행동거지는, 아직도 런던 주재 대사관의 젊은 서기관들 사이에서는 화젯거리가 되고 있다. 그의 표정은 정말로 훌륭했던 것이다.

친구인 댄디들의 만류에도 그는 로크 이래 영국의 유일한 철학자라고 할 만한 유명한 필립 베인을 만나고자 했다. 그는 감옥에서 칠 년째 옥살이의 마지막 시간을 보내고 있었다. 이 나라에서는 귀족 계급이 호락호락하지가 않거든. 게다가 베인 같은 사람은 치욕과 비방을 당하고⋯⋯. 쥘리앵은 이런 생각을 했다.

쥘리앵은 베인이 쾌활한 사람임을 알았다. 그는 귀족 계급의 분노를 심심풀이로 삼고 있었다. 이 사람은 내가 영국에서 만난 단 하나의 쾌활한 사람이다, 하고 쥘리앵은 감옥을 나서며 생각했다.

"폭군들에게 가장 유용한 관념은 신이란 관념이오." 베인은 쥘리앵에게 이런 말을 했다.

그 밖의 그의 철학 체계는 견유학파(犬儒學派)적인 것으로, 여기서는 생략하기로 하겠다.

쥘리앵이 영국에서 돌아오자, "영국에서 무슨 재미있는 생각이라도 가져왔나?" 하고 드 라 몰 씨가 물었다. 쥘리앵은 잠자코 있었다.

"그래, 어떤 생각을 가져왔나, 재미있는 것인가 그렇지 않은 것인가?" 후작이 재차 힘 있게 물었다.

쥘리앵은 그제야 입을 열었다.

"첫째로, 아무리 현명한 영국인이라도 하루에 한 시간은 미친 사람이 된다는 것입니다. 영국인에게는 그 나라의 신인 자살의 악마가 붙어 있습니다.

둘째로, 인간의 정신과 재능은 영국에 상륙하면서부터 25퍼센트는 상실된다는 것입니다.

셋째로, 영국의 경치처럼 아름답고 감탄할 만하며 정겨운 것은 세상에 다시없다는 것입니다."

"이제 내가 말할 차례로군." 후작이 말했다.

"첫째로, 러시아 대사관에서 열린 무도회에 가서, 프랑스에는 전쟁을 열렬히 희구하는 스물다섯 살의 젊은이가 30만 명이나 있다고 말한 연유는 무엇인가? 자네는 그렇게 말하는 것이 국왕들에 대한 친절이라고 생각했나?"

"뛰어난 외교관들과 대화할 때는 어떻게 해야 하는지 몰라서였습니다." 쥘리앵이 대답했다. "그들은 심각한 토론만 하는 버릇이 있었습니다. 그래서 신문 기사에 나는 평범한 얘기만 하면 바보 취급을 받게 마련이었습니다. 하지만 진실하고 새로운 어떤 얘기를 꺼내면 그들은 놀라서 대꾸할 바를 모르다가, 다음 날 아침 7시부터 일등 서기관을 보내 전날은 실례했다는 말을 전하는 것이었습니다."

"그거 나쁘지 않군." 후작은 웃으면서 이렇게 말했다. "그런데 신중하신 양반, 자네도 영국에 갔던 목적은 짐작해 내지 못한 것 같군."

"죄송합니다만," 쥘리앵이 대꾸하고 나섰다. "저는 세상에서 가장 예의 바른 분인 주영 대사 댁에서 일주일에 한 번씩 식사하려고 거기에 갔었습니다."

"자네는 여기 이 훈장을 받으려고 갔던 것일세." 후작이 그에게 말했다. "나는 자네의 검은 복장을 벗기고 싶지는 않네만 푸른 옷을 입은 자네와 지내는 즐거운 때에 익숙해졌네. 앞으로 새로운 명령이 있을 때까지 명심해 둘 것은, 내가 자네에게서 이 훈장을 볼 때는 자네는 내 친구인 드 숀 공작의 막내 아들이란 사실이야. 그분은 자신도 모르는 사이에 반년 전부터 외교 활동을 하고 계시지." 이어 후작은 쥘리앵의 감사의 말을 제지하면서 아주 엄숙한 태도로 덧붙였다. "내가 자네의 신분을 바꾸려고 하는 것은 아니라는 사실을 유의해 두게. 그것은 언제나 보호자나 피보호자 모두에게 불행하고 잘못된 결과를 가져오거든. 자네가 내 일에 싫증 나거나 혹은 내게 자네가 필요 없게 될 경우에는, 자네를 위해 피라르 사제의 교구와 같은 훌륭한 교구를 하나 주선하기로 함세. 하지만 그 이상은 아니야." 후작은 매정한 어조로 마지막 말을 덧붙였다.

그 훈장은 쥘리앵의 자존심을 편안하게 해 주었다. 그는 말을 좀 더 많이 하게 되었다. 활기를 띠고 얘기할 때는 누구나 주의를 기울이지 않게 되는, 좀 정중해 보이지 않는 말이 자기를 겨냥한 것이라고 생각하여 기분 상하는 일이 그에게 어느 정도 드물어졌다.

그 훈장 덕분에 쥘리앵은 기묘한 방문을 받았다. 드 발르노 남작님의 방문이었다. 그는 남작 작위를 받은 것에 대해 대신에게 사례를 드리러 파리에 온 길에 그를 방문한 것이었다. 그는 드 레날 씨를 대신하여 베리에르의 시장으로 임명받을 참

이었다.

드 발르노 씨에게서 드 레날 씨가 자코뱅파임이 밝혀졌다는 얘기를 듣자 쥘리앵은 속으로 웃음을 터뜨리지 않을 수 없었다. 지금 준비하고 있는 재선거에서, 새로 남작이 된 발르노가 왕당파적인 현 선거인단의 지지를 받는 여당 후보인 데 반해서 드 레날 씨는 자유주의자들의 지원을 받고 있다는 얘기였다.

쥘리앵은 드 레날 부인에 대해 뭔가 좀 알아보려고 애썼으나 허사였다. 남작은 그들이 예전에 연적 사이였음을 기억하고 있는 모양으로 좀처럼 속을 털어놓지 않는 것이었다. 그는 쥘리앵에게 다가오는 선거에서 부친의 표를 부탁했다. 쥘리앵은 부친에게 편지를 쓰겠다고 약속했다.

"드 라 몰 후작님께 나를 소개해 주셔야겠습니다." 발르노가 이렇게 말했다.

'사실상 소개해 주어야겠지. 하지만 이런 악당 놈을!' 쥘리앵은 이렇게 생각했다.

"사실 저는 드 라 몰 저택에서 미미한 존재에 불과해서 소개 같은 것을 할 처지가 못 됩니다." 쥘리앵이 대답했다.

그날 저녁 쥘리앵은 후작에게 모두 얘기했다. 발르노의 요구며 1814년 이후 그의 행실을 모두 얘기했던 것이다.

"내일 그 새 남작을 내게 소개할뿐더러 모레 만찬에는 그를 초대하게. 그는 우리의 새 지사들 중 하나가 될 것이니까." 후작은 아주 진지한 어조로 이렇게 대꾸했다.

"그러면 제 부친에게 빈민 수용소장 자리를 주실 것을 부탁드리겠습니다." 쥘리앵은 냉정하게 이렇게 응수했다.

"좋은 생각이네. 들어주지." 후작은 쾌활한 태도로 돌아오며 말했다. "나는 자네가 도덕적 설교를 할 줄 알았는데, 자네도 이제 훈련이 되어 가는군."

쥘리앵은 베리에르 복권 판매소장이 죽었다는 얘기를 드 발르노 씨로부터 들어서 알고 있었다. 쥘리앵은 전에 드 라 몰 씨가 묵었던 방에서 탄원서를 주워 읽어 본 적이 있던 바보 같은 늙은이 드 숄랭 씨에게 그 자리를 주면 재미있겠다고 생각했다. 후작은 쥘리앵이 그 탄원서를 외우자 유쾌하게 웃어 젖히고는, 재무 장관에게 그 자리를 부탁하는 편지에 서명했다.

드 숄랭 씨가 그 자리에 임명되자마자, 쥘리앵은 현 의원이 유명한 측량 기사 그로 씨를 위해 그 자리를 부탁했다는 것을 알게 되었다. 그 너그러운 품성의 측량 기사는 연 수입이 1400프랑밖에 안 되는데도 죽은 복권 판매소장에게 매년 600프랑씩을 꾸어 주어 가족 부양을 도와 왔다는 것이었다.

쥘리앵은 자기가 한 짓에 놀라움을 금치 못했다. 그러나 그는 이렇게 생각했다. 이런 일쯤 아무것도 아니지. 출세하려면 앞으로 더 많은 부정을 저지르지 않을 수 없을 텐데. 그리고 '가련한 그로 씨여! 훈장을 탈 사람은 그대인데 내가 그것을 탔으니, 나는 훈장을 준 정부의 의사대로 움직여야만 하겠노라.' 하는 식의 감상적인 번지르르한 말로 그런 부정을 감출 줄 알아야만 할 거야.

# 8장 이채를 띠는 장식이란?

네 물은 내 갈증을 식히지 못하는구나, 하고
목마른 정령이 말했다.—하지만
디아르베키르 전체에서 이것이 가장 차가운 샘물인걸요.

—펠리코

어느 날 쥘리앵이 센강 가에 있는 아름다운 빌르키에 영지에서 돌아오는 길이었다. 그것은 후작의 영지 가운데 유명한 보니파스 드 라 몰로부터 대대로 물려받은 유일한 영지였기 때문에, 후작이 특별한 관심을 기울여 보살피는 땅이었다. 저택에는 후작 부인과 따님이 이에르에서 돌아와 있었다.

쥘리앵은 이제 댄디가 되어 있었고 파리 생활의 기술을 터득하고 있었다. 그는 드 라 몰 양에게 아주 냉정한 태도를 취했다. 말에서 떨어진 사정을 그녀가 쾌활하게 캐묻던 시절의 기억을 그는 전혀 간직하고 있지 않은 듯했다.

드 라 몰 양에겐 그가 키가 더 크고 창백해진 듯이 보였다. 그의 몸매와 태도에는 이제 시골티가 나지 않았다. 그러나 말투는 그렇지 못했다. 그의 말투에는 아직도 너무 심각하고 고

지식한 티가 배어 있었다. 하지만 이런 합리적인 특성에도 불구하고 그가 지닌 자존심 덕분에, 그의 말투에는 하급자 같은 열등감의 티가 전혀 없었다. 단지 그가 아직도 여러 가지 사실을 너무 중대하게 여기고 있다는 것을 느낄 수 있었다. 하지만 그가 자기 말을 지켜 낼 수 있는 사내라는 것은 알 수 있었다.

"그 사람에겐 재치가 있기는 하지만 경쾌한 맛은 없어요." 쥘리앵에게 훈장을 준 것에 대해 농담하면서 드 라 몰 양은 자기 아버지에게 이렇게 말했다. "오빠는 일 년 반 전부터 훈장을 타게 해 달라고 아버지께 졸랐어요. 그리고 오빠는 라 몰가의 사람인데……!"

"그건 그렇다. 하지만 쥘리앵은 기발한 면이 있단 말이야, 그건 네 오라비에게선 기대할 수 없는 면이야."

그때 드 레츠 공작님의 내방을 알리는 소리가 들렸다.

마틸드는 견딜 수 없이 하품이 터져 나오는 느낌이었다. 그녀는 아버지 살롱의 고색창연한 금박 장식과 거기 모여드는 낯익은 손님들을 생각했다. 그녀는 파리에서 다시 시작하려는 생활에 대해 더할 나위 없이 권태로운 느낌이 들었다. 하지만 이에르에 있을 때는 파리가 그리웠던 것이다.

그렇지만 나는 열아홉 살인데! 저 금박을 입힌 듯한 바보들은 모두 열아홉은 행복한 나이라고 말하지 않는가! 그녀는 이런 생각을 했다. 그녀는 프로방스 지방을 여행하고 온 동안에 살롱의 탁자 위에 쌓인 여남은 권의 신간 시집을 망연히 쳐다보았다. 그녀가 드 크루아즈누아 씨며 드 케일뤼스 씨며 드 뤼즈 씨며 그 밖의 다른 친구들보다 머리가 뛰어난 것이 불행이었다. 그녀는 프로방스 지방의 아름다운 하늘, 시, 남 프랑스 등등에 관해 그들이 뭐라고 말할 것인지를 모두 예상할 수 있었다.

깊은 권태와 나아가 어떤 즐거움도 발견할 수 없는 절망감이 서린 그녀의 아름다운 두 눈이 쥘리앵에게 멎었다. 적어도 이 인물은 다른 사람과 판에 박은 듯이 똑같지는 않았다.

"소렐 씨, 오늘 저녁 드 레츠 씨의 무도회에 가시겠어요?" 그녀는 상류 사회의 젊은 여자들이 사용하는, 전혀 여성답지 않은 짧고 강렬한 목소리로 이렇게 물었다.

"아가씨, 저는 공작님께 소개받는 영광을 누리지 못했습니다." (이 말과 이 칭호를 입 밖에 내면서, 자존심에 가득 찬 이 시골 청년은 입이 타오르는 듯했을 것이다.)

"그분은 오빠에게 당신을 데리고 오라고 부탁했어요. 거기 오시게 되면 빌르키에 영지에 관해 자세한 얘기를 들려주세요. 봄에 그곳에 가게 될지도 모르거든요. 성관은 머무를 만한지, 주변 경치가 소문대로 그렇게 아름다운지 알고 싶어요. 소문이란 엉터리투성이잖아요!"

쥘리앵은 아무 대답도 하지 않았다.

"오빠와 함께 무도회에 오세요." 그녀는 몹시 무뚝뚝한 어조로 이렇게 덧붙여 말했다.

쥘리앵은 공손히 인사했다. 이처럼 무도회에서까지도 이 집안 식구 모두에게 의무를 이행해야 하다니, 나는 일하려고 고용된 사람이 아니던가? 그는 불쾌한 기분으로 생각을 이었다. 내가 그 처녀에게 우연히 하는 말이 그녀의 부모나 오라비의 계획과 어긋날지 알 게 뭐냐! 이건 꼭 군주의 궁정 꼴이 아닌가! 이곳에선 완전히 바보같이 지내면서, 또 누구의 불평도 사서는 안 되는 것이로군.

저 귀족 처녀는 참 마음에 안 들어! 몇몇 친구들에게 소개하려고 딸을 부른 후작 부인에게 걸어가는 드 라 몰 양을 바라보면서 그는 생각했다. 저 여자는 모든 유행을 과장한단 말이야. 드레스는 어깨 밑으로 늘어뜨리고……. 여행 전보다 얼굴은 더 창백하고……. 금발이 지나쳐 머리칼은 색깔이 없는 것 같군! 꼭 햇빛이 그 속으로 스며드는 것 같다고나 할까……! 저 인사하는 태도며 눈초리의 거만함이라니! 여왕이나 된 듯한 거동이군!

드 라 몰 양은 살롱을 떠나려는 제 오라비를 불러 뭐라고 속삭였다.

노르베르 백작이 쥘리앵에게 다가왔다.

"소렐 씨, 드 레츠 무도회에 같이 가려는데, 자정에 어디서 만날까요? 그 사람이 특히 당신을 데려오라고 부탁했소."

"과분한 호의, 감사합니다." 쥘리앵은 코가 땅에 닿게 절하며 이렇게 대답했다.

쥘리앵은 불쾌한 기분이었지만 노르베르가 보여 준 정중하고도 호의적인 어조에 거절할 이유를 발견하지 못하고, 그 친절한 제안에 이렇게 대답했던 것이다. 하지만 그는 자기 대답에 비굴한 구석이 있는 느낌이 들었다.

밤에 무도회에 갔을 때 그는 레츠 저택의 화려함에 놀랐다. 입구의 마당에 황금빛 별 장식을 붙인 거대한 진홍의 비단 천막이 쳐 있었다. 그보다 우아한 모습이 있을 수 없었다. 천막 밑은 오렌지 나무와 꽃이 활짝 핀 협죽도의 숲으로 꾸며져 있었다. 화분을 정성 들여 땅속 깊이 묻어 놓았기 때문에 협죽도와 오렌지 나무는 땅에서 자라난 듯이 보였다. 마찻길에는 모래가 깔려 있었다.

우리 시골뜨기의 눈에는 그런 광경 전체가 황홀하게만 보였다. 그는 이런 장관은 상상도 해 보지 못했던 것이다. 순식간에 그의 상상력은 감동하여 불쾌했던 기분을 떨치고 드높은 상공을 날고 있었다. 무도회로 오는 마차 안에서 노르베르는 행복한 기분이었지만 쥘리앵은 만사가 어둡게만 보였다. 그러나 마당에 들어서기가 무섭게 그들의 역할은 바뀌었다.

노르베르는 그러한 화려함 가운데서도 소홀히 된 몇 군데 세부에만 눈이 갔다. 그는 각각의 물건에 든 비용을 어림해 보고 있었다. 그리고 비용의 총액이 높아감에 따라 거의 시기심에 가까운 침울한 표정을 짓는 것을 쥘리앵은 눈여겨보았다.

한편 쥘리앵은 매혹되고 감탄에 빠졌으며, 사람들이 춤추고 있는 첫 살롱에 당도했을 때는 황홀한 나머지 거의 겁이 날 지경이었다. 사람들이 두 번째 살롱의 문간으로 몰려들고 있었다. 사람들의 무리가 너무 많아서 그는 앞으로 나아갈 수도 없었다. 두 번째 살롱의 장식은 그라나다의 알람브라 궁전을 나타내고 있었다.

"저 여자가 무도회의 여왕인걸. 누구나 인정할 만해." 어깨를 쥘리앵의 가슴팍에 비벼 대며 들어오던, 콧수염을 기른 청년이 이렇게 말했다.

"겨울 내내 일등 미인이던 푸르몽 양도 이제 이등 미인으로 떨어진 것을 알아챌 거야. 저 여자의 특이한 모습을 좀 보게." 옆 사람의 대답이었다.

"사람들의 마음을 끌려고 돛을 한껏 부풀려 올렸군. 저것 좀 봐, 카드리유[3]를 혼자 출 때의 저 맵시 있는 미소를 좀 봐. 저건 정말 비견할 데가 없는걸."

"드 라 몰 양은 자신의 성공을 의식하면서도 그 승리의 기쁨을 억제하고 있는 듯하군. 마치 자기에게 말을 거는 남자의 마음에 들까 봐 두려워하는 것 같아."

"맞는 말이야! 그게 바로 유혹의 기교지."

쥘리앵은 그 유혹적인 여인을 보려고 애썼지만 보이지가 않았다. 그보다 키가 큰 예닐곱 명의 남자가 그의 시선을 가렸던 것이다.

"저 고상한 자태에는 많은 교태가 스며 있단 말이야." 콧수염을 기른 청년이 또다시 말했다.

"본심이 드러나려는 찰나에 살며시 내리감는 저 커다란 푸른 눈. 참 기가 막히는군." 옆 사람이 대꾸했다.

"아름다운 푸르몽도 그녀 곁에서는 평범해 보이는걸." 세 번째 사람이 이렇게 말했다.

"저 절제 있는 태도는 '만약 당신이 내게 어울리는 남자라면 충분히 친절을 보이겠어요.'라는 뜻이겠지."

"대체 누가 저 숭고한 마틸드에 어울리는 남자일까?" 첫 번

_____

3) 프랑스 사교댄스의 하나.

째 남자의 말이었다. "잘생기고 머리 좋고 근사한 어느 왕자가 아니면, 스무 살 미만의 전쟁 영웅?"

"러시아 황제의 사생아일지도 모르지⋯⋯. 결혼과 더불어 절 대권을 행사하게 될 그런 인물 말이야⋯⋯. 아니면 그냥 옷만 잘 차려입은, 농부 같은 드 탈레르 백작 정도로 해 두든지⋯⋯."

문간이 트여서 쥘리앵은 안으로 들어갈 수 있었다.

저 꼭두각시들의 눈에 그처럼 뛰어나 보인다니, 그 여자를 좀 관찰해 볼 가치가 있겠는데. 저 사람들의 눈에 그렇게 완벽해 보이는 이유를 나도 알 수 있게 되겠지. 쥘리앵은 이렇게 생각했다.

그가 그녀를 눈길로 뒤쫓고 있을 때 마틸드도 그를 쳐다보 았다. 지금이 내 의무를 수행할 때겠군, 하고 쥘리앵은 속으로 중얼거렸다. 그러나 이제 그의 불쾌한 기분은 말끔히 가셔 있 었다. 사실 그의 자존심에 달가운 행동은 아니었지만, 어깨가 환히 드러난 마틸드의 옷이 가져다준 쾌감과 호기심에 이끌 려 그는 앞으로 다가갔다. 과연 그녀의 아름다움에는 젊음이 넘쳐흐르는구나, 하고 생각했다. 대여섯 명의 사람들(그중에는 문간에서 지껄이던 사내들도 있었다.)이 쥘리앵과 마틸드 사이에 끼어 있었다.

"당신은 겨우내 이곳에 계셨으니까 아시겠지만, 이번 무도 회가 이 계절 중 제일 아름답지 않아요?" 그녀가 쥘리앵에게 이렇게 물었다. 그는 대답하지 않았다.

"쿨롱의 이 카드리유 무용곡은 참 훌륭해 보여요. 그리고 저 부인들의 춤 솜씨는 아주 멋지고요." 청년들은 마틸드가 대답을 얻어 내려고 애쓰는 행복한 남자가 누구인지 보려고 고개를 돌렸다. 마틸드는 신이 나지 않았다.

"아가씨, 저는 그런 걸 판단할 줄 모릅니다. 글씨만 쓰면서 지내 왔으니까요. 이런 어마어마한 무도회를 본 것은 처음입니다."

콧수염을 기른 청년들은 화가 치밀어 올랐다.

"소렐 씨, 당신은 현명한 분이니까요." 그녀는 좀 더 노골적인 관심을 보이며 말을 이었다. "당신은 이런 모든 무도회며 잔치를 장 자크 루소처럼 철학자의 눈으로 보시죠. 이런 어리석은 짓들은 당신의 마음을 끌기는커녕 당신을 놀라게 할 뿐이겠지요."

이 한마디는 쥘리앵의 상상의 불을 끄고 그의 마음에서 일체의 환상을 몰아냈다. 그는 입가에 좀 과장된 경멸의 표정을 띠고 이렇게 대답했다.

"제가 보기에 장자크 루소는 상류 사회를 판단하려 할 때는 바보에 불과했습니다. 그는 상류 사회를 이해하지 못했고 벼락출세한 하인과 같은 마음으로 상류 사회를 바라보았습니다."

"하지만 그는 『사회 계약론』을 썼어요." 마틸드가 존경 어린 어조로 대꾸했다.

"공화제를 설교하고 군주 정치의 존엄을 뒤엎을 것을 주장하면서도, 그 벼락출세자는 어떤 공작이 친구를 배웅하려고 식사 후의 산책 코스를 바꿨다고 해서 기뻐 어쩔 줄 몰랐지요."

"아, 그래요! 몽모랑시의 뤽상부르 공작이 쿠앵데 씨란 사람을 파리 쪽으로 배웅했다는 얘기가 있었지요……" 드 라 몰 양은 처음으로 자신의 유식함을 자랑할 수 있는 것이 기뻐서 모든 것을 잊고 이렇게 대답했다. 마치 페레트리우스왕의 실재를 발견해 낸 아카데미 회원처럼 그녀는 자신의 학식에 도취해 있었다. 그러나 쥘리앵의 날카롭고 엄격한 눈길에는 미동도 없었다. 마틸드는 한순간 환희를 맛보았으나 상대방의 냉랭함에 어찌할 바를 몰랐다. 평소 다른 사람들에게 그런 효과를 발휘하던 것은 그녀였으므로 그녀의 놀라움은 그만큼 더 컸다.

그때 드 크루아즈누아 후작이 서둘러 드 라 몰 양 쪽으로 다가왔다. 그는 사람들의 무리 때문에 뚫고 들어오지 못하고 그녀와 서너 걸음 떨어진 곳에 잠시 머물러 있었다. 그는 장애물에 가로막힌 채 미소를 띠고 그녀를 바라보고 있었다. 젊은 드 루브레이 후작 부인이 그의 곁에 서 있었는데 그녀는 마틸드의 사촌이었다. 그녀는 결혼한 지 보름밖에 안 된 자기 남편과 팔짱을 끼고 있었다. 드 루브레이 후작은 아주 젊은 사람이었는데, 오직 공증인들의 주선으로만 이루어지는 타산적인 결혼을 하고 보니 우연히 미인 아내가 걸려든 것을 알게 된 사내처럼, 아내에게 어리석은 사랑을 품고 있는 위인이었다. 드 루브레이 씨는 연로한 숙부가 죽고 나면 공작이 될 참이었다.

드 크루아즈누아 후작이 군중을 뚫고 들어올 수가 없어 웃는 얼굴로 마틸드를 바라보고 있는 동안, 그녀의 푸른 하늘빛 커다란 눈이 그와 그의 주위 사람들에게 멎었다. 그녀는 속으로 생각했다. 어쩌면 이렇게 범속한 무리들만 모여 있을까! 저 크루아즈누아는 나와 결혼할 작정이겠지. 그는 온화하고 정중하며, 드 루브레이 씨와 마찬가지로 나무랄 데 없는 태도를 지니고 있다. 권태를 주는 것만 빼놓고는 저 신사들은 매우 상냥한 사람들이지. 크루아즈누아도 역시 저런 옹색하고 만족한 태도로 무도회에 나를 따라오겠지. 결혼하고 나서 일 년이 지나면, 내 마차며 말이며 옷이며 파리에서 80킬로미터 떨어진 곳의 성이며, 모든 것이 더할 나위 없이 완벽하겠지. 이를테면 드 루아빌 백작 부인같이 벼락출세한 여자가 부러워서 못 견뎌할 정도로 훌륭하겠지. 그러나 그리 된들 무얼 한단 말인가……?

마틸드는 그런 기대에도 싫증이 나 있었다. 드 크루아즈누아 후작이 마침내 그녀에게 다가와 말을 걸었으나, 그녀는 꿈에 잠겨 그의 얘기를 알아듣지 못했다. 그의 말소리가 그녀에게는 무도회의 소음과 섞여 들릴 뿐이었다. 그녀는 기계적으로 쥘리앵을 눈길로 뒤쫓았다. 쥘리앵은 공손하면서도 오만하고 불만스러운 태도로 그녀에게서 멀어져 갔다. 부산하게 움직이는 사람들의 무리와 떨어져 구석에 서 있는 알타미라 백작이 그녀의 눈에 띄었다. 독자가 이미 알고 있다시피 그는 자기 나라에서 사형 선고를 받은 인물이었다. 루이 14세 시대에 그의 친척이 되는 여자가 콩티가의 왕자와 결혼한 적이 있었다. 이런 인연으로 그는 수도회 경찰 조직의 추적으로부터 얼마간 보호를 받을 수 있었다.

남자를 뛰어나게 만드는 것은 사형 선고뿐이야. 그것만이 돈으로 살 수 없는 유일한 것이거든. 마틸드는 이런 생각을 했다.

아! 이것은 참으로 명언인걸! 사람들 앞에서 얘기할 계제에 이 명언이 생각나지 않은 것은 참으로 유감이야! 마틸드는 미리 생각해 둔 명구(名句)를 대화 속에 끼워 넣는 것을 몹시 좋아했다. 그리고 지나치게 허영심이 많은 그녀는 스스로 그런 것에 황홀해했다. 그녀의 지루한 표정이 행복에 겨운 표정으로 바뀌었다. 여전히 그녀에게 얘기를 지껄이고 있던 드 크루아즈누아 후작은 자기 얘기가 먹혀들어 가는 줄로 믿고 더욱더 수다스러워졌다.

그러나 마틸드는 계속 자기 생각에 빠져 있었다. 아무리 심술궂은 사람이라도 내 이 명구에는 이의를 제기하지 못하겠지? 비판하는 사람이 있으면 나는 이렇게 대답하겠어. '남작, 자작의 칭호는 돈으로 살 수 있어요. 훈장, 그것도 받을 수 있는 것이고요. 제 오빠도 그걸 받았어요. 그런데 오빠가 무얼 했던가요? 지위, 그건 얻을 수 있는 것이에요. 십 년간 수비대에 근무하든지 국방 대신을 친척으로 가지고 있으면 노르베르처럼 기병 대위가 되는 것이지요. 많은 재산⋯⋯! 그건 좀 어려운 것이겠군요. 그래서 좀 더 가치 있는 것이기도 하겠죠.' 이건 참 이상한걸! 책에 쓰여 있는 얘기와는 정반대가 되니 말이야⋯⋯. 그렇지! 재산이라면, 로스차일드 씨의 딸과 결혼하면 되겠군.

정말로 내 명구는 의미심장한걸. 사형 선고야말로 사람들이 청원할 생각을 하지 않는 유일한 것이니까 말이야.

"알타미라 백작을 알고 계세요?" 그녀는 불쑥 드 크루아즈누아 씨에게 이렇게 물었다.

그녀는 어디 먼 곳에서 돌아오는 듯한 표정이었고 이런 질문은 가련한 후작이 5분 전부터 그녀에게 열심히 말했던 내용과는 너무도 동떨어진 것이어서, 후작의 친절은 무색해지고 말았다. 그렇지만 그는 재치 있는 사람이었고 그런 면에서는 정평이 나 있는 사람이었다.

마틸드는 좀 이상한 면이 있단 말이야. 그는 이렇게 생각했다. 그건 좀 곤란한 점이긴 하지만, 마틸드는 남편에게 훌륭한 사회적 지위를 마련해 줄 여자야! 대체 저 드 라 몰 후작이란 어찌된 인물인지 모르겠어. 그 양반은 모든 당파의 유력한 인사들과 연결되어 있으니, 그는 몰락할 수 없는 인물이야. 그런데다가 마틸드의 이상한 면은 천재로 통할 수가 있지, 뛰어난 가문과 많은 재산이 따르는 천재란 조금도 우스꽝스러운 것이 아니거든. 그렇다면 마틸드는 얼마나 뛰어난 배필감이냐! 게다가 원하기만 하면 그녀는 기지와 좋은 성격과 말재주를 아울러 갖추니, 뭐 하나 부족할 게 없지…….

동시에 두 가지 일을 한다는 것은 어려운 일이었으므로 후작은 얼빠진 표정으로 마치 학과를 암송하기라도 하듯 마틸드에게 이렇게 대답했다.

"저 가련한 알타미라를 모르는 사람이 있겠어요?" 그러고는 우스꽝스럽고 터무니없는 알타미라의 실패한 음모담을 마틸드에게 얘기했다.

"아주 터무니없군요!" 마틸드는 마치 혼잣말을 하듯이 이렇게 말했다. "하지만 그분은 행동을 했어요. 그 남자다운 사람을 만나 보고 싶어요. 그분을 제게 좀 데려다주세요." 몹시 기분이 상한 후작에게 그녀는 이렇게 말했다.

알타미라 백작은 드 라 몰 양의 거의 무례할 정도로 오만한 태도를 터놓고 찬미하는 사람의 하나였다. 그의 의견에 의하면 드 라 몰 양은 파리에서 가장 아름다운 여인 중 하나였다.

"왕좌에 앉으면 그녀는 얼마나 아름다울까요!" 그는 드 크루아즈누아 씨에게 이렇게 말하는 것이었다. 그러고는 선선히 이끌려 갔다.

음모처럼 상스러운 것은 없다고 주장하는 사람들도 세상에는 많이 있다. 그것은 급진주의의 냄새가 난다는 것이다. 그런데 성공하지 못한 급진주의자보다 추한 것이 또 어디 있겠는가?

마틸드의 시선은 드 크루아즈누아 씨와 마찬가지로 알타미라의 자유주의를 조소하고 있었다. 그러나 그녀는 기꺼이 알타미라의 말에 귀를 기울였다.

무도회에 음모가라, 이거 참 재미있는 대조인걸. 그녀는 이렇게 생각했다. 그녀는 검은 수염을 기른 이 사람의 얼굴이 쉬고 있는 사자와 같다고 생각했다. 그러나 그녀는 곧 이 사람의 정신은 한 가지 태도밖에는 지니고 있지 않다는 것을 알게 되었다. 즉 공리주의, 공리주의에 대한 찬미가 그것이었다.

자기 나라에 양원제(兩院制)의 정부를 수립해 줄 수 있는 것 이외에는 어떤 것에도 주의를 기울일 가치가 없다고 이 젊은 백작은 생각하는 모양이었다. 페루의 한 장군이 들어오는 것을 보자 그는 무도회에서 가장 매혹적인 여인인 마틸드의 곁을 기꺼이 떠났다.

유럽의 현상에 절망한 가엾은 알타미라는, 남미의 여러 나라가 강력해지면 미라보가 그 나라들에 부여한 자유를 다시 유럽에 줄 수 있을 것이라고까지 생각하기에 이르렀던 것이다.

콧수염을 기른 젊은이들 한 떼가 마틸드에게 다가갔다. 마틸드는 알타미라가 자기에게 매혹되지 않은 것을 알고 그가 떠나 버린 것에 기분이 상했다. 알타미라가 그의 검은 눈을 반짝이면서 페루의 장군과 얘기하는 모습이 멀리 보였다. 어떤 경쟁자도 흉내 낼 수 없는 심각한 표정을 띠고서 드 라 몰 양은 다가온 프랑스 청년들을 바라보았다. 그럴 만한 유리한 기회가 모두 주어진다고 해도, 이들 중에 사형 선고를 받을 모험을 할 수 있는 자가 누가 있겠는가? 그녀는 이런 생각을 하고 있었다.

생각에 잠긴 그녀의 야릇한 눈초리에 눈치 없는 패들은 만족해했지만 그녀를 알고 있는 청년들은 불안감을 느꼈다. 그들은 또 무슨 신랄한 말이 튀어나와 대답에 궁색해지지나 않을까 두려웠던 것이다.

좋은 가문은 많은 자질을 가져다주지. 그런 자질이 없으면 기분이 거슬릴 거야. 예를 들어 쥘리앵 같은 사람이 그렇지. 그러나 좋은 가문이란 사형 선고를 불러올 만한 영혼의 특성을 퇴색하게 한단 말이야. 마틸드는 이런 생각을 했다.

그때 그녀의 곁에서 누군가가 이런 말을 하고 있었다. "저 알타미라 백작은 산 나자로 피멘텔 공의 둘째 아들이랍니다. 1268년에 참수형을 당한 콩라댕을 구하려고 했던 사람이 바로 피멘텔가의 한 사람이었죠. 그 가문은 나폴리에서도 가장 저명한 귀족 가문의 하나죠."

저것 봐, 내 격언이 꼭 맞는 말이지. 마틸드는 또다시 생각했다. 좋은 가문은 강렬한 성격을 제거한다니까, 그런데 그것이 없으면 사형 선고를 당하지는 못하지! 오늘 저녁 나는 괜히 쓸데없는 생각만 하고 있구나. 나도 다른 여자처럼 평범한 여자에 불과한데……. 모르겠다! 춤이나 추어야겠다.

마틸드는 한 시간 전부터 갈롭⁴⁾ 댄스를 추자고 졸라 대던 드 크루아즈누아 후작의 청에 응했다. 철학적인 음울한 상념에서 헤어나고자 마틸드는 자기 매력을 유감없이 발휘하려고 들었다. 드 크루아즈누아 씨는 황홀했다.

그러나 춤도 궁정에서 최고 미남인 청년의 마음을 끌려는 욕망도 마틸드의 기분을 풀어 줄 수 없었다. 마틸드 이상으로 성공을 거둘 수는 없었다. 그녀는 무도회의 여왕이었다. 그녀 자신도 그것을 알고 있었다. 그러나 그녀는 냉담한 느낌이었다.

크루아즈누아 같은 사람과 함께 지내는 삶이란 얼마나 맥빠진 삶이겠는가! 한 시간 후 크루아즈누아가 마틸드를 먼저 있던 자리로 데려왔을 때 그녀는 또다시 이렇게 생각했다. 그러고는 서글픈 심정으로 생각을 이었다. 육 개월이나 파리를 떠나 있다가 모든 파리 여성들의 선망의 대상인 무도회 가운데서도 기쁨을 발견할 수 없다면, 도대체 내 기쁨은 어디 있단 말인가? 그것도 여기서 나는 최상의 사람들의 찬사에 둘러싸여 있는데 말이다. 여기엔 부르주아 출신이라고는 몇 명뿐이고 한두 명의 쥘리앵 같은 사람이 끼어 있을 뿐이다. 그녀는 점점 커 가는 슬픔을 느끼며 계속 생각했다. 또한 운명은 내게 명성과 재산과 젊음을 주지 않았던가! 아아! 행복을 빼고는 모

---

4) 활기에 넘친 도약을 지닌 4분의 4박자나 4분의 2박자 춤곡의 하나.

든 것을 주었구나.

내 장점 중 가장 의심스러운 것을 가지고도 저들은 저녁 내내 내게 칭찬을 늘어놓지 않는가. 재능으로 말하자면 나는 자신이 있다. 나는 저들 모두에게 분명히 두려움을 일으키고 있으니까. 그들이 심각한 주제를 꺼내기라도 한다면 나는 단 5분만에 그들을 꼼짝 못하게 몰아세울 수 있다. 그리고 내가 한 시간 전부터 되풀이해 얘기한 것에서 큰 발견이라도 한 듯이 만들어 줄 수 있거든. 그리고 나는 아름답다. 나와 같은 아름다움을 얻기 위해서라면 스탈 부인[5]도 모든 것을 희생했으리라. 그런데도 나는 권태로워 죽을 지경이다. 내가 드 크루아즈누아 후작의 성(姓)으로 성을 바꾼다고 해서 덜 권태로워질 무슨 이유가 있겠는가?

아아! 저 사람이 완벽한 남자라는 것이 아닌가? 그녀는 거의 울음이 터질 듯한 심정으로 계속했다. 저이는 이 시대 교육의 걸작이라고 한다. 그를 보면 누구나 그를 마음에 들어할 것이다, 총명하기도 하고 용감한 점도 있거든······. 그런데 저 소렐이란 사람은 참 이상해, 눈초리가 몽롱한 빛에서 노기로 바뀌면서 그녀는 중얼거렸다. 할 말이 있다고 미리 말해 두었는데 다시 나타나지도 않는군!

---

5) 제르맨 네케르 스탈(Germaine Necker Staël, 1766~1817). 프랑스의 여류 문학자. 샤토브리앙과 함께 낭만주의 문학의 선구자로 꼽힌다.

# 9장 무도회

호사스러운 몸치장, 촛불의 광채, 온갖 향기,
하고많은 예쁜 팔과 아름다운 어깨, 꽃다발,
넋을 호리는 로시니의 음악, 치체리의 그림!
나는 그만 정신을 잃었다.

―『우제리의 여행기』

"너는 침울한 얼굴이구나. 무도회에서 그런 태도는 못쓴다고 일러두었는데도." 드 라 몰 후작 부인이 딸에게 타일렀다.

"머리가 좀 아픈 것 같아요. 여긴 너무 더워요." 마틸드가 주위를 멸시하는 듯한 태도로 대답했다.

그때 드 라 몰 양의 말을 증명이라도 하듯이 노인인 드 톨리 남작이 졸도해 쓰러졌다. 사람들은 그를 끌어내지 않을 수 없었다. 뇌일혈이라고들 수군거렸다. 그것은 유쾌하지 못한 사건이었다.

마틸드는 그 사건에 아랑곳하지 않았다. 그녀는 늙은이들이나 한심한 얘깃거리를 늘어놓는다고 알려진 패들은 아예 쳐다보지도 않기로 작정해 두었던 것이다.

그녀는 뇌일혈 화제로 떠드는 것을 피하려고 춤을 추었다.

실상은 뇌일혈도 아니었다. 왜냐하면 다음다음 날엔 남작이 다시 모습을 드러냈기 때문이었다.

그런데 소렐 씨는 통 나타나질 않는군! 춤을 추고 나서 그녀는 또다시 이렇게 중얼거렸다. 그녀는 그를 찾아내려는 듯 사방을 두리번거렸다. 그러자 그가 살롱에 있는 것이 얼핏 눈에 띄었다. 놀랍게도 쥘리앵은 천성적인 그 무표정하고 냉담한 기색이 아닌 듯해 보였다. 그는 영국인 같은 무뚝뚝한 태도가 아니었다.

저 사람이 알타미라 백작하고 얘기하고 있어, 우리 사형수하고 말이야! 마틸드는 중얼거렸다. 저 사람 눈이 어두운 불길로 가득 차 있어. 저 사람은 변장한 왕자 같군. 눈초리는 더 거만해 보이고.

쥘리앵은 계속 알타미라와 얘기를 나누며 마틸드가 있는 쪽으로 다가오고 있었다. 마틸드는 그의 모습에서 사형수가 될 영예를 누릴 만한 탁월한 자질을 찾아내려는 듯 그를 뚫어지게 쳐다보았다.

그녀 곁을 지나는 순간 쥘리앵은 알타미라 백작에게 이렇게 말하고 있었다.

"그렇습니다, 당통은 정말 사나이였죠!"

오 저런! 저이가 당통 같은 남자가 될 수 있을까? 마틸드는 혼자 생각하는 것이었다. 저이는 저렇게도 고상한 얼굴을 갖고 있는데. 하지만 당통은 끔찍하게 못생기고 백정 같은 사람이었다는데.

쥘리앵은 아직도 그녀 가까이에 있었다. 그녀는 주저 없이 쥘리앵을 불렀다. 그녀는 나이 어린 처녀로서는 어울리지 않는 비상한 질문을 한다는 의식과 자부심을 가지고 그에게 물었다.

"당통은 백정 같은 사람이 아니었던가요?"

"사람에 따라서는 그렇게 보이기도 하겠죠." 쥘리앵은 경멸의 표정을 숨기지 못한 채, 알타미라와의 대화로 불타오르는 눈길을 하고 이렇게 대답했다. "그러나 가문 좋은 사람들에게는 불행한 일이었지만 그는 메리슈르센의 변호사였습니다. 다시 말해 아가씨, 그는 여기서 볼 수 있는 몇몇 귀족원 의원들처럼 인생을 시작했던 것입니다." 그는 심술궂은 표정을 띠고 이렇게 덧붙여 말했다. "용모로 말하자면 당통은 굉장히 불리한 점을 갖고 있었던 것이 사실이지요, 그는 아주 추남이었으니까요."

그는 정중하지 못한 것이 확실한 이상한 태도로 마지막 몇 마디를 재빨리 얘기해 버렸다.

쥘리앵은 상반신을 가볍게 숙이고 겸손을 가장한 오만한 태도로 잠시 기다렸다. 이런 태도는 '나는 당신에게 대답하기 위해 급료를 받고 있으며 그리고 그 급료로 살아갑니다.'라고 말하는 듯이 보였다. 그는 마틸드를 쳐다보지도 않았다. 아름다운 두 눈을 유난히 크게 뜨고 그를 응시하는 마틸드가 오히려 그의 노예처럼 보이는 것이었다. 침묵이 계속되자 이윽고 그가 고개를 쳐들고 명령을 받기 위해 주인을 쳐다보는 하인처럼 그녀를 바라보았다. 여전히 이상한 눈길로 그를 응시하는 마틸드의 눈과 그의 눈이 정면으로 마주쳤으나 그는 서둘러 그 자리를 떠나 버렸다.

저 사람이, 저렇게 잘생긴 사람이 추남을 그토록 찬양하다니! 이윽고 마틸드는 꿈에서 깨어난 듯 이런 생각을 했다. 저 사람은 자기 자신에 대해서는 전혀 무관심하군! 저 이는 케일뤼스나 크루아즈누아와는 아주 달라. 저 소렐은 언젠가 무도회에서 아버지가 분장하셨던 나폴레옹의 모습을 연상시키는 데가 있어. 그녀는 당통 얘기는 까맣게 잊어버렸다. 정말 오늘 저녁은 지루하기 짝이 없군. 그녀는 이렇게 생각하며 오빠의 팔을 붙잡았다. 그리고 오빠가 싫다는데도 억지로 무도장을 한 바퀴 돌자고 했다. 사형수와 쥘리앵의 얘기를 엿듣고 싶은 생각이 들었던 것이다.

사람들이 빽빽이 차 있었다. 그렇지만 마틸드는 알타미라가 아이스크림을 집으려고 그녀와 두어 발짝 떨어진 곳에 놓인 쟁반 곁으로 다가왔을 때 그들 곁에 붙어 설 수 있었다. 알타미라 백작은 몸을 비스듬히 돌리고 쥘리앵과 얘기하고 있었다. 그때 그의 곁에서 아이스크림을 집는 수놓은 옷소매가 그의 눈에 띄었다. 그 자수 장식이 그의 주의를 끈 모양이었다. 그는 그 옷소매가 누구의 것인지 보려고 완전히 고개를 돌렸다. 그 순간 그처럼 고상하고 천진한 그의 눈에 경멸의 빛이 떠올랐다.

"저 사람 좀 보세요." 그는 나지막한 소리로 쥘리앵에게 말했다. "저 사람은 ××국 대사인 아라셀리 공작이오. 그는 오늘 아침 당신네 프랑스 외무 대신 드 네르발 씨를 만나 나를 인도해 줄 것을 요구했어요. 보세요, 저 사람 저기서 휘스트6) 게임을 하고 있군요. 드 네르발 씨는 나를 넘겨줄 생각인가 봐요. 우리 나라도 1816년에 두세 명의 음모자를 프랑스에 인도했으니까요. 나를 우리 왕에게 인도한다면 나는 이십사 시간 내에 교수형에 처해질 거요. 저 수염 기른 멋쟁이들 중 누가 나를 체포하겠지요."

"파렴치한 놈들!" 쥘리앵이 높은 소리로 이렇게 부르짖었다.

마틸드는 그들 대화의 한 음절도 놓치지 않고 열심히 귀를 기울였다. 지금까지의 권태감이 싹 가셨다.

"뭐 그렇게 파렴치하달 것도 없지요." 알타미라 백작이 말을 이었다. "나는 생생한 사실을 알려 드리려고 내 얘기를 꺼냈습니다. 아라셀리 공작을 좀 보세요. 그는 5분마다 한 번씩 자기 황금 양털 훈장에 눈길이 가지요. 자기 가슴에 달린 그 잠동사니를 보는 즐거움에 넋을 잃고 있어요. 저 가련한 인간은 결국 시대착오의 한 표본에 불과하죠. 백 년 전 같으면 황금 양털 훈장이야 말할 수 없는 영예였겠지만, 그러나 그때라면 그 훈장이 저런 자에게 돌아가지는 않았겠죠. 오늘날 문벌 좋은 사람들 가운데서 저런 훈장 나부랭이에 넋을 잃는 친구는 아라셀리 정도겠죠. 저자는 그 훈장을 받기 위해서라면 한 도시 주민 전체라도 교수형에 처했을 것입니다."

"저 사람은 그런 대가로 훈장을 탔습니까?" 쥘리앵은 애가 타서 물었다.

"아니, 꼭 그런 것은 아닙니다." 알타미라는 냉정하게 대답

---

6) 카드놀이의 한 가지로 보통 넷이서 한다.

했다. "저 사람은 자유주의자로 의심받는 자기 나라의 부유한 지주들을 삼십여 명쯤 강물에 처넣었을 것입니다."

"저런 짐승 같은 놈!" 쥘리앵이 또다시 이렇게 외쳤다.

드 라 몰 양은 강렬한 호기심으로 고개를 기울이고 그녀의 아름다운 머리칼이 쥘리앵의 어깨에 거의 닿을 정도로 그에게 바짝 붙어 서 있었다.

"당신은 너무 젊습니다!" 알타미라가 대답했다. "프로방스 지방에 결혼한 내 누이동생 하나가 있다고 말했지요. 누이동생은 아주 예쁜 편인 데다가 선량하고 온화한 성격이지요. 그리고 나무랄 데 없는 가정주부로 의무에 충실하고 경건한 여자랍니다."

도대체 무슨 얘기를 하려는 것일까? 드 라 몰 양은 의심이 들었다. "그 애는 행복하답니다. 적어도 1815년에는 그랬어요." 알타미라 백작이 계속해서 얘기했다. "그때 나는 앙티브 근처 영지의 그 애 집에 숨어 있었습니다. 그런데 네(Ney) 원수의 처형 소식을 듣는 순간 그 애가 춤을 추기 시작하는 거였어요!"

"그럴 수가 있을까요?" 쥘리앵이 어안이 벙벙해서 이렇게 말했다.

"그것이 당파심이란 것입니다." 알타미라가 말을 이었다. "19세기에는 진정한 정열이란 것이 없습니다. 그 때문에 프랑스 사람들이 그토록 권태로워 하는 것입니다. 극악무도한 짓을 저지르면서도 그 잔인함을 느끼지 못하는 것이지요."

"딱한 일입니다!" 쥘리앵이 말했다. "죄를 저지르더라도 즐겁게 저질러야죠. 그것만이 범죄의 미점(美點)이니까요. 또한 그런 이유로만 범죄를 약간 정당화할 수도 있겠죠."

드 라 몰 양은 체면도 완전히 잊고 알타미라와 쥘리앵 사이의 거의 한복판에 끼어 있었다. 누이동생에게 순종하는 데 길들어 있는 노르베르는 그녀에게 팔을 붙들린 채 홀의 다른 곳을 쳐다보고 있었다. 그리고 그는 침착함을 보이려고 사람들 틈에 끼어 꼼짝 못 하는 듯한 태도를 꾸미고 있었다.

"옳은 말씀입니다." 알타미라가 말했다. "사람들은 아무런 즐거움 없이 자기가 한 일에 대한 기억조차 지니지 못하고 모든 일을 행합니다. 범죄까지도 말이죠. 나는 이 무도회에 모인 사람들 중 살인자로 지옥에 떨어질 인간을 열 명은 지적할 수 있습니다. 그런데 그들은 자기 죄를 잊고 있고 세상 사람들도 마찬가지입니다.

그런 사람들이 자기 집 개가 다리만 부러져도 눈물을 흘릴 것입니다. 파리 사람들이 익살스럽게 얘기하듯이, 페르라셰즈 묘지의 그들 무덤 위에 꽃을 뿌릴 때면, 우리는 그들이 용감한 기사의 모든 덕성을 갖추었다는 것을 알게 되지요. 그리고 사람들은 앙리 4세 치하에 살던 그들 증조부의 공훈을 떠벌리지요. 아라셀리 공작의 외교적 노력에도 불구하고 내가 교수형당하지 않고 파리에 계속 머무를 수 있게 된다면, 후회라는 것을 모르는 존경받는 살인자들 여덟아홉 명과 함께 만찬을 나누도록 당신을 초대하고 싶습니다.

그 만찬 석상에서는 당신과 나만이 피로 손을 더럽히지 않은 유일한 사람일 것입니다. 하지만 나는 피에 굶주린 과격파로 멸시와 증오를 받게 될 테고 당신은 상류 사회에 끼어든 하충민으로 멸시를 받을 것입니다."

"그건 정말 맞는 말이에요." 드 라 몰 양이 이렇게 참견하고 나섰다.

알타미라는 놀라서 그녀를 쳐다보았다. 쥘리앵은 그녀를 거들떠보지도 않았다.

"내가 선두에 섰던 혁명은 내가 세 명의 목을 자르려 하지 않았고, 또 내가 열쇠를 갖고 있던 금고에 들어 있는 칠팔백만 금을 우리 지지자들에게 분배하지 않았기 때문에 성공하지 못했던 것입니다." 알타미라 백작은 계속해서 얘기했다. "지금은 내 목을 매달고 싶어 안달이지만 혁명 전에는 나를 친밀하게 대했던 우리 국왕은, 만약 내가 그 세 명의 목을 자르고 금고에 든 돈을 분배했다면 내게 대훈장을 하사했을 것입니다. 왜냐하면 적어도 나는 반쯤은 성공했을 것이고 우리 나라는 그럴듯한 헌장을 갖게 되었을 테니까요……. 세상일이란 이런 거죠, 한 판의 장기 같은 것입니다."

"그때 당신은 장기 두는 방식을 모르셨군요. 그런데 지금은……." 쥘리앵이 타오르는 듯한 눈길을 하고 대꾸했다.

"지금은 그들의 목을 자를 수 있으리란 말씀이겠죠? 언젠가 말씀했듯이 내가 지롱드파처럼 되지는 않을 거란 말씀이죠?" 알타미라는 쓸쓸한 표정을 띠고 대답했다. "그 점은 이렇게 답변하겠습니다. 결투에서 사람을 하나 죽인다 해도, 그것은 사형 집행인을 시켜 그를 처형하는 것보다는 훨씬 덜 추하다고 말입니다."

"그렇죠! 목적은 수단을 정당화합니다. 내가 한낱 미미한 존재가 아니고 어떤 권력을 쥐고 있다면, 나는 네 명의 생명을 구하기 위해서라면 세 명을 목매달게 할 것입니다."

쥘리앵이 이렇게 말했다. 그의 두 눈은 타오르는 양심의 불길과 사람들의 어리석은 판단에 대한 경멸을 나타내고 있었다. 그 두 눈이 바로 곁에 있던 드 라 몰 양의 눈과 마주쳤다. 그런데 그의 눈에 어린 경멸의 빛은 정중하고 우아한 표정으로 바뀌기는커녕 더욱 강해지는 듯했다.

그녀는 말할 수 없을 만큼 기분이 상해 버렸다. 하지만 이제 쥘리앵은 그녀의 마음을 사로잡고 있었다. 그녀는 약이 올라 오빠를 끌고 자리를 떠났다.

펀치7)나 좀 마시고 실컷 춤이나 추어야겠다. 그녀는 이렇게 생각했다. 제일 멋진 상대를 골라서 기어코 강한 인상을 심어 줘야겠다. 옳지, 저기 건방지기로 유명한 드 페르바크 백작이 나타나셨군. 그녀는 백작의 청에 응해 그와 함께 춤을 추었다.

우리 둘 중에 누가 더 건방진지 어디 좀 알아보기로 하자. 그를 실컷 놀려 주려면 우선 그에게 말을 시켜야지. 마틸드는 이렇게 생각했다. 카드리유의 나머지 춤은 그저 형식대로 빙글빙글 돌았을 뿐이었다. 사람들은 마틸드의 신랄한 대꾸를 한마디도 놓치지 않으려고 했다. 드 페르바크 씨는 당황하여 알맹이 없는 우아한 상투어만 늘어놓으며 얼굴을 찌푸리고 있었다. 시무룩해 있던 마틸드는 마치 적을 대하듯 그에게 무자비하게 굴었다. 그녀는 새벽녘까지 춤을 추고 기진맥진해서

---

7) 술, 설탕, 우유, 레몬, 향료 따위로 만든 음료.

돌아왔다. 돌아오는 마차 속에서, 그녀에게 얼마 남아 있지 않던 정력은 슬프고 불행한 상념에 바쳐졌다. 그녀는 쥘리앵에게 경멸받았으나 그를 경멸할 수 없었던 것이다.

자신도 모르는 사이에 음악과 꽃과 아름다운 여인들과 우아한 분위기와, 그리고 무엇보다도 자신의 탁월함과 만인의 자유를 꿈꾸는 공상에 매료된 쥘리앵은 행복의 절정에 달해 있었다.

"참 아름다운 무도회군요! 무엇 하나 빠진 것이 없어요." 그는 알타미라 백작에게 이렇게 말했다.

"사상이 빠져 있습니다." 알타미라의 대꾸였다.

그의 표정은 경멸을 숨기지 못하고 있었다. 예의상 경멸을 감춰야 하기 때문에 그 표정은 더욱더 신랄했다.

"옳습니다, 백작님, 사상이란 원래 음모를 꾸미는 것이 아니겠어요?"

"나는 내 가명(家名) 때문에 여기 초대됐습니다. 하지만 당신네 살롱에서는 사상을 미워합니다. 사상이 통속 희극의 대사 이상으로 신랄해서는 안 되는 것이지요. 그래야만 보상을 받습니다. 하지만 생각하는 사람이 날카로운 기지 속에 정력과 독창성을 보이면 당신네는 그를 시니컬하다고 말하지요. 당신네 판사 한 사람도 쿠리에를 그렇게 부르지 않았던가요? 그 사람도 베랑제와 마찬가지로 투옥되고 말았지요. 당신네 나라에서는 정신적으로 가치 있는 사람은 모두 수도회에 의해 경범 재판소로 넘겨지지요. 상류 사회는 박수갈채를 보내고요.

그건 낡아 빠진 당신네 사교계가 무엇보다도 예의범절을 중시하기 때문입니다……. 당신네 나라 사람들은 군사적인 용감함 이상으로는 나아갈 수 없을 것입니다. 몇 사람의 뮈라[8] 같은 인물은 나오겠지만 결코 워싱턴 같은 인물은 나오지 못할 것입니다. 프랑스에서 내가 볼 수 있는 것은 허영심뿐입니다. 독창적인 언사를 사용하는 사람은 쉽사리 경솔한 기지를 발휘하게 마련인데, 그렇게 되면 집주인은 모욕을 당했다고 생각하거든요."

여기까지 말했을 때 쥘리앵을 바래다주던 백작의 마차가 드 라 몰 저택 앞에 멈췄다. 쥘리앵은 그 음모가에게 반하고 말았다. 알타미라는 분명히 깊은 확신에서 우러나오는 듯한 다음과 같은 찬사를 쥘리앵에게 표했던 것이다. "당신은 프랑스적인 경박함이 없을뿐더러 공리주의의 원칙을 이해하고 계십니다."

바로 그저께 밤에 쥘리앵은 카지미르 들라비뉴 씨의 비극 「마리노 팔리에로」를 구경한 바 있다. 우리의 반항하는 하층민은 이런 생각을 했다.

이스라엘 베르투치오는 베네치아의 모든 귀족들보다 과단성 있는 성격을 갖지 않았던가? 그런데 베네치아의 귀족들은 샤를마뉴[9]보다 1세기 전인 서기 700년까지 귀족 신분이 거슬

---

8) 조아킴 뮈라(Joachim Murat, 1767~1815). 프랑스의 장군으로 나폴레옹에 의해 나폴리 왕으로 임명되었던 인물.
9) Charlesmagne(768~814). 프랑크 왕국 카롤링거 왕조의 왕. 800년에 로마 교황에게 신성 로마 제국의 제관을 받았다.

러 올라가는 사람들이다. 반면에 오늘 밤 드 레츠 씨의 무도회에 모인 최상의 귀족이라야 기껏 13세기까지, 그것도 겨우겨우 거슬러 올라갈 뿐이다. 그런데 그처럼 문벌 좋은 베네치아의 귀족들 가운데 후세가 기억하는 사람은 이스라엘 베르투치오뿐인 것이다.

하나의 음모는 사회적인 우연으로 획득한 모든 칭호를 소멸시킬 수 있다. 그러니 죽음을 무릅쓰고 대드는 자는 단번에 높은 지위를 차지할 수도 있는 것이다. 패망한 편은 정신적 권위도 상실하고 마는 것이다…….

발르노와 레날 같은 자가 판치는 오늘날에 당통 같은 인물이 있다면 어떻게 될까? 초심 재판소 검사 대리도 못 해 먹을걸…….

무슨 소리? 그는 아마 수도회에 매수되었을 거야. 그는 장관 자리에 오르겠지. 결국 그 위대한 당통도 공금을 착복했으니까. 미라보도 지조를 팔고 나폴레옹도 이탈리아에서 수백만 금을 약탈했지. 그렇게 안 했더라면 나폴레옹도 피슈그뤼[10]처럼 가난으로 길이 막히고 말았을 거야. 라파예트[11]만이 도둑질을 안 했지. 큰일을 하려면 도둑질을 하고 지조를 팔아야만 하는가? 쥘리앵은 생각에 잠겼다. 이런 의문 때문에 그의 생

---

10) 샤를 피슈그뤼(Charles Pichegru, 1761~1804). 프랑스의 군인으로 나폴레옹 암살 음모에 가담하여 망명지인 런던에서 파리로 잠입하다가, 체포되어 감옥에서 암살당했다.

11) 마르키스 드 라파예트(Marquis de Lafayette, 1757~1834). 프랑스의 군인, 정치가, 후작.

각은 벽에 부딪힌 셈이었다. 그는 프랑스 혁명사를 읽으며 밤을 새웠다.

다음 날 서재에서 편지를 작성하면서도 그는 알타미라 백작과 나눴던 대화만을 골똘히 생각하고 있었다.

오랜 몽상 끝에 그는 이렇게 중얼거렸다. 실상 저 스페인의 자유주의자들이 범죄를 저질러 민중을 위험한 일에 끌어들였다 해도, 그 자유주의자들을 쉽사리 소탕해 버릴 수는 없었으리라. 그들은 나처럼 말 많고 오만한 젊은이거늘! 그리고 쥘리앵은 별안간 소스라쳐 깨어난 사람처럼 부르짖었다. 일생에 한 번 감연히 일어나서 행동을 개시한 가련한 실패자들을 판단할 권리가 내게 있단 말인가? 내가 무슨 어려운 일을 했다고? 나는 마치 식탁에서 배불리 먹고 일어서면서 '내일은 식사를 하지 않겠다, 그래도 오늘처럼 건장하고 쾌활할 수 있을 것이다.'라고 외치는 사람과도 같다. 위대한 행동을 하는 도중에 무엇을 체험하게 될지 누가 어떻게 알 것인가······?

뜻하지 않게 드 라 몰 양이 서재에 나타나는 바람에 이런 고상한 생각은 중단되었다. 그는 불패의 용사 당통이며 미라보며 카르노[12]의 위대한 자질에 대한 찬미로 너무나 들떠 있었으므로, 드 라 몰 양에게 눈길이 머물기는 했으나 그녀에게 생각이 미치지도 않았고 인사도 할 수 없었으며 거의 그녀를 알아보지도 못할 정도였다. 마침내 그의 부릅뜬 커다란 두 눈이

---

12) 라자르 카르노(Lazare Carnot, 1753~1823). 프랑스의 군인, 기술자. 프랑스 혁명에서 처음으로 징병제를 실시하여 근대적인 국민군을 창설했다.

그녀의 출현을 알아보았을 때는 그의 시선에 불길이 꺼져 버렸다. 드 라 몰 양은 씁쓸한 심정으로 그 사실을 깨닫지 않을 수 없었다.

그녀가 책장 맨 위 칸에 있는 벨리의 『프랑스사』를 한 권 꺼내달라고 부탁했으나 쥘리앵은 손이 닿지 않았다. 그래서 그는 사다리 두 개 중 큰 것을 찾으러 가지 않을 수 없었다. 그는 사다리를 갖다 놓고 책을 꺼내 주었으나 아직도 그녀는 관심 밖이었다. 다른 데 정신이 팔려 있던 그는 사다리를 끌어내다가 팔꿈치로 책장 유리를 쳤다. 마룻바닥에 유리가 떨어져 박살 나는 소리에 이윽고 그는 정신이 들었다. 그는 황급히 드 라 몰 양에게 사과했다. 그는 정중한 태도를 보이려고 했다. 그러나 그것은 단지 정중하기 위한 정중함에 불과했다. 마틸드는 자기가 쥘리앵에게 방해가 되었다는 것과, 쥘리앵은 자기와 얘기하기보다는 자기가 오기 전에 사로잡혀 있던 것에 계속 골몰하기를 좋아한다는 사실을 분명히 알 수 있었다. 그녀는 한참 동안 그를 쳐다보고 나서 천천히 자리를 떴다. 쥘리앵은 그녀가 걸어 나가는 것을 물끄러미 쳐다보았다. 현재 그녀의 간소한 옷차림과 전날 밤의 으리으리했던 옷차림의 대조를 재미있게 보고 있었다. 그 두 모습 사이의 차이는 놀라울 정도였다. 드 레츠 공작의 무도회에서는 그처럼 오연했던 이 처녀가 지금은 애원에 가까운 눈초리를 하고 있었다. 쥘리앵은 그녀를 보며 생각했다. 실상 저 검은 옷이 저 여자의 아름다운 몸매를 더욱 빛나게 하는구나. 저 여자에게는 여왕의 풍모가 있어. 그런데 왜 상복을 입었을까?

상복을 입은 이유를 누군가에게 물어본다면 나는 또 하나의 실수를 저지르는 것이 되겠지. 쥘리앵은 이제 깊은 감격에서 완전히 벗어나 있었다. 오늘 아침에 쓴 편지들을 모조리 다시 읽어 보아야겠다. 아마도 빠뜨린 글자나 서툰 실수가 튀어나올 테니까. 그가 억지로 주의를 집중해 첫 번째 편지를 읽고 있는데, 바로 옆에서 비단 옷자락이 스치는 소리가 들렸다. 그는 황급히 그쪽으로 고개를 돌렸다. 드 라 몰 양이 그의 책상에서 두어 걸음 떨어진 곳에 서서 웃고 있었다. 이 두 번째 방해에 쥘리앵은 그만 화가 치밀었다.

마틸드로서는 자기가 이 청년에게는 무가치한 존재라는 것을 통렬하게 느낀 참이었다. 그녀의 웃음은 당황을 숨기기 위한 것이었다. 그녀는 실제로 자신이 당황한 것을 숨기는 데 성공했다.

"소렐 씨, 당신은 분명 뭔가 아주 흥미로운 것을 생각하고 계시죠? 알타미라 백작님을 파리로 쫓겨나게 한 음모의 어떤 재미있는 일화를 생각하시는 건 아닌가요? 그 얘기를 좀 해 주세요. 알고 싶어 죽겠어요. 비밀을 지키겠어요, 맹세합니다!" 그녀는 자신의 말소리에 놀라지 않을 수 없었다. 이게 어찌된 일인가, 그녀가 하급자에게 애원을 하다니! 점점 당황하게 되자 그녀는 가벼운 어조로 이렇게 덧붙여 말했다.

"평소에 그처럼 냉정하던 당신을 미켈란젤로의 예언자처럼 영감에 사로잡힌 사람으로 만든 것이 무엇인가요?"

이 날카롭고 조심성 없는 질문은 쥘리앵의 기분을 몹시 건드려, 그를 미친 듯한 흥분 상태로 몰아넣었다.

"당통이 돈을 착복한 것이 잘한 짓일까요?" 그는 표정이 점점 험악해지면서 이렇게 외쳤다. "피에몬테와 스페인의 혁명가들은 그들의 죄악으로 민중을 위험에 빠뜨려야만 했을까요? 무가치한 사람들에게 군대의 모든 요직과 모든 훈장을 주어야만 했을까요? 그런 훈장을 받아야 했던 사람들은 오히려 왕의 귀환을 두려워하지 않았을까요? 튀랭의 보물을 약탈에 내맡겨야만 했을까요?" 그는 무시무시한 표정을 띠고 그녀에게 다가서면서 외쳤다. "아가씨, 요컨대 지상에서 무지와 범죄를 몰아내려고 하는 사람은 폭풍우처럼 휩쓸어 가면서, 우연인 듯이 악을 자행해야만 하나요?"

마틸드는 무서웠다. 그의 시선을 견딜 수 없어서 그녀는 두어 발짝 뒤로 물러섰다. 그녀는 잠시 그를 쳐다보았다. 그러고는 자신의 두려움을 부끄럽게 여기며 가벼운 발걸음으로 서재를 나갔다.

# 10장 마르그리트 여왕

사랑이여! 너는 어떤 광기로라도
우리에게 쾌감을 발견케 하려 하지 않는가?

— 『포르투갈 수녀의 서한집』

쥘리앵은 자기가 작성한 편지들을 다시 읽었다. 저녁 식사를 알리는 종소리가 울렸을 때 그는 이렇게 중얼거렸다. 그 파리 인형 같은 처녀가 보기에 나는 얼마나 우스꽝스러운 모습이었을까! 그 여자에게 내 생각을 정말로 털어놓다니 참 미친 짓이었어! 그러나 그리 큰 광태(狂態)는 아니었을지도 몰라. 그런 기회에 진심을 털어놓은 것이 오히려 내게 걸맞는 태도지.

그런데 대체 왜 그런 사적인 일을 묻는단 말인가! 그런 질문은 그녀 편의 경솔이지 뭔가. 그녀는 상식을 벗어났어. 당통에 대한 내 생각 여부는 그 여자 부친에게 봉급을 받는 내 의무에 속하는 것도 아닌데 말이야.

식당에 당도한 쥘리앵은 드 라 몰 양의 상복에 눈길이 끌려 잠시 불쾌한 기분에서 벗어났다. 가족 중 아무도 검은 상복을 입지 않았으므로 그녀의 상복 착용은 더욱더 놀라운 것이었다.

저녁 식사가 끝난 후에 그는 온종일 사로잡혀 있던 흥분 상태에서 완전히 벗어났다. 다행히 라틴어를 아는 아카데미 회원이 저녁 식탁에 참석해 있었다. 내가 추측하는 대로 드 라몰 양의 상복에 대해 물어보는 것이 서툰 짓이라고 해도, 이 사람은 그래도 나를 덜 비웃겠지. 쥘리앵은 이런 생각을 했다.

마틸드는 야릇한 표정으로 그를 쳐다보고 있었다. 저것이 드 레날 부인이 내게 얘기해 주던 파리 여자들의 교태라는 것이겠지. 쥘리앵은 혼자 생각했다. 오늘 아침에 나는 저 여자에게 상냥하게 굴지 않았어, 변덕스럽게 얘기를 걸어오는 것도 아랑곳하지 않았고, 그 때문에 저 여자에게 내 주가가 더 올라갔겠지. 하지만 일이 심상치 않게 됐는걸. 저 교만하기 짝이 없는 아가씨가 나중에 복수하러 달려들겠지. 최악의 상태를 각오할 수밖에. 전에 헤어진 여인과는 천지 차이가 아닌가! 그녀는 얼마나 자연스럽고 순진했던가! 나는 그녀의 생각을 본인보다도 먼저 알 수 있었지. 생각이 떠오르려는 것을 볼 수 있었으니까. 그녀의 마음에서 두려워해야 했던 유일한 것은 자기 자식들의 죽음에 대한 터무니없는 걱정뿐이었어. 하지만 그것은 당연하고도 자연스러운 모성애로, 나는 그것 때문에 괴로움을 당하면서도 그런 모성애가 사랑스러워 보이기까지 했었지. 나는 참 바보였어. 파리에 대한 공상으로 그런 숭고한 여인의 진가를 몰라보았으니.

젠장, 얼마나 큰 차이냐! 여기서 내가 발견한 것이 뭐란 말인가? 메마르고 오만한 허영심, 자존심의 온갖 뉘앙스, 그 이상 아무것도 없는 것이다.

모두들 식탁에서 일어섰다. 저 아카데미 회원을 붙들어 두어야지, 하고 쥘리앵은 생각했다. 모두들 정원으로 나가려 할 때 쥘리앵은 그에게 다가가 상냥하고 유순한 태도를 지으며, 「에르나니」[13] 상연의 성공에 대한 그의 분개에 맞장구를 쳐 주었다.

"아직도 국왕의 봉인장(封印狀)이 통하는 시대라면……." 쥘리앵이 이렇게 허두를 열었다.

"그렇다면 그 작가가 감히 그따위 글을 못 썼겠죠." 아카데미 회원이 탈마[14]와 같은 제스처를 쓰며 부르짖었다.

꽃에 대한 화제가 나왔을 때 쥘리앵은 베르길리우스의 「전원시」 몇 마디를 인용하고, 들릴[15] 사제의 시와 비견할 만한 것은 아무것도 없다고 말했다. 요컨대 그는 가지가지 방법으로 아카데미 회원의 비위를 맞췄다. 그런 다음 아주 무관심한 듯한 태도로 운을 떼 보았다.

"드 라 몰 양은 어느 아저씨뻘 되는 분의 유산이라도 상속받아서 그분의 복상(服喪)을 치르는 모양이죠."

"뭐라고요! 당신은 이 댁에 살면서 그 아가씨의 변덕도 모

---

13) 프랑스의 극작가이자 소설가인 위고(Victor M. Hugo)의 5막으로 된 운문 희곡으로, 고전파와 낭만파 사이에 격렬한 논쟁을 일으킨 작품.
14) 프랑수아 조제프 탈마(François Joseph Talma, 1763~1826). 프랑스의 유명한 연극 배우.
15) 자크 드릴(Jacques Delille, 1738~1813). 프랑스의 시인. 자연의 아름다움을 찬양하는 교훈적인 시를 썼으며 베르길리우스의 시를 번역했다.

르시오?" 아카데미 회원이 발걸음을 뚝 멈추면서 말했다. "사실 어머니가 그녀에게 그런 일을 허용한다는 것이 이상하기는 하죠. 우리끼리 얘기지만 이 댁 식구들이 꼭 강한 개성을 가졌다고는 할 수 없죠. 하지만 마틸드 양만은 강한 개성을 지니고 있어 식구들 모두를 움직이죠. 오늘이 바로 4월 30일입니다!" 아카데미 회원은 알 만하지 않느냐는 듯한 표정을 짓고 쥘리앵을 쳐다보더니 입을 다물었다. 쥘리앵은 가능한 한 영리한 태도를 꾸며 보이며 미소를 지었다.

집안 전체를 움직이는 것과 검은 상복을 입는 것과 4월 30일 사이에 대체 무슨 관련이 있단 말인가? 쥘리앵은 혼자 생각하는 것이었다. 나는 아무래도 생각하던 것 이상으로 서툰 모양이다.

"솔직히 말씀드려서 저는……." 계속 묻는 듯한 눈길로 쥘리앵이 아카데미 회원에게 말했다.

"정원을 한 바퀴 돌기로 합시다." 멋진 얘기를 한바탕 늘어놓을 수 있는 좋은 기회라고 기뻐하며 아카데미 회원이 말했다. "이런! 1574년 4월 30일에 무슨 일이 있었는지 정말로 모른단 말이오?"

"어디서 말입니까?" 쥘리앵이 놀라서 물었다.

"그레브 광장에서죠."

쥘리앵은 너무도 놀라서 그 말의 뜻을 제대로 알아들을 수 없었다. 그의 성격과 밀접한 연관이 있는 호기심과 비극적 얘기에 대한 기대 때문에 그의 두 눈은 얘기하는 사람을 신나게 만드는 반짝임으로 빛나고 있었다. 전혀 얘기를 들어 보지 못한 사람을 발견하고 기분이 우쭐해진 아카데미 회원은, 1574년 4월 30일 당대 최고의 미남인 보니파스 드 라 몰과 그의 친구인 피에몬테의 귀족 안니발 드 코코나소가 어떻게 해서 그레브 광장에서 목이 잘렸는지를 장황하게 얘기했다.

"라 몰은 나바라의 왕비 마르그리트[16]의 열렬한 사랑을 받는 애인이었습니다." 그리고 아카데미 회원은 덧붙여 말했다. "드 라 몰 양의 이름이 마틸드 마르그리트라는 사실에 주의하십시오. 라 몰은 달랑송 공작의 총애를 받는 인물인 동시에, 후에 앙리 4세가 된 나바라의 국왕인 자기 정부(情婦)의 남편과 친한 친구 사이였습니다. 1574년 그해 사순절 전의 화요일 날 궁정은 죽어 가는 가엾은 샤를 9세[17] 국왕과 함께 생제르맹에 모여 있었습니다. 라 몰은 카트린 드 메디시스 왕비가 궁정에 감금하고 있는 자기 친구인 왕자들을 구해 내려고 했습니다. 그는 생제르맹의 성벽 아래로 200명의 기사를 데리고 갔던 것입니다. 그런데 달랑송 공작이 겁을 내는 바람에 라 몰은 사형 집행인에게 넘겨졌습니다.

그런데 칠팔 년 전 마틸드 양이 열두 살밖에 안 됐을 때 직접 내게 고백한 것이지만, 마틸드 양을 감동시킨 것은 머리, 잘린 머리였어요……." 여기서 아카데미 회원은 눈을 들어 하늘

16) 마르그리타 드 발루아(Margarita de Valois, 1553~1615). 나바라 왕비 마르가리타의 프랑스식 이름. 문예를 좋아하고 인문 학자를 보호했으며 자신도 시와 글을 썼다.
17) Charles Ⅸ(1550~1574). 프랑스의 국왕. 앙리 2세의 둘째 왕자로 우유부단하여 내정의 혼란을 조장했다.

을 쳐다보았다. "이 정치적 재난에서 마틸드 양에게 깊은 충격을 준 것은, 그레브 광장의 어느 집에 숨어 있던 나바라의 마르그리트 왕비가 대담하게도 사형 집행인으로부터 자기 애인의 잘린 목을 돌려받았다는 사실입니다. 그러고서 다음 날 한밤중에 왕비는 자기 마차에 그 목을 싣고 몽마르트르 언덕 밑에 있는 예배당에 가서 손수 그 목을 묻었다는 것입니다."

"그럴 수가 있을까요?" 쥘리앵이 감동하여 소리쳤다.

"마틸드 양은 자기 오빠가, 보시는 바와 같이 이런 옛 역사를 전혀 생각지 않으며 4월 30일에도 상복을 입지 않는다고 경멸하고 있습니다. 그 유명한 형벌이 있은 이후로는, 보니파스 드 라 몰의 코코나소에 대한 지극한 우정을 상기하기 위해서, 코코나소란 사람은 이탈리아인으로 안니발이란 이름을 갖고 있었는데, 이 집안의 남자들은 모두 안니발이란 이름을 붙이고 있답니다. 그런데," 아카데미 회원은 여기서 목소리를 낮추고 덧붙여 말했다. "그 코코나소란 사람은 샤를 9세 바로 그의 말에 따르면, 1572년 8월 24일의 가장 잔인한 학살자 가운데 하나였다는 것이지요⋯⋯.[18] 그런데 소렐 씨, 이 집에서 식탁을 함께하는 사람인 당신이 이런 사실을 모르고 있다니 어찌된 일입니까?"

"아, 그래서 드 라 몰 양이 식사 중에 두어 번 자기 오빠를 안니발이라고 불렀던 것이군요. 저는 제가 잘못 듣지나 않았

---

18) 1572년 8월 23일과 24일 성 바르톨로메오 축일에 샤를 9세는 어머니 카트린 드 메디시스의 사주로 프로테스탄트 대학살을 자행했다.

나 하고 생각했습니다."

"그것은 오빠에 대한 일종의 질책이지요. 후작 부인이 그런 광기를 어째서 그대로 내버려 두는지 모르겠어요……. 저 귀족 처녀의 남편 되는 사람은 골치깨나 썩을 것입니다!"

그는 이 말 다음에 야유적인 얘기를 몇 마디 덧붙였다. 아카데미 회원의 눈 속에서 빛나는 기쁨과 친밀의 빛에 쥘리앵은 오히려 기분이 상했다. 우리는 꼭 주인의 험담에 열중한 두 명의 하인 꼴이군. 하지만 저 아카데미 회원으로서야 뭐 놀라운 일도 아니겠지. 쥘리앵은 이렇게 생각했다.

어느 날 쥘리앵은 그 아카데미 회원이 드 라 몰 후작 부인 앞에 무릎을 꿇고 있는 것을 얼핏 본 적이 있었다. 그는 후작 부인에게 시골에 있는 조카를 위해 담뱃세 수납원 자리를 부탁하고 있었던 것이다. 그날 저녁에 드 라 몰 양의 하녀이며 전에 엘리자가 그랬듯이 쥘리앵에게 마음을 두고 있는 처녀 아이가, 제 여주인이 상복을 입는 것은 사람들의 시선을 끌려는 것이 아니라고 귀띔해 주었다. 그런 야릇한 행동은 마틸드의 근본적인 성격에서 기인하는 것이었다. 그녀는 당대 제일의 총명한 여인인 왕비의 사랑받는 애인이었으며 친구들을 구하기 위해 목숨을 바친 그 보니파스 드 라 몰을 진심으로 숭배하고 있었다. 그런데 그 친구들이 또 어떤 인물이었던가! 왕세자와 앙리 4세가 아니었던가!

드 레날 부인의 행동에서 볼 수 있던 순진무구함에만 익숙한 쥘리앵은 파리의 모든 여자들에게서 허식 이외에는 아무것도 보지 못했던 것이다. 그래서 조금만 기분이 우울해져도 여자들에게 무슨 말을 해야 할지 몰랐다. 그러나 드 라 몰 양만은 예외가 되었다.

그는 고상한 태도에 기인하는 아름다움을 반드시 영혼의 메마름으로만 여기지는 않게 되었다. 때로 저녁 식사 후에, 살롱의 열어 놓은 창문을 따라 정원을 함께 산책하면서 쥘리앵은 드 라 몰 양과 긴 대화를 나누었다. 어느 날 그녀는 도비네[19]의 역사책과 브랑톰[20]의 저작을 읽고 있다고 얘기했다. 이상한 책을 다 읽는군. 후작 부인은 딸에게 월터 스콧의 소설을 읽는 것도 허락하지 않는데 말이야! 쥘리앵은 이렇게 생각했다.

하루는 그녀가 진정한 찬미의 기쁨으로 번뜩이는 눈길을 하고는, 남편이 자기를 배반한 것을 알고 남편을 비수로 찔러 죽인 앙리 3세[21] 치하의 한 젊은 아내의 행적을 에투알의 『회상록』에서 읽었다고 얘기했다.

쥘리앵의 자존심은 우쭐해졌다. 주위의 존경을 한 몸에 받으며, 아카데미 회원의 말에 의하면 온 집안을 마음대로 주무른다는 여인이 거의 우정에 가까운 태도로 그에게 말을 걸어 주는 것이었다.

그러나 곧 쥘리앵은 생각했다. 내가 오해를 한 것이겠지. 이건 친교가 아냐. 나는 비극의 콩피당[22] 역할에 불과한 거야.

---

19) 아그리파 도비네(Agrippa d'Aubigné, 1552~1630). 프랑스의 작가.
20) 피에르 드 부르데유 브랑톰(Pierre de Bourdeilles Brantôme, 1540~1614). 프랑스의 회상록 작가.
21) Henri Ⅲ(1551~1589). 프랑스의 왕. 위그노 전쟁이 한창일 때 즉위했으나 실정(失政)이 많아 암살되었다.

그녀는 말할 상대가 필요한 것이겠지. 나는 이 집에서 박학한 사람으로 통하고 있으니까. 오비녜와 브랑톰과 에투알의 저작을 읽어 둬야겠다. 그래야 드 라 몰 양이 얘기하는 몇 가지 일화를 따져 볼 수 있을 것이다. 이런 수동적인 콩피당 역할에서는 벗어나야겠다.

거만하고 거침없는 태도를 지닌 이 아가씨와의 대화는 점차 그의 흥미를 끌었다. 그는 반항하는 하층민의 음울한 역할을 잊었다. 그는 마틸드가 박식한 데다 사리에도 밝은 것을 알게 되었다. 정원에서 듣는 그녀의 의견은 살롱에서 말하던 것과는 판이하게 달랐다. 때때로 그녀는 쥘리앵과 함께 열광하기도 하고, 솔직하게 마음을 털어놓는 순간도 있었다. 그럴 때 그녀의 모습은 너무도 오연하고 냉정한 평소의 모습과는 완전히 대조를 이루는 것이었다.

"리그[23] 전쟁이 벌어졌던 때는 프랑스의 영웅적인 시대였습니다." 어느 날 마틸드는 재능과 열정의 섬광이 번쩍이는 눈으로 이렇게 말했다. "그때는 모두들 자기가 획득하고자 갈구하는 것을 위해, 자기편의 승리를 위해 싸웠지요. 당신이 숭배하는 황제 시대처럼 비굴하게 훈장 하나를 타려고 싸우지는 않았어요. 그때는 이기주의와 편협한 근성이 적었다는 것을 인정해야 해요. 나는 그 시대가 좋습니다."

"그리고 보니파스 드 라 몰은 그 시대의 영웅이었지요." 쥘

---

22) 프랑스 고전 연극에 나오는 주인공의 속내 이야기를 들어주는 상대역.
23) 1576년 이후 프랑스의 종교 전쟁에서 중요한 역할을 했던 가톨릭 교도들의 동맹.

리앵이 이렇게 응수했다.

"아무튼 그분은 사랑을 받았어요. 그런 식의 사랑을 받는 것은 아마도 달콤한 일이겠죠. 요즘 세상에 애인의 잘린 목에 손대는 것을 무서워하지 않는 여자가 어디 있겠어요?"

이때 드 라 몰 부인이 딸을 불렀다. 유용성을 발휘하기 위해서는 위선은 숨겨야 한다. 그런데 쥘리앵은 앞서의 얘기에서 짐작할 수 있듯이 자신의 나폴레옹 숭배 열을 드 라 몰 양에게 어렴풋이 드러내고 말았던 것이다.

정원에 혼자 남자 쥘리앵은 생각에 잠겼다. 저들은 우리보다 엄청나게 유리한 조건을 갖고 있구나. 저들은 선조의 역사만으로도 비속한 감정을 초월하며, 또한 노상 먹고살 걱정을 할 필요도 없지 않은가! 나는 얼마나 비참한 신세냐! 그는 쓸쓸한 심정으로 생각을 이어 갔다. 나는 그런 고상한 문제를 생각해 볼 자격도 없는 것이다. 내게는 먹고살 1000프랑의 연수입이 없기 때문에, 내 생활은 위선의 연속에 불과한 것이다.

"무슨 생각을 하고 계세요?" 마틸드가 달음질쳐 돌아오면서 그에게 물었다.

쥘리앵은 스스로를 경멸하는 데도 지쳐 있었다. 일종의 자존심으로 그는 자신의 생각을 솔직히 털어놓았다. 그처럼 부유한 아가씨에게 자기의 가난을 얘기하면서 몹시 얼굴을 붉히지 않을 수 없었다. 그는 자기가 아무것도 부탁하는 것이 아님을 오만한 어조로 나타내려고 몹시 애썼다. 마틸드에게는 그가 그처럼 귀여워 보인 적은 결코 없었다. 그녀는 평소에 그에게서 찾아보기 힘들었던 민감한 감수성과 솔직함의 표정을 발견했던 것이다.

그로부터 한 달이 채 안 된 어느 날 쥘리앵은 생각에 잠겨 드 라 몰 저택의 정원을 거닐고 있었다. 그러나 그의 얼굴은 지속적인 열등감에서 오는 딱딱함과 철학적인 거만한 표정을 띠고 있지 않았다. 그는 오빠와 뛰어다니다가 발을 다쳤다고 말하는 드 라 몰 양을 살롱의 문간까지 바래다주고 오는 길이었다.

쥘리앵은 혼자 생각했다. 드 라 몰 양은 아주 이상한 태도로 내 팔에 몸을 기댔다. 내가 과대망상에 빠져 있는 것일까, 아니면 그녀가 내게 호의를 갖고 있는 것이 사실일까? 내가 자존심의 온갖 괴로움을 털어놓을 때조차도 그녀는 아주 다정한 태도로 내 말에 귀를 기울였다! 다른 사람들에게는 그처럼 거만하게 구는 그녀가! 살롱에서 그녀의 그런 모습을 본다면 사람들은 몹시 놀랄 것이다. 그런 다정하고 선량한 태도를 그녀가 아무에게도 보여 준 적이 없다는 것은 확실한 사실이거든.

쥘리앵은 이 야릇한 우정을 과장해서 생각하지 않으려고 애썼다. 그 자신은 이 우정을 무장한 평화에 비유하고 있었다. 매일 다시 만나서 전날처럼 거의 친밀한 어조를 되찾기 전까지는, 그들은 이렇게 자문하는 셈이었다. '우리는 오늘 우군이 될 것인가, 적군이 될 것인가?' 쥘리앵은 이 오만한 아가씨에게 단 한 번이라도 무방비 상태로 모욕을 당하는 날에는 모든 것이 끝장이라는 것을 깨닫고 있었다. 어차피 사이가 벌어질 것이라면, 내가 개인적 위엄을 조금이라도 소홀히 하면 곧

장 뒤따라올 모욕의 표시에 반발하기보다는, 지금 당장 내 자존심의 정당한 권리를 방어하면서 사이가 틀어지는 것이 낫지 않겠는가?

기분이 좋지 않은 날에는 마틸드가 쥘리앵에게도 귀부인 같은 태도를 취하려 한 적이 몇 차례 있었다. 그런 시도를 할 때면 그녀는 기막힌 술책을 부렸다. 그러나 쥘리앵은 그것을 거칠게 물리치곤 했다.

하루는 그가 갑자기 마틸드의 얘기를 가로막고 이렇게 말했다. "드 라 몰 양께서는 부친의 비서에게 무슨 명령하실 일이라도 있으십니까? 비서는 아가씨의 명령을 들어 정중하게 수행할 의무가 있습니다. 그뿐만 아니라 비서로서는 아가씨께 한마디도 여쭐 것이 없습니다. 비서는 자기 생각을 아가씨께 전달하기 위해 급료를 받는 것이 아니니까요."

그들 사이의 이러한 관계와 쥘리앵이 품고 있는 야릇한 의혹 때문에, 사람들이 매사에 겁을 내며 아무런 농담도 할 수 없는 겉만 화려한 살롱에서 그가 늘 겪던 권태감은 사라지게 되었다.

그 여자가 나를 사랑하고 있다면 참 재미있는 일인걸! 그 여자가 나를 사랑하든 않든 간에, 어쨌든 나는 기지에 넘치는 처녀를 가까운 얘기 상대로 갖게 된 셈이지. 온 집안 식구는 물론, 특히 다른 누구보다도 드 크루아즈누아 후작이 그녀 앞에서는 쩔쩔매는데 말이야. 가문과 재산의 모든 이점(利點)을 한 몸에 지니고 있는, 그처럼 정중하고 상냥하고 용감한 청년이 쩔쩔매는 것이다. 가문이나 재산 중 한 가지만 가지고 있어도 나는 얼마나 마음이 거뜬할 것인가! 그는 마틸드에게 홀딱 반해 있으니까 아마도 그녀와 결혼하게 되겠지. 그 결혼을 성사시키려고 드 라 몰 후작은 내게 두 명의 공증인 앞으로 얼마나 여러 통의 편지를 쓰게 했던가! 손에 펜대를 잡고 있을 때는 그처럼 보잘것없는 존재인 나지만, 두 시간 후 이곳 정원에서는 내가 그 사랑스러운 청년에게 승리를 거두고 있는 셈이다. 마틸드가 나를 더 좋아하는 것이 노골적이고 확연하게 드러나고 있으니까. 어쩌면 그녀는 미래의 남편감으로는 그 사람을 싫어하는지도 모른다. 그녀는 족히 그럴 만큼 오만한 여자다. 하지만 그녀가 내게 보이는 호의라는 것도, 내가 그저 속내 얘기를 털어놓을 수 있는 아랫사람이라는 이유 때문이 아니겠는가!

그러나 꼭 그런 것만도 아냐. 내가 어리석게 잘못 판단하고 있거나 아니면 그녀가 내 환심을 사려고 애쓰고 있거나 둘 중의 하나지. 내가 냉정하고 정중하게 대할수록 그녀는 더욱더 내게 접근하고 있어. 그건 미리 방침을 정해 놓고 꾸며 보이는 것일 수도 있지. 하지만 내가 불쑥 나타났을 때도 그녀의 눈이 생기를 띠는 것은 어찌된 일인가. 파리의 여자들은 그 정도로까지 자신을 위장할 수 있단 말인가? 아무려면 어떠랴! 내가 아는 건 외관뿐이니 그 외관을 즐기자. 아아, 그녀는 참으로 아름답다! 나를 자주 쳐다보는 그녀의 그 크고 푸른 눈을 가까이에서 보면 참으로 즐겁다! 심술궂고 더러운 300명의 위선자들 가운데서 이를 악물고 참아 가며 불행하게 지냈던 작년 봄과 올봄은 얼마나 엄청난 차이인가! 그때는 나도 그들과 거의 다름없이 사악한 인간이었지.

경계심이 일어나는 날이면 쥘리앵은 다시 생각하는 것이었다. 저 아가씨는 나를 조롱하고 있다. 제 오라비와 짜고 나를 속이려는 것이다. 하지만 그녀는 오라비의 무기력을 경멸하는 기색이 역력했는데! 오빠는 선량할 뿐이에요, 그게 전부예요, 라고 말하지 않았던가. 또 오빠는 유행에서 벗어날 생각을 조금도 못 해요. 제가 늘 오빠를 지켜 줘야 해요 하고 말한 적도 있었지. 열아홉 살밖에 안 된 처녀가! 그 나이에 자기가 미리 정해 놓은 위선을 종일 한순간도 틀리지 않고 지켜나갈 수 있겠는가?

다른 한편으로 드 라 몰 양이 야릇한 표정을 띠고 그 크고 푸른 눈으로 나를 응시할 때면 노르베르 백작은 항상 자리를 피하거든. 그게 수상쩍단 말이야. 그는 자기 누이가 자기 집 '하인'을 특별히 우대하는 것을 보면 응당 분개해야 하지 않겠는가? 드 숀 공작이 나를 하인이라고 말하는 소리를 들었기에 하는 말이다. 이 기억이 떠오르자 다른 모든 감정은 사라지고 분노가 치솟았다. 그렇게 말한 것은 그 편집광적인 공작이 옛 말투를 즐기기 때문일까?

어쨌든 그녀는 어여쁘다! 쥘리앵은 호랑이 같은 눈초리를 하고 계속 생각했다. 그녀를 차지하고 말겠다. 그런 다음 이 집을 나가 버리면 그만이지. 누구든 나의 도망 길을 방해하는 자는 가만 두지 않겠다!

쥘리앵은 이 생각에만 사로잡히게 되었다. 그는 이제 다른 것은 아무것도 생각할 수가 없었다. 그의 나날은 한 시간처럼 쏜살같이 흘러갔다.

　매 순간 좀 더 진지한 일에 전념하려고 애써 보았으나, 한 가지 생각에만 정신이 팔려 그는 다른 것은 거들떠볼 수가 없었다. 그러고는 15분쯤이나 지난 후에야 소스라쳐 정신을 차리고서, 가슴을 두근거리며 산란한 머리로 '그녀가 나를 사랑하는 것일까?' 하는 상념에 다시 빠져드는 것이었다.

# 11장 한 처녀의 세력

나는 그녀의 아름다움은 찬미하지만
그녀의 재치에는 겁이 난다.

—메리메

만약 쥘리앵이 마틸드의 아름다움을 혼자 과장해서 생각하거나 또는 그 집안 식구들의 천성적인 오만(쥘리앵에 대해서는 그렇지 않았지만)에 대해 흥분하는 데 소비한 시간을 살롱에서 일어나는 일을 관찰하는 데 사용했다면, 그는 주위에 대한 마틸드의 세력이 어떤 것인지 이해했을 것이다. 누구든 드 라 몰 양의 비위를 거스르면 그녀는 희롱을 던져 그 사람을 징벌하였는데, 그 희롱이란 대단히 절도 있게 잘 선택되고 외면상으로는 예의 바르게 보이나 때맞춰 폐부를 찌르는 것이어서, 당한 사람은 생각하면 할수록 더 크게 상처를 입는 것이었다. 그 희롱은 상처 입은 자존심에 대해 점점 잔혹해지는 것이었다. 그녀는 가족들의 진지한 열망의 대상이 되는 것들도 무시해 버리는 터였으므로 그들에게는 그녀가 항상 냉혹한 여자로 보였다. 귀족 계급의 살롱이란, 거기서 나온 후에 자랑하기에는 적당한 곳이겠지만 그 이상은 아니다. 예절 그 자체가 대단해 보이는 것도 처음 며칠뿐이다. 쥘리앵은 실제로 그것을 경험했다. 처음의 매혹이 지나면 놀라움이 찾아온다. 예절이란 것도 거친 태도가 불러일으키는 분노가 없는 상태에 불과한 것이다, 하고 쥘리앵은 생각했다. 마틸드는 자주 권태에 빠졌다. 아마 어디에서든 그녀는 권태로웠을 것이다. 그래서 날카로운 경구를 던지는 것이 그녀에게는 하나의 기분 전환이요, 진정한 즐거움이기도 했다.

마틸드가 드 크루아즈누아 후작이라든가 드 케일뤼스 백작이라든가 또는 그 밖에 두세 명의 뛰어난 청년들에게 희망을 품게 놔두고 있는 것도, 자기 친척들이나 아카데미 회원이나 다른 대여섯 명의 아첨꾼들보다 좀 더 재미있는 놀림감을 갖기 위한 것인지도 모른다. 그 청년들이 마틸드에게는 경구를 쏘아댈 새로운 대상에 불과했던 것이다.

우리는 마틸드를 사랑하고 있는 까닭에, 그녀가 그 청년들 중 몇몇에게 편지를 받았으며 때때로 그들에게 답장을 보내기도 했다는 사실을 밝히기가 쑥스럽다. 이 여인은 자기 시대의 풍습에 예외라는 사실을 서둘러 부연해 두기로 하자. 일반적으로 고귀한 성심 수녀원의 학생들에게 신중함의 결여를 비난할 수는 없는 노릇인 것이다.

어느 날 드 크루아즈누아 후작은 전날 마틸드에게서 받은 꽤 위험스러운 편지 한 통을 그녀에게 되돌려 주었다. 후작은 이처럼 극히 신중한 태도를 보여 줌으로써 자기들의 결혼 문제를 한층 진전시킨 것으로 믿었다. 그러나 마틸드가 서신 왕래에서 특히 좋아하는 점은 바로 그 무분별함이었다. 자기 운명을 희롱하는 것이 그녀의 즐거움이었던 것이다. 그녀는 그런 일이 있은 후 여섯 주일 동안이나 후작에게 말을 건네지 않았다.

그녀는 그 청년들의 편지를 재밋거리로 여기고 있었다. 하지만 그녀가 보기에 그들의 편지는 모두 비슷비슷한 것이었다. 한결같이 극히 심각하고 우울한 정열을 토로하고 있을 뿐이었다.

"그들은 모두 당장에라도 팔레스티나로 떠날 듯한 완벽한 남자들뿐이야." 마틸드는 사촌 자매에게 이런 얘기를 했다. "이보다 더 맥 빠진 것이 어디 있겠어? 내가 평생 동안 받게 될 편지란 모두 이런 꼴일 거야! 이따위 편지들은 유행에 맞는 관심사에 따라 이십 년에 한 번씩이나 바뀌겠지. 제정 시대엔 편지가 좀 덜 무미건조했을 거야. 그때는 모든 귀족 청년들이 정말로 위대한 행위를 목격했거나 실천했으니까. 아저씨인 N 공작만 해도 바그람에 출정했었지."

"칼 한 번 휘두르는 데 무슨 재치가 필요하겠어? 그런데 남자들은 어쩌다 그런 일을 한 번 경험하면 두고두고 떠벌린단 말이야!" 마틸드의 사촌인 생트 에레디테 양이 말했다.

"하지만 난 그런 얘기가 재미있어! 진짜 전쟁, 만 명의 병사를 죽인 나폴레옹의 전쟁에 참전했다는 것은 용기를 증명하는 것이잖아. 위험에 몸을 내맡기는 것은 영혼을 높이는 것이고, 가련한 내 찬미자들이 빠져 있는 권태에서 벗어나는 길이기도 해. 권태라는 것은 전염인가 봐. 그들 중 누구 하나 어떤 비범한 일을 행하려는 사람이 있어? 그들은 그저 나와 결혼할 생각이나 하고 있지. 좋은 사업거리지! 나는 부자고 아버지는 사위를 출세시킬 테니까. 아아! 좀 재미있는 사람을 발견할 수 있다면!"

사물을 생생하고 명료하고 아기자기하게 보려는 마틸드의 방식은 위에서 볼 수 있는 바와 같이 그녀의 말투까지 망쳐 놓는 것이었다. 예절 바른 그녀의 남자 친구들에게는 그녀의 말투가 결점으로 보일 때가 많았다. 마틸드가 좀 유행에 맞지 않는 여자였다면, 그들은 그녀의 말투가 여성다운 섬세함에 비해 약간 다채로운 편이라고 생각했을 것이다.

한편 마틸드는 불로뉴 숲에 말 타러 모여드는 멋쟁이 기사들에게 아주 가혹하게 대했다. 그녀는 강렬한 감정을 격발하는 공포심이 아니라 나이에 어울리지 않는 역겨움을 가지고 미래를 바라보고 있었다.

그녀가 대체 무엇을 더 바랄 수 있겠는가? 재산, 문벌, 기지, 자타가 공인하는 미모 등 모든 것이 운명의 손에 의해 그녀 위에 쌓였던 것이다.

남들이 가장 부러워하는 상속녀인 마틸드가 생제르맹 교외에서 쥘리앵과 산책하는 즐거움을 발견하기 시작했을 때, 그녀의 생각은 이상과 같은 것이었다. 그녀는 쥘리앵의 오만에 놀랐고 그 소시민의 재주에 탄복했다. 이 사람은 모리[24] 사제와 같은 주교가 될 인물이야, 하고 그녀는 생각했다.

---

24) 장 시프레인 모리(Jean Sifrein Maury, 1746~1817). 가난한 구둣방의 아들로 태어났으나 후에 추기경이 된 프랑스의 사제.

우리 주인공이 자기 견해를 들을 때 보여 주는 위장한 것이 아닌 그 진지한 저항에 그녀는 곧 깊은 관심을 갖게 되었다. 그녀는 그 점에 대해 곰곰이 생각해 보았다. 그리고 자기 여자 친구에게 쥘리앵과 나눈 대화를 상세하게 얘기해 보기도 했다. 그러나 그의 온갖 표정까지도 전할 수는 없는 노릇이었다.

갑자기 한 가지 생각이 그녀의 머리에 떠올랐다. 그렇다, 내게는 사랑을 하는 행복이 있다. 그녀는 상상도 못 하던 기쁨에 휩싸여 이렇게 중얼거렸다. 나는 사랑한다, 나는 분명히 사랑하고 있어! 내 나이에 아름답고 총명한 처녀가 사랑 말고 어디서 감격을 찾을 수 있단 말인가? 그러나 헛일이야, 나는 크루아즈누아나 케일뤼스나 그 밖의 어중이떠중이들을 결코 사랑할 수 없거든. 그들은 흠잡을 데 없는 청년들이지, 어쩌면 너무 흠잡을 데 없는 사람들일지도 몰라. 하지만 그들은 내게 따분하기만 하니.

그녀는 『마농 레스코』, 『신 엘로이즈』, 『포르투갈 수녀의 서한집』 등등에서 읽은 열렬한 사랑의 묘사를 모두 머릿속에 떠올려보았다. 물론 강렬한 정열만이 문제가 되었다. 그녀 같은 나이와 그녀 같은 가문의 처녀에게 가벼운 사랑이란 어울리지 않는 것이었다. 그녀는 앙리 3세와 바송피에르[25] 시대의 프랑스에서 볼 수 있던 영웅적 감정만을 사랑이라고 불렀다. 그런 사랑은 어떠한 장애에도 비굴하게 굴하지 않는 사랑이었

---

25) 프랑수아 드 바송피에르(François de Bassompierre, 1579~1646). 프랑스의 군인 정치가로 앙리 4세의 총신.

다. 그것은 장애에 굴복하기는커녕 위대한 행위를 촉발하는 사랑이었다.

카트린 드 메디시스나 루이 13세의 궁정과 같은 진짜 궁정이 없다는 것이 내게는 얼마나 불행한 일인가! 나는 가장 대담하고 가장 위대한 모든 것에 값할 수 있다고 느낀다. 내 발밑에서 사랑의 한숨을 짓는 루이 13세와 같은 사나이다운 왕이 있다면 무슨 일인들 못 할 것인가! 드 톨리 남작의 말처럼, 나는 그를 방데로 이끌고 가 거기서 그의 왕국을 재정복하게 할 수도 있으련만. 그렇게 되면 더 이상 헌장이란 것도 없어질 테고……, 쥘리앵이 나를 보좌하겠지. 그에게 부족한 것이 무엇인가? 문벌과 재산이다. 그렇게 되면 그는 문벌도 이루고 재산도 획득할 수 있을 것이다.

크루아즈누아에게는 아무것도 부족한 것이 없다. 그러나 그는 일생 동안 반쯤은 왕당파요 반쯤은 자유주의자로서, 항상 극단과는 멀리 떨어진 불확정한 자세의 공작으로 시종일관할 것이다. 요컨대 어디서나 이류의 인간에 불과하겠지.

위대한 행동치고 시초에 극단적이지 않은 것이 어디 있었던가? 범인(凡人)의 눈에 그런 행동이 가능해 보이는 것은 행동이 완료된 후일 뿐이다. 그렇다, 앞으로는 그런 기적이 따르는 사랑이 내 마음을 지배할 것이다. 내 가슴에 타오르는 불길에서 그것을 느낄 수 있다. 하늘은 내게 그런 은총을 베풀어 주실 거야. 하늘이 한 인간에게 모든 장점을 구비해 주신 것은 공연한 일이 아닐 거야. 나는 내게 어울리는 행복을 얻을 거야. 나의 하루하루는 맥 빠지게 전날과 똑같은 것이 되지는 않을 거야. 사회적 신분이 엄청나게 다른 남자를 사랑하려는 것은 이미 위대하고 대담한 행위야. 하지만 그가 계속 내 사랑을 받을 만한 남자로 머물러 있을까? 그에게 어떤 약점이 보이면 바로 그를 버리는 거야. 뛰어난 가문 출신이며 기사다운 성격을 타고났다고 인정받는(그것은 그녀 부친의 말이었다.) 처녀가 바보처럼 행동할 수는 없는 노릇이지.

내가 드 크루아즈누아 후작을 사랑한다면 바로 그런 바보 같은 여자의 역할을 행하게 될 것이 아닌가? 내 사촌 자매들이 누리는 행복의 재판이겠지. 그러나 나는 그런 것은 철두철미하게 경멸한다. 가련한 드 크루아즈누아 후작이 내게 뭐라고 말할 것이며, 내가 그에게 어떻게 대답할 것인지는 모두 짐작할 수 있다. 하품 나게 하는 사랑이 무슨 가치가 있단 말인가? 그건 수녀가 되는 것이나 다름없어. 사촌 동생처럼 나는 결혼 계약서에 서명할 테고, 상대방 공증인이 바로 전날 삽입한 마지막 조건에 기분이 상하는 일이라도 일어나지 않으면 집안 식구들은 모두 감동하겠지.

# 12장 그는 당통 같은 인물이 될 수 있을 것인가?

> 불안에 대한 갈구, 그것이 내 아주머니인
> 아름다운 마르그리트 드 발루아의 성격이었다.
> 아주머니는 얼마 안 되어, 현재 앙리 4세란 이름으로
> 프랑스를 통치하는 나바라 왕과 결혼했다.
> 노름을 좋아하는 것이 이 사랑스러운
> 왕비가 지닌 성격의 비밀이었다.
> 열여섯 살 되던 때부터 오빠나 동생들과
> 다투었다 화해했다 한 것도 그 때문이었다.
> 그런데 젊은 처녀가 무엇을 도박에 걸 수 있단 말인가?
> 아주머니에게 가장 소중한 것은 일생 동안의 명성과 존경이었다.
>
> ―샤를 9세의 서자 앙굴렘 공작의 회상록

쥘리앵과 나 사이에는 결혼 계약의 서명도 없고 공증인도 없다. 모든 것이 영웅적이며 모든 것이 우연의 소산이다. 그가 귀족이 아니라는 점을 제외하면, 이건 당대에서 가장 뛰어난 남자였던 젊은 보니파스 드 라 몰에 대한 마르그리트 드 발루아의 사랑과 같은 것이다. 궁정의 청년들이 모두 한심한 관례(慣例) 추종자들이고 약간 색다른 모험담만 생각해도 안색이 창백해지는 위인들이라면 그게 내 잘못이란 말인가? 잠시 그리스나 아프리카 여행을 하는 것도 그들에게는 말할 수 없는 모험이지. 게다가 그들은 떼를 지어 행진하지 않으면 엄두도

못 내거든. 혼자 있게 되면 겁에 질리지. 그것도 베두인족의 창을 겁내는 것이 아니라 남의 웃음거리가 될까 겁을 내고 있으니 기막힌 노릇이지. 그 공포심 때문에 그들은 모두 미치광이가 되어 버렸어.

반대로 우리 쥘리앵은 혼자서 행동하는 것만을 좋아해. 이 특출한 사내는 결코 남에게 기대거나 도움을 구하려 하지 않거든! 그는 남들을 경멸해. 그래서 나는 그를 경멸할 수 없지.

만약 쥘리앵이 가난하지만 신분은 귀족이라면, 내 사랑은 천박하고 어리석은 짓이며 어울리지 않는 평범한 결합에 불과할 거야. 나는 그런 건 원하지 않아. 그런 사랑은 위대한 정열을 특징짓는 것, 즉 극복해야 할 엄청난 난관이나 사태의 암울한 불안이 없거든.

드 라 몰 양은 그런 아름다운 상상에 너무나 몰두했던 터라, 다음 날 자신도 모르는 사이에 드 크루아즈누아 후작과 자기 오빠에게 쥘리앵을 극구 찬양했다. 그녀가 너무나 열변을 토하는 바람에 두 사람은 그만 기분이 상하고 말았다.

"그가 그처럼 정력적인 젊은이라면 경계할 필요가 있겠는데. 혁명이 재발하기라도 하면 그자가 우리 모두를 단두대에 매달지도 모를 일이군." 그녀의 오빠가 이렇게 말했다.

그녀는 그 말에는 대답하지 않고, 정력에 겁을 먹는다고 오빠와 드 크루아즈누아 후작을 재빨리 놀려 댔다. 정력을 두려워하는 것은 결국 뜻밖의 일을 당하는 것에 대한 공포이며, 뜻밖의 일을 당해 옴짝달싹 못 하게 되지나 않을까 하는 공포인 것이다…….

"당신들은 언제나 웃음거리가 될까 봐 벌벌 떨고 있군요. 애석하게도 그 웃음거리라는 괴물은 1816년에 사망했는데 말이죠."

두 개의 정당이 있는 나라에서는 더 이상 웃음거리는 존재하지 않는다고 드 라 몰 후작이 말했던 것이다.

후작의 딸은 그 생각을 이해하고 있었다.

그녀는 쥘리앵을 적대시하는 그들에게 이렇게 핀잔을 주었다.

"당신들은 이처럼 평생을 겁내며 사시겠군요. 그런데 훗날 사람들은 이렇게 말할 거예요.

그것은 늑대가 아니었노라.
그것은 늑대의 그림자에 불과했노라."

마틸드는 곧 그들 곁을 떠났다. 오빠의 말이 끔찍했던 것이다. 그 말에 그녀는 몹시 불안해졌다. 그러나 다음 날이 되자 그 말이 최고의 찬사로 여겨졌다.

모든 정력이 사멸한 이 시대에 그의 정력은 그들을 겁나게 하는 것이다. 그에게 오빠가 하던 말을 얘기해 줘야지. 그가 무슨 대답을 하는지 알고 싶어. 하지만 그의 눈이 반짝이는 순간을 골라서 얘기해야지. 그럴 때면 내게 거짓말을 할 수 없을 거야.

그이는 당통 같은 인물이 될지도 몰라! 오랫동안 몽롱한 꿈에 잠겨 있다가 그녀는 이런 생각을 했다. 그렇다! 다시 혁명이 일어날지도 모른다. 그럴 경우 크루아즈누아나 오빠는 어떤 역할을 행할 것인가? 불 보듯 뻔한 일이다. 숭고한 체념이 겠지. 말 한마디 못하고 목이 잘리는 영웅적인 양(羊)의 역할이겠지. 죽어 가면서도 그들의 유일한 두려움은 나쁜 취미를 보이지나 않을까 하는 것이겠지. 반면에 우리 쥘리앵은 살아날 조그만 희망만 보여도 자기를 체포하러 온 자코뱅의 머리를 쏴 죽일 것이다. 그 사람은 나쁜 취미에 대한 두려움이 없거든.

이 마지막 말이 마음에 걸려 그녀는 깊은 상념에 빠졌다. 그 말은 쓰라린 기억을 불러일으켰으며 그녀의 모든 대담함을 사라지게 했다. 그 말은 케일뤼스와 크루아즈누아와 뤼즈와 자기 오빠의 농담을 생각나게 했다. 그들은 이구동성으로 쥘리앵이 겸손을 꾸민 위선적인 사제 같은 태도를 지녔다고 비난했던 것이다.

마틸드는 갑자기 기쁨으로 눈을 반짝이며 생각을 이었다.

하지만 그들이 빈번하게 쥘리앵을 험구하는 것은, 그가 올겨울에 우리가 만난 사람들 중 가장 뛰어난 사내라는 것을 어쩔 수 없이 증명하는 것이다. 그의 결점, 그의 우스꽝스러운 점이 무슨 문제가 되겠는가? 쥘리앵은 위대한 면을 지니고 있어. 그래서 그처럼 선량하고 너그러운 그들도 기분이 상한 거지. 그가 가난하고 신부가 되려고 공부한 것은 사실이야. 그들은 기병 대위니까 공부할 필요도 없는 거지. 그게 더 편안한 일이겠지.

가난한 까닭에 먹고살기 위해 늘 검은 옷을 걸치고 사제 같은 태도를 지니고 있는 것이 불리한 점이 많은데도 그들은 쥘리앵의 능력에 겁먹고 있어. 그건 확실한 사실이야. 그리고 그 사제 같은 태도라는 것도 잠시 우리 둘만 있게 되는 순간에는 금방 사라져 버리거든. 저 신사들이 자기들 딴에 의표를 찌르는 날카로운 말이라도 한마디 할 때면 그들의 시선은 맨 먼저 쥘리앵을 향하지 않는가? 나는 그걸 분명히 알고 있어. 그렇지만 그들은 쥘리앵이 질문이라도 받기 전에는 먼저 말을 걸지 않는다는 것을 잘 알고 있어. 그가 스스로 말을 거는 상대는 나뿐이야. 그는 내가 뛰어난 영혼의 소유자라고 믿고 있는 거야. 쥘리앵이 그 사람들의 얘기에 답변하는 것은 그저 예의를 지키기 위한 정도지. 그는 곧바로 공손한 태도로 돌아가거든. 하지만 나하고는 몇 시간이고 내내 토론을 벌이잖아. 그리고 내가 조금이라도 이의를 제기하는 한 그는 자기 생각에 확신을 갖지 못한단 말이야. 요컨대 올 겨울에는 내내 결투 같은 것도 없었고 보니 주의를 끈 것은 언변뿐이었지. 그런데 탁월한 인물이시며 가세(家勢)를 크게 떨치실 아버지께서 쥘리앵을 존중하신단 말이야. 나머지 사람들은 모두 그를 미워하지. 하지만 어머니 친구인 신앙밖에 모르는 노인들을 빼놓고는 아무도 그를 경멸할 사람은 없어.

드 케일뤼스 백작은 대단한 애마 열(愛馬熱)을 가지고 있었다. 또는 그런 열정을 꾸미고 있었다. 그는 마구간에 틀어박혀 지내다시피 했으며, 마구간에서 밥을 먹는 일도 자주 있었다. 결코 웃음 짓는 일이 없는 근엄함과 더불어 이러한 애마 열은 친구들 사이에 그에 대한 대단한 존경심을 불러일으켰다. 그는 이 작은 서클의 수장(首長) 격이었다.

다음 날 그 작은 그룹이 드 라 몰 부인의 안락의자 뒤로 모이자마자, 마침 쥘리앵이 없는 틈을 타서 케일뤼스는 크루아즈누아와 노르베르의 응원을 얻어 쥘리앵에 대한 마틸드의 호의를 맹렬히 공격했다. 그는 틈을 주지 않고 마틸드가 눈에 띄자마자 공격을 개시했던 것이다. 마틸드는 그 뻔한 계략을 눈치채고 오히려 기뻐했다.

마침내 이들은 10루이의 연 수입도 없으며 기껏 묻는 말에나 대답할 뿐인 천재 한 명에 대항해서 모두 동맹을 맺었구나. 마틸드는 이렇게 생각했다. 검은 옷을 입었을망정 천재가 두려운가 보지. 그가 견장이라도 달게 되는 날엔 어찌 될까?

마틸드가 이처럼 눈부시게 싸워본 적은 일찍이 없었다. 공격이 시작되자마자 마틸드는 케일뤼스와 그의 동맹군에게 신랄한 풍자를 퍼부었다. 찬란한 사관들의 야유의 포화가 꺼지자, 그녀는 케일뤼스를 몰아붙이기 시작했다.

"내일이라도 프랑슈콩테 산간의 어느 시골 귀족이 나타나 쥘리앵을 자기의 서자로 인정하고 가문과 수천 프랑의 재산을 물려준다면, 여섯 주일 후면 그 사람도 당신들처럼 수염을 기를 거예요. 그리고 여섯 달 후면 당신들처럼 기병 장교가 될 거고요. 그렇게 되면 그의 위대한 성격도 웃음거리가 되지는 않겠죠. 그런데 미래의 공작님, 당신은 궁정 귀족이 지방 귀족보다 우월하다는 낡아 빠진 통념을 내세울 수밖에 없다는 것을 잘 알아요. 하지만 내가 좀 더 극단으로 나아가, 심술궂게도 쥘리앵의 아버지가 나폴레옹 시대에 브장송의 전투에서 포로가 된 스페인의 공작이라고 한다면, 무얼 내세우시겠어요? 그리고 스페인의 공작이 양심의 가책으로 임종 석상에서 쥘리앵을 아들로 인정한다면?"

서출 출생에 대한 이러한 모든 가정은 케일뤼스와 크루아즈누아에게는 고상하지 못한 취미로 보였다. 이것이 마틸드의 추론에서 그들이 발견한 모든 것이었다.

누이동생에게 눌려 지내는 위인이긴 했지만, 마틸드의 말이 너무 노골적인 듯해서 노르베르는 엄숙한 표정을 지었다. 상냥하고 사람 좋아 보이는 평소 그의 얼굴과는 어울리지 않는 표정이었다. 그는 누이동생에게 몇 마디 타이르고 나섰다.

"오빠는 어디 몸이 아파요?" 마틸드는 약간 진지한 표정을 띠고 대꾸했다. "농담에 훈계로 응수하다니 아무래도 단단히 병이 났나 봐요. 오빠가 훈계를 다 하시다니! 지사 자리라도 하나 부탁하고 있나 보죠!"

마틸드는 드 케일뤼스 백작의 화난 표정도 노르베르의 시무룩함도 드 크루아즈누아 씨의 말 없는 절망도 재빨리 잊어버렸다. 그녀는 자기 마음을 사로잡은 어떤 중대한 생각에 대해 결말을 지어야 했다.

그녀는 혼자 생각에 잠겼다. 쥘리앵은 내게는 무척 성실하다. 그의 나이에, 신분은 낮고 엄청난 야심으로 불행에 빠져 있는 그로서는 여자 친구가 필요할 것이다. 어쩌면 내가 그 여자 친구일지도 모른다. 그러나 그는 조금도 사랑하고 있는 것 같지는 않아. 그처럼 대담한 성격으로 미루어 보아 사랑을 고백하지 않을 리 없는데.

이때부터 끊임없이 마틸드의 마음을 사로잡고 그 때문에

쥘리앵의 한마디 한마디가 새로운 실마리로 들렸던 그 불안과 자문자답으로 인해, 그녀가 빠져 있던 권태는 씻은 듯이 사라지게 되었다.

장관이 될 수도 있고 성직 계급에게 잃어버린 삼림을 되찾아 줄 수도 있는 유능한 재사인 후작의 딸로 태어난 드 라 몰 양은 어려서 성심 수녀원에 있을 때 사람들의 지나친 아첨을 받았다. 그런 불행은 결코 보상될 수 없는 것이다. 가문이라든가 재산 등등의 모든 특전으로 인해, 자기는 다른 여자보다 월등히 행복해야 마땅하다는 믿음을 사람들은 그녀에게 불어넣었던 것이다. 이것이 바로 귀공자들의 권태와 그들의 모든 광기의 원천이기도 하다.

마틸드는 그런 믿음의 유해(有害)한 영향에서 조금도 벗어나지 못했다. 아무리 영리한 사람이라도 열 살의 나이에 수녀원 전체의 아첨, 그것도 아주 근거 있어 보이는 아첨으로부터 자신을 지킬 수는 없는 것이다.

쥘리앵을 사랑하기로 결심한 순간부터 그녀는 더 이상 권태를 몰랐다. 그녀는 매일같이 위대한 정열에 몸 바치기로 결심한 것을 기뻐했다. 그리고 이렇게 생각하는 것이었다.

이런 즐거움에는 많은 위험이 따르지. 하지만 그럴수록 좋아! 몇천 배나 더 좋지! 위대한 정열 없이, 열여섯 살부터 스무 살까지 인생의 황금기를 나는 권태로 시들어 왔어. 벌써 내 인생의 가장 아름다운 시기를 상실한 거야. 어머니 친구 분들의 당찮은 소리를 듣는 것을 모든 재미로 알고 말이야. 그 양반들도 1792년 코블렌츠로 망명 가 있을 땐 오늘날처럼 그렇게 엄격하지만도 않았다는데.

이런 커다란 불안으로 마틸드가 동요하는 동안, 쥘리앵은 그에게 오랫동안 머물곤 하는 그녀의 시선을 이해하지 못하고 있었다. 다만 그는 노르베르 백작의 태도가 훨씬 더 쌀쌀맞아진 것과, 케일뤼스며 뤼즈며 크루아즈누아의 태도가 더 거만해진 것은 잘 알 수 있었다. 하지만 그런 것에는 이미 익숙해 있는 터였다. 그들의 그런 태도는 쥘리앵이 신분에 어울리지 않게 빛을 발하고 난 저녁 같은 때 흔히 볼 수 있는 것이었다. 마틸드가 보여 주는 특별한 호의와 그들 패거리 전체에 대한 호기심만 없었던들, 쥘리앵은 저녁 식사 후 드 라 몰 양을 동반하는 콧수염을 기른 그 빛나는 청년들을 따라 정원으로 나가지도 않았을 것이다.

그렇다, 드 라 몰 양이 야릇한 태도로 나를 쳐다보는 것은 숨길 수 없는 사실이다. 쥘리앵은 이렇게 생각했다. 그러나 그녀의 아름다운 푸른 눈이 완전히 방심한 상태로 나를 쳐다보고 있을 때조차도, 그 속에서 비판적이고 쌀쌀하며 심술궂은 기색을 항상 엿볼 수 있다. 그것이 사랑이랄 수 있을까? 드 레날 부인의 시선과는 얼마나 커다란 차이냐!

어느 날 저녁 식사 후 쥘리앵은 드 라 몰 후작을 따라 서재에 갔다가 재빨리 다시 정원으로 돌아왔다. 무심코 마틸드의 그룹에 다가가다가 그는 몇 마디 큰 소리를 알아들었다. 마틸드가 자기 오빠를 몰아세우고 있었다. 쥘리앵은 분명히 자기 이름이 두 번이나 튀어나오는 것을 들었다. 그의 모습이 나타나자 갑자기 쥐 죽은 듯 침묵이 흘렀다. 그들은 그 침묵을 깨려고 애써 보았지만 허사였다. 드 라 몰 양과 그녀의 오빠는 너무나 격앙되어 있어서 다른 얘깃거리를 찾아낼 수가 없었던 것이다. 케일뤼스, 크루아즈누아, 뤼즈, 또 다른 친구 하나는 쥘리앵을 얼음장같이 차갑게 대했다. 그는 재빨리 자리를 떴다.

# 13장 음모

가슴에 불길이 타오르는
상상력이 충만한 사람의 눈에는,
두서없는 몇 마디나 우연한 만남도
움직일 수 없이 명백한 증거가 되는 것이다.

—실러

다음 날에도 쥘리앵은 노르베르와 마틸드가 자기 얘기를 하고 있는 장면에 부딪혔다. 그가 도착하자 전날처럼 남매 사이에는 침묵이 흘렀다. 그는 말할 수 없는 의혹에 사로잡혔다.

이 상냥한 젊은 남녀가 나를 우롱할 작정인가? 드 라 몰 양이 가난뱅이 비서에게 정열을 쏟는다는 것보다는 그 편이 훨씬 있음 직하고 자연스러운 일이겠지. 무엇보다도 저 사람들에게 정열이란 것이 있기나 한가? 속임수를 쓰는 것이 저들의 장기이다. 저들은 내 말솜씨가 자기들보다 좀 뛰어난 것에 시기심이 난 거야. 시기심은 저들의 약점의 하나가 아닌가. 이렇게 생각해 보니 모든 것이 설명되고도 남는다. 드 라 몰 양은 단지 제 약혼자에게 나를 구경거리로 만들기 위해 내게 특별한 관심을 가진 듯이 꾸미는 거겠지.

이런 혹심한 의혹에 쥘리앵의 정신 상태는 일변하고 말았다. 그런 의혹을 품는다는 것은 그의 마음속에 사랑이 싹튼 것을 의미하지만, 그것은 또 그 사랑의 싹을 쉽사리 짓밟아 버렸다. 그 사랑은 마틸드의 뛰어난 미모, 아니 그보다도 그녀의 여왕 같은 풍모와 감탄할 만한 몸치장에 근거할 뿐이었다. 이 점에 있어서는 쥘리앵은 아직도 일개 시골뜨기에 불과했다. 사람들 말에 의하면, 일류 사교계에 섞이게 된 총명한 시골뜨기에게 가장 놀라운 것은 상류 사회의 아름다운 여인이라는 것이다. 최근에 쥘리앵을 공상에 잠기게 한 것은 마틸드의 성격이 아니었다. 그는 자기로서는 마틸드의 성격을 통 알 수 없다는 것을 깨달을 만한 분별력은 지니고 있었다. 그가 그녀의 성격에 관해서 알고 있는 것이란 오직 외면뿐이었다.

예를 들어 마틸드는 무슨 일이 있어도 일요일 미사를 거르는 법이 없었다. 그녀는 거의 매일같이 어머니와 함께 교회에 나갔다. 만약 드 라 몰 저택의 살롱에서, 어떤 경솔한 자가 자기가 처한 장소를 망각하고 현실적인 것이든 가상적인 것이든 왕좌와 교회의 이해관계에 반대되는 농담을 조금이라도 비칠라치면, 마틸드는 그 즉시 얼음장같이 차가운 근엄함을 보였다. 그처럼 신랄하던 그녀의 눈초리는 가문의 낡은 초상화들처럼 냉담하고 오만한 빛을 띠는 것이었다.

그러나 쥘리앵은 그녀가 자기 방에 언제나 볼테르의 철학적인 저작을 한두 권씩 갖다 놓고 있다는 것을 알고 있었다. 쥘리앵 자신도 훌륭한 장정의 그 멋진 판본을 몇 권씩 곧잘 자기 방으로 가져다 읽었다. 그는 책장에 꽂힌 책들의 간격을 조금씩 넓혀 놓음으로써 자기가 가져간 책의 빈 자리를 감추는 것이었지만, 머지않아 다른 또 한 사람이 볼테르를 읽는다는 것을 알게 되었다. 그는 신학교식의 간책에 의거해 드 라 몰 양이 흥미 있어 할 듯한 책 위에다 말총 몇 오라기를 올려놓아 보았다. 그러면 그 책들은 몇 주일씩 자취를 감추는 것이었다.

가짜로 꾸며 낸 회상록 등속을 마구 보내오는 책 장수에게 골치를 썩여 오던 드 라 몰 후작은 재미있는 신간 서적 구입 일체를 쥘리앵에게 맡겼다. 그러나 집 안에 해독이 퍼지지 않게 하기 위해 비서는 신간 서적들을 후작 방에 놓인 작은 책장에 따로 보관하라는 명령을 받고 있었다. 쥘리앵은 그 신간 서적들 중 왕좌와 교회의 이익에 적대적인 책은 곧 후작의 책장에서 자취를 감춘다는 사실을 확인했다. 물론 그런 책을 읽는 사람이 노르베르는 아니었다.

이런 경험을 과장해서 생각한 쥘리앵은 드 라 몰 양이 마키아벨리적 이중성격을 지니고 있다고 믿기까지 했다. 그가 가정하고 있는 마틸드의 그런 고약한 성격이 그에게는 하나의 매력으로 보였다. 그녀의 유일한 정신적인 매력으로 보일 정도였다. 위선과 덕성스러운 화제에 진력난 그는 이처럼 극단적인 생각에 빠졌던 것이다.

그는 사랑에 이끌리기보다는 공상에서 자극을 받았다.

그가 사랑에 빠지는 것은 드 라 몰 양의 우아한 몸매, 탁월한 몸치장의 취미, 하얀 손, 아름다운 팔, 경쾌한 몸놀림 등에 대한 몽상에 넋을 잃고 난 후의 일이었다. 그럴 때면 그녀의 매력을 완성하기 위해서 그는 마틸드가 카트린 드 메디시스와 같은 여자라고 생각하는 것이었다. 쥘리앵이 생각하는 카트린의 성격이란 더할 나위 없이 음험하고 간악한 것이었다. 그것은 지난 시절에 그가 감탄한 바 있는 마슬롱이나 프릴레르나 카스타네드 사제들 같은 성격의 이상형이었다. 요컨대 그것은 그가 생각하는 파리의 이상형이었다.

파리 사람의 성격을 음험하다거나 간악하다고 믿는 것보다 재미있는 생각이 어디 있겠는가?

저 세 사람이 작당해서 나를 놀리는지도 몰라. 쥘리앵은 이런 생각을 했다. 마틸드의 시선에 답하는 그의 시선에서 우울하고 냉정한 표정을 알아채지 못하는 사람은 그의 성격을 모르는 사람일 것이다. 당황한 드 라 몰 양이 두세 번 쥘리앵에게 확실한 우정의 표시를 보였지만 그는 신랄한 익살로 물리쳤다.

천성적으로 냉정하고 권태롭고 기지에 민감한 처녀였지만, 쥘리앵의 돌발적인 기행(奇行)에 애가 탄 마틸드는 본래 그런 성격의 여자이기나 한 듯이 열정에 들뜨게 되었다. 그러나 몹시 자존심이 강한 것이 마틸드의 성격이기도 했다. 그래서 자신의 모든 행복이 타인에게 좌우된다는 생각이 들자 그녀는 우울하고 서글픈 심정에 사로잡혔다.

이미 파리 생활을 많이 경험한 쥘리앵은 마틸드의 울적함이 권태에서 오는 메마른 울적함이 아니라는 것쯤은 알아볼 수 있었다. 그녀는 이전처럼 야회나 연극 구경이나 각종 오락에 열중하는 대신, 그런 것을 회피하는 듯이 보였다.

마틸드는 프랑스인들이 부르는 노래를 죽도록 싫어하고 있었지만, 오페라가 끝나면 출구에 서 있는 것을 의무로 이행하는 쥘리앵은 그녀가 빈번히 거기 나타나는 것을 볼 수 있었다. 그에게는 또 마틸드가 자신의 온갖 행동에서 발휘하던 완벽한 절도를 약간 상실한 듯이 여겨지기도 했다. 그녀는 때때로 신랄하다 못해 모욕적인 조롱을 자기 남자 친구들에게 퍼부었다. 쥘리앵이 보기에 그녀는 특히 드 크루아즈누아 후작을 심하게 대하는 듯했다. 저 청년이 마틸드를 팽개쳐 버리지 못하는 것은 돈을 무척 좋아하기 때문일 거야, 마틸드는 아주 부자니까! 쥘리앵은 이렇게 생각했다. 그리고 남성의 존엄이 무참하게 짓밟힌다는 사실에 분개하여 그녀에게 더욱더 쌀쌀하게 대했다. 때때로 그는 마틸드에게 퉁명스러운 대답을 하기까지 했다.

쥘리앵은 마틸드가 관심을 표시하는 데 결코 속아 넘어가지 않겠다고 단단히 결심하고 있는 터였지만, 어떤 날은 마틸드의 관심의 표시가 지나치게 노골적이었다. 그럴 때면 여성에 대해 눈을 뜨기 시작한 쥘리앵은 당황할 정도로 그녀가 아름답게 보이는 것이었다.

저 상류 사회 출신 청년들의 능란함과 참을성이 결국은 내 보잘것없는 경험을 압도하고 말 거다. 여행이나 떠나서 이 모든 짓거리에 끝장을 내야지. 쥘리앵은 이렇게 생각했다.

후작은 랑그도크 아래쪽 지역에 소유하고 있는 많은 작은 영지와 가옥의 관리를 최근에 쥘리앵에게 맡겼다. 그래서 그곳을 여행할 필요가 있었다. 드 라 몰 후작은 망설임 끝에 쥘리앵에게 그곳에 다녀올 것을 허락했다. 여전히 원대한 야망을 품고 있다는 것을 제외하면 쥘리앵은 전혀 딴사람이 되어 있었다.

떠날 채비를 하면서 쥘리앵은 혼자 생각했다. 결국 나는 그들의 올가미에 걸려들지 않았다. 그들에 대한 드 라 몰 양의 조롱이 진심에서 나온 것이든 또는 단지 내 신뢰를 얻기 위한 것이든 간에 재미는 있었어.

목수의 아들에 대해 무슨 음모를 꾸미는 것이 아니라면 드라 몰 양의 태도는 이해할 수 없는 것이야. 하지만 이해할 수 없다는 것은 나에게나 드 크루아즈누아 후작에게나 마찬가지일 거야. 예를 들어 어제만 해도 그 사람은 정말로 화가 나 있던데. 가난하고 비천한 내 처지와는 정반대로 그처럼 부유한 귀족 청년이 나 때문에 궁지에 몰리는 것은 재미있는 일이었어. 이거야말로 내 승리 중에서도 가장 찬란한 것이지. 그 승리는 랑그도크 평원을 달리는 역마차 속에서 나를 즐겁게 해 줄 거다.

쥘리앵은 자신의 출발을 비밀로 해 두고 있었다. 그러나 마틸드는 그가 다음 날이면 오랜 예정으로 파리를 떠난다는 것을 그보다도 더 잘 알고 있었다. 그녀는 살롱의 답답한 공기로 몹시 머리가 아프다는 핑계를 대고 정원을 오랫동안 산책했다. 그리고 노르베르, 드 크루아즈누아 후작, 케일뤼스, 뤼즈와 그 밖에 드 라 몰 저택에서 저녁 식사를 한 몇몇 젊은이들에게 혹심한 조롱을 퍼부어 그들을 떠나게 했다. 그녀는 이상한 태도로 쥘리앵을 바라보았다.

저 눈초리도 필경 연극일 테지. 쥘리앵은 생각했다. 그러나 저 가쁜 숨소리, 저 흥분은! 체, 헛된 생각! 내가 어찌 그런 것을 판단할 수 있겠는가? 지금 상대하고 있는 사람은 파리의 여자들 중에서도 가장 탁월하고 가장 섬세한 여자다. 내 볼에 와 닿을 듯한 저 가쁜 숨결은 아마 저 여자가 좋아하는 여배우 레옹틴 페이에게서 배운 것이겠지.

그들 단둘이만 남아 있었다. 대화는 활기를 잃어갔다. 아냐! 쥘리앵은 내게 아무런 감정도 없어! 마틸드는 슬픈 심정으로 이렇게 생각했다.

쥘리앵이 곁을 떠나려 하자 그녀는 힘껏 그의 팔을 잡았다.

"오늘 저녁에 편지를 드리겠어요." 그녀는 마치 딴사람같이 변한 목소리로 이렇게 말했다.

이런 상황에 쥘리앵도 갑자기 감동을 느꼈다.

"아버지는 당신의 도움을 소중히 여기고 계세요. 내일 떠나지 말아야 해요. 무슨 핑계를 찾아내세요." 이렇게 말하고 나서 그녀는 달음질쳐 곁을 떠났다.

그녀의 몸매는 참으로 매력적이었다. 그녀의 발보다 예쁜 발은 있을 것 같지 않았다. 달려가는 그녀의 우아한 자태에 쥘리앵은 그만 매혹되었다. 그러나 마틸드의 모습이 완전히 사라진 후에 쥘리앵에게 떠오른 생각이 어떤 것인지 누가 짐작이나 할 수 있을 것인가? 그는 '⋯⋯ 말아야 해요.'라는 그녀의 명령적인 어조에 기분이 상했다. 루이 15세도 역시 임종의 순간에 어의가 무심코 '⋯⋯ 해야 됩니다.'라고 말한 것에 몹시 역정을 냈다. 그렇지만 루이 15세는 출세한 촌놈이 아니었다.

한 시간 후 하인이 쥘리앵에게 편지 한 통을 전해 주었다.

그것은 적나라한 사랑의 고백이었다.

　문장에 꾸밈이 많은 것 같지는 않군. 뺨을 오그라들게 하고 웃음이 터져 나올 듯한 기쁨의 심정을 문체에 대한 고찰로 억제하려고 애쓰면서 쥘리앵은 이렇게 중얼거렸다.

　마침내 나는, 가난한 농군인 나는, 귀부인의 사랑의 고백을 얻어 냈다! 끓어오르는 격정을 주체할 길 없어 그는 별안간 이렇게 소리쳤다.

　나로서는 나쁠 것이 없다. 나는 내 성격의 위엄을 지켜온 것이다. 내가 사랑을 먼저 고백한 적은 없다. 그는 애써 기쁨을 억제하면서 이렇게 덧붙였다. 그는 글씨체를 살펴보기 시작했다. 드 라 몰 양은 영국식의 작고 예쁜 필체를 갖고 있었다. 그는 미칠 듯이 들끓어 오르는 기쁨에서 잠시 벗어나기 위해 육체적인 일에 격심하게 매달릴 필요가 있었다.

　'당신이 떠나신다기에 말씀드리지 않을 수 없어요……. 당신을 보지 못한다는 것은 이제 저로서는 견딜 수 없는 일이에요.'

　갑자기 새로운 발견이라도 되듯 한 가지 생각이 쥘리앵에게 밀어닥쳐, 마틸드의 편지를 검토하는 일을 중단하게 했다. 그리고 쥘리앵의 기쁨은 더욱 커졌다. 그렇다, 나는 드 크루아즈누아 후작에게 승리한 것이다. 심각한 얘기밖에는 할 줄 모르는 내가! 그리고 그 사람은 미남자다! 그는 수염을 기르고 멋진 군복을 입고 있다. 그는 언제나 임기응변으로 재치 있고 기민한 얘기를 할 줄 아는 사람인데. 쥘리앵은 이렇게 소리쳤다.

　쥘리앵에게는 말할 수 없이 감미로운 한순간이었다. 그는 행복에 들떠 되는대로 정원을 쏘다녔다.

잠시 후 그는 자기 사무실로 올라갔다가 드 라 몰 후작을 만나러 갔다. 다행히 후작은 외출하지 않고 방에 머물러 있었다. 그는 노르망디에서 도착한 몇 건의 기록된 서류를 후작에게 보이며, 노르망디의 소송건으로 인해 랑그도크 지방으로 떠나는 것을 연기해야겠다고 쉽사리 설명할 수 있었다.

"자네가 떠나지 않겠다니 오히려 잘됐네." 용건을 얘기하자 후작이 말했다. "나는 자네와 함께 있고 싶어." 쥘리앵은 방을 나왔다. 후작의 말에 그는 거북함을 느꼈다.

그런데 나는 그분의 딸을 유혹하려 하고 있다! 그분의 미래에 기쁨이 될 드 크루아즈누아 후작과의 혼사를 깨뜨리게 될지도 모를 일이다. 그분은 공작이 아니어도 그분의 딸은 공작 부인이 될 텐데.

쥘리앵은 마틸드의 편지와 후작에게 여행을 연기하겠다고 말한 것에도 불구하고 랑그도크로 떠날 것을 생각해 봤다. 그러나 이런 덕성스러운 생각은 곧 사라지고 말았다.

하층민인 내 주제에 이런 위치의 가족을 동정하다니 나도 참 착하기도 하군! 그는 이렇게 중얼거렸다. 드 숀 공작에게 하인이란 말을 들은 내가 말이야! 후작은 그의 거대한 재산을 어떻게 증식하고 있는가! 다음 날 정변의 기미가 있다는 것을 궁정에서 알게 되면 국채를 팔아서 재산을 늘리는 것이다. 그런데 심술궂은 신의 뜻에 의해 최하층에 던져진 나, 신에게서 고귀한 심성을 받았을 뿐 1000프랑의 수입도 없는, 다시 말해 먹고살 것이 없는, '정확히 말해 먹고살 것이 없는' 내가 아닌가! 그런 내가 저절로 굴러드는 쾌락을 거절하다니! 이처럼 고통스럽게 건너가는 불타는 듯한 이 비속함의 사막에서 내 갈증을 식혀 주려는 투명한 샘물을 거절하다니! 아니다, 그처럼 어리석지는 말자! 인생이라고 불리는 이 에고이즘의 사막에서는 누구나 자기를 위하게 마련!

그리고 그는 드 라 몰 후작 부인이, 특히 그녀의 친구인 귀부인들이 자기에게 던지는 경멸에 찬 시선을 생각했다.

드 크루아즈누아 후작에게 승리했다는 기쁨이 도덕에 이끌리려는 생각을 일소해 버렸다.

그자로 하여금 화가 치밀도록 하고 싶다! 쥘리앵은 말했다. 이제야말로 나는 확고한 자신을 갖고 그자에게 일격을 가할 수 있다. 그리고 그는 두 번째 공격을 가하는 시늉을 해 보았다. 이 편지가 있기 전까지 나는 하찮은 용기를 함부로 휘두르는 하급자에 불과했다. 그러나 이 편지를 받은 이상 그와 대등한 것이다.

그는 한없는 기쁨에 잠겨 천천히 중얼거렸다. 그렇다, 후작과 나의 가치가 저울질된 것이다. 그리고 쥐라 산맥의 가난한 목수가 이긴 것이다.

그렇다! 쥘리앵은 또다시 소리쳤다. 내 답변은 마련되어 있다. 드 라 몰 양이여, 내가 신분을 망각하고 있다고는 생각하지 마십시오. 나는 당신이 일개 목수의 아들을 택하기 위해 성 루이를 따라 십자군 원정에 참전했던 유명한 기 드 크루아즈누아의 훌륭한 후예를 배반했다는 사실을 당신에게 이해시키고 충분히 느끼게 하겠습니다.

쥘리앵은 자신의 기쁨을 억제할 수가 없었다. 그는 정원으로 달려 나가지 않으면 안 되었다. 그가 열쇠로 잠그고 들어앉아 있던 방은 너무 비좁아 숨을 쉴 수 없을 듯했다.

그는 거듭 중얼거렸다. 쥐라 산맥의 가련한 농사꾼인 나, 평생 동안 이 음울한 검은 옷을 걸치고 있어야 할 내가 아닌가! 아아! 이십 년 전만 해도 나는 그들처럼 군복을 입었을 것이 아닌가! 그때라면 나 같은 남자는 전쟁터에서 죽거나 아니면 '서른여섯 살에 장군이 되었을 텐데.' 그가 손에 움켜쥐고 있는 그 편지가 그에게 영웅 같은 풍모를 자아내게 했다. 현재는 이 검은 옷을 입은 사람이 보베의 주교님처럼 나이 마흔에 10만 프랑의 연봉과 청색 훈장을 누릴 수 있는 것이다.

그렇다! 그는 메피스토펠레스처럼 웃으며 중얼거렸다. 나는 그들보다 재능이 있다. 나는 내 시대에 맞는 제복을 고를 줄 아는 것이다. 그는 사제복에 대한 애착과 자신의 야망이 한층 더 불타오름을 느꼈다. 나보다 비천하게 태어나서 세상에 군림한 추기경들이 얼마나 많으냐! 예를 들어 나와 동향인 그랑벨만 해도 그렇다.

쥘리앵의 흥분은 점차 가라앉았다. 그리고 조심성이 떠올랐다. 그는 그 역을 줄줄 외고 있는, 자신의 스승 격인 타르튀프[26]처럼 다음과 같이 중얼거렸다.

정직한 기교라는 그 말을 나는 믿을 수도 있다.

(……)

---

26) 몰리에르의 동명 희극에 등장하는 극히 위선적인 인물.

그러나 그처럼 달콤한 말은 믿을 수 없나니,

내가 한숨지으며 갈구하는 그녀의 사랑의 표시가

그 말의 모든 진실을 내게 확인해 주지 않는 한.

—『타르튀프』 4막 5장

타르튀프도 여자 때문에 망했거든, 그는 전혀 다른 인물이 될 수도 있었는데……. 내 답장이 발각될지도 모를 일이지……. 거기에 대한 대책을 세워야지. 고귀한 마틸드의 편지에서 가장 강렬한 문구로 답장을 시작하는 거야. 그는 사나운 어조를 억누르면서 천천히 중얼거렸다.

그렇게 해야지. 그러나 드 크루아즈누아 씨의 하인 너덧 명이 내게 달려들어 마틸드가 보낸 편지 원본을 빼앗을지도 모른다.

아니, 그러지는 못할 거야. 나는 무장하고 있고, 내가 하인들에게 사정없이 권총을 쏘아 댄다는 것은 잘 알려져 있으니까.

그런데 하인 하나가 용감한 자여서 내게 달려들지도 모르지. 그 녀석은 나폴레옹 금화 백 닢을 약속받았을지도 모르고. 나는 그 녀석을 죽이거나 녀석에게 심한 부상을 입히게 되겠지. 그러면 바로 그들의 계략에 빠지는 거야. 법에 따라 나는 감옥에 처넣어질 테니까. 우선 경범 재판소에 출두하겠지. 그리고 재판관들 말을 빌리면 정당하고 공평한 절차에 따라 퐁탕 씨와 마갈롱 씨[27]처럼 푸아시로 압송되겠지. 거기서

---

27) 《알범》지의 편집인들로 1830년에 푸아시 감옥에 수감되었던 인물들.

400명의 죄수들과 뒤섞여서 잠을 자게 될 테고……. 그리고 나는 그 죄수들을 동정하게 될 거고! 여기까지 생각하던 쥘리앵은 벌떡 일어서면서 소리쳤다. 저 귀족이란 자들도 감옥에 갇힌 하층민들을 만나면 동정심을 보일 것인가? 이 말은 그때까지 무의식중에 그를 괴롭히던 드 라 몰 씨에 대해 감사한 마음의 마지막 탄식이었다.

귀족 나리 여러분, 잠깐 참으십시오. 나도 마키아벨리즘의 잔꾀쯤은 이해하고 있소. 마슬롱 사제나 신학교의 카스타네드 씨도 나 이상으로 능란하지는 못할걸. 당신들은 내게서 '도발적인' 편지를 빼앗겠다는 거겠지. 그리하여 나를 콜마르에서의 카롱[28] 대령의 재판으로 만들겠다는 거겠지.

그러나 여러분, 잠깐만 참으시라. 나는 이 운명적인 편지를 철저히 밀봉하여 피라르 사제님께 맡겨둘 작정이다. 그분은 정직한 얀세니스트인지라 돈의 유혹에 넘어가지는 않을 터. 그러나 그분이 편지를 열어 본다면……. 옳지, 편지를 푸케에게 보내야겠다.

이때 쥘리앵의 눈초리는 잔인했고 표정은 흉측했음을 인정하지 않을 수 없다. 그 표정은 순수한 죄악의 모습을 나타내고 있었다. 그는 전 사회를 상대로 싸우는 불행한 사내였던 것이다.

"무기를 들라!" 쥘리앵은 소리쳤다. 그러고는 드 라 몰 저택

---

28) 프랑스 혁명군과 나폴레옹 군대에서 복무했던 군인. 1822년 반란을 시도했다가 처형당했다.

의 현관 층계를 단숨에 내려갔다. 그는 길모퉁이의 대서소로 달려 들어갔다. 대서인은 쥘리앵의 모습에 겁을 먹었다. "이걸 베껴 주시오." 그는 드 라 몰 양의 편지를 내밀면서 대서인에게 말했다.

대서인이 편지를 베끼는 동안 쥘리앵은 푸케에게 편지를 썼다. 그는 소중한 보관품이니 잘 간직해 놓으라고 푸케에게 부탁했다.

그는 편지 쓰던 것을 멈추고 다시 생각했다. 하지만 우체국에 있는 비밀 요원이 내 편지를 뜯어볼지도 몰라. 그리고 당신들이 찾고 있는 편지를 넘겨주겠지……. 아니 여러분, 그렇게는 안 될걸. 그는 신교도의 서점으로 달려가 커다란 성경을 한 권 사서는 겉장 속에 마틸드의 편지를 교묘히 숨기고, 모두를 한꺼번에 포장했다. 그리하여 파리 사람이 아무도 그 이름을 모르는, 푸케 밑에서 일하는 한 일꾼 앞으로 된 쥘리앵의 소포는 우편 마차 편에 실려 떠나게 되었다.

그 일을 마치고 쥘리앵은 즐거운 마음으로 걸음걸이도 가볍게 드 라 몰 저택으로 돌아왔다. 자, 이제 우리 일을 해치우자! 그는 방문을 열쇠로 걸어 잠그고 옷을 벗어 던지면서 이렇게 소리쳤다. 그는 마틸드에게 편지를 쓰기 시작했다.

"어쩌면 아가씨, 드 라 몰 아가씨께서 쥐라 산맥의 가난한 목수의 아들에게 너무나 유혹적인 편지를, 부친의 하인인 아르센을 시켜 전하시다니……. 그건 아마도 목수 아들의 단순한 마음을 희롱하기 위해서겠죠……."

그러고는 마틸드의 편지 가운데서 가장 노골적인 구절들을
베껴 넣었다.

쥘리앵의 신중함은 드 보부아지 기사님의 외교적 신중함을
능가할 만한 것이었다. 아직 시간은 10시밖에 안 되어 있었다.
보잘것없는 가련한 자로서는 너무나 새로운 자신의 위력에 대
한 감정과 행복에 도취하여, 그는 이탈리아 오페라를 보러 갔
다. 그는 친구 제로니모의 노래를 들었다. 그가 음악에 그처럼
도취한 적은 없었다. 그는 마치 신이라도 된 듯했다.

# 14장 한 처녀의 생각

얼마나 당황했던가!
잠 못 이루고 지새웠던 밤이 그 얼마였던가!
아아! 나는 경멸받을 인간이 될 것인가?
그 사람까지도 나를 경멸할 것이다.
그러나 그는 멀리 떠나가 버리는구나.

—알프레드 드 뮈세

　마틸드가 아무런 갈등 없이 편지를 썼던 것은 아니었다. 쥘리앵에 대한 그녀의 관심이 시초야 어떤 것이었든, 그 관심은 철든 이후로 유일하게 그녀의 마음을 지배하던 자존심을 머지않아 누르게 되었다. 거만하고 냉랭한 그녀의 마음이 난생처음으로 열정적인 감정에 휩싸여 들었던 것이다. 그 감정이 자존심을 눌렀다고는 해도 그것은 아직 자존심의 습관에 충실한 편이었다. 마음속에 갈등과 새로운 감정을 겪은 두 달 동안 그녀의 정신 상태는 일신됐다고 말할 수 있을 것이다.

　마틸드는 행복이 눈앞에 보이는 듯 여겨졌다. 비범한 재능과 결부된 용감한 마음을 완전히 사로잡고 있는 이런 전망은 통속적인 모든 의무감 및 자존심과 오랜 투쟁을 벌여야만 했다. 하루는 아침 7시부터 어머니 방에 가서, 잠시 빌르키에에

가 있게 허락해 달라고 조르기도 했다. 후작 부인은 그 말에는 대답도 하지 않고 좀 더 잠이나 자라고 타일렀다. 이것은 통속적인 지혜와 통념을 존중하려는 최후의 노력이기도 했다.

케일뤼스나 뤼즈나 크루아즈누아 같은 사람들이 신성한 것으로 여기는 생각을 함부로 대하거나 그런 생각과 충돌하는 것에 대한 염려는 그녀의 마음에 조금도 짐이 되지 않았다. 그런 자들은 그녀를 이해할 위인이 못 되는 듯이 보였다. 사륜마차나 영지를 사는 문제라면 그들과 의논했을지도 모른다. 그러나 지금 진정으로 그녀가 두려워하는 것은 쥘리앵이 자기를 불만스럽게 여기지나 않을까 하는 문제였다.

그 사람도 역시 겉으로만 비범해 보이는 사람은 아닐까?

그녀는 무엇보다도 개성이 없는 것을 싫어했다. 그것이 그녀를 둘러싸고 있는 아름다운 청년들에 대한 그녀의 유일한 비난거리였다. 그들이 유행에서 벗어난 모든 것(또는 유행을 따른다고 생각하면서 제대로 유행을 따르지 못하는 것)을 조롱하면 할수록 그들은 마틸드의 눈에 가치를 잃는 것이었다.

그들은 용감하기는 해, 그러나 그것이 전부지. 그리고 어떻게 용감하단 말인가? 그녀는 혼자 생각했다. 기껏 결투에서 용감할 뿐이지. 그러나 결투도 하나의 의식에 불과한 것이지. 결투의 모든 것은 미리 알려져 있어. 쓰러지면서 뭐라고 말해야 하는지까지도. 잔디밭에 쓰러져서는, 한 손을 가슴에 얹고 상대방에게는 관대한 용서의 말을 하고 어떤 미인에 대해 마지막 한마디를 해야 하는 것이다. 그 미인이란 것도 공상의 여인이 아니면, 애인이 죽은 날에도 의혹을 불러일으킬까 두려위 무도회에 나가는 따위의 여자지.

칼날이 번뜩이는 기병대의 선두에 선다면 위험을 무릅쓰는 것이 되겠지. 그러나 혼자서 겪는, 기이하며 뜻하지 않은 참으로 끔찍한 위험은?

마틸드는 계속 생각했다. 아아! 개성으로나 가문으로나 다 같이 위대한 사나이들은 앙리 3세의 궁정에서나 발견할 수 있었다! 만약 쥘리앵이 자르낙이나 몽콩투르 밑에서 복무했다면 의심할 나위가 없건만. 그 활기와 힘의 시대에는 프랑스인들이 꼭두각시 같지는 않았지. 전투가 벌어지는 날이 오히려 가장 편안한 날이었지.

그들의 생활은 만인에게 공통된 표피에 싸여 항상 똑같은 식으로 이어지는 이집트의 미라 같은 생활은 아니었어. 그래, 그 시대에 카트린 드 메디시스가 살던 수아송 저택에서 밤 11시에 혼자 밖으로 나오려면, 오늘날 알제리를 여행하는 것 이상의 용기가 필요했어. 남자의 생활은 모험의 연속이었지. 지금은 문명이란 것이 모험을 몰아냈고 더 이상 뜻밖의 일도 일어나지 않거든. 만약 그것이 사상 속에 출현하더라도 충분히 날카롭지가 못하거든. 또 사건 속에 출현한다 해도, 아무리 비겁한 자라도 우리가 느끼는 공포심 이상을 느끼지는 않는다. 공포 때문에 어떤 광기를 부려도 그것은 변명이 된다. 퇴폐하고 권태로운 시대여! 보니파스 드 라 몰이 무덤 밖으로 잘린 머리를 내밀고, 1793년 그의 후예 열일곱 명이 이틀 후에 처형당하기 위해 순한 양 떼처럼 기요틴에 끌려가는 꼴을 보았다면 뭐라고 말했을 것인가? 죽음은 피할 수 없었다고 해도 자신을 방어하며 한두 명의 자코뱅을 죽이면, 그것이 상스러운 짓이란 말인가. 아아! 프랑스의 영웅 시대, 보니파스 드 라 몰의 시대라면, 쥘리앵은 기병 대위가 되었을 테고 내 오빠는 얌전한 눈초리에 분별 있는 언사를 쓰는 온건한 젊은 사제가 되었을 텐데.

몇 달 전만 해도 마틸드는 평범한 틀과 조금이라도 다른 사람을 만나는 것에 대해 절망하고 있었다. 그녀는 사교계의 몇몇 젊은이에게 편지를 쓰는 것에서 약간의 위안을 얻었다. 젊은 처녀로서는 너무나 부적절하고 경솔한 그런 대담성은 드 크루아즈누아 씨나 그의 부친 드 숀 공작이나 또는 숀 집안 전체가 보기에 그녀의 명예를 손상시키는 일로 비칠 수도 있었다. 숀 집안에서는 혼담이 깨지는 것을 보면 그 이유를 알아내려고 할 것이었다. 그 시절, 편지를 쓰는 날이면 마틸드는 잠을 이룰 수가 없었다. 그러나 그 편지들은 실상 답장을 쓰는 것에 불과했다.

그런데 이번에는 그녀 편에서 사랑을 고백한 것이었다. 사회의 말단에 위치한 남자에게 그녀가 먼저(이것은 얼마나 무서운 말인가!) 편지를 쓴 것이었다.

이런 사정이 발각되는 날에는 영원한 치욕이 될 것이다. 어머니를 찾아오는 부인들 중 누가 그녀의 편을 들어줄 것인가? 살롱의 끔찍한 경멸을 무슨 말로 완화할 수 있단 말인가?

말로 한대도 지독한 일이거늘 하물며 편지까지 쓰다니! '글로 써서는 안 될 일이 있는 법이다.'라고 베일랑의 항복 조인 소식을 듣고 나폴레옹은 외쳤다고 한다. 그녀에게 그 말을 해

준 것은 바로 쥘리앵 그였다. 마치 그녀에게 미리 교훈을 주기라도 하듯이!

그러나 그 모든 것도 문제가 아니었다. 마틸드의 고민의 원인은 다른 데 있었다. 자기 계급을 모독했다는 이유로 사교계에 야기할 끔찍한 결과도 경멸에 가득 찬 씻을 수 없는 오점도 모두 잊고, 마틸드는 크루아즈누아나 뤼즈나 케일뤼스 같은 부류와는 전혀 다른 성격의 남자에게 편지를 쓰려는 것이었다.

쥘리앵의 심오하고 알 수 없는 성격은 그와 평범한 일상적인 관계를 맺을 때조차도 상대방을 겁먹게 했다. 그런데 마틸드는 이제 그 사람을 자신의 애인, 어쩌면 자신의 주인으로까지 만들려는 것이다!

그가 영원히 나를 지배할 수만 있다면 그는 어떤 포부인들 품지 못할 것인가? 오냐, 나는 메데이아[29]처럼 외치리라. '수많은 위험 한가운데서도 나는 나 자신으로 남아 있다.'

마틸드가 보기에 쥘리앵은 고귀한 혈통을 조금도 존경하지 않는 듯했다. 뿐만 아니라 그는 마틸드를 전혀 사랑하지 않는지도 몰랐다.

이런 무서운 의혹에 시달리던 끝에 마틸드에게 여성으로서의 자존심이 고개를 쳐들었다. 나와 같은 여자의 운명에는 모든 것이 특이해야만 해. 초조해진 마틸드는 이렇게 소리쳤다. 그러자 요람에서부터 길러진 자존심이 여성의 부덕(婦德)과

---

29) 그리스 신화에 나오는 마녀. 콜키스왕의 딸로 마력을 지녔다.

싸움을 벌였다. 쥘리앵의 출발 소식이 알려져 모든 사태를 급진전시킨 것은 바로 이때였다.

(그런 성격이란 다행히 아주 드문 것이다.)

쥘리앵은 심술궂게 밤 이슥한 시간에 아주 무거운 트렁크를 문지기 방에 내려다 놓게 했다. 그것을 나르기 위해 그는 드 라 몰 양의 하녀에게 마음을 두고 있는 하인을 불렀다. 이 계략은 아무런 효과를 못 거둘지도 모르지. 하지만 이 계략이 성공한다면 그녀는 내가 떠난 줄로 생각할 거다. 쥘리앵은 이렇게 중얼거렸다. 그는 이런 장난에 몹시 유쾌해져서 금방 잠이 들었다. 그러나 마틸드는 끝내 눈을 붙일 수가 없었다.

다음 날 이른 새벽에 쥘리앵은 사람들 눈에 띄지 않고 저택을 빠져나갔다. 그리고 8시 전에 다시 돌아왔다.

그가 서재에 들어서기가 무섭게 드 라 몰 양이 문간에 나타났다. 쥘리앵은 그녀에게 답장을 내밀었다. 그는 그녀에게 뭔가 말을 해야 한다고 생각했다. 아무튼 얘기를 건넬 안성맞춤의 기회였다. 그러나 드 라 몰 양은 그의 말을 들으려 하지 않고 자취를 감췄다. 쥘리앵은 그것이 오히려 기뻤다. 뭐라고 말해야 좋을지 몰랐던 것이다.

만약 이 모든 것이 노르베르 백작과 짜고 하는 장난이 아니라면, 저 고귀한 태생의 처녀가 내게 기이한 사랑을 품도록 불을 붙인 것은 냉정함으로 가득 찬 내 시선 때문이 분명하다. 하지만 내가 언제까지나 저 금발의 커다란 인형 같은 여자에게 흥미를 갖고 끌려 들어간다면 그건 나답지 못한 바보짓이지. 이렇게 생각하자 그는 평소보다도 더욱 냉정하고 계산적이 되었다.

앞으로 벌어질 전투에서 출생에 대한 자존심은 그녀와 나 사이에 우뚝 솟은 고지처럼 전략적 거점이 될 것이다. 그는 이렇게 생각을 이어갔다. 싸움은 그 위에서 벌여야 할 것이다. 파리에 남는 것이 큰 잘못이었지. 이 모든 것이 한낱 장난에 불과하다면 출발을 연기한 것은 나의 가치를 떨어뜨리고 나를 위험에 빠뜨리는 것이다. 떠나는 데 무슨 위험이 있었던가? 그들이 나를 조롱하는 것이라면 나도 그들을 조롱한 것이 될 터인데. 그리고 만약 나에 대한 마틸드의 관심이 어느 정도 사실이라면 그녀의 관심을 백배는 더 크게 하는 결과가 되었을 테고.

드 라 몰 양의 편지가 쥘리앵에게 너무나 큰 허영심의 만족을 주었으므로, 그는 눈앞의 일을 코웃음 치면서도 여행을 떠나는 것의 합당함을 심각하게 생각해 보지 못했던 것이다.

자신의 과실에 지나치게 민감한 것이 그의 성격의 치명적인 약점이었다. 그는 자신의 과오에 너무 울화가 치민 나머지, 그 작은 실수에 앞서 있었던 꿈같은 승리에는 거의 생각이 미치지도 않았다. 그러던 중 9시경이 되자 드 라 몰 양이 서재의 문간에 나타나 그에게 편지 한 장을 던지고 달아났다.

이러다간 서한체 소설이라도 한 권 되겠는걸. 그는 편지를 집어 들면서 중얼거렸다. 적이 기만 작전을 꾸미는 모양이니 나는 냉정하고 의젓하게 대처해야겠는걸.

마틸드의 편지는 오만하게 결정적인 확답을 요구하는 내용이었다. 쥘리앵은 내심 더 큰 기쁨을 느꼈다. 그는 즐거운 마음으로 두 장에 걸쳐 자기를 우롱하려 드는 사람들에게 연막을 피우는 내용의 편지를 썼다. 답장 끝머리에 자신의 여행 출발이 다음 날 아침으로 결정되었다고 쓴 것도 하나의 희롱이었다.

편지 쓰는 것을 마치자 그는 생각했다. 아무래도 편지를 전하는 장소로는 정원이 좋겠어. 그래서 그는 정원으로 나갔다. 그는 드 라 몰 양의 방 창문을 바라보았다.

그녀의 방은 2층의 자기 어머니 방 곁에 있었으나 사이에 중이층(中二層)이 가로놓여 있었다.

2층은 너무나 높이 솟아 있어서, 편지를 손에 들고 보리수 나무 산책로 밑을 거니는 쥘리앵의 모습이 드 라 몰 양의 창문에서는 눈에 띄지 않았다. 정성 들여 다듬은 보리수나무 가지들이 둥근 천장처럼 늘어져 있어 시야를 가로막고 있었다. 이게 무슨 꼴이람! 또 경솔한 짓을 했지 않나! 쥘리앵은 역정을 내며 중얼거렸다. 저들이 나를 놀릴 작정을 했다면 이처럼 손에 편지를 들고 있는 꼴을 보이는 것은 적들을 도와주는 셈이 아닌가 말이다.

노르베르의 방은 제 누이의 방 바로 위층에 있었다. 그래서 쥘리앵이 다듬은 보리수나무 가지의 둥근 천장 밖으로 나서기만 하면 백작과 그의 친구들은 쥘리앵의 일거수일투족을 지켜볼 수 있을 것이었다.

이윽고 드 라 몰 양이 유리창 뒤에 모습을 드러냈다. 쥘리앵은 편지를 좀 치켜들어 보였다. 마틸드가 고개를 끄덕였다. 쥘리앵은 이내 자기 방으로 달음질쳐 올라가다가 커다란 층계에서 아름다운 마틸드와 우연인 듯 마주쳤다. 마틸드는 웃음 짓는 눈으로 아주 태연하게 쥘리앵의 편지를 받아 들었다.

반년이나 친밀한 관계를 맺은 후에도, 가엾은 드 레날 부인은 내 편지라도 받을 때면 눈에 얼마나 정열이 서려 있었던가! 부인은 단 한 번도 웃음 짓는 눈으로 나를 쳐다본 적이 없었다. 쥘리앵은 이런 생각을 했다.

이 생각이 그의 반응을 남김없이 뚜렷하게 드러낸 것은 아니었다. 부인을 생각하는 동기가 경박한 것에 그는 부끄러움을 느꼈던 것인가? 그는 생각을 계속했다. 하지만 저 아침 옷의 맵시며 우아한 자태는 드 레날 부인과도 아주 딴판이거든! 삼십 보 떨어진 거리에서 드 라 몰 양을 얼핏 보기만 해도 안목 있는 남자는 그녀의 사회적 신분을 알아맞힐 것이다. 이것이야말로 명명백백한 장점이라고 일컬을 수 있는 것이겠지.

농담 비슷한 생각을 하면서도 쥘리앵은 아직 마음속을 다 털어놓고 있는 것은 아니었다. 드 레날 부인은 쥘리앵을 위해 희생할 드 크루아즈누아 후작 같은 인물을 갖고 있지 않았다. 쥘리앵의 경쟁자라고는 기껏 천박한 샤르코 군수 정도였다. 그자는 드 모지롱가의 후예가 없기 때문에 자칭 드 모지롱이란 성을 붙이고 다니는 자였다.

5시에 쥘리앵은 세 번째 편지를 받았다. 드 라 몰 양은 이번에도 서재의 문밖에서 편지를 던지고는 도망쳐 버렸다. 이건 뭐 편지광이로군! 쥘리앵은 웃으면서 중얼거렸다. 말로 얼마든지 편리하게 얘기할 수 있는데 원 참! 적군은 내 편지를 손에 넣고자 하는 것이 분명해, 그것도 여러 통을 말이야! 그는 편지를 서둘러 뜯어보려 하지도 않았다. 또다시 번지르르한 문구를 주워섬겼겠지, 하고 생각했다. 그러나 그는 편지를 읽어 나가면서 얼굴이 하얗게 질렸다. 사연은 여덟 줄뿐이었다.

"당신에게 할 말이 있어요. 오늘 밤에 꼭 말해야 해요. 자정이 지나 1시가 울리면 정원으로 나오세요. 우물 옆에 있는 정원사의 큰 사다리를 갖다가 제 방 창문에 걸치고 제 방으로 올라오세요. 오늘 밤엔 달이 밝겠군요. 그러나 아무려면 어때요."

# 15장 이것은 음모인가?

아아! 가슴에 품은 큰 뜻과 실행
사이의 잔인한 간격이여!
얼마나 많은 헛된 공포와 망설임이냐!
그것은 생사의 문제—아니
그 이상으로 명예의 문제로다!

—실러

이건 문제가 심각해지는걸……. 쥘리앵은 생각했다. 그런데 좀 너무 분명하단 말이야. 한참 생각에 잠겼다가 그는 또다시 이렇게 중얼거렸다. 뭐라고! 저 아름다운 아가씨는 서재에서도 완전히 자유롭게 나와 얘기할 수 있지 않은가. 후작은 내가 계산서를 보일까 봐 서재에는 좀처럼 들어오지 않는다. 그런 데다가 이곳에 들어올 수 있는 단 두 사람인 드 라 몰 후작과 노르베르 백작은 거의 하루 종일 집을 비우고 있다. 그 두 사람이 언제 집에 돌아올지는 쉽사리 알 수 있다. 그런데도 왕자의 청혼이라도 크게 과분할 것이 없을 저 뛰어난 마틸드가 나더러 끔찍하게 무모한 짓을 저지르라고 하는 것이다.

이건 명백한 일이야. 나를 파멸시키려 하거나 아니면 적어도 나를 조롱하려 드는 것이지. 처음에는 내 편지를 구실 삼아 나를 파멸시키려 했겠지. 하지만 편지가 빈틈없었거든. 그러니 이제 불 보듯 명백한 행동의 증거가 필요하다는 거겠지. 저 예쁘장한 신사 나리들은 내가 바보 천치거나 허풍선이인 줄 아는 모양이지. 제기랄! 대낮같이 밝은 달밤에 7미터나 높이 솟은 2층으로 사다리를 타고 올라오라니! 이웃집에서도 충분히 나를 볼 수 있겠다. 사다리를 기어오르는 내 꼴이 볼 만하겠지!

쥘리앵은 자기 방으로 올라가 휘파람을 불면서 짐을 꾸리기 시작했다. 그는 편지에는 답장도 하지 않고 여행을 떠날 작정이었다.

그러나 이런 분별 있는 결심도 그의 마음속을 평화롭게 해 주지는 못했다. 짐을 다 꾸리고 나서 그는 불현듯 생각했다. 혹시라도 마틸드의 말이 진정이면 어쩌나! 그렇다면 나는 마틸드가 보기에 천하에 둘도 없는 비겁한 놈이 되는 것이다. 나는 문벌이라고는 없다. 그러니 내게는 뛰어난 재능, 웅변적인 행동으로 증명되는 의심할 나위 없이 명백한 재능만이 필요한 것이다…….

그는 한참 동안이나 깊은 생각에 잠겼다. 부인해 봐야 무슨 소용이 있겠어? 나는 마틸드에게 비겁자가 되는 거야. 그는 마침내 이렇게 중얼거렸다. 드 레츠 공작의 무도회에서 누구나 이구동성으로 찬양했던, 상류 사회에서 가장 찬연히 빛나는 여인을 잃게 되는 거지. 그뿐만 아니라 공작의 아들이며 그자신도 나중에 공작이 될 드 크루아즈누아 후작을 물리치는 무상의 기쁨도 잃게 되는 거다. 기지, 가문, 재산 등 내게 없는 모든 자질을 골고루 갖춘 매력적인 젊은이를 말이다.

이 후회는 일생 동안 나를 괴롭힐 것이다. 그녀 때문이 아니다, 여자는 수없이 많으니까.

…… 그러나 명예란 단 하나밖에 없느니라!

늙은 동 디에그[30]는 이렇게 말한 바 있다. 그런데 지금 나는 내게 제시된 첫 번째 위험에서 분명히 뒤로 물러서고 있다. 드 보부아지 씨와의 결투는 하나의 장난과 같은 것이었으니까. 이번 것은 전혀 문제가 다르다. 하인에게 들켜 정통으로 총을 맞게 될지도 모르지. 그러나 그런 위험쯤은 아무것도 아냐. 문제는 명예를 잃을지도 모른다는 것이지.

이건 문제가 심각해지는구나. 그는 가스코뉴 지방 악센트로 쾌활하게 중얼거렸다. 명예가 걸려 있단 말이야. 운명의 장난으로 사회의 하층에 태어난 나 같은 가난뱅이로서는 다시는 이런 기회가 없을 거야. 혹시 행운을 찾을지도 모르지. 하지만 그것은 하류의 행운일 거야…….

그는 오래 생각에 잠겼다. 이따금 문득 멈춰 서곤 하면서 잰걸음으로 방 안을 오락가락했다. 그 방에는 리슐리외 추기경의 장엄한 대리석 반신상이 놓여 있었다. 그 반신상이 무심코 그의 시선을 끌었다. 그 반신상은 엄격한 표정으로 그를 노려보는 듯했다. 그리고 프랑스인의 성격에 자연스럽게 배어 있

---

30) 피에르 코르네유의 비극 작품 『르 시드』에 나오는 인물.

어야 할 대담성이 부족하다고 힐책하는 듯했다. 위대한 분이
시여, 당신의 시대라면 제가 이처럼 주저했으리까?

쥘리앵은 이윽고 이렇게 생각했다. 최악의 경우에 이 모든
짓거리가 하나의 함정이라고 치자. 그렇다면 이건 젊은 처녀로
서는 아주 음험하고 위험한 짓이다. 그들은 내가 잠자코 입을
다물 사람이 아니라는 것을 알고 있다. 그러니 나를 죽여 없
애야만 할 것이다. 그런 일은 1574년 보니파스 드 라 몰의 시
대라면 수월한 것이었다. 그러나 지금으로선 감히 그러지 못
할 것이다. 저들은 이제 저희 조상과 같은 인물들은 못 되거
든. 드 라 몰 양은 세상 사람들의 시기의 대상이 되어 있다!
그런 짓이 알려지면 그녀의 추문은 장안의 400개 살롱에 내
일이면 쫙 퍼질 것이다. 사교계 사람들은 얼마나 기뻐하며 그
추문을 떠들어댈 것인가!

하인들은 마틸드가 내게 유별나게 호의를 품고 있다고 지껄
여대고 있다. 나는 그걸 알고 있고 하인들이 지껄이는 소리를
들은 적도 있다.

다른 한편 그녀가 보낸 편지가 있지 않은가⋯⋯! 그들은
내가 그 편지를 몸에 지니고 있다고 생각할지도 모른다. 그래
서 내가 그녀의 방에서 붙들리면 편지를 빼앗으려 들겠지. 두
놈, 세 놈, 아니면 네 놈과 맞붙게 될까? 그런데 그들이 어디
서 그런 부하들을 구해 올 수 있을 것인가? 도대체 파리에서
신중한 부하들을 찾아낼 수 있을까? 그들은 법을 두려워한
다⋯⋯. 아무렴! 케일뤼스, 크루아즈누아, 뤼즈 같은 자들까
지도 법을 두려워하는 판인데. 그런데 그들은 내가 그들 틈에

끼게 되면 바보 같은 얼굴을 할 걸로 생각하고 그런 짓을 할 유혹을 받은 거겠지. 자 비서님, 아벨라르[31]의 운명이 되지 않도록 조심하시라!

옹, 그렇고말고! 여러분, 당신들은 얼굴에 내 칼자국을 지니고 다니리라. 나는 파르살라[32]의 카이사르 군사처럼 당신들 얼굴에 일격을 가하리라……. 편지는 안전한 장소에 숨겨두고.

쥘리앵은 나중에 받은 두 통의 편지를 베껴 서가에 꽂힌 호화판 볼테르 책 속에 숨겨 두고 원본은 우체국으로 가지고 갔다.

우체국에서 돌아오자 그는 놀라움과 공포에 휩싸여 중얼거렸다. 나는 무슨 미친 짓을 하려는 것인가? 그는 다가올 밤에 벌여야 할 자신의 행동을 한참 동안이나 바로 보지 않고 있었던 것이다.

그러나 마틸드의 제의를 거절한다면 나는 후에 나 자신을 경멸하게 되리라! 그런 행동은 일생 동안 커다란 의혹의 대상이 될 것이다. 그리고 내게는 그런 의혹이야말로 가장 쓰라린 불행인 것이다. 아망다의 애인 때문에 이미 그런 불행을 맛보지 않았던가! 훨씬 더 분명한 범죄를 저지른다 해도 나는 보다 쉽게 자신을 용서할 수 있을 듯하다. 일단 범죄를 자인하고 나면 더 이상 그것을 생각하지 않을 테니까.

아니, 나는 프랑스 최고 명문가의 사내와 경쟁을 벌이려는

---

31) 피에르 아벨라르(Pierre Abélard, 1079~1142). 엘로이즈라는 처녀를 사랑하다가 불운을 당한 중세의 신학자.
32) 카이사르가 폼페이우스의 군대를 무찌른 그리스의 도시.

것이 아니냐! 그런데도 스스로 그자보다 열등하다는 것을 마음 편히 자인하려는 것이냐! 사실 그녀의 방에 가지 않는다는 것은 비겁한 짓이다. 그렇다, 이 한마디가 모든 것을 결정짓는 것이다. 쥘리앵은 벌떡 일어서면서 소리쳤다. 그런 데다가 마틸드는 정말로 아름답다.

만약 이것이 계략이 아니라면 마틸드는 얼마나 무분별한 짓을 하는 것인가……! 만약 이것이 속임수라면, 좋다! 여러분, 이 희롱을 심각한 것으로 만드는 것은 오직 내게 달려 있으니까. 그리고 나는 그렇게 만들고야 말걸.

하지만 방에 들어서는 순간 그들이 내 두 팔을 붙들어 맨다면? 그들이 무슨 교묘한 장치를 해 놓았을지도 모르지!

이건 결투 같은 거야. 그는 웃으면서 중얼거렸다. 어떠한 공격에 대해서도 방어책은 있다고 내 무술 선생은 말했다. 그러나 선량한 하느님은 빨리 승부를 내기 위해 둘 중 하나에게 방어법을 잊게 만드는 것이라고. 게다가 여기 또 그들에게 대구할 방법이 있지. 쥘리앵은 주머니에서 피스톨을 꺼냈다. 그리고 뇌관이 번쩍번쩍하는 새것인데도 그것을 갈아 끼웠다.

아직도 여러 시간을 기다려야 했다. 뭔가 일거리를 갖기 위해서 쥘리앵은 푸케에게 편지를 썼다.

"친구여, 동봉한 편지는 사고가 일어나지 않았을 경우에는, 즉 내게 뭔가 이상한 일이 닥쳤다는 소문이 들리기 전에는 절대로 뜯어보지 말게. 편지를 뜯게 될 경우에는, 자네에게 보내는 그 편지에서 고유 명사는 지워 버리고 여덟 통의 사본을 만들어 마르세유, 보르도, 리옹, 브뤼셀 등지의 신문사로 보내 주게. 그런 다음 열흘 후에는 그 편지를 인쇄해서 첫 번째 것을 드 라 몰 후작님 앞으로 송부해 주게. 그리고 보름 후에는 나머지 인쇄물들을 밤사이에 베리에르의 거리에 뿌려 주기 바라네."

사고가 없는 한 푸케가 뜯어봐서는 안 된다는 소설 투로 꾸민 이 짤막한 증거 자료는, 가능한 한 드 라 몰 양을 연루시키지 않으면서도 쥘리앵 자신의 입장을 아주 정확하게 나타내는 것이었다.

쥘리앵이 편지를 봉하고 나자 저녁 식사를 알리는 종소리가 울렸다. 그 종소리에 그는 가슴이 두근거렸다. 자신이 만들어낸 이야기에 몰두해 있던 그의 상상력은 비극적 예감으로 가득 차 있었던 것이다. 하인들에게 붙들려 포박당해서 입에는 재갈을 물린 채 지하실로 끌려가는 자신의 모습이 눈에 보이는 듯했다. 거기서 하인 한 명의 감시를 받게 될 것이고, 또 귀족 가문의 명예가 사건의 비극적 결말을 요구한다면 흔적을 남기지 않는 독약을 사용해 모든 것을 쉽사리 끝낼 수 있을 것이다. 그리고 쥘리앵은 병사한 것으로 처리되고, 시체는 그의 방으로 운반될 것이다.

극작가처럼 자신이 만들어 낸 얘기에 흥분한 쥘리앵은 식당으로 들어서면서 정말로 공포감을 느꼈다. 그는 제복을 차려 입은 하인들을 모두 둘러보았다. 그는 하인들의 표정을 유심히 살펴보았다. 오늘 밤 하수인으로 선택된 자들은 누구일까? 이 가족 내에서는 앙리 3세 시절의 궁정의 추억이 생생하며 또 자주 거론되는 만큼, 자기 가족이 모욕당했다고 생각하면 같은 지위에 있는 다른 사람들보다 더 단호함을 보일 것이다.

쥘리앵은 드 라 몰 양의 눈초리에서 이 가족의 계획을 알아 내려고 그녀를 유심히 쳐다봤다. 그녀는 창백한 얼굴이었다. 그리고 완전히 중세의 여인 같은 모습이었다. 여태껏 쥘리앵의 눈에 마틸드가 그처럼 위대해 보인 적은 없었다. 그녀는 정말로 아름답고 위엄 있어 보였다. 쥘리앵은 그녀에게 거의 사랑을 느낄 정도였다. 팔리다 모르테 푸투라.[33] 쥘리앵은 속으로 이렇게 중얼거렸다.

저녁 식사 후에 그는 오랫동안 정원을 산책하는 척했으나 허사였다. 드 라 몰 양은 정원에 모습을 드러내지 않았다. 그 순간 그녀와 얘기를 나눌 수 있다면 그는 가슴을 짓누르는 무거운 짐에서 벗어날 것도 같았다.

왜 그녀에게 마음속을 털어놓지 못하는가? 그는 두려웠던 것이다. 행동을 결행하기로 작정하고 나서는 부끄러움도 모르고 두려움에 몸을 내맡기고 있었다. 행동의 순간에 필요한 용기가 찾아오기만 한다면 지금 내가 무엇을 느끼든 무슨 상관이겠는가? 쥘리앵은 이렇게 중얼거렸다. 그는 사다리의 위치와 무게를 알아보러 갔다.

사다리는 내 운명과 밀접한 관계가 있는 도구란 말이야! 베리에르에서나 여기에서나. 쥘리앵은 웃음을 지으며 중얼거렸다. 하지만 얼마나 다른 형편인가! 그는 한숨을 쉬며 덧붙였

---

33) 창백한 얼굴은 위대한 계획을 예고하느니라.

128

다. 그때는 위험을 무릅쓰고 찾아가는 여인을 의심할 필요가 없었다. 위험의 성질도 또 얼마나 다른 것이었던가!

드 레날 씨의 정원에서 내가 죽었다고 해도 나로서는 조금도 불명예스러울 것은 없었다. 내 죽음은 쉽사리 수수께끼로 처리될 수 있었을 것이다. 그러나 여기서는 숀 저택, 케일뤼스 저택, 레츠 저택 등등 요컨대 도처의 살롱에서 얼마나 끔찍한 얘기들을 떠들어 댈 것인가. 나는 훗날 짐승 같은 놈으로 전해질 것이다.

적어도 이삼 년 동안은 그런 비난을 면치 못할 거야. 그는 자신을 비웃는 웃음을 짓고 이렇게 생각했다. 그런 생각이 들자 그는 아연실색했다. 그런데 나는 어찌 자신을 정당화할 수 있단 말인가? 내가 죽은 뒤에 푸케가 내 팸플릿을 인쇄한다고 해도 그건 또 하나의 치욕을 덧붙이는 것에 불과할 것이다. 흥! 나는 한 집안에 받아들여졌다. 그런데 그 집에서 받은 환대와 온갖 친절의 대가로 그 집안의 허물을 공표하는 팸플릿을 인쇄하겠다고! 여인의 명예를 공격하겠다고! 아아! 차라리 속아 넘어가는 편이 몇천 번이고 더 낫겠다!

그 밤은 참으로 몸서리쳐지도록 괴로운 밤이었다.

# 16장 새벽 1시

그 정원은 아주 광대한 것이었다.
그 정원이 나무랄 데 없는 취미로 다듬어진 것은
불과 몇해 전의 일이었다. 그러나 그곳의 나무들은
백 년 이상이나 묵은 것들이었다.
그곳에는 전원 같은 풍치가 깃들어 있었다.

—메생제

그가 앞서의 부탁을 취소하는 편지를 푸케에게 쓰려 하는데 11시를 알리는 종소리가 울렸다. 그는 방 안에서 열쇠를 잠그듯이 자기 방문의 자물쇠를 소리 내어 돌렸다. 그러고는 온 집 안, 특히 하인들이 거처하는 5층에서 무슨 일이 일어나고 있는지 살피려고 살금살금 걸어 나갔다. 아무 특별한 일이 없는 듯했다. 드 라 몰 부인의 하녀 하나가 파티를 벌이고 있어 하인들은 아주 유쾌하게 펀치를 들고 있었다. 이렇게 웃고 떠드는 패들은 오늘 밤 습격에 가담할 자들이 아닐 것이다. 그들은 좀 더 심각할 테니까. 쥘리앵은 이렇게 생각했다.

이윽고 그는 정원의 어두운 한구석에 자리 잡았다. 만약 자기들 계획을 집안 하인들에게는 숨길 생각이라면 그들은 나를 습격할 괴한들을 정원의 담 너머로 들어오게 할 것이다.

드 크루아즈누아 씨가 이 모든 계획을 좀 냉정하게 꾸몄다면, 내가 그녀의 방에 들어가기 전에 나를 붙드는 것이 자기와 결혼할 젊은 여인의 신상에 위험이 덜하다고 판단할 것이다.

그는 아주 정확하게 군대식으로 정찰했다. 그러고는 생각했다. 내 명예가 걸려 있는 문제다. 내가 어떤 실수를 저지르면 나중에 가서 '나는 그건 생각 못했다'고 말해 보았자 나 자신에게 변명이 되지 못할 것이다.

절망적으로 맑은 날씨였다. 11시경에 달이 떠올라, 12시 30분에는 정원 쪽으로 면한 저택의 전면이 달빛에 환히 드러났다.

그 여자는 미쳤어. 쥘리앵은 중얼거렸다. 1시를 치는 소리가 들렸을 때도 노르베르 백작의 창문에서는 아직 불빛이 새어 나오고 있었다. 쥘리앵이 이때처럼 겁먹은 적은 없었다. 그는 자기가 하려는 일에 따르는 위험만을 생각했지, 아무런 열광의 도취도 느낄 수 없었다.

쥘리앵은 커다란 사다리를 가지러 갔다. 그러고는 약속이 취소되지 않을까 해서 5분간을 기다렸다. 그러나 1시 5분이 되자 그는 마틸드의 창문에 사다리를 걸쳐 놓았다. 그는 공격 당하지 않는 것에 놀라워하며 손에 피스톨을 든 채 천천히 사다리를 기어 올라갔다. 창문 가까이 다가가자 창문이 소리 없이 열렸다.

"마침내 오셨군요. 한 시간 전부터 저는 당신의 움직임을 지켜보고 있었어요." 마틸드가 몹시 감동한 목소리로 말했다.

쥘리앵은 아주 거북했다. 어떻게 처신해야 좋을지를 몰랐다. 그는 전혀 사랑을 느끼지 않았던 것이다. 당황한 와중에도 무언가 해야 한다는 생각이 들어 그는 마틸드에게 키스하려고 했다.

"어마!" 마틸드가 그를 떠밀면서 낮은 소리로 외쳤다.

거절당한 것이 오히려 만족스러웠던 쥘리앵은 주위를 재빨리 훑어보았다. 방 안에 드리운 두 사람의 그림자가 까맣게 보일 정도로 달빛이 휘황했다. 내 눈에 띄지 않게 장정들이 숨어 있을지도 몰라. 쥘리앵에게 이런 생각이 들었다.

"옆 주머니에 무엇을 넣고 계세요?" 화젯거리를 찾아낸 것을 기뻐하며 마틸드가 이렇게 물었다. 이상하게도 마틸드는 고통을 느끼고 있었다. 좋은 가문에 태어난 처녀가 천성적으로 지니게 마련인 조심성과 수줍음의 감정이 되살아나 그녀를 지배하는 바람에 괴로움에 빠져 있었던 것이다.

"가지가지 무기와 피스톨을 넣고 있지요." 말할 거리가 생긴 것에 마찬가지로 기뻐하며 쥘리앵이 대답했다.

"사다리를 내려야 해요." 마틸드가 말했다.

"그게 너무 커서 자칫하면 아래층 살롱이나 중이층의 유리창을 깰지도 모르겠는데요."

"유리창을 깨서는 안 돼요." 마틸드가 억지로 평소의 대화처럼 자연스럽게 말하려고 애쓰면서 대꾸했다. "사다리 맨 윗단에 밧줄을 매서 내릴 수 있을 거예요. 저는 늘 방에 밧줄을 준비해 두고 있어요."

이야말로 사랑에 빠진 여인이로군! 쥘리앵은 생각했다. 그녀는 사랑한다고 감연히 말하고 있는 거야! 그런데 이처럼 냉정하고 용의주도한 것을 보면 혼자 어리석게 믿고 있었듯이 내가 드 크루아즈누아 씨에게 승리한 것은 아닌 게 분명해. 나는 그저 그 사람의 후계자일 뿐이지. 하지만 아무려면 어떠랴! 내가 이 여자를 사랑하는가? 크루아즈누아는 후계자가 생긴 것을 알면 분개할 테고 그 후계자가 나라는 것을 알면 더욱 분개할 테니까, 결국 나는 그 후작에게 승리한 셈이지. 어제 저녁 토르토니 카페에서 만났을 때 그자는 나를 모르는 척하면서 얼마나 거만하게 노려봤던가! 할 수 없이 내게 아는 척해야 했을 때는 또 얼마나 심술궂은 표정을 지었던가!

쥘리앵은 사다리 맨 윗단에 밧줄을 비끄러매고 사다리가 유리창에 부딪히지 않도록 발코니 밖으로 몸을 쑥 내민 채 천천히 사다리를 내렸다. 마틸드 방에 누가 숨어 있다면 지금이야말로 나를 죽일 좋은 기회다. 쥘리앵의 생각이었다. 그러나 사방은 여전히 쥐 죽은 듯 고요했다.

마침내 사다리가 땅에 닿았다. 쥘리앵은 벽을 따라 나 있는 외국 화초를 심은 화단에 사다리를 뉘어 놓을 수 있었다.

"아끼는 예쁜 화초가 다 일그러진 걸 보시면 어머니가 뭐라고 하실까……!" 마틸드는 이렇게 종알거리더니 아주 침착하게 덧붙여 말했다. "밧줄을 던져야 해요. 밧줄이 발코니까지 올라와 있는 걸 누가 본다면 설명하기 곤란한 상황이 돼요."

"그럼, 나는 어떻게 돌아가죠?" 쥘리앵이 식민지 말투를 흉내 내며 농담조로 말했다. (이 집의 하녀 하나가 생도맹그 태생이었는데 그녀의 말투를 흉내 냈던 것이다.)

"당신요, 당신은 저 문으로 나가면 되죠." 마틸드는 쥘리앵의 생각에 매혹되어 이렇게 대꾸했다.

아! 이 사람이야말로 내 사랑을 받을 가치가 있는 사람이다! 마틸드는 이렇게 생각했다.

쥘리앵이 밧줄을 정원으로 던졌다. 이때 마틸드가 그의 팔을 잡았다. 쥘리앵은 적에게 붙잡힌 줄로 생각했다. 그래서 그는 단도를 빼 들며 홱 뒤로 돌아섰다. 마틸드는 어디서 창문 여는 소리가 들리는 듯해서 쥘리앵의 팔을 잡았던 것이다. 그들은 숨죽이고 꼼짝 않고 서 있었다. 달빛이 그들을 환히 비췄다. 더 이상 소리가 들리지 않자 불안은 사라졌다.

그러자 또다시 양편 모두 어색해지기 시작했다. 쥘리앵은 문의 빗장이 잘 걸려 있는지를 확인했다. 그는 침대 밑도 살펴보고 싶었으나 차마 그럴 수는 없었다. 침대 밑에 한두 명쯤의 하인을 숨겨둘 수도 있는 노릇이었다. 이윽고 그는 나중에 조심성이 부족했던 걸 후회하게 될까 두려워 침대 밑도 훑어보고 말았다.

마틸드는 극도의 소심증으로 온갖 고민에 빠져 있었다. 그녀는 자신의 처지가 무서웠다.

"제 편지를 어떻게 하셨어요?" 마침내 그녀가 말을 꺼냈다.

그 신사들이 엿듣고 있다면 그들을 당황하게 만들어서 싸움을 피할 좋은 기회구나! 쥘리앵은 이런 생각이 들었다.

"첫 번째 편지는 커다란 신교도 성경 속에 숨겨서 어제저녁 우편 마차 편으로 멀리 실어 갔습니다."

그는 뚜렷한 목소리로 그런 사정을 자세히 설명했다. 미처 살펴보지 못한 커다란 두 개의 마호가니 장롱 속에 숨어 있을지도 모를 사람들이 듣게 하려는 심산이었다.

"나중의 두 편지도 우편으로 부쳐 처음 편지와 같은 길을 따라가고 있습니다."

"어머나! 왜 그렇게 신중을 기하셨죠?" 마틸드가 놀라서 물었다.

이 판에 거짓말을 해서 뭣에 쓰겠는가? 이런 생각이 든 쥘리앵은 자신의 모든 의혹을 털어놓고 말았다.

"아, 그래서 당신 편지가 그렇게 쌀쌀했군!" 다정하다기보다는 열에 들뜬 듯한 어조로 마틸드가 소리쳤다.

쥘리앵은 그런 뉘앙스를 알아차리지는 못했다. 그러나 마틸드가 너나들이로 허물없이 말하는 투에 어안이 벙벙했다. 어쨌든 그의 의혹은 깨끗이 사라지고 말았다. 그는 그처럼 우러러보이던 그 아름다운 처녀를 품에 끌어안았다. 마틸드는 약간 떠밀어 보였을 뿐이었다.

그는 전에 브장송의 아망다 비네 곁에서 그랬듯 기억력에 의존하여 『신 엘로이즈』의 가장 아름다운 몇 구절을 암송하듯이 얘기했다.

"당신은 참으로 남자다운 용기를 갖고 있어요." 그녀는 쥘리앵의 문장을 별로 귀담아듣지 않으면서 이렇게 대꾸했다. "솔직히 난 당신의 용기를 시험해 보고 싶었어. 당신의 애초의 의혹과 결단은 당신이 내가 생각하던 것 이상으로 용감하다는 걸 보여 준 거야."

마틸드는 쥘리앵에게 허물없는 너나들이로 말하려고 무척 애쓰고 있었다. 그녀는 얘기의 내용보다도 자기한테는 생소한 그 허물없는 말투에 더 신경 쓰고 있는 것이 분명했다. 다정함이 없는 그 너나들이에 쥘리앵은 조금도 기쁨을 느끼지 못했다. 그는 행복을 느낄 수 없는 데에 놀랐다. 마침내 그는 이성의 힘을 빌려서라도 행복을 느껴 보려고 했다. 아무런 유보(留保) 없이 남을 칭찬하는 법이 없는 오만한 처녀에게서 자신이 존경받고 있다는 것을 알 수 있었다. 이런 생각을 하니 겨우 자존심이 만족되는 행복에 다다를 수 있었다.

하지만 이것은 드 레날 부인 곁에서 때때로 맛볼 수 있었던 영혼의 즐거움은 아니었다. 지금 그가 느끼는 감정에는 전혀 다정한 맛이 없었다. 그것은 야심에서 나오는 강렬한 행복이었다. 지금 쥘리앵은 무엇보다도 야심에 차 있었다. 그는 또다시 자기가 의심했던 사람들과 자기가 취한 조심스러운 대책에 대해 얘기했다. 그 얘기를 하면서 그는 자기가 쟁취한 승리를 이용할 수단을 궁리하는 것이었다.

아직도 몹시 당황하고 있으며, 자신의 행동에 대해 겁에 질려 있는 듯한 마틸드는 얘깃거리를 찾게 되어 기뻐하는 기색이었다. 그들은 밀회의 방법에 대해 얘기했다. 이 논의가 이루어지는 동안 쥘리앵은 다시 한번 재치와 용감성을 증명해 보일 수 있는 것이 기뻤다. 아주 눈치 빠른 사람들을 상대해야 할 것이었다. 애송이 탕보는 분명 정탐꾼 노릇을 할 놈이었다. 그러나 마틸드와 쥘리앵도 약은 술책이 없는 것은 아니었다.

모든 점으로 미루어 보아, 서재에서 만나는 것보다 수월한 일이 어디 있겠는가?

"나는 아무 의심도 받지 않고 집 안 어디에나 갈 수 있어요. 후작 부인 마님 방에라도 필요하다면 들어갈 수 있는 정도지요." 쥘리앵은 이렇게 부연했다. 딸의 방에 가려면 반드시 후작 부인의 방을 지나야 했다. 만약 마틸드가 항상 사다리를 쓰는 방법을 더 좋아한다면, 쥘리앵은 그까짓 위험쯤에야 아주 기꺼운 마음으로 몸을 내맡길 것이었다.

쥘리앵의 얘기를 들으면서 마틸드는 그의 의기양양한 태도에 기분이 상했다. 저이는 벌써 내 주인이라도 된 것 같잖아! 그녀는 속으로 생각했다. 그리고 이미 후회에 사로잡혀 있었다. 자기가 저지른 터무니없는 미친 짓에 그녀의 이성은 몸서리를 쳤다. 할 수만 있다면 자기 자신과 쥘리앵을 한꺼번에 없애 버리고 싶을 지경이었다. 때때로 의지력이 들고 일어나 후회를 잠재울 때면, 고통스러운 수치심과 수줍은 감정 때문에 그녀는 몹시 불행한 느낌에 빠졌다. 이처럼 끔찍한 상태에 떨어지리라고는 전혀 예상치 못했다.

그렇지만 나는 그에게 얘기해야만 해, 자기 애인에게 얘기하는 것은 당연한 일이니까. 이렇게 생각하자 그녀는 목소리보다는 사용하는 언어에 더 많은 애정을 담고, 의무를 이행하기 위해서 최근 며칠 동안 쥘리앵에 대해 취했던 여러 가지 결심을 얘기했다.

자기가 지시한 대로 쥘리앵이 정원사의 사다리를 타고 감히 방으로 찾아오기만 하면, 그녀는 쥘리앵에게 오롯이 몸을 맡길 작정이었다. 그러나 그처럼 다정한 얘기를 그녀는 극히 냉담하고 극히 예의 바른 어조로 말하는 것이었다. 그때까지 이 밀회는 아주 싸늘한 것이었다. 사랑이 이런 것이라면 누구나 사랑을 혐오할 지경이었다. 하지만 경거망동한 젊은 여자에게는 얼마나 도덕적인 교훈이 될 것인가! 이런 순간을 위해 자신의 미래를 망칠 가치가 있는 것인가?

피상적인 관찰자가 보기에는 분명 확실한 증오의 결과로 여겨지리만큼 오래 망설인 끝에야 마틸드는 마침내 쥘리앵의 사랑스러운 애인이 되었다. 한 여인의 자기 자신에 대한 의무감은 그처럼 확고한 자기 의지 앞에서도 굴복하기가 힘들었던 것이다.

사실 그들의 환희에는 약간 의도적인 기색이 스며 있었다. 정열적인 사랑이 그들에게는 아직 현실이기보다는 모방의 대상이었던 것이다.

드 라 몰 양은 그녀 자신과 자기 애인에 대한 의무를 이행하는 것이라고 믿고 있었다. 가련한 소년이 완벽한 용감함을 보였다. 그러니 그는 행복해야만 한다. 그렇지 않으면 내가 비겁한 여자다. 마틸드는 이런 생각을 했다. 그러나 그녀는 자신이 처해 있는 끔찍한 필연성에서 벗어날 수만 있다면 영원한 불행이라도 달게 감수하고 싶은 심정이었다.

그녀는 자신의 감정을 애써 억누르고 있었지만 말씨만은 아주 태연했다.

행복하다기보다는 기이한 느낌이 드는 밤을 보냈지만 쥘리앵은 후회나 자책감은 전혀 들지 않았다. 아아! 베리에르에서 보냈던 마지막 스물네 시간과는 얼마나 엄청난 차이냐! 파리의 화려한 태도란 모든 것을, 심지어 사랑까지도 망쳐 버리는 비결을 찾아낸 모양이구나! 쥘리앵은 터무니없이 부당하게 이런 생각을 하는 것이었다.

바로 옆의 드 라 몰 부인 방에서 깨어나는 소리가 들리자 마틸드에게 등을 떠밀려 들어간 커다란 마호가니 장롱 속에서 쥘리앵은 이런 상념에 잠겨 있었다. 마틸드는 어머니를 따라 아침 미사에 갔다. 하녀들도 곧 방을 떠났다. 쥘리앵은 하녀들이 방을 청소하려고 되돌아오기 전에 쉽사리 방을 빠져나왔다.

그는 말에 올라타고 파리 근교의 숲에서 가장 호젓한 장소를 찾아갔다. 그는 행복하다기보다는 놀라운 기분이었다. 때때로 그의 마음을 사로잡는 행복감은 어떤 혁혁한 무훈을 세우고 총사령관의 특명으로 단번에 연대장에 임명받은 청년 소위의 행복과도 흡사한 것이었다. 그는 자신이 거대한 높이로 끌어 올려진 느낌이었다. 하루 전만 해도 자기 위에 있던 모든 것이 이제는 자기 곁에 있거나 또는 밑에 있는 듯 보였다. 멀리 말을 달리면서 쥘리앵의 행복도 점점 커지는 것이었다.

그의 마음속에 전혀 정다운 느낌이 들지 않은 것은, 이 말이 대단히 이상하게 들리겠지만 마틸드가 그에게 보인 모든 행동이 하나의 의무를 이행한 것이었기 때문이었다. 지난밤의 모든 사건 중에서 마틸드에게 뜻밖의 일이 있었다면, 그것은 소설이 얘기해 주는 식의 완전한 환희 대신에 불행과 수치심만을 발견했다는 사실이었다.

내가 잘못 생각한 것일까, 나는 그를 사랑하지 않는 것일까? 그녀는 이런 생각에 사로잡혔다.

# 17장 옛 검

나도 이제 심각해져야겠다. 지금이 바로
그럴 시기다. 근래엔 웃음조차 너무 심각하게
보는 판국이니까. 악덕을 한번 조롱해도
도덕군자들은 이를 죄악이라 일컫는다.

—『돈 후안』 제13가

마틸드는 저녁 식사에 나타나지 않았다. 밤엔 잠시 살롱에 얼굴을 비췄지만 쥘리앵을 쳐다보지도 않았다. 이런 행동이 쥘리앵에게는 이상해 보였다. 하지만 나는 그들의 풍습을 모르니까. 나중에 마틸드가 설명해 주겠지. 그는 이렇게 생각하는 것이었다. 그렇지만 그는 극도의 호기심에 이끌려 마틸드의 표정을 유심히 살폈다. 그녀가 새침하고 심술궂은 표정을 띠고 있는 것은 숨길 수 없는 사실이었다. 그녀는 분명히 지난 밤에 믿을 수 없을 정도로 열렬한 행복에 도취했던(또는 그렇게 꾸며 보였던) 여자와는 전혀 다른 사람이었다.

다음 날도 그다음 날도 그녀는 여전히 쌀쌀한 태도였다. 쥘리앵을 쳐다보지도 않았고 아예 그의 존재를 아랑곳하지 않는 듯했다. 암울한 불안에 사로잡힌 쥘리앵은 첫날의 의기양양했던 승리감과는 천리만리 떨어져 있었다. 혹시 얌전한 부덕으로 되돌아간 것일까? 쥘리앵은 이런 생각도 해보았다. 그러나 오연한 마틸드에게는 부덕이란 단어 자체가 지극히 부르주아적인 말이었다.

일상생활에 있어서 마틸드는 종교도 별로 믿지 않는 듯해. 자기 계급의 이익에 매우 유리한 것으로서 종교를 좋아할 뿐이지. 쥘리앵은 또다시 생각에 잠겼다.

그렇다면 단순히 여성적인 미묘한 감정 때문에 자기가 저지른 과오를 심하게 자책하는 것일까? 쥘리앵은 자기가 그녀의 첫 애인이라고 믿고 있었다.

또 어떤 때는 이렇게 생각해 보기도 했다. 하지만 그녀의 태도에 순진하고 소박하고 정다운 점이라고는 전혀 없다는 것을 인정하지 않을 수 없어. 나는 저 여자가 지금보다 오만불손한 것은 본 적이 없어. 나를 경멸하는 것일까? 저 여자로서는 내가 비천한 태생이라는 이유만으로도 내게 한 짓을 후회할 만하겠지.

책과 베리에르의 추억에서 끌어낸 편견으로 가득 찬 쥘리앵이 다정한 연인, 즉 자기 애인을 행복하게 해 주는 순간에는 자기 자신의 존재조차 망각하는 연인에 대한 공상을 뒤쫓는 동안, 마틸드의 허영심은 그에 대해 잔뜩 화가 치밀어 있었다.

그녀는 이 개월 전부터는 권태를 느끼지 않았기 때문에 더 이상 권태를 두려워하지 않았다. 그리하여 전혀 짐작도 할 수 없는 사이에 쥘리앵은 자신에게 최대로 유리한 점을 잃었던 것이다.

**17장 옛 검**

내게는 주인이 한 사람 생긴 것이다! 드 라 몰 양은 더할 나위 없이 암울한 슬픔에 사로잡혀 중얼거렸다. 그 사람은 큰 명예를 얻은 셈이지. 그러나 내가 그의 허영심을 갈 데까지 몰아붙이면 그는 우리 관계를 세상에 알려 복수하겠지. 마틸드는 아직 애인을 가져 본 적이 없었다. 아무리 메마른 감성의 소유자라도 아름다운 환상을 그려 볼 인생의 황금기에, 그녀는 벌써 쓸쓸한 반성에 사로잡혀 있었다.

그 사람은 내게 엄청난 지배력을 갖고 있어. 그는 공포심으로 군림하고 있으며, 내가 몰아붙이면 내게 끔찍한 형벌을 가할 수도 있으니까. 드 라 몰 양에게는 이 한 가지 생각만으로도 쥘리앵을 모욕하고 싶은 충동을 일으키기에 족했다. 용기야말로 그녀 성격의 일차적인 특징이었다. 자신의 전 존재를 건 단판 승부의 도박을 한다는 생각 이외에, 그녀에게 흥분을 야기시키고 끊임없이 재생하는 권태의 심연으로부터 그녀를 치유할 수 있는 방책은 아무것도 없었다.

사흘째 되는 날도 마틸드는 고집스럽게 쥘리앵을 쳐다보지 않았다. 마틸드가 분명히 싫은 눈치를 보이는데도 쥘리앵은 저녁 식사 후 당구실까지 그녀를 뒤쫓아 갔다.

"이보세요, 당신은 나를 마음대로 휘두를 수 있는 권리를 갖고 있다고 생각하세요?" 마틸드는 폭발하려는 분노를 가까스로 억제하면서 이렇게 따지고 들었다. "싫다는 의사를 분명히 표시했는데도 내게 말을 거시겠다 이거예요? 여태껏 이 세상 누구도 그처럼 뻔뻔스러웠던 적은 없었다는 걸 아세요?"

이 두 애인의 대화처럼 재미있는 것은 없었다. 그들은 자신도 모르는 사이에 서로 상대방에 대한 강렬한 증오의 감정으로 불타고 있었다. 그들은 둘 다 참을성 있는 성격이 아니었고 또 다 같이 상류 사회의 관습을 지니고 있었으므로 즉시 영원한 절교를 명백히 선언한 셈이었다.

"저는 영원히 비밀을 지킬 것을 약속드립니다. 그리고 이런 식의 변화가 아가씨의 체면에 손상이 되지 않는다면, 앞으로 아가씨에게는 일체 말을 건네지 않겠다는 것을 덧붙여 말씀드리겠습니다." 이렇게 말하고 나서 쥘리앵은 공손히 인사하고 자리를 떠났다.

그는 의무라고 믿던 것을 별반 힘들이지 않고 해낸 것이었다. 그가 드 라 몰 양을 열렬히 사랑한다고는 생각할 수 없었다. 사흘 전 마틸드의 커다란 마호가니 장롱 속에 숨어 있을 때도 그는 그녀를 사랑하지 않았던 것이다. 그러나 마틸드와 영원히 절교한 것을 알게 된 순간 그의 마음속에서는 모든 것이 순식간에 변하고 말았다.

그의 기억력은 잔인하게도 그날 밤의 상황을 낱낱이 그려내기 시작했다. 실제로 그날 밤 그는 아주 냉정했는데도 말이다.

영원한 절교를 선언한 바로 그날 밤, 쥘리앵은 드 라 몰 양을 사랑한다는 것을 자인하지 않을 수 없게 되자 거의 미칠 지경이 되었다.

이 새로운 발견에 뒤따라 마음속에 끔찍한 갈등이 찾아왔다. 그의 감정은 모두 뒤집혀 있었던 것이다.

이틀 후 쥘리앵은 드 크루아즈누아 씨에 대해서도 전처럼 오만하기는커녕 눈물을 흘리며 그를 부둥켜 안고 싶은 심정이었다.

불행에 길들어 온 나머지 그에게는 양식(良識)의 섬광이 비쳤다. 그는 랑그도크 지방으로 떠나기로 결심하고 짐을 꾸려 역마차 정거장으로 갔다.

역마차 사무실에 도착하여, 다음 날 툴루즈행 역마차에 우연히 공석이 하나 남아 있는 것을 알고 그는 마음이 무너져 내리는 듯한 느낌이었다. 그 자리를 예약하고는 후작에게 출발 사실을 알리려고 드 라 몰 저택으로 돌아왔다.

드 라 몰 씨는 외출 중이었다. 다 죽어 가는 듯한 모습으로 쥘리앵은 후작을 기다리기 위해 서재로 갔다. 거기서 뜻밖에 드 라 몰 양을 발견했을 때 쥘리앵의 느낌이 어떠했겠는가?

쥘리앵이 나타나는 것을 보자 그녀는 심술궂은 표정이 되었다. 쥘리앵도 그 표정을 뚜렷이 알아볼 수 있었다.

불행으로 정신이 없고 뜻하지 않은 만남에 어리둥절했던 쥘리앵은 나약하게도 마음속에서 우러나오는 더없이 다정한 어조로 그녀에게 이렇게 말했다. "이제 당신은 저를 사랑하시지 않는군요?"

"아무에게나 몸을 내맡긴 것이 끔찍해요." 마틸드는 자신에 대한 분노로 울음을 터뜨리며 이렇게 말했다.

"아무에게나라고!" 쥘리앵이 부르짖었다. 그러고는 골동품으로 서재에 보관해 둔 중세의 고도(古刀)를 향해 내달렸다.

드 라 몰 양에게 말을 건 순간 극도에 달해 있던 그의 고통은 그녀가 흘리는 수치의 눈물을 보자 백배는 더 커졌다. 그녀를 죽일 수 있었다면 쥘리앵은 세상 남자 중 가장 행복했을

지도 모른다.

쥘리앵이 그 고풍스러운 칼집에서 가까스로 칼을 빼낸 순간, 새로운 감동에 기쁨을 느낀 마틸드는 오만하게 그를 향해 다가갔다. 이제 그녀의 눈물은 말라 있었다.

은인인 드 라 몰 후작 생각이 별안간 쥘리앵의 머릿속에 떠올랐다. 내가 은인의 딸을 죽이다니! 끔찍한 일이다! 그는 속으로 중얼거렸다. 그는 칼을 내던지려 했다. 그러나 다시 생각했다. 이런 신파 극 같은 행동을 보면 마틸드는 분명 웃음을 터뜨릴 것이다. 이렇게 생각하니 냉정을 되찾을 수 있었다. 그는 신기한 듯이, 녹슨 자국이라도 있나 살피려는 듯이 그 고도의 날을 유심히 바라보았다. 그러고는 칼을 다시 칼집에 꽂고 금도금을 한 청동 못에 아주 태연하게 걸어놓았다.

마지막 부분이 아주 느릿느릿해서 쥘리앵의 이 동작은 꼬박 1분이 걸렸다. 드 라 몰 양은 놀란 모습으로 그를 쳐다보고 있었다. 나는 자칫하면 애인에게 죽임을 당할 뻔했구나! 그녀는 생각했다.

이런 생각은 샤를 9세와 앙리 3세 시대의 가장 아름다운 시절로 그녀를 이끌어 갔다.

그녀는 칼을 다시 제자리에 걸어놓은 쥘리앵 앞에 꼼짝 않고 서 있었다. 그녀는 증오심이 사라진 눈으로 쥘리앵을 쳐다보았다. 이때 마틸드는 대단히 매혹적이었다. 어떤 여인이 이처럼 파리 인형(이 말은 파리 여인들에 대한 쥘리앵의 커다란 반감을 나타내는 말이었다.)과 다르게 보인 적은 결코 없었을 것이다.

나는 이 사람에 대해 다시 마음이 약해지려는구나. 마틸드는 생각했다. 이 사람은 자기가 내 군주며 주인이라는 자신감을 금방 되찾겠지, 한 번 잃었던 자신감을 말이야. 그것도 내가 단호하게 말하고 난 직후에 말이야. 그녀는 달아나 버리고 말았다.

아아! 저 여잔 참 아름답구나! 달려가는 마틸드를 쳐다보며 쥘리앵은 생각했다. 불과 며칠 전만 해도 그처럼 열정적으로 내 품에 뛰어들었던 여인이 아니던가……. 그런 순간은 다시는 되돌아오지 않을 것이다! 그것도 내 잘못 때문에! 그처럼 유별난 관심을 보였을 때도 나는 그것을 잘 느끼지 못했으니……! 나는 아주 평범하고 불행한 성격을 타고났다고 인정하지 않을 수 없다.

후작이 나타났다. 쥘리앵은 후작에게 재빨리 자신의 출발을 알렸다.

"어디로 말인가?" 후작이 물었다.

"랑그도크로 떠나렵니다."

"제발 그만두게나. 자네는 더 큰 사명을 받게 될 거야. 자네가 떠난다면 북쪽으로 가게 될 걸세……. 군대식으로 말해서, 집 안에 있으라고 금족령을 내리겠네. 두세 시간 이상 자리를 비우지 않았으면 좋겠네, 언제 자네가 필요할지 모르는 형편이니까."

쥘리앵은 공손히 인사하고, 놀란 표정의 후작을 남겨 둔 채 말 한마디 없이 물러 나왔다. 그는 말을 할 수 없는 상태였던 것이다. 그는 문을 잠그고 자기 방에 틀어박혔다. 거기서 자신의 잔혹한 운명을 마음껏 과장해서 생각할 수 있었다.

이제는 멀리 빠져나갈 수조차 없게 되었구나! 후작은 얼마 동안이나 나를 파리에 잡아 둘 심산인가? 아아! 나는 어찌될 것인가? 의논해 볼 친구 하나 없으니. 피라르 사제는 내 말을 첫마디도 들어 주지 않을 테고 알타미라 백작은 무슨 음모에 나 가담하라고 제안하겠지.

그런데 나는 미친 것이다. 그렇게 느껴진다. 나는 미치고 만 것이다! 누가 나를 인도해 줄 것인가, 나는 어찌될 것인가?

# 18장 비참한 한때

그리고 그 여자는 내게 그것을 고백하는 것이다!
아주 자세한 상황까지 모조리 얘기하는 것이다!
나를 응시하는 그녀의 아름다운 눈동자는
그녀가 다른 남자를 사랑한다는 것을 나타내고 있다!

―실러

황홀해진 드 라 몰 양은 자기가 죽음을 당할 뻔했다는 행복만을 생각하고 있었다. 그녀는 이렇게 중얼거리기까지 했다. 그 사람은 나를 죽이려 했으니까 내 주인이 될 만한 자격이 있어. 그런 정열적인 행동을 하려면 사교계의 미남 청년들을 얼마나 많이 합쳐 놓아야만 할까?

그 사람이 칼을 제자리에 걸기 위해 의자 위에 올라서서 마치 실내 장식가가 꾸민 듯한 자세를 취했을 때는 정말 아름다운 모습이었지. 결국 그 사람을 사랑한 것이 미친 짓은 아니었어.

이 순간 다시 화해할 수 있는 적당한 방법이 떠올랐다면 그녀는 기꺼이 그 방법을 택했을 것이다. 한편 이중으로 방문을 걸어 잠그고 들어앉아 있는 쥘리앵은 지독한 절망에 사로잡혀 있었다. 제정신이 아닌 그는 마틸드의 발밑에 몸을 내던질 생각까지 해 보았다. 만약 쥘리앵이 외딴 방에 숨어 있는 대신 정원이나 집 안을 서성거리면서 적절한 기회를 붙들었다면 지독한 불행이 단번에 생생한 기쁨으로 바뀌었을지도 모른다.

그러나 쥘리앵이 재치(우리는 그에게 재치가 부족하다고 비난하는 바이지만)를 부렸다면 드 라 몰 양의 눈에 그를 그처럼 아름답게 보이게 했던, 칼을 잡는 그 숭고한 행동을 하지는 못했을 것이다. 쥘리앵을 유리한 방향으로 생각하는 마틸드의 변덕은 종일토록 계속되었다. 마틸드는 쥘리앵을 사랑했던 짧은 순간의 매혹적인 환상을 그리고 있었다. 그녀는 그때가 그리웠다.

그녀는 생각했다. 그 가련한 청년에 대한 내 열정은 그가 온갖 피스톨을 호주머니에 넣고서 사다리를 타고 내 방에 올라오던 새벽 1시부터 오전 8시까지밖에는 계속되지 않은 것으로 그에게는 보일 거야. 그 사람이 내 주인이라고 자처할지도 모른다고, 그리고 그 사람이 공포심을 이용해 나를 마음대로 휘두르려 들지도 모른다고 생각하기 시작한 것은 십오 분쯤 후 생트발레르에서 미사에 참석하고 있을 때였지.

저녁 식사 후 드 라 몰 양은 쥘리앵을 피하기는커녕 그에게 말을 걸고 함께 정원을 산책하자고 이끌었다. 쥘리앵은 따라나섰다. 쥘리앵이 그녀와 함께 정원을 산책하는 것은 오랜만의 일이었다. 마틸드는 쥘리앵에게 다시 느끼기 시작한 사랑에 자신도 모르는 사이에 굴복해 가고 있었다. 그녀는 쥘리앵과 나란히 산책하는 것이 몹시 기뻤다. 그녀는 아침에 자기를 죽이려고 검을 잡았던 쥘리앵의 손을 흥미롭게 쳐다보았다.

그런 행동이 있은 후에, 그간 일어났던 모든 일이 있은 후에 지난날 그들의 대화쯤은 이제 문제가 될 수 없었다.

점차 마틸드는 자기 마음의 상태를 친밀하게 털어놓기 시작했다. 그녀는 그런 대화를 나누는 것에서 야릇한 쾌감을 느꼈다. 그녀는 드 크루아즈누아 씨나 드 케일뤼스 씨에게 느꼈던 일시적인 열정까지도 쥘리앵에게 얘기하기에 이르렀다.

"뭐라고요! 드 케일뤼스 씨에게까지도!" 쥘리앵이 소리쳤다. 그 말 속에는 버림받은 애인의 쓰라린 질투심이 모두 배어 있었다. 마틸드는 그것을 간파하고 기분이 나쁘지 않았다.

마틸드는 마음속의 진실을 털어놓는 어조로 옛날의 자기감정을 아기자기하게 자세히 얘기해 줌으로써 계속 쥘리앵을 괴롭혔다. 쥘리앵이 보기에 그녀는 아직도 눈에 생생한 현실을 얘기하고 있는 듯했다. 쥘리앵은 그녀가 얘기를 해 나가면서 마음속에 있던 것을 새삼스레 되찾는 듯해 보여 몹시 괴로웠다.

질투의 고통으로 그는 그 이상을 생각할 수 없었다. 연적이 사랑받는다는 의혹 자체가 이미 대단한 괴로움이다. 그런데 자기가 사랑하는 여인에게서 연적에 대한 사랑의 얘기를 상세히 듣다니 그건 말할 수 없는 고통인 것이다.

케일뤼스나 크루아즈누아를 하찮게 보던 쥘리앵의 자존심이 이 순간 얼마나 심한 징벌을 받았던가! 그는 얼마나 격렬한 마음의 고통을 느끼며 그들의 사소한 장점까지도 과장해 생각했던가! 그는 얼마나 솔직한 심정으로 자기 자신을 멸시했던가!

그에게는 마틸드가 찬탄할 만한 여인으로 보였다. 그의 찬

양을 표현하기에는 어떠한 말도 부족했다. 마틸드와 나란히 산책하면서 그는 그녀의 손이며 팔이며 여왕과 같은 풍모를 훔쳐봤다. 사랑과 고통에 지친 쥘리앵은 '불쌍히 여기소서!'라고 외치면서 그녀의 발밑에 쓰러져 버리고 싶을 지경이었다.

이처럼 아름답고 모든 점에서 이처럼 뛰어나며 한때 나를 사랑했던 이 여인이 머지않아 진정으로 사랑할 사람은 드 케일뤼스 씨인 것이다!

쥘리앵은 드 라 몰 양의 성실성을 의심할 수 없었다. 그녀의 모든 얘기에는 진실의 어조가 너무나 분명하게 드러나 있었다. 쥘리앵의 불행을 빈틈없게 만들려는 듯, 그녀는 한때 드 케일뤼스 씨에게 느꼈던 감정에 열중한 나머지 마치 지금 그 사람을 사랑하고 있는 듯이 쥘리앵에게 얘기하는 때가 있었다. 분명 그녀의 어조에는 사랑이 담겨 있었다. 쥘리앵은 그 사실을 명백히 알 수 있었다.

가슴속에서 납 덩어리가 녹아 흐르고 있다 해도 이보다는 덜 고통스러웠을 것이다. 한때 드 케일뤼스 씨나 드 크루아즈누아 씨에게 느꼈던 덧없는 연정 같은 것을 회상하면서 드 라 몰 양이 많은 즐거움을 느꼈다면 그것은 바로 쥘리앵에게 얘기하고 있기 때문이라는 사실을, 극도의 불행에 빠진 이 가련한 청년이 어찌 짐작할 수 있었을 것인가?

그 어떤 것도 쥘리앵의 고뇌를 표현해 낼 수는 없을 것이다. 며칠 전 그녀의 방에 들어가기 위해 새벽 1시가 울리는 소리를 기다리던 바로 그 보리수가 늘어선 산책로에서, 그는 다른 사내들에 대한 상세한 사랑의 고백을 듣고 있는 것이다. 인간의 힘으로는 이 이상의 고통을 견뎌 낼 수는 없는 것이다.

그런 잔인한 친밀함은 일주일 내내 계속되었다. 마틸드는 쥘리앵과 얘기를 나눌 기회를 일부러 찾거나 또는 그런 기회가 오면 회피하지 않는 듯했다. 그들 둘은 일종의 잔인한 쾌감을 느끼며 마틸드가 다른 남자들에게 품었던 감정에 관한 얘기로 끊임없이 되돌아오는 것이었다. 마틸드는 자기가 써 보냈던 편지 얘기도 했다. 그녀는 편지에 썼던 말을 상기하는가 하면, 편지 구절들을 모조리 암송해 들려주기도 했다. 나중에는 일종의 심술궂은 기쁨의 표정을 띠고 쥘리앵을 응시하는 듯했다. 쥘리앵의 고통이 그녀에게는 생생한 즐거움이었던 것이다.

쥘리앵이 전혀 인생 경험이 없다는 것은 우리가 이미 알고 있는 바이다. 그는 소설조차 별로 읽은 게 없었다. 그가 좀 더 능란한 사람이어서, 자기에게 야릇한 고백을 하고 있는 사랑하는 처녀에게 냉정한 태도로 "나는 그 신사들만 한 가치가 없는 사람입니다만, 당신이 사랑하는 사람은 나뿐입니다……."라고 말했다면 아마 그녀는 자기 속마음을 짐작한 것에 기쁨을 느꼈을 것이다. 쥘리앵이 시기를 잘 선택해 적절한 태도로 그런 생각을 표현했다면 성공은 틀림없었을 것이다. 마틸드에게 상황이 단조롭게 변할라치면 그는 언제나 유리하게 그 상황에서 빠져나왔던 것이다.

"아가씨는 이제 저를 사랑하지 않지요, 아가씨를 이렇게 사모하는 저를!" 사랑과 불행으로 제정신이 아닌 쥘리앵은 어느 날 마틸드에게 이렇게 말하고 말았다. 이것은 그가 저지른 실수 중에서 가장 큰 어리석은 실수였다.

이 말은 마틸드가 쥘리앵에게 마음속을 털어놓으며 느끼던 즐거움을 눈 깜짝할 사이에 없애 버리고 말았다. 마틸드는 연적에 관한 그런 얘기를 들려줘도 쥘리앵이 화내지 않는 데 놀라기 시작한 참이었다. 쥘리앵이 그 어리석은 말을 했을 때 그녀는 쥘리앵이 자기를 사랑하지 않는지도 모른다는 상상까지 할 판국이었던 것이다. 그리하여 그녀는 이런 생각에 빠져 있었다. 자존심이 그 사람의 사랑의 불길을 꺼 버렸는지도 몰라. 그 사람은 케일뤼스나 뤼즈나 크루아즈누아 같은 사람들이 자기를 제치고 선택받는 걸 참고 견딜 사람이 아냐. 자기 입으로는 그들이 자기보다 우월하다고 말하기는 하지만. 이제 다시는 그가 내 앞에 무릎 꿇는 걸 보지 못할 거다!

최근 며칠 동안 불행 때문에 순진해진 쥘리앵은 마틸드에게 그 신사들의 뛰어난 장점을 극구 찬양하기도 했던 것이다. 그는 그들의 장점을 과장해서 얘기하기까지 했다. 드 라 몰 양이 그런 뉘앙스를 놓칠 리 만무했다. 그녀는 놀랐지만 그 원인을 짐작할 수는 없었다. 광란에 빠진 쥘리앵의 마음은 마틸드의 사랑을 받았다고 믿어지는 연적을 찬양함으로써 그 사람의 행복을 함께 느껴 보려는 것이었다.

몹시 솔직하지만 어리석기 짝이 없는 그의 말은 순식간에 모든 것을 일변시키고 말았다. 사랑받는 것을 확인하자 마틸드는 그를 철저히 경멸했다.

쥘리앵이 서툰 말을 내뱉은 순간은 그들이 함께 산책하던 중이었다. 마틸드는 곧 그의 곁을 떠났다. 헤어질 때 그녀의 눈길은 끔찍한 경멸을 나타내고 있었다. 살롱에 돌아와서도 그녀는 저녁 내내 쥘리앵을 쳐다보지도 않았다. 다음 날에도 그런 경멸이 그녀의 마음을 사로잡고 있었다. 일주일 동안이나 쥘리앵을 내밀한 친구로 여기며 느끼던 즐거움이 씻은 듯이 사라졌던 것이다. 쥘리앵을 보는 것조차 불쾌했다. 마틸드의 불쾌한 감정은 혐오감으로까지 발전했다. 쥘리앵과 마주칠 때 마틸드의 극도의 경멸은 필설로 다 표현할 수 없는 것이었다.

쥘리앵은 일주일 전부터 마틸드의 마음속에 일어났던 이런 모든 사정을 전혀 이해하지 못했지만, 그녀의 경멸만은 분간해 볼 수 있었다. 그는 될 수 있는 대로 마틸드 앞에 모습을 드러내지 않을 만한 분별력은 지니고 있었다. 그리고 그녀를 결코 쳐다보지 않았다.

그러나 마틸드 앞에 나타나지 않는다는 것은 그에게 몹시 고통스러운 일이었다. 자기 불행이 그 때문에 점점 커지는 듯이 느껴졌다. 인간의 용기가 이 이상으로 나갈 수는 없다고 그는 중얼거렸다. 그는 하루 종일 고미다락에 있는 작은 창가에 붙어 서서 지냈다. 그 창의 덧문은 조심스럽게 닫혀 있었지만 적어도 거기서는 정원에 나타나는 드 라 몰 양의 모습을 어렴풋하게나마 볼 수 있었다.

저녁 식사 후 드 케일뤼스 씨, 드 뤼즈 씨, 또는 그 밖의 다른 남자들(그녀가 한때 연정을 느꼈다고 고백한 바 있는 남자들)과 함께 산책하는 마틸드의 모습을 보았을 때 쥘리앵의 심정이 어떠했겠는가?

쥘리앵은 그처럼 격심한 고통은 상상해 본 적도 없었다. 그는 하마터면 비명을 내지를 뻔했다. 그처럼 강인했던 정신도 마침내 뒤죽박죽이 되어 버렸던 것이다.

드 라 몰 양과 무관한 생각은 모두 지겨운 것이 되었다. 그는 아주 간단한 편지조차 쓸 수가 없었다.

"자네 참 이상해졌군." 후작이 그에게 이런 말을 했다.

눈치채일까 봐 벌벌 떨면서 쥘리앵은 아프다고 핑계를 댔다. 후작은 그대로 믿었다. 쥘리앵으로서는 다행스럽게도, 저녁 식사 때 후작은 쥘리앵이 떠나게 될 여행에 대해 농담을 꺼냈다. 마틸드는 그 여행이 오래 걸릴지도 모르겠다고 생각했다. 쥘리앵이 그녀를 피하기 시작한 지도 벌써 며칠이 됐다. 그리고 그처럼 창백하고 우울한 이 청년이 갖지 못한 모든 것을 지니고 있는 빛나는 귀족 청년들, 그녀가 한때 연정을 느꼈던 그 귀족 청년들은 이제 공상에서 그녀를 끌어낼 힘을 가지고 있지 못했다.

그녀는 생각했다. 평범한 처녀라면 살롱에서 만인의 주시를 받는 이 청년들 가운데서 한 남자를 선택할 수도 있겠지. 그러나 천재적인 성격을 지닌 사람은 평범한 인간이 걸어간 발자취를 따라 자기 생각을 이끌어 가지 않는 법.

내가 가진 재산이 없을 뿐인 쥘리앵 같은 남자의 반려가 된다면, 나는 계속 사람들의 이목을 끌 수 있을 터. 나는 결코 일생을 무명의 존재로 보내지는 않을 것이다. 천민이 두려워 마차를 잘못 모는 마부조차 호통 치지 못하는 내 사촌 자매들처럼 끊임없이 혁명을 겁내면서 지내는 대신, 나는 하나의 역할, 위대한 하나의 역할을 행할 것을 확신한다. 왜냐하면 내가 선택한 남자는 용감한 기상과 끝없는 야심을 지니고 있으니까. 그에게 무엇이 부족한가? 친구와 돈? 그렇다면 내가 그에게 그것을 주겠다.

그러나 그녀의 생각은 쥘리앵을 일종의 하급자로, 자기가 원할 때면 언제나 자기를 사랑하게 만들 수 있는 사람으로 취급하고 있었다.

# 19장 희가극

오오, 이 사랑의 봄은
덧없는 사월의 영화와 얼마나 흡사한가!
한순간 찬란한 태양 빛을 비추다가
구름이 모든 것을 하나씩 걷어 가 버리나니.

—셰익스피어

미래와 자기가 희망하는 비범한 역할에 정신이 팔린 마틸드는 쥘리앵과 여러 번 주고받은 건조하고 형이상학적인 대화가 그리워지기까지 했다. 또 그런 고상한 생각에 지치면 쥘리앵 곁에서 맛볼 수 있었던 행복한 순간들이 때때로 그리워지기도 했다. 하지만 이런 추억에는 언제나 회한이 따랐다. 때로는 그런 회한으로 심한 괴로움을 겪기도 했다.

사람에게 약한 면이 있다면, 나 같은 처녀가 자기 의무를 망각하는 때가 있다면, 그것은 탁월한 남성을 만났을 때뿐일 것이다. 마틸드는 이런 생각에 빠졌다. 그의 멋진 수염이나 승마의 맵시가 나를 유혹했다고 말할 사람은 없을 것이다. 나를 유혹한 것은 프랑스의 장래에 관한 그의 심오한 견해와, 우리에게 닥쳐올 사건이 1688년 영국의 혁명과 흡사할지도 모른다는 그의 생각인 것이다. 나는 매혹당한 것이다. 마틸드는 자신의 회한에 이런 식으로 대꾸했다. 나는 나약한 한 여자다. 하지만 꼭두각시처럼 겉모습의 화려함에 놀아나지는 않았다.

혁명이 발발한다면 쥘리앵 소렐이 롤랑의 역할을, 그리고 내가 롤랑 부인[34]의 역할을 하지 못할 이유가 어디 있겠는가? 나는 스탈 부인의 역할보다 롤랑 부인의 역할이 더 좋다. 행동의 비도덕성이 우리 시대에는 하나의 장애물이 되겠지. 하지만 나는 또다시 약점을 보여 비난받지는 않겠다. 그렇게 되면 수치심으로 죽어 버리고 말 거야.

사실을 말하자면 마틸드의 공상은 우리가 옮겨 적은 생각과 똑같이 엄숙한 것은 아니었다.

그녀는 쥘리앵을 쳐다봤다. 그리고 그의 아주 사소한 동작에서도 매력을 발견했다.

아마 나는 쥘리앵이 가지고 있던 아주 사소한 생각까지도 모조리 파괴해 버린 모양이다. 마틸드는 이렇게 중얼거렸다.

일주일 전, 그 가엾은 청년이 내게 사랑을 고백할 때의 그 깊은 정열을 담은 불행한 표정이 모든 것을 증명하고도 남는다. 존경과 정열이 가득 담긴 그런 말을 듣고도 화를 내다니, 나도 참 이상한 사람임이 틀림없어. 나는 그 사람의 아내가 아니던가? 그의 말은 아주 당연한 것이었어. 그리고 그 사람은 아주 사랑스러웠고. 쥘리앵이 질투를 느끼는 사교계 청년들에

---

34) Madame Roland(1754~1793). 프랑스의 여성 정치가로 프랑스 대혁명에 참여하여 지롱드 당에 강력한 영향력을 행사하였고, 1793년에 기요틴에서 처형당했다.

게 내가 일시적인 연정을 품었던 것은 생활의 권태를 못 이겼기 때문이었다. 그 연정을 무자비하게 그에게 줄곧 얘기했건만 쥘리앵은 아직 나를 사랑하고 있었던 것이다! 아아, 그 사교계 청년들이 내게는 얼마나 무가치한 존재들인가를 그가 알아줬으면! 쥘리앵과 비교할 때 그들은 얼마나 무기력하며 모두 판에 박은 듯이 보이는가.

이런 생각을 하면서 마틸드는 연필을 들고 자기 앨범에 되는대로 사람 얼굴을 그렸다. 자기가 그려낸 옆얼굴을 보고 그녀는 놀랐고 또 기쁨을 느꼈다. 그 옆얼굴이 놀라울 정도로 쥘리앵과 닮아 있었던 것이다. 이건 하늘의 뜻이야! 이건 사랑의 기적인가 봐! 나도 모르는 사이에 그 사람의 초상화를 그렸잖아. 마틸드는 황홀해서 소리쳤다.

그녀는 자기 방으로 달려가 문을 걸어 잠그고서 이번에는 정말로 쥘리앵의 초상을 그리려고 열심히 노력했다. 그러나 제대로 그려지지가 않았다. 되는대로 그렸던 옆얼굴이 여전히 가장 근사해 보였다. 마틸드는 그것이 또 기뻤다. 그녀에게는 그것이야말로 위대한 정열의 분명한 증거처럼 여겨졌다.

마틸드는 오랜 시간이 흐른 후 후작 부인이 이탈리아 오페라를 보러 가자고 부를 때까지 앨범을 손에서 떼지 못했다. 그녀는 쥘리앵을 찾아서 어머니를 부추겨 그를 오페라에 함께 데리고 가려는 단 한 가지 생각에만 골몰했다.

쥘리앵은 끝내 나타나지 않았다. 그리하여 이 두 귀부인의 칸막이 좌석에는 하잘것없는 사람들만 모여들게 되었다. 오페라의 첫째 막이 상연되는 동안 마틸드는 강렬한 열정의 도취

19장 희가극

에 빠져 자기가 사랑하는 남자를 꿈꾸었다. 그러나 제2막에서 치마로사[35]의 아름다운 선율에 실려 사랑의 한 격언을 노래하는 소리가 들려왔을 때, 그것은 분명 마틸드의 가슴에 스며들었다. 오페라의 여주인공은 이렇게 말했다. 그에 대한 이 지나친 열애의 감정을 나는 벌해야 하나니, 나는 그이를 너무나 사랑하고 있노라!

이 숭고한 영탄곡(詠歎曲)을 듣는 순간 마틸드에게는 세상에 존재하는 모든 것이 사라졌다. 누군가가 그녀에게 말을 걸었으나 마틸드는 대답도 하지 않았다. 어머니가 그녀를 꾸짖었지만 그녀는 그저 어머니를 힐끗 쳐다보았을 뿐이었다. 그녀의 도취는 며칠 전부터 쥘리앵이 그녀에게 느낀 격정과 비견할 만한 흥분과 열정의 상태에 다다랐다. 마틸드가 쥘리앵을 직접 생각하지 않는 순간에는 자기 처지에 꼭 들어맞는 듯이 보이는, 사랑의 격언을 노래한 그 신비한 매력에 가득 찬 영탄곡이 그녀의 마음을 사로잡았다. 음악을 사랑한 덕택으로 그날 밤 마틸드는 언제나 쥘리앵만을 생각하던 드 레날 부인과 같게 되었다. 머리의 사랑이란 진정한 사랑 이상으로 재기 발랄할지는 모르지만 그 열광이란 순간적일 뿐이다. 머리의 사랑은 그 자체를 너무나 잘 알고 있으며 끊임없이 자아비판에 빠진다. 그 사랑은 이성이 흐려지기는커녕 이성의 힘 위에 구축된 것이다.

집에 돌아온 마틸드는 드 라 몰 부인이 뭐라고 말하든 아

---

35) 도메니코 치마로사(Domenico Cimarosa, 1749~1801). 이탈리아의 작곡가.

랑곳 않고, 열이 난다고 말하면서도 피아노 앞에 앉아 이 영탄곡을 되풀이해 치면서 시간을 보냈다. 그녀는 자기를 매혹한 그 유명한 곡조의 노래를 불러 보기도 했다.

나를 벌해야 하나니, 나를 벌해야 하나니,
내 사랑이 지나친 것이라면.

이런 열광적인 하룻밤을 보낸 결과 그녀는 자신의 사랑을 극복했다고 믿을 수 있었다. (이 페이지는 불행한 저자에게 여러 가지 비난을 야기할 것이다. 냉담한 마음을 가진 사람들은 저자의 기술이 점잖치 못하다고 나무랄 것이다. 파리의 살롱에서 찬연한 빛을 발하는 젊은 여성들 중에 하나라도 마틸드의 성격을 비하하는 듯한 이런 광적인 사랑에 감염되리라고 가정하고서, 저자가 그 여성들에게 모욕을 가하려는 것은 결코 아니다. 마틸드라는 이 인물은 전적으로 상상의 산물이다. 더구나 모든 시대 가운데서 19세기의 문명을 뚜렷이 구분 짓는 사회적 관습과는 무관하게 상상된 인물인 것이다.

올해 겨울의 무도회를 장식한 처녀들에게 부족한 것은 신중함이 아니었다.

또한 저자의 생각으로는 그 처녀들이 많은 재산이나 말[馬]이나 훌륭한 영지 등, 사교계에서 뛰어난 지위를 보장해 주는 것들을 지나치게 무시한다고 비난받을 여지도 전혀 없다. 이런 모든 특전은 권태의 대상이 되기는커녕 대체로 줄기찬 욕망의 대상이 되고 있다. 그리고 그들의 마음에 정열이란 것이 있다면 바로 이런 특전에 대한 정열인 것이다.

쥘리앵과 같이 재능 있는 젊은이들의 행운을 이루는 것 역시 결코 사랑은 아닌 것이다. 그들은 죽을힘을 다해 당파에 가담한다. 그리하여 그 당파가 행운을 잡으면 사회의 온갖 특전이 그들 위에 비오듯 쏟아지는 것이다. 어떤 당파에도 가담하지 않은 서재인은 불행할지어다. 그 사람은 불확실한 사소한 성공만 거두어도 비난을 면치 못할 것이며, 세력가가 그 성공을 가로채 대신 승리를 구가할 것이다. 그런데 독자여, 소설이란 큰길가를 돌아다니는 거울과 같은 것이다. 때로 그것은 푸른 창공을 비춰 보이기도 하고, 또 때로는 도로에 파인 수렁의 진흙을 비춰 보이기도 한다. 그런데 여러분은 채롱에 거울을 짊어지고 다니는 사람을 비도덕적이라고 비난하다니! 그의 거울이 진흙을 비추면 여러분은 그 거울을 비난한다! 차라리 수렁이 파인 큰길을, 아니 그보다도 물이 괴어 수렁이 파이도록 방치한 도로 감시인을 비난함이 마땅할 것이다.

이제 마틸드의 성격은 도덕적이며 신중한 우리 시대에는 있을 수 없음이 밝혀진 이상, 이 사랑스러운 처녀의 광기를 계속 얘기한다 해도 독자는 화내지 않으리라 기대하는 바이다.)

다음 날 하루 종일 마틸드는 자신의 미친 듯한 정열의 극복을 확신할 수 있는 기회를 엿보았다. 모든 면에서 쥘리앵을 불쾌하게 하려는 것이 그녀의 커다란 목적이었다. 하지만 쥘리앵은 그녀의 움직임 하나하나를 놓치지 않았다.

쥘리앵은 너무나 불행했고 또 너무나 흥분해 있었으므로 그처럼 복잡한 정열의 술책을 짐작해 볼 도리가 없었다. 더구나 그 정열이 감추고 있는 자기에게 유리한 측면은 알아볼 수 없었다. 그는 그 정열의 희생물이었다. 그의 불행이 이처럼 극에 달했던 적은 없었을 것이다. 그의 행동은 이성의 통제에서 빗나가 있었기 때문에 어떤 우울한 철학자가 나타나서 '당신에게 유리하게 돌아가는 형세를 재빨리 이용하시오. 파리에서 볼 수 있는 이런 종류의 이성적인 사랑에서는, 똑같은 태도가 이틀 이상 지속될 수 없다오.'라고 말했다 해도 그 말뜻을 이해하지 못했을 것이다. 그러나 아무리 흥분했다고 해도 쥘리앵은 명예를 지니고 있었다. 조심성이 자신의 첫 번째 의무라는 것을 깨닫고 있었다. 누구에게든 매달려 충고를 청하고 자신의 고통을 하소연한다면, 타는 듯한 사막을 지나는 비참한 나그네가 하늘에서 얼음같이 차가운 물방울을 받는 것에 비견할 만한 기쁨이 될 수도 있었다. 하지만 쥘리앵은 그것이 위험한 짓임을 알았다. 어떤 경솔한 사람이 그에게 뭔가를 물으면 왈칵 눈물을 쏟을 것만 같아 두려웠다. 그래서 그는 문을 잠그고 자기 방 안에 틀어박혀 있었다.

그는 마틸드가 오랫동안 정원을 산책하는 것을 보았다. 마침내 그녀가 떠나자 쥘리앵은 정원으로 내려갔다. 그는 마틸드가 꽃 한 송이를 꺾은 장미 나무로 다가갔다.

짙은 어둠이 깔려 있었다. 그는 남의 눈에 띌 염려 없이 자신의 불행에 몸을 내맡길 수 있었다. 드 라 몰 양이 조금 전에 쾌활하게 얘기를 나누던 청년 장교 한 사람을 사랑하고 있으리란 것이 쥘리앵에게는 분명한 일로 여겨졌다. 그녀는 한때 쥘리앵 자기를 사랑했었다. 그러나 그녀는 그가 별무가치한 인간임을 알게 된 것이다.

사실 나는 가치 없는 인간이다! 쥘리앵은 확신을 가지고 이렇게 중얼거렸다. 요컨대 다른 사람들이 보기에 나라는 사람은 평범하고 천하고 귀찮은 존재에 불과한 것이다. 나 자신에게도 견딜 수 없을 정도니까. 그는 자신의 모든 훌륭한 자질과 여태껏 자기가 열렬히 사랑했던 모든 것에 지독한 역겨움을 느꼈다. 이처럼 뒤집힌 상상력의 상태에서도 그는 자신의 상상력으로 인생을 판단하려고 들었다. 이런 실수란 뛰어난 인간이 저지르는 실수였다.

그에게는 몇 차례나 자살할 생각이 떠올랐다. 자살의 환영은 매력에 가득 찬 것이었다. 그것은 감미로운 휴식과도 같았다. 그것은 사막 한가운데서 갈증과 더위로 죽어 가는 불쌍한 사람에게 주어지는 시원한 물 한 컵과도 같았다.

내 죽음은 그녀의 경멸을 증가시킬 뿐이겠지! 그는 소리쳤다. 나는 어떤 기억을 뒤에 남길 것인가!

이처럼 불행의 최후의 심연에 빠진 인간에게는 용기밖에 아무런 구원책이 없다. 그러나 쥘리앵은 '용감히 돌진해야 한다'고 중얼거릴 만한 정력이 남아 있지 않았다. 마틸드 방의 창문을 쳐다보고 쥘리앵은 마틸드가 불을 끈 것을 덧문을 통해 알아볼 수 있었다. 그는 일생에 단 한 번 보았던 그 아름다운 방을 상상해 보았다. 그의 상상은 그 이상으로 나가지는 못했다.

1시를 쳤다. 시계 치는 소리를 듣는 것과 동시에 쥘리앵은 사다리를 타고 올라가야겠다고 생각했다.

그것은 천재의 섬광과도 같은 생각이었다. 이어서 여러 가지 좋은 이유가 무더기로 그의 머릿속에 떠올랐다. 이보다 불행해질 수야 있을까? 쥘리앵은 이렇게 중얼거렸다. 그는 사다리를 향해 뛰어갔다. 정원사가 사다리를 비끄러매 두었다. 쥘리앵은 피스톨을 꺼내 격철(擊鐵)을 부러뜨리면서, 가히 초인적인 힘을 발휘해 사다리를 매둔 쇠사슬의 고리 하나를 비틀어 뺐다. 그는 잠깐 동안에 사다리를 움직여 마틸드의 창문에 길쳐놓았다.

마틸드는 화를 내며 내게 경멸을 퍼붓겠지. 하지만 아무려면 어때? 나는 그녀에게 키스를 퍼붓겠다, 마지막 키스를. 그런 다음 내 방에 올라가 자살해 버려야지…… . 죽기 전에 내 입술이 그녀의 뺨에 닿을 것이다!

그는 나는 듯이 사다리를 기어 올라가 덧문을 두드렸다. 잠시 후 마틸드는 두드리는 소리를 듣고 덧문을 열려고 했다. 그러나 사다리가 방해가 됐다. 쥘리앵은 덧문을 열어 놓을 때 매두는 쇠갈고리에 매달려, 밑으로 굴러 떨어질 위험을 무릅쓰고 사다리를 세차게 흔들어 약간 옮겨 놓았다. 마틸드가 덧문을 열 수 있게 되었다.

쥘리앵은 다 죽어가는 얼굴로 방 안에 몸을 던졌다.

"아, 당신이군요!" 마틸드가 그의 품에 뛰어들며 외쳤다.

쥘리앵의 행복을 누가 이루 다 표현할 수 있을 것인가? 마틸드의 행복도 거의 마찬가지였다.

마틸드는 결심했던 바와는 전혀 딴소리를 했다. 그녀는 자신의 잘못을 뉘우치는 말을 했던 것이다.

"저의 못된 오만을 벌해 주세요." 그녀는 쥘리앵을 숨 막힐 정도로 품에 꽉 끌어안으면서 말했다. "당신은 제 주인이시고 전 당신의 노예예요. 반항하려 했던 것을, 당신께 무릎 꿇고 용서를 빌어야겠어요." 그녀는 쥘리앵의 품을 빠져나가 그의 발밑에 쓰러졌다. "그래요, 당신은 제 주인이에요." 그녀는 행복과 사랑에 도취해 또다시 이렇게 말했다. "영원히 제 위에 군림해 주세요. 반항하려 들면 당신의 노예를 준엄하게 벌해 주세요."

잠시 후 그녀는 또다시 쥘리앵의 품에서 벗어나 촛불을 켰다. 쥘리앵은 그녀가 머리칼 한쪽을 잘라 내리는 것을 말리느라고 무던히 애를 썼다.

그녀는 이렇게 말했다. "제가 당신의 노예라는 것을 상기하고 싶은 거예요. 몹쓸 오만이 또다시 제 정신을 잃게 만들면 제게 이 머리카락을 보이면서 이렇게 말씀해 주세요. '이제 사랑의 문제가 아니오. 당신 마음이 지금 무엇을 느끼고 있느냐 하는 문제가 아니란 말이오. 당신은 복종을 맹세했으니 명예를 걸고 복종하시오.'라고 말이에요."

하지만 이와 같은 광란과 행복의 도취를 묘사하는 일은 그만두는 편이 현명할 것이다.

쥘리앵의 자제력은 그의 행복에 비견할 만했다. "저는 이제 사다리를 타고 내려가야겠어요." 정원 저 너머 동쪽의 먼 굴뚝 위로 새벽빛이 비치는 것을 보자 그는 마틸드에게 말했다. "어쩔 수 없는 이 희생은 당신을 위해 치러져야 하는 것입니다. 인간의 마음이 느낄 수 있는 가장 놀라운 행복에 잠겼던 몇 시간에서 저는 이제 떠나려는 것입니다. 이것은 당신의 평판을 위해 치르는 희생입니다. 제 마음을 아신다면, 제가 하려는 이 난폭한 행동도 이해하겠지요. 당신은 언제나 이 순간처럼 저를 대해 주시겠습니까? 이건 명예의 문제입니다, 그것이면 족해요. 우리의 첫 밀회 이후, 모든 혐의가 도둑에게만 걸린 것은 아닙니다. 드 라 몰 후작님은 정원에 감시인을 하나 세워 놨습니다. 드 크루아즈누아 씨에겐 스파이들이 붙어 있어서 매일 밤 그의 행적이 알려지고 있고요……."

그 말을 듣고 마틸드는 웃음을 터뜨렸다. 그녀의 어머니와 하녀 하나가 잠에서 깼다. 별안간 문에서 마틸드에게 말을 거는 소리가 들려왔다. 쥘리앵이 그녀를 쳐다보았다. 그녀는 얼굴이 하얗게 질려 하녀를 야단치면서 어머니의 말에는 대꾸도 하지 않았다.

"그런데 저분들이 창문을 열면 사다리가 눈에 띌 텐데." 쥘리앵이 마틸드에게 말했다.

쥘리앵은 다시 한번 마틸드를 품에 껴안고, 사다리에 몸을 던져 미끄러지듯 내려왔다. 순식간에 그는 땅에 내려섰다.

3초 만에 사다리는 보리수 가로수 길 밑으로 옮겨졌고 마틸드의 평판은 위험을 면했다. 정신을 차리고 보니 쥘리앵은 온몸이 피투성이였고 거의 벌거벗은 상태였다. 그는 조심 않고 사다리를 미끄러져 내려오다가 상처를 입었던 것이다.

극도의 행복으로 그의 정력적인 성격은 완전히 되살아났다. 스무 명의 장정이 달려들어 그를 공격한다 해도, 이 순간에는 그에게 또 하나의 기쁨을 덧붙이는 데 불과했을 것이다. 다행히 그의 전투적인 용감성이 시험을 받을 필요는 없었다. 그는 사다리를 본래의 자리에 뉘어놓았다. 그리고 사다리를 비끄러

맸던 사슬을 원래대로 해 놓았다. 그는 마틸드 방 창 아래 외국 화초를 가꾸는 화단에 찍힌 사다리 자국을 지우는 것도 잊지 않았다.

사다리 자국이 완전히 지워졌는지 확인하기 위해 어둠 속에서 손으로 부드러운 흙을 쓸고 있을 때, 그의 손에 무언가가 떨어지는 느낌이 들었다. 마틸드가 머리칼 한쪽을 잘라 내어 그에게 던진 것이었다.

그녀가 창문으로 얼굴을 내밀었다.

"당신의 노예가 당신께 드리는 거예요. 영원한 복종의 표시예요. 저는 이성을 포기했어요. 제 주인이 되어 주세요." 그녀는 꽤 큰 소리로 이렇게 말했다.

정신이 나간 쥘리앵은 다시 사다리를 끌어다 놓고 그녀의 방에 올라가고 싶을 지경이었다. 하지만 결국 이성의 힘이 그것을 억제했다.

정원에서 집 안으로 들어오는 것은 쉬운 일이 아니었다. 그는 지하실 문을 억지로 여는 데 성공했다. 일단 집 안으로 들어오자 또 가능한 한 소리를 내지 않고 자기 방문을 부숴서 열어야 했다. 당황한 중에 황급히 마틸드의 방을 빠져나오느라고 그는 옷 주머니에 열쇠까지 그대로 놔두고 왔던 것이다. 마틸드가 그 치명적인 증거품을 숨겨만 주었으면! 그는 이렇게 생각했다.

마침내 피로가 행복감을 압도했다. 아침 해가 떠오를 무렵 그는 깊은 잠에 빠져 버렸다.

점심 식사를 알리는 종소리에 그는 겨우 잠에서 깼다. 그는 식당에 나타났다. 곧 이어 마틸드가 들어왔다. 아름답기 짝이 없고 수많은 찬사에 둘러싸인 그 여인의 눈에 사랑의 빛이 번쩍이는 것을 보며 쥘리앵의 자존심은 몹시 행복한 한순간을 맛보았다. 그러나 곧 그의 신중함은 질겁하지 않을 수 없었다.

머리를 매만질 시간이 없었다는 핑계로, 마틸드는 쥘리앵이 첫눈에 알아볼 수 있을 정도로 지난밤 그를 위해 머리칼을 잘라낸 자리를 환히 드러내고 있었다. 그처럼 아름다운 얼굴도 무언가에 의해 흉해질 수 있는 것이라면 마틸드가 바로 그런 상태였다. 잿빛이 도는 마틸드의 아름다운 금발 한쪽이 이마에서 반 치쯤 뭉텅 잘려나가 있었다.

식사하는 동안 마틸드의 모든 태도는 이 첫 번째 경솔함과 거의 맞먹을 정도였다. 마치 쥘리앵에게 품고 있는 자신의 미친 듯한 정열을 세상 모든 사람들에게 알리려고 일부러 애쓰는 듯했다. 다행히 그날은 후작 부부가 곧 있게 될 청색 훈장 수여 문제(드 숀 씨가 훈장 수여 명단에 빠져 있었다.)로 정신이 팔려 있었다. 식사가 끝날 무렵 마틸드는 쥘리앵과 얘기하다가 그를 '나의 주인'이라고 부르기까지 했다. 쥘리앵은 눈자위까지 새빨갛게 얼굴을 붉혔다.

우연인지 아니면 드 라 몰 부인이 고의로 그러는지, 마틸드는 그날 종일토록 잠시도 혼자 있질 못했다. 그러나 저녁에 식당에서 살롱으로 건너가면서 마틸드는 쥘리앵에게 몇 마디 건넬 수 있는 틈을 찾아냈다.

"핑계를 대려는 것이 아녜요. 어머니는 어머니 하녀 하나를 밤에 제 방에 머물도록 결정하셨어요."

그날 하루는 번개처럼 흘러갔다. 쥘리앵은 행복의 절정에 달해 있었다. 다음 날 아침 7시부터 쥘리앵은 서재에 자리 잡고 앉았다. 드 라 몰 양이 거기에 나타나 주기를 기대하고 있었다. 그는 마틸드에게 만리장서를 써 보냈던 것이다.

그는 여러 시간이 지난 점심 식사 때에야 그녀를 만나 볼 수 있었다. 마틸드는 아주 정성 들여 머리를 빗어 올렸는데 교묘한 재주를 부려 머리칼 잘라 낸 자리를 감추고 있었다. 그녀는 한두 번 쥘리앵을 쳐다봤다. 그러나 정중하고 침착한 눈초리였다. 쥘리앵을 '나의 주인'이라고 부를 기색은 전혀 보이지 않았다.

쥘리앵은 놀라서 숨도 제대로 쉴 수 없을 지경이었다. 마틸드는 쥘리앵을 위해 한 짓들을 벌써 후회하고 있었다.

마틸드는 곰곰 생각한 끝에, 쥘리앵이 완전히 평범한 인물은 아니라도 자기가 그를 위해 감행한 온갖 야릇한 광태에 값할 만큼 뛰어난 인물은 못 된다고 결정했던 것이다. 요컨대 그녀는 별로 사랑에 대해 생각하고 있지 않았다. 그날 그녀는 사랑에 지쳐 있었다.

한편 쥘리앵의 마음의 격동은 열여섯 살 난 아이의 마음속과도 같았다. 한없이 길게만 느껴지는 점심 식사 시간 동안 끔찍한 의혹과 놀라움과 절망감이 차례로 그의 마음을 사로잡았다.

식탁에서 일어설 수 있게 되자마자 그는 비호같이 마구간으로 내달아, 자기 말에 직접 안장을 얹고 속보로 내달렸다. 그는 어떤 나약함을 보여 명예를 더럽힐 것이 두려웠던 것이다. 육체적 피곤으로 끓어오르는 마음을 진정시켜야겠다. 뫼동의 숲으로 달려가면서 그는 이렇게 생각했다. 내가 무슨 짓을 했고 무슨 말을 했기에 이런 치욕을 당해야 하는가?

드 라 몰 저택으로 돌아오면서 그는 또 생각하는 것이었다. 오늘은 아무 짓도 하지 않고 아무 말도 말아야겠다. 내 정신이 죽은 듯이 육체도 죽어 있어야겠다. 쥘리앵은 살아 있는 꼴이 아니었다. 움직이는 것은 그의 송장일 따름이었다.

# 20장 일본 꽃병

처음에 그는 자기 불행의 극심한 정도를
깨닫지 못했다. 그는 감동했다기보다
혼란에 빠져 있었다. 그러나 이성을
되찾으면서 그는 자기 불운의 깊이를 느꼈다.
그에게는 인생의 모든 즐거움이 소멸해 버렸다.
가슴을 찢어놓는 절망의 통증만을
느낄 수 있을 뿐이었다. 육체적 고통을 말해 본들
무슨 소용이 있을 것인가?
어떤 육체적 고통이 이 고통과 비교될 수 있단 말인가?

―장 폴

저녁 식사를 알리는 종이 울렸다. 쥘리앵은 겨우 옷을 갈아 입을 시간밖에는 없었다. 그는 살롱에서 마틸드를 만났다. 그 녀는 슈렌에 있는 페르바크 원수 부인 댁에서 열리는 야회에 가지 말자고 자기 오빠와 드 크루아즈누아 씨에게 조르고 있 었다.

그들에게는 이럴 때의 마틸드가 더할 수 없이 매력적이고 귀여워 보였다. 저녁 식사 후 드 뤼즈 씨, 드 케일뤼스 씨, 또 그들의 몇몇 친구가 나타났다. 드 라 몰 양은 따뜻한 우정과 올바른 예절을 다시 존중하게 된 듯했다. 그날 저녁은 아주 상쾌한 날씨였는데도 마틸드는 정원에 나가지 않겠다고 고집 했다. 그녀는 드 라 몰 부인이 앉아 있는 안락의자 곁에서 자기 친구들이 떠나지 않기를 바랐다. 겨울철과 마찬가지로 푸른 소파가 그 그룹의 중심점이었다.

마틸드는 정원이 아주 싫었다. 적어도 그녀에게는 정원이 불쾌한 장소로 여겨졌다. 그곳은 쥘리앵에 대한 추억과 연결되어 있는 장소였던 것이다.

불행은 정신력을 감퇴시키는 법이다. 어리석게도 우리의 주인공은 지난날 자신의 찬란한 승리의 증인이었던 그 작은 짚 의자 곁에 머물러 있었다. 오늘은 아무도 그에게 말을 걸어 주지 않았다. 그의 존재는 무시당하고 있거나 그 이상으로 처참한 것이었다. 그의 옆 소파 가장자리에 앉아 있는 드 라 몰 양의 친구들은 일부러 그에게 등을 돌리고 있는 듯했다. 적어도 쥘리앵에게는 그런 생각이 들었다.

이건 궁정의 총애를 잃은 꼴이군, 하고 쥘리앵은 생각했다. 그는 자기를 멸시하며 압도하려 드는 그 패거리를 잠시 관찰하고 싶었다.

드 뤼즈 씨의 숙부는 왕에게 중대한 사명을 받았다. 그래서 이 미남 장교는 누구와든 대화를 시작할 때마다 특별히 재미있는 일인 듯 그 얘기를 입에 올렸다. 그의 숙부는 7시에 생클루로 떠났고 오늘 밤 거기서 잘 예정이라는 것이었다. 그는 아주 사람 좋은 듯한 태도로 그 얘기를 꺼냈지만 그 얘기는 그칠 줄 모르고 되풀이되었다.

불행 때문에 험한 눈초리가 되어 드 크루아즈누아 씨를 관찰하던 쥘리앵은, 그 상냥하고 선량한 청년이 늘 어떤 일의 원인을 신비스럽게 상정(想定)하는 버릇이 있음을 알게 되었다.

어느 정도 중요한 사건의 원인을 단순하고 자연스러운 것으로 돌리면 기분이 나빠지거나 화를 낼 정도로 그 버릇은 심한 것이었다. 이건 좀 광적인걸. 이런 성격은 언젠가 코라소프 공작이 내게 얘기해 준 알렉산더 황제의 성격과 아주 흡사해. 쥘리앵은 이런 생각을 했다. 신학교에서 갓 벗어난 가련한 쥘리앵이 파리에 거주하게 된 첫해 동안에는, 이 상냥한 젊은이들의 너무도 신기한 매력에 현혹되어 그들을 찬미할 수밖에 없었다. 그런데 이제 그들의 진짜 성격이 쥘리앵의 눈에 드러나기 시작했던 것이다.

나는 여기서 가당치 않은 역을 맡아 하고 있구나. 그는 갑자기 이런 생각이 들었다. 너무 어색해 보이지 않는 방식으로 작은 짚 의자를 떠나는 것이 문제였다. 그는 좋은 생각을 해내려고 했다. 다른 데 온통 사로잡혀 있는 상상력으로부터 뭔가 새로운 것을 끌어내려고 했다. 기억의 힘에 의존해야 했다. 그러나 사실상 그의 기억은 이런 종류의 일에는 빈약했다. 이 가련한 청년은 아직 사교계의 관습에 익숙하지 못했던 것이다. 그래서 그가 살롱을 뜨려고 일어섰을 때 그의 태도는 형편없이 어색했으며 모두들 그것을 알아차렸다. 그의 거동에는 불행이 분명하게 드러나 있었다. 그는 45분 전부터 성가신 아랫사람의 역할을 행하고 있었으며 모두들 그것을 애써 숨기려 들지 않았다.

그러나 자기의 경쟁자들에 대해 비판적인 관찰을 해 온 덕분에 그는 자신의 불행을 지나치게 비극적으로 생각하지 않을 수 있었다. 그는 자신의 긍지를 지탱하기 위해 이틀 전에 있었던 일의 추억을 간직하고 있었다. 그는 홀로 정원으로 들어서면서 생각했다. 그들의 처지가 나보다 아무리 유리하다 해도 마틸드는 나와 두 번이나 맺었던 관계를 그들 중 아무와도 맺지 않았다.

그의 지혜는 그 이상 나아가지 않았다. 우연히 자기의 모든 행복을 완전히 좌우하게 된 이상한 여인의 성격을 그는 전혀 이해하지 못하고 있었다.

다음 날도 그는 지쳐 나자빠질 정도로 말을 탔다. 저녁이 되어도 그는 마틸드가 충실히 자리를 지키고 있는 푸른 소파에는 다가갈 생각을 하지 않았다. 쥘리앵은 노르베르 백작이 집 안에서 마주쳐도 그를 거들떠보지도 않는 것을 알게 되었다. 천성적으로 그렇게 정중한 사람이 일부러 저렇게 퉁명스럽게 구는구나, 하고 쥘리앵은 생각했다.

쥘리앵에게는 잠을 자는 것이 행복이었을 것이다. 그러나 육체적인 피로에도 불구하고 너무도 매혹적인 추억이 그의 공상에 침투하기 시작했다. 그는 자기 자신에게만 관계될 뿐 마틸드의 마음과 정신에는 아무런 영향도 미치지 못하는, 파리 근교의 숲에서 말을 달리는 행위가 결국은 자신의 운명을 우연에 맡기는 것이란 사실을 알아차리지 못하고 있었다.

그에게는 단 한 가지만이 자신의 고통에 무한한 위안이 될 것 같았다. 그것은 마틸드와 얘기하는 것이었다. 그러나 그녀에게 무슨 말을 할 것인가?

어느 날 아침 7시에 쥘리앵이 그 일을 골똘히 생각하고 있는데 갑자기 마틸드가 서재에 모습을 드러냈다.

"나는 당신이 나와 얘기하고 싶어 한다는 것을 알고 있어요."

"뭐라고요! 누가 그런 말을 하던가요?"

"그게 무슨 상관이에요? 하여튼 난 알고 있어요. 당신이 명예를 존중하지 않는 사람이라면, 나를 파멸시키거나 적어도 파멸시키려고 시도할 수 있을 거예요. 그런 위험이 실제로 있으리라고는 생각하지 않지만 그런 위험이 있다 해도 진실을 숨길 수는 없어요. 나는 당신을 사랑하지 않아요. 미친 듯한 공상에 속았을 뿐이에요……."

이 무서운 타격을 받고, 사랑과 불행에 제정신을 잃은 쥘리앵은 자꾸만 자기변명을 하려고 들었다. 이보다 어리석을 수는 없었다. 상대를 불쾌하게 하려고 자기변명을 하는가? 그러나 이제 이성은 그의 행동을 지배할 아무런 힘도 없었다. 맹목적인 본능만이 그의 운명의 선고를 지연시키려고 버둥거리고 있었다. 그는 마틸드와 얘기하고 있는 한 모든 것이 끝장나지 않은 것 같았다. 마틸드는 쥘리앵의 얘기를 듣지 않았다. 그의 말소리에 역정이 날 뿐이었다. 그녀는 쥘리앵이 뻔뻔스럽게 자기 얘기를 도중에 끊고 나오리라고는 생각지도 않았던 것이다.

허물어진 정조와 자존심에 대한 회한으로 그날 아침 마틸드는 쥘리앵과 마찬가지로 불행을 느끼고 있었다. 목수의 아들인 일개 예비 사제에게 자기를 지배할 권리를 주었다는 끔찍한 생각에 아연했던 것이다. 자신의 불행을 과도하게 생각할 때면 그녀는 이렇게 뇌까리기까지 했다. 이건 마치 하인에게 몸을 내맡기고 나서 후회하는 꼴이지 뭐야.

대담하고 자존심이 강한 성격에서는, 자기 자신에게 화내는 것과 남에게 화풀이하는 것 사이에 별다른 차이가 없는 것이다. 이런 경우 무섭게 화내는 것은 강렬한 기쁨이 되기도 한다.

순식간에 드 라 몰 양은 극도의 경멸이 담긴 말을 퍼부으며 쥘리앵을 압도하기에 이르렀다. 그녀는 무한한 기지를 지니고 있었다. 그리고 그 기지는 자존심을 괴롭히고 자존심에 산인한 상처를 입히는 기교에 뛰어난 기지였다.

난생처음 쥘리앵은 자신에 대한 강렬한 증오로 불타는 탁월한 기지의 작용 앞에 꼼짝 못 하고 굴복하는 처지가 되었다. 이 순간 그는 자신을 방어할 궁리를 하기는커녕 자기 자신을 멸시하기에 이르렀다. 쥘리앵이 자신에 대해 품고 있던 모든 긍정적 견해를 무너뜨리도록 재치 있게 계산된 잔인하기 짝이 없는 경멸의 말이 쏟아지는 소리를 들으면서, 쥘리앵은 마틸드의 말이 지당하며 오히려 그녀가 경멸을 충분히 표시하지 않는 듯이 생각되었다.

마틸드는 며칠 전에 느꼈던 열렬한 사랑에 대해 이처럼 자기 자신과 쥘리앵을 벌하면서 말할 수 없는 자존심의 즐거움을 맛보고 있었다.

그녀는 무한한 만족감을 느끼며 퍼붓는 잔인한 말들을 고안하거나 미리 생각할 필요가 없었다. 그녀는 사랑의 반대 변론자가 일주일 전부터 자기 마음속에서 해 오던 말을 반복하고 있을 뿐이었다.

말 한마디 한마디가 쥘리앵의 끔찍한 불행을 훨씬 더 크게 만드는 것이었다. 쥘리앵은 달아나려 했으나 드 라 몰 양이 완강하게 그의 팔을 붙들었다.

"목소리가 너무 크군요. 옆방에 들리겠어요." 쥘리앵이 그녀에게 말했다.

"아무려면 어때요!" 드 라 몰 양이 거만하게 대꾸했다. "누가 감히 내 말을 엿들었다고 말하겠어요? 나는 나에 관해 공연히 이런저런 추측을 해 대는 당신의 그 오종종한 자존심을 영원히 고쳐 놓으려는 거예요."

쥘리앵이 마침내 서재에서 빠져나올 수 있었을 때 그는 너무나 놀라서 자신의 불행을 덜 심각하게 느낄 정도였다. 그래! 그 여자는 이제 나를 사랑하지 않는다. 쥘리앵은 자신의 입장을 스스로 확인하려는 듯 큰 소리로 거듭 중얼거렸다. 그 여잔 일주일 내지 열흘쯤 나를 사랑한 듯하다. 그런데 나는 평생 동안 그 여잘 사랑할 테고.

바로 며칠 전만 해도 그 여자가 내게 아무것도 아니었을까? 그게 사실일 수 있을까?

마틸드의 마음속은 자존심의 기쁨으로 넘쳐흘렀다. 그녀는 결국 쥘리앵과의 모든 관계를 영원히 끊을 수 있었던 것이 아닌가! 그처럼 강력하게 쏠리던 마음을 완전히 정복한 그녀는 더할 나위 없이 행복했다.

이제 그 꼬마 나리는 나를 지배하지 못하며 앞으로도 나를 지배하지 못할 것임을 완전히 깨닫겠지. 그녀는 너무도 행복해서 이 순간에는 실제로 아무런 사랑도 느끼지 않았다.

그처럼 잔인하고 그처럼 모욕적인 장면을 치르고 난 후 쥘리앵처럼 정열적인 인간이 아닌 다음에야 사랑이 되살아나는 것은 불가능했으리라. 드 라 몰 양은 단 한순간도 자신이 해야 할 바에서 벗어나지 않고 쥘리앵에게 불쾌하기 짝이 없는 말을 퍼부었던 것이다. 그 말은 너무나 잘 계산된 것이어서, 냉정을 되찾은 다음에 회상해 보아도 정곡을 찌른 말처럼 보일 수 있었다.

그처럼 놀라운 장면의 처음 순간에서 쥘리앵이 끌어낸 결론은 마틸드가 끝없는 자존심을 가진 여자라는 것이었다. 그는 이제 그들 사이에는 모든 것이 영원히 끝장났다고 굳게 믿었다. 그렇지만 다음 날 점심 식사 때 그는 마틸드 앞에서 어색함과 수줍음을 느꼈다. 그것은 지금껏 그가 비난받은 적이 없었던 결함이었다. 그는 대소사에 있어서 자기가 해야 할 것과 하고자 하는 것을 분명하게 알고 실행해 왔던 것이다.

그날 점심 식사 후 드 라 몰 부인이 아침에 교구 사제가 은밀히 가져온 선동적인 희귀한 팸플릿을 쥘리앵더러 갖다 달라고 부탁했을 때, 쥘리앵은 탁자에서 그 책자를 집다가 보기 흉한 낡은 청자 꽃병을 떨어뜨렸다.

드 라 몰 부인은 비명을 지르며 일어서더니 아끼던 꽃병이 깨진 조각을 가까이 다가와 찬찬히 살펴보았다.

"이건 고대 일본 꽃병으로 셸 수녀원장인 대고모께 받은 것인데. 이것은 네덜란드 사람들이 섭정 오를레앙 공께 선물한 것을 섭정께서 다시 따님께 물려주시고……." 드 라 몰 부인이 애석한 듯이 말했다.

마틸드는 끔찍이도 추해 보이던 그 푸른 꽃병이 깨진 것을 기뻐하면서 어머니의 거동을 지켜보았다. 쥘리앵은 당황한 기색 없이 잠자코 서 있었다. 그는 바로 자기 곁에 있는 드 라 몰 양을 보았다.

"이 꽃병은 한때 제 가슴을 지배했던 감정처럼 영원히 부서 지고 말았습니다. 그 감정 때문에 제가 저지른 어리석은 짓을 모두 용서해 주시기 바랍니다." 쥘리앵은 마틸드에게 이렇게 말하고서 나갔다.

"저 소렐이란 사람은 자기가 저지른 일을 꼭 자랑스럽고 만 족하게 여기는 것 같구나." 쥘리앵이 가 버리자 드 라 몰 부인 이 이렇게 말했다.

이 말은 곧바로 마틸드의 가슴을 때렸다. 어머니의 짐작이 꼭 맞아. 저 사람의 감정은 바로 그런 거야. 마틸드의 생각이 었다. 그러자 전날 그녀가 벌였던 장면의 기쁨이 사라지고 말 았다.

그렇다, 모든 것이 끝장이다. 나는 좋은 본보기를 얻은 셈 이다. 이 실수는 지독하고 창피한 짓이었지! 하지만 나는 남은 일생 동안 얌전해질 수 있을 거야. 그녀는 겉으로는 침착하게 이런 생각을 했다.

왜 나는 진심을 털어놓지 않았던가? 그 미친 여자에게 품 었던 사랑이 왜 아직도 이처럼 나를 괴롭히는가? 쥘리앵은 생 각했다.

그 사랑은 그가 바라는 바와 같이 꺼지기는커녕 빠른 속도 로 커가는 것이었다. 그리고 그는 생각했다.

마틸드는 확실히 올바른 정신이 아냐. 하지만 그렇다고 그녀 가 덜 사랑스러운 것일까? 그 이상으로 예쁠 수가 있을까? 가장 우아한 문명이 줄 수 있는 생생한 기쁨 모두를 드 라 몰 양은 한 몸에 다 지니고 있지 않은가? 지나간 행복의 추억이 쥘리앵을 사로잡아 이성의 작용을 빠른 속도로 파괴해 버렸다.

이성이 추억과 싸웠으나 허사였다. 그의 엄격한 노력도 추억의 매력을 배가시킬 뿐이었다.

고대 일본 꽃병이 깨지고 난 스물네 시간 후에, 쥘리앵은 확실히 세상에서 가장 불행한 남자의 하나였다.

# 21장 비밀 각서

나 자신이 보았기 때문에 그 모든 것을 얘기하는 것입니다.
그것을 보면서 내가 착각을 일으켰을지는 모르지만,
본 바를 얘기하는 데 있어서는
조금도 당신을 속이는 것이 없습니다.

— 저자에게 보내는 편지

후작이 쥘리앵을 불렀다. 드 라 몰 씨는 다시 젊어지기라도 한 듯 눈에서 광채를 발하고 있었다.

"자네 기억력 얘기를 좀 해보세. 놀라운 기억력이라고들 하던데!" 후작은 쥘리앵에게 이렇게 말을 꺼냈다. "자네 4페이지쯤 외워 가지고 런던에 가서 그대로 암송할 수 있겠나? 한마디도 틀리지 않고 말이야……"

후작은 그 날짜 《코티디엔》지를 성난 듯이 뒤적거리며, 쥘리앵이 일찍이 본 적이 없는 아주 엄숙한 표정을 애써 감추려고 했으나 끝내 감추지 못했다. 그런 엄숙한 표정은 프릴레르와의 소송건을 다룰 때도 볼 수 없었던 것이었다.

쥘리앵은 사람들이 그에게 보이는 가벼운 어조에 완전히 속아 넘어가는 듯이 보여야 한다는 것을 느낄 수 있을 만큼 이미 상류 사회의 관습에 익숙해 있었다.

"이《코티디엔》지는 재미있지는 않겠지만, 후작님께서 허용하신다면 내일 아침에 남김없이 암송해 드리겠습니다."

"뭐라고! 광고까지 말인가?"

"물론입니다. 한 자도 빼지 않고 외우겠습니다."

"자네, 정말로 약속하겠는가?" 후작은 갑자기 엄숙한 표정으로 물었다.

"그렇습니다, 후작님, 약속을 어기지 않을까 하는 두려움만이 제 기억력을 흔들어놓을 수 있겠지요."

"어제 자네에게 이 질문을 한다는 것을 깜빡 잊고 있었네. 자네가 이제부터 듣게 될 얘기를 다른 데 누설하지 않겠다는 서약을 요구하는 것은 아니네. 나는 자네를 너무나 잘 알고 있으니까 그런 요구를 하면 모욕이 되겠지. 내가 자네에 대해선 보증하였네. 이제 열두 명의 사람이 모여 회합할 살롱으로 자네를 데려가려 하네. 자네는 각자의 발언 내용을 기록하게 될 거야.

걱정할 것은 없네. 그건 뒤죽박죽으로 얘기하는 보통 대화가 아니라, 꼭 질서 있는 것은 아니라도 각자가 차례차례로 발언할 테니까." 여기서 후작은 평소의 재치 있고 가벼운 태도를 되찾으며 이렇게 덧붙여 말했다.

"우리가 얘기하는 동안 자네는 이십여 페이지쯤 기록하게 될 걸세. 그리고 나와 함께 이곳으로 돌아와 그 이십여 페이지를 4페이지로 요약하는 것일세. 내일 아침 자네가 내게 암송해 주어야 하는 것은《코티디엔》지 기사 전체가 아니라 그 4페이지일세. 그 직후에 자네는 출발하는 거야. 유람 삼아 여행하는 젊은이처럼 역마차를 타고 가야 하네. 자네는 무엇보다도 누구의 눈에도 띄지 않도록 신경 써야 할 걸세. 자네는 어떤 고위 인사에게 가게 될 거야. 거기 가서는 더 많은 재치가 필요해. 그분의 주위 사람들을 모두 속여 넘겨야 하는 것이 문제네. 그분의 비서나 하인 가운데는 우리의 적에게 매수되어 우리의 밀사를 저지하려고 길목을 노리는 자들이 있기 때문일세.

자네는 아무런 가치도 없는 소개장을 한 통 가지고 가게 될 걸세.

각하가 자네를 쳐다보는 순간 자네는 내 회중시계를 꺼내 보이게. 여행하는 동안 여기 이 시계를 빌려줄 테니까. 이 시계를 간직해 두게, 이건 항상 사실의 증명이 되는 거야. 그리고 자네 시계는 내게 주게.

자네가 외워서 말하는 그 4페이지의 내용을 공작께서 손수 받아쓰실 것이네.

그런 후에 각하가 물으시면 자네가 이제 참석할 회합의 얘기를 해도 좋지만, 그보다 먼저 서둘러 얘기하지 않도록 유의해 두게.

파리와 대신의 공관 사이에는 소렐 사제에게 총격을 가하려고 노리는 사람들이 우글거릴 테니, 자네의 여행길이 그리 권태롭지는 않을 걸세. 정말 총격이라도 받으면 자네의 사명은 끝장이고, 나는 일이 늦어진다고만 생각할 것이네. 왜냐하면 여보게, 우리가 어떻게 자네의 죽음을 알 수 있겠나? 아무리 자네의 열성이 대단하다 해도 우리에게 본인의 죽음까지 통지

해 줄 수야 없지 않겠나."

여기까지 말하고 나서 후작은 다시 엄숙한 태도로 돌아가서 말했다.

"지금 당장 가서 양복 한 벌을 사게. 이 년 전쯤에 유행한 복장을 차리도록. 오늘 밤엔 좀 수수한 차림을 보여 줘야겠네. 반면에 여행 중엔 평소의 옷차림을 하게. 왜 놀라운가? 자네의 경계심으론 짐작할 수 있을 줄 믿는데. 그렇다네, 여보게, 자네가 그 발언을 듣게 될 존경할 만한 인물 중에는 미리 정보를 보내, 자네가 여행 중 저녁을 먹으러 들르는 어느 여인숙에서 자네에게 아편쯤 먹이게 할 수 있는 인물이 있을 수 있다네."

"바로 가는 길을 택하지 않고 120킬로미터쯤 돌아가는 편이 나을 듯합니다. 제 짐작으로는 로마가 아닌가 합니다만……." 쥘리앵이 이렇게 말했다.

후작은 브레이 르 오 이후로 쥘리앵이 본 적이 없는 오만하고 불만스러운 표정을 지었다.

"내가 필요하다고 생각할 때 군에게 알려 주겠네. 나는 질문은 좋아하지 않아."

"질문을 드리려는 것이 결코 아니었습니다. 생각한 바를 솔직히 말씀드렸을 뿐입니다. 저는 속으로 가장 확실한 길을 궁리하고 있었습니다." 쥘리앵이 진심을 토로하는 어조로 대답했다.

"알겠네, 자네의 정신은 너무 앞질러 나가는 듯해. 사절이란, 더구나 자네 같은 나이에는 신임을 강요하는 듯한 태도를 보여서는 안 된다는 것을 잊지 말게."

쥘리앵은 수치스러웠다. 그는 과오를 범했던 것이다. 그의 자존심은 애써 변명을 찾았으나 변명거리를 발견할 수 없었다.

"사람이 어리석은 일을 저질렀을 때는 항상 자기 감정에 호소하게 마련이라는 것을 알아 두게." 드 라 몰 씨가 이렇게 덧붙여 말했다.

한 시간 후 쥘리앵은 헌 옷에 어정쩡한 허연 넥타이를 매고 전체적으로 하급 고용인 같은 인상을 풍기는 차림으로 후작의 응접실에 나타났다.

그 모습을 보자 후작은 웃음을 터뜨렸다. 그제야 쥘리앵은 앞서의 잘못에서 완전히 벗어난 셈이었다.

드 라 몰 씨는 생각에 잠겼다. 이 젊은이가 나를 배반한다면 세상에 누구를 믿겠는가? 하지만 행동을 할 때는 누군가를 신뢰해야만 한다. 내 아들 녀석이나 똑같은 종류의 그 애 친구들이나 용기도 있고 더할 나위 없는 충성심도 갖고 있기는 하다. 만약 싸워야 한다면 그 애들은 끝까지 왕좌를 지키다가 쓰러져 죽을 애들이지. 그 애들은 모든 걸 알고 있어…… 당장에 필요한 것을 빼놓고는 말이야. 그 애들 중 누구라도 4페이지의 내용을 외워 400킬로미터를 들키지 않고 갈 수 있겠는가? 노르베르는 제 조상들처럼 싸우다 죽을 수 있겠지. 하지만 그것은 신병(新兵)이면 발휘할 수 있는 용기가 아니겠는가…….

후작은 깊은 상념에 빠졌다. 그리고 싸우다 죽는 것으로 말하더라도, 이 소렐도 그만큼 해낼 수는 있을 거야……. 후작은 한숨을 내쉬며 생각했다.

"자, 마차에 오르기로 하지." 후작은 귀찮은 상념을 쫓아내기라도 하려는 듯 말했다.

"후작님, 이 복장을 차려입는 동안 오늘 자《코티디엔》지 일 면을 외웠습니다." 쥘리앵이 말했다.

후작은 신문을 받아 들었다. 쥘리앵은 단 한마디도 틀리지 않고 암송했다.

"좋아." 후작은 그날 저녁따라 아주 외교적인 태도를 지으며 말했다. 그리고 생각하는 것이었다. 그동안 이 젊은이는 우리가 지나는 길을 주의해 보지 못하겠지.

그들은 커다란 살롱에 도착했다. 일부는 판자로 벽을 두르고 일부는 초록빛 벨벳을 둘러친 꽤 쓸쓸해 보이는 살롱이었다. 살롱 한가운데에 얼굴을 찌푸린 하인 하나가 커다란 식탁을 들여놓았다. 하인은 넓은 초록빛 테이블보를 씌워 그 식탁을 사무용 책상으로 만들었는데, 테이블보는 어느 관청의 퇴물인지 잉크 얼룩투성이였다.

그 집 주인은 거대한 체구의 사나이였는데 아무도 그 이름을 발설하지 않았다. 쥘리앵이 보기에 그는 아주 이해가 빠른 사람다운 용모와 구변을 갖추고 있는 듯했다.

후작의 눈짓으로 쥘리앵은 테이블의 맨 말석에 가 앉았다. 태연한 태도를 보이려고 그는 펜을 다듬기 시작했다. 흘끗 곁눈질하니 일곱 명의 대화자가 모여 있는 걸 알 수 있었지만 쥘리앵에게는 그들의 등밖에 보이지 않았다. 두 사람은 드 라 몰씨와 대등한 어조로 말하고 있는 듯했으나 나머지 사람들은 어느 정도 공손한 말투였다.

새로운 인물 하나가 들어섰다. 시종이 그의 도착을 알리지도 않은 채였다. 쥘리앵은 생각했다. 이건 참 이상한걸. 이 살롱에서는 내객의 도착을 고하지도 않다니. 이렇게 주의하는 건 나를 의식해서일까? 그 새로운 내객을 맞기 위해 모두들 자리에서 일어섰다. 그 사람은 이미 살롱에 와 있던 다른 세 사람과 똑같은 극히 뛰어난 훈장을 착용하고 있었다. 그들은 아주 낮은 소리로 소곤거렸다. 쥘리앵은 그 새로운 내객을 그의 용모와 태도로밖에는 판단할 수 없었다. 그는 키가 작달막하고 뚱뚱한 데다 혈색 좋은 얼굴이었는데, 멧돼지 같은 사악함 이외에 다른 표정이라곤 없는 눈이 번쩍거리고 있었다.

바로 뒤이어 전혀 다른 풍모의 인물이 도착해서 쥘리앵은 주의가 산만해졌다. 새로운 인물은 몹시 깡마르고 키가 큰 사람으로 서너 벌의 조끼를 겹쳐 입고 있었다. 그의 눈초리는 부드러웠고 태도는 정중했다.

꼭 브장송의 노주교와 같은 용모인걸. 쥘리앵은 이렇게 생각했다. 그 사람은 분명 교회에 속한 사람 같았다. 그의 나이는 쉰에서 쉰다섯밖에는 되어 보이지 않았지만 더없이 온화한 태도였다.

젊은 아그드의 주교가 나타났다. 좌중을 둘러보다가 눈길이 쥘리앵에게 미치자 몹시 놀라는 기색이었다. 주교는 브레이르 오의 의식이 있은 후로 그에게 말을 건 적이 없었다. 그의 놀란 눈초리는 쥘리앵을 당황하게 하고 화나게 했다. 그는 혼자 생각하는 것이었다. 제기랄! 누구와 안면이 있다는 게 내게는 항상 재난이 된단 말인가? 생전 본 적이 없는 이 대귀족들 모두가 조금도 겁나지 않는데, 저 젊은 주교의 눈초리에 몸이 으스스해지다니! 나도 참 이상하고 불운한 사람이야.

곧 뒤이어 작은 키에 험악하게 생긴 사람이 요란스럽게 입장했다. 그는 문간에서부터 지껄여 대기 시작했다. 노란 안색에 약간 광적인 태도였다. 그 떠버리가 들어서자마자 사람들은 그의 얘기 상대가 되는 귀찮음을 피하기 위한 듯 몇 그룹으로 나뉘었다.

그들은 벽난로 쪽을 벗어나 쥘리앵이 차지하고 있는 테이블 끝 쪽으로 다가왔다. 쥘리앵은 점점 침착함을 잃어 갔다. 아무리 애써도 그들이 아무런 숨김 없이 얘기하는 것을 듣지 않을 도리가 없었고, 또 아무리 경험이 없다 해도 그들이 말하는 내용의 중요성을 알 수 있었기 때문이었다. 그리고 바로 자기 눈앞에 있는 고위 인사들이 자기들의 얘기가 비밀로 지켜질 것을 얼마나 엄격히 요구하고 있는지도!

될 수 있는 대로 천천히 했지만 쥘리앵은 벌써 스무 개 남짓한 펜을 깎아놓았다. 그 일거리도 이제 끝장날 판이었다. 그는 무슨 지시가 있을까 하고 드 라 몰 씨의 눈길을 살폈지만 아무런 소용이 없었다. 후작은 그를 까맣게 잊고 있었던 것이다.

내가 하는 짓도 참 우스꽝스럽군. 여전히 펜을 다듬으며 쥘리앵은 생각했다. 이처럼 범용한 풍모의 인물들이 남에 의해서든 자기들 스스로든 이렇게 거창한 이해관계를 떠맡고 있다면, 그들은 필경 신경이 들떠 있을 것이다. 내 시선은 뭔가 의문을 품고 있는 데다가 별로 공손하지도 못할 테니 틀림없이 그들은 기분이 상할 거다. 그렇다고 눈을 아주 내리깔면 그들의 얘기를 열심히 귀담아듣는 듯이 보일 것이다.

그는 극도로 당황했다. 참으로 심상치 않은 얘기들이 들려왔던 것이다.

# 22장 토론

공화국이라! 오늘날 공공의 행복을 위해
모든 것을 희생할 사람이 하나라면,
자신의 향락과 허영밖에 모르는 사람들이
수천 명, 아니 수백만 명이나 있는 것이다.
파리에서는 덕성 때문에 존경받는 것이 아니라
훌륭한 마차 때문에 존경받는다.

—나폴레옹, 『비망록』

"×××공작님께서 오셨습니다." 하인이 황급히 뛰어 들어오면서 말했다.

"닥치고 있게, 바보 같으니라고." 공작이 들어오면서 꾸짖었다. 공작은 아주 훌륭하고 위엄 있게 꾸짖었기 때문에, 하인을 야단치는 것이 이 대단한 인물이 가진 모든 학식이라고 쥘리앵은 무심결에 생각했다. 쥘리앵은 눈을 들었다가 이내 내리깔았다. 그는 새로 도착한 인물의 중요성을 충분히 짐작할 수 있었기 때문에 자신의 시선이 경솔하지나 않을까 겁이 났다.

이 공작은 멋쟁이처럼 차려입은 쉰 살쯤 된 사람으로 용수철이 달린 듯 탄력 있게 걸음을 옮기고 있었다. 그는 자그마한 머리에 커다란 코, 앞으로 쑥 내민 구부러진 얼굴을 하고 있었다. 이 이상 고상하고 또 무의미한 표정이란 좀처럼 볼 수 없을 듯했다. 그가 도착하자 회의가 개회되었다.

인상 관찰에 열중해 있던 쥘리앵은 드 라 몰 씨의 목소리에 정신이 번쩍 들었다.

"여러분께 소렐 사제를 소개하겠습니다." 후작이 말했다. "그는 놀라운 기억력을 타고난 사람입니다. 그가 위임받을 사명에 관해 얘기한 지 채 한 시간도 못 됐는데, 이 사람은 자기 기억력을 증명해 보이기 위해 《코티디엔》지 첫째 장을 다 외웠습니다."

"아아! 가련한 N씨의 이상한 소식을 실은 기사 말이군요." 집주인이 이렇게 말했다. 그는 황급히 신문을 집어 들더니, 한껏 위엄을 보이려는 나머지 우스꽝스러워진 태도로 쥘리앵을 쳐다보면서 말했다. "어디 외워 보시오."

깊은 침묵이 흘렀다. 모든 시선이 쥘리앵에게 집중되었다. 쥘리앵이 하도 잘 외웠으므로 스무 줄쯤 나가자 "그만하시오, 충분합니다." 하고 공작이 말했다. 멧돼지 같은 눈초리의 작은 사내가 착석했다. 자리에 앉자마자 쥘리앵에게 카드놀이용 테이블을 가리키며 자기 곁으로 가져오라는 신호를 한 것으로 보아 그 사람이 의장이었다. 쥘리앵은 필기도구를 들고 자리에 가 앉았다. 그는 초록빛 테이블보 주위에 열두 명이 앉아 있는 것을 알 수 있었다.

"소렐 씨, 옆방에 물러가 있으시오. 나중에 부르겠소." 공작이 말했다.

집주인은 아주 불안한 기색을 지었다. "덧문이 닫혀 있지 않은데." 하고 낮은 소리로 옆 사람에게 속삭이더니 어리석게도

"창문으로 들여다보아도 소용없소." 하고 쥘리앵에게 소리쳤다.

쥘리앵은 생각했다. 적어도 나는 음모에 끼어든 셈이구나. 다행히 이 음모는 그레브 광장에 끌려갈 음모는 아닌가 보다. 이 음모 때문에 위험이 닥칠 경우에는, 내게도 책임이 있겠지만 그 이상으로 후작에게 책임이 있다. 내 무분별한 연애로 인해 언젠가 후작에게 걱정을 끼치게 될지도 모르는데, 이번에 그것을 보상해 드릴 수 있다면 다행이지!

자신의 광태며 불행을 내내 생각하면서도 그는 결코 기억에서 사라지지 않게 주위를 찬찬히 살펴보았다. 그제야 그는 후작이 하인에게 거리 이름을 전혀 말하지 않던 것이 생각났다. 그리고 후작은 삯마차를 대절했던 것이다. 그런 일은 좀처럼 없던 일이었다.

쥘리앵은 오랫동안 상념에 잠겨 있었다. 그는 넓은 금줄 장식이 달린 붉은 벨벳을 친 살롱에 혼자 있었다. 작은 탁자에는 커다란 상아 십자가가 놓여 있었고, 벽난로 위에는 금박의 화려한 장정이 된 드 메스트르 씨의 『교황론』이 놓여 있었다. 쥘리앵은 엿듣지 않는 태도를 보이려고 그 책을 펼쳤다. 옆 살롱에서는 때때로 큰 소리로 말하고 있었다. 이윽고 문이 열리고 쥘리앵이 불려 갔다.

의장이 말했다. "여러분, 지금 우리는 ×××공작 앞에서 말하고 있다는 것을 명심합시다." 그러고는 쥘리앵을 가리키며 덧붙여 말했다. "이분은 우리의 성스러운 대의에 충실한 젊은 성직자입니다. 이분은 놀라운 기억력으로 우리 발언의 세세한 부분까지 쉽사리 되풀이할 수 있을 것입니다."

의장은 조끼를 서너 벌이나 껴입은 온화한 모습의 인물을 가리키면서 말했다. "발언권을 드리겠습니다." 쥘리앵은 그 사람을 조끼의 신사라고 명명하는 편이 그럴듯할 거라고 생각했다.

(여기서 저자는 한 페이지쯤을 점선으로 메워 버리고 싶었다. 그러자 발행자가 나섰다. "그러면 흉해질 것입니다. 이처럼 경박한 책에 맵시마저 없다면 그건 치명적입니다." 저자가 응수했다. "정치란 문학의 목에 매단 돌과 같아서 육 개월도 안 돼 문학을 침몰시키고 맙니다. 상상력의 흥미 가운데 끼어드는 정치는 연주회 도중에 들리는 권총 소리와도 같습니다. 그 소리는 힘차지도 못하면서 찢어지듯 시끄러운 소립니다. 그 소리는 어떤 악기의 소리와도 화음을 이루지 못합니다. 이 정치라는 것은 반쯤의 독자에게는 극히 불쾌감을 일으킬 것이고, 아침 신문에서 훨씬 전문적이고 활기찬 정치 기사를 읽은 다른 반수의 독자에게는 지루함을 줄 것입니다……." 이때 발행자가 다시 응수했다. "만약 당신의 인물들이 정치 얘기를 하지 않는다면 그들은 1830년의 프랑스인이 아닙니다. 그리고 당신의 책은 당신이 주장하듯이 거울이 될 수 없을 것입니다…….")

쥘리앵이 작성한 기록은 26페이지에 달했다. 언제나 그렇듯이 추악하거나 사실 같아 보이지 않는 지나치게 우스꽝스러운 부분을 삭제해야 했기 때문에, 다음에 아주 간략한 요약만을 기록하기로 하겠다.(《법정 신문》을 참고할 것.)

조끼를 겹쳐 입은 온화한 태도의 사내(그는 아마도 주교인 듯했다.)는 자주 미소 지었다. 미소를 지을 때면 깜박이는 눈꺼풀에 둘러싸인 두 눈이 이상한 광채를 발하며 평소보다 좀 더 결단성 있는 표정을 띠는 것이었다. 일동의 견해를 제시하고 검사 역할을 하기 위해 공작(대체 어떤 공작일까 하고 쥘리앵은 생각했다.) 앞에서 맨 먼저 발언한 이 인물은 쥘리앵이 볼 때, 흔히 법관들이 비난받기 쉬운 불확실성과 확고한 결론의 결핍에 빠져드는 듯했다. 논의 도중에 공작까지도 그 점을 책망할 정도였다.

도덕과 너그러운 철학 얘기를 길게 늘어놓은 후에 소끼를 껴입은 사내가 말했다.

"위대한 불멸의 인물인 피트[36]의 영도를 받은 고귀한 영국은 혁명을 저지하기 위해 400억 프랑의 돈을 소비했습니다. 만약 여러분께서 제게 한 가지 음울한 생각을 솔직히 토로하는 것을 허용해 주신다면, 이렇게 말씀드리겠습니다. 보나파르트 같은 인물에 대항할 경우에는, 특히 대항의 방법이 일련의 선의뿐일 때는 결정적인 수단은 개인적인 것뿐이라는 것을 영국은 충분히 이해하지 못했다는 사실입니다……."

"아아! 또 암살의 찬미로군요!" 집주인이 불안한 표정으로 말했다.

"그런 감상적인 설교는 집어치우시오." 의장이 화를 내며 소리쳤다. 그의 멧돼지 같은 눈은 사나운 빛으로 번쩍였다. "계속하십시오." 의장이 조끼의 사나이에게 말했다. 의장의 뺨과 이마는 시뻘게졌다.

보고자가 계속해서 말했다.

---

36) 윌리엄 피트(William Pitt, 1759~1806). 영국의 정치가. 프랑스 혁명에 적대적이었으며 나폴레옹에 대항하여 삼국 동맹을 결성했던 인물.

"고귀한 영국은 지금 기진맥진해 있습니다. 영국인 각자는 자기 빵 값을 치르기 전에 자코뱅에 대항하기 위해 사용한 400억 프랑의 이자를 지불해야 하기 때문입니다. 그리고 영국에는 이제 피트 같은 인물도 없습니다……."

"영국에는 웰링턴 공작이 있습니다." 몹시 위엄을 빼는 군인이 말하고 나섰다.

"제발 조용히 하시오, 여러분." 의장이 외쳤다. "또다시 언쟁을 한다면 소렐 씨를 들어오게 한 것도 아무 쓸모가 없습니다."

"당신이 많은 의견을 갖고 있다는 것은 모두들 알고 있습니다." 나폴레옹 휘하의 옛 장군이었던 방해자를 노려보며 공작이 화난 표정으로 말했다. 그 말이 개인적인 무언가를 암시하는 몹시 모욕적인 언사라는 것을 쥘리앵은 알 수 있었다. 모두들 미소 지었다. 변절한 장군은 화가 나서 얼굴이 붉으락푸르락했다.

일동에게 자기 말을 납득시키는 데 절망한 사람처럼 의기소침한 표정을 지으며 보고자가 계속 얘기했다.

"여러분, 이제 피트 같은 인물은 없습니다. 설사 영국에 새로운 피트가 나타난다 해도 똑같은 방법으로 국민을 두 번 이상 속이지는 못합니다……."

"그러니까 차후로는 보나파르트 같은 상승장군의 출현이 프랑스에는 불가능하다는 얘기죠." 또다시 방해꾼 장군이 소리쳤다.

이번에는 의장도 공작도 화내지는 않았다. 그러나 쥘리앵은 그들의 눈에서 분노의 표정을 읽을 수 있었다. 그들은 눈길을 떨어뜨렸으며 공작이 모두 들을 수 있을 만큼 한숨을 내쉬는 것으로 그쳤다.

그러나 보고자는 화를 냈다.

"제 얘기가 빨리 끝나기를 고대하시는군요." 그는 쥘리앵이 그의 성격의 표현이라고 믿었던 그 상냥한 예의와 절도 있는 말씨를 완전히 내동댕이치고 벌컥 화를 내며 말했다. "제 얘기를 빨리 끝맺기를 고대하시는군요. 좀 장황하다 해도 어느 분의 귀에도 거스르지 않으려는 제 노력은 헤아려 주시지 않는군요. 좋습니다. 여러분, 간단히 마치겠습니다. 그리고 기탄없는 말투로 말하겠습니다. 영국은 이제 훌륭한 대의를 위해 쓸 돈은 한 푼도 없습니다. 피트 자신이 그의 모든 재능을 가지고 다시 태어난다 해도 그는 영국의 소지주들을 속이지 못할 것입니다. 왜냐하면 그들은 짧은 워털루 전투만으로도 10억 프랑이 들었다는 것을 알고 있기 때문입니다. 여러분이 분명한 말을 요구하시기 때문에……" 보고자는 점점 흥분하면서 말을 이었다. "나는 여러분께 '당신 자신을 도우시오.'라고 말씀드리겠습니다. 영국은 여러분을 위해 쓸 돈을 한 푼도 가지고 있지 않으며, 영국이 돈을 내놓지 않으면 용기만 있지 돈이 없는 오스트리아, 러시아, 프로이센은 프랑스와 한두 번 이상의 전투를 벌일 수 없기 때문입니다.

급진주의에 의해 결합된 젊은 병사들이 첫 번째 전투에서, 어쩌면 두 번째 전투에서도 패배할 것을 기대할 수는 있습니다. 선입견을 가진 여러분께 제가 일개 혁명파로 보일지는 모르겠습니다만, 그러나 세 번째 전투에 돌입하면 여러분은

1792년에 모집된 농민병이 아니라 1794년의 병사들의 모습을 보게 될 겁니다."

여기서 서너 명이 동시에 말을 가로막고 나섰다.

"여보시오, 옆방에 가서 지금까지 작성한 기록의 첫 부분을 정리하도록 하시오." 의장이 쥘리앵에게 말했다. 쥘리앵은 유감스러워 하며 방을 나섰다. 보고자가 쥘리앵의 평소 명상거리에 대해 언급하기 시작했기 때문이었다.

이 사람들은 내가 자기들을 비웃을까 봐 두려운 모양이군. 쥘리앵은 이런 생각이 들었다. 쥘리앵이 다시 불려 왔을 때는 드 라 몰 씨가 발언하고 있었다. 후작을 잘 알고 있는 쥘리앵에게는 아주 재미있어 보이는 심각한 태도로 얘기하고 있었다.

"⋯⋯그렇습니다, 여러분, 우리는 저 불행한 백성을 두고 이렇게 말할 수 있을 것입니다.

이것은 신이 될 것인가
탁자가 될 것인가 아니면 대야가 될 것인가?

'이것은 신이 될 것이다!'라고 우화를 쓴 작가는 외치고 있습니다. 그 고귀하고 심오한 말은 바로 여러분과 밀접한 관계가 있는 듯합니다. 스스로 행동하십시오, 그러면 고귀한 프랑스는 우리 선조들이 만들어놓았고 또 루이 16세 서거 이전에 우리 눈으로 직접 보았던 모습 거의 그대로 재생할 것입니다.

영국, 적어도 영국의 귀족들은 우리와 마찬가지로 천박한 급진주의를 증오하고 있습니다. 그런데 영국의 재화 없이는 오스트리아, 러시아, 프로이센은 두세 번의 전투밖에는 치를 수 없습니다. 1817년에 드 리슐리외 씨가 어리석게 허비해 버린 것과 같은 그렇게 다행스러운 외국군의 점령을 유도하기에 두세 번의 전투로써 충분하겠습니까? 나는 그렇게 믿지 않습니다."

여기서 또다시 방해가 끼어들려 했지만 모두들 "쉿." 하는 소리에 잠잠해지고 말았다. 그 방해는 또다시 옛 세국 군내의 장군으로부터 나온 것이었다. 그 사람은 청색 훈장을 타고 싶어서 비밀 각서의 작성자들 중에 자신의 존재를 부각시키려 했던 것이다.

"나는 그렇게 믿지 않습니다." 소란이 끝난 후 드 라 몰 씨는 계속해서 말했다. 그는 쥘리앵을 매혹시키는 오만한 태도로 '나'란 말을 특히 힘주어 말했다. 이건 참 훌륭한 연기로군. 쥘리앵은 이렇게 생각하며 후작의 발언 속도와 거의 비슷하게 펜을 놀렸다. 멋진 한마디로 드 라 몰 씨는 그 변절자의 갖가지 술책을 짓눌러 버렸다.

후작은 아주 절도 있는 어조로 계속해 나갔다. "새로운 군사적 점령을 이끌어 오려면 외국의 힘만으로는 안 됩니다.《글로브》지에 열화 같은 기사를 써 대는 젊은 층이 우리에게 삼사천 명의 청년 장교를 제공해 줄 것입니다. 그들 가운데도 클레베르나 오슈나 주르당이나, 또 선의에 있어서는 그만 못하겠지만 피슈그뤼 같은 인물이 있을 수도 있겠지요."

"우리는 그에게 영예를 주지 못했습니다. 그를 불후의 인물로 만들어 주어야 합니다." 의장이 한마디 했다.

드 라 몰 씨가 계속해서 발언했다.

"결국 프랑스에는 두 개의 당파가 있습니다. 명목상의 두 당파가 아니라, 분명하고 뚜렷하게 분리된 두 당파 말입니다. 어느 것을 분쇄해야 하는지를 알아야 합니다. 한편에는 신문 기자, 선거인, 요컨대 여론이란 것이 있습니다. 젊은층과 그들을 찬미하는 모든 것이지요. 그들이 헛된 말로 소란을 떠는 동안 우리는 예산을 소비하는 확실한 유리함을 가지고 있습니다."

여기서 또다시 훼방이 일어났다.

드 라 몰 씨는 감탄할 만큼 오만하고 침착하게 훼방자를 향해 말했다.

"이 말이 비위에 거슬린다면, 당신은 국가 예산에서 받은 4만 프랑과 왕실비에서 받은 8만 프랑을 소비하는 것이 아니라 먹어치우는 것입니다. 당신이 그렇게 강요하니 나는 감히 당신을 예로 들겠습니다. 성 루이를 따라 십자군 원정에 참전했던 고귀한 우리 선조들처럼 당신은 그 12만 프랑으로 하나의 연대라도, 아니 하나의 중대, 중대가 못 되면 그 반이라도 결성해야 한다는 것입니다. 대의에 충실하며 생사를 걸고 싸울 태세가 되어 있는 오십 명의 병사로 구성한 부대면 어떻겠습니까. 그런데 당신은 반란이 폭발하면 당신 자신을 위협할 하인들밖에는 거느리고 있지 않습니다.

여러분, 여러분이 각 현에 500명의 헌신적인 병사로 구성된 하나의 병력을 만들어 놓지 않으면, 왕좌와 제단과 귀족 계급은 내일이면 멸망할지도 모릅니다. 내가 헌신적이라고 말하는 뜻은, 프랑스적인 용감성만이 아니라 스페인적인 끈기도 포함하는 것입니다.

그 부대의 절반은 우리 자식과 조카들, 즉 진정한 귀족으로 구성해야 할 것입니다. 각각의 귀족 곁에는, 1815년의 사태가 다시 출현하면 삼색휘장을 착용할 태세가 되어 있는 수다스러운 소시민이 아니라 카틀리노처럼 소박하고 솔직한 좋은 농부를 배치해야 합니다. 우리 귀족은 농부를 교화해 가능하면 젖형제처럼 만들어야 할 것입니다. 우리 각자는 현마다 500명의 병사로 구성한 헌신적인 소부대를 만들기 위해 각자 수입의 5분의 1씩을 희생해야 합니다. 그럴 경우에야 여러분은 외국군의 점령에 기대할 수 있습니다. 각 현에 500명의 우군이 있다는 것을 확신할 수 없는 한, 외국 군대는 디종까지도 들어오려 하지 않을 것입니다.

외국의 국왕들은 2만 명의 귀족이 무기를 들 채비를 갖추고 프랑스의 문호를 열려 한다고 알리지 않는 한, 여러분의 얘기에 귀 기울이지 않을 것입니다. 이것은 곤란한 일이라고 말씀하시겠지요. 그러나 여러분, 우리의 목은 이 대가에 달려 있습니다. 언론의 자유와 귀족으로서의 우리의 생존 사이에는 생사를 건 싸움이 있을 뿐입니다. 직공이나 농부가 되거나, 아니면 총을 드십시오. 원한다면 소심해도 좋으나 어리석어서는 안 됩니다. 한시바삐 눈을 뜨십시오.

자코뱅들의 노래를 본떠 '대오를 지으라'고 말씀드리는 바입니다. 그러면 고귀한 귀스타브 아돌프 같은 인물이 나타나, 초미의 위험에 봉착한 군주 정치의 원칙을 구하려고 자기 나라로부터 1,200킬로미터의 길을 달려올 것입니다. 그리하여 귀스타브가 프로테스탄트 군주들을 위해 한 것과 같은 일을 여러분을 위해 해 줄 것입니다. 여러분은 행동은 하지 않고 언제까지나 헛된 공론만 하시렵니까? 오십 년 후에는 유럽에 공화국 대통령들만 있고 왕은 한 명도 없게 될 것입니다. 그리고 왕이라는 세 글자 R, O, I와 더불어 사제도 귀족도 사라져 버리는 것입니다. 내 눈에는 더러운 다수에게 아첨하는 입후보자들만 보이는 듯합니다.

프랑스에는 이제 모든 사람들이 알고 사랑하는 명망 높은 장군은 하나도 없고 군대는 왕좌와 제단의 이익에 맞게 조직되어 있으며, 프로이센과 오스트리아의 각 연대에는 실전을 겪은 하사관이 오십 명씩이나 있는 반면에 프랑스 군대에서는 노병들을 모두 퇴역시켰다고 말해 보았자 소용없는 일입니다.

소시민 계급에 속한 20만의 젊은이들은 열렬히 전쟁을 바라는 것입니다……."

"불쾌한 사실은 좀 그만둡시다." 근엄해 보이는 한 인물이 거만한 어조로 말했다. 그 사람은 고위 성직자인 듯했다. 왜냐하면 드 라 몰 씨가 화내는 대신 빙그레 웃어 보였기 때문이었다. 쥘리앵이 보기에 그건 아주 놀라운 일이었다.

"불쾌한 사실은 그만 얘기하기로 하겠습니다. 여러분, 이제 요약을 합시다. 썩은 다리 하나를 잘라 내야 할 사람이 외과 의사에게 이 다리는 아주 성합니다, 라고 말해 보았자 헛일입니다. 제게 이런 표현을 용인해 주십시오. 여러분, 고귀하신 ○○○ 공작이야말로 우리의 외과 의사이십니다."

마침내 그 중대한 말이 나왔군, 오늘 밤 나는 ××방면으로 달려가게 되겠는걸. 쥘리앵은 이렇게 생각했다.

# 23장 성직 계급, 삼림, 자유

> 모든 존재의 제1법칙은 자기 보존,
> 즉 생존이다. 여러분은 독당근의 씨를 뿌리고
> 곡식 이삭이 여무는 것을 보려고 한다.
>
> —마키아벨리

근엄해 보이는 인물이 계속 얘기했다. 그는 능통한 사람 같았다. 그는 쥘리앵의 마음에 꼭 드는 부드럽고 온건한 웅변을 토하며 다음과 같은 중대한 사실을 진술했다.

"첫째, 영국은 우리를 위해 쓸 돈이 한 푼도 없습니다. 그곳에서는 절약과 흄[37]의 사상이 유행입니다. 성자라 해도 우리에게 돈은 주지 않을 것이며, 브루엄[38] 씨는 우리를 비웃을 것입니다.

둘째, 영국의 돈 없이는 유럽의 국왕들은 두 번 이상의 전

---

37) 데이비브 흄(David Hume, 1711~1776). 영국의 철학자이자 역사가로 철저한 경험론자.
38) 헨리 브루엄(Henry Brougham, 1778~1868). 영국의 역사가이자 정치가. 자유의 옹호와 사회 개혁에 많은 공헌을 했다.

투를 치를 능력이 없습니다. 그런데 두 번의 전투로는 소시민 계급에 대항하기에 충분치 못할 것입니다.

셋째, 프랑스에 무장을 갖춘 일개 정당을 조직할 필요성, 그것 없이 유럽의 군주 정체는 그 두 번의 전투마저 감행하지 못할 것입니다.

내가 여러분에게 명백히 제시하려는 네 번째 관점은 다음과 같은 것입니다.

즉 '성직 계급 없이는 프랑스에 무장 정당을 조직하기가 불가능하다'는 것입니다. 나는 여러분께 이 사실을 증명해 보일 것이기 때문에 과감하게 이 말을 하는 바입니다. 모든 것을 성직 계급에 돌려줘야 합니다.

첫째로 성직 계급은 밤낮으로 자기 일에 전념하고 있을뿐더러, 우리 국경선에서 1,200킬로미터나 떨어져 일체의 소동에서 격리된 곳에 자리 잡은 탁월한 능력을 지닌 인사들의 지도를 받고 있는 바……."

"아! 로마, 로마!" 집주인이 소리쳤다.

"그렇소, 바로 로마요!" 추기경이 자랑스럽게 응수했다. "여러분이 젊었을 때 유행했던 다소 재치 있는 농담이 어떤 것이었든 간에, 1830년 오늘날에는 로마의 인도를 받는 성직 계급만이 서민에게 호소력이 있는 유일한 집단이란 것을 나는 단언할 수 있습니다.

5만 명의 성직자는 지도자들이 지정한 날에 일제히 똑같은 말을 합니다. 그러면 대중은, 결국 병사의 공급원인 대중은 사교계 사람들의 멋 부리는 감언보다 사제들의 목소리에 더 감격할 것입니다……." (여기저기서 불평이 흘러나오기 시작했다.)

추기경은 목소리를 높여 발언을 계속했다.

"성직 계급은 여러분의 계급보다 뛰어난 재능을 갖고 있습니다. '프랑스에 무장 정당을 조직한다'는 이 핵심 점을 향해 여러분을 인도한 것은 바로 우리였습니다." 여기서 추기경은 여러 가지 사실을 제시했다. "누가 방데에 8만 정의 소총을 보냈습니까……?" 등등.

"소유림(所有林)을 갖지 못하는 한 성직 계급은 지탱할 수가 없습니다. 첫 번째 전쟁에서 재무 대신은 더 이상 사제들에게 지급할 돈은 없다고 부하들에게 말할 것입니다. 근본적으로 프랑스는 신앙심이 없으며 전쟁을 좋아합니다. 누구든 프랑스를 전쟁으로 치닫게 하는 사람은 이중으로 인기를 얻을 것입니다. 왜냐하면 전쟁을 하는 것은, 천한 표현을 그대로 빌리자면 예수회원들을 굶주리게 만들며, 또한 그것은 오만덩어리인 프랑스인을 외국의 간섭 위협에서 해방시키기 때문입니다."

모두들 호의적으로 추기경의 말에 귀 기울이고 있었다……. 추기경이 이때 불쑥 말을 꺼냈다.

"드 네르발 씨는 내각을 떠나야 할 것입니다. 그의 이름은 공연히 분노를 자아내게 합니다."

이 말이 나오자 모두들 자리에서 일어나 한꺼번에 떠들어댔다. 나는 또다시 쫓겨날 모양이군, 하고 쥘리앵은 생각했다. 영리한 의장마저도 쥘리앵이 자리에 있다는 것을, 나아가 쥘리앵의 존재까지도 잊고 있었다.

모두의 눈길이 쥘리앵도 알고 있는 한 사람에게 쏠렸다. 수상인 드 네르발 씨였다. 쥘리앵은 그를 드 레츠 공작의 무도회에서 얼핏 본 적이 있었다.

의회를 다루는 신문 기사의 투를 빌리자면 무질서가 절정이었다. 그러나 15분쯤 지나자 어느 정도 조용해졌다.

그러자 드 네르발 씨가 일어서더니 사도(使徒)와 같은 태도를 지으며 이상한 목소리로 말했다.

"제가 내각에 집착하지 않는다고 단언하지는 않겠습니다, 여러분. 제 이름 때문에 많은 온건파가 우리에게 반대하게 됨으로써 자코뱅의 세력이 배가되었다는 것을 저는 잘 알고 있습니다. 따라서 저는 기꺼이 물러나고 싶습니다. 하지만 주님의 길은 소수의 사람에게만 보이는 법입니다." 그는 추기경을 뚫어지게 쳐다보며 부연했다. "저는 한 가지 사명을 갖고 있습니다. 하늘은 제게 말씀하셨습니다. 너는 단두대에 목을 맡기든지, 아니면 프랑스에 군주 정치를 회복시키고 상하 양원을 루이 15세 치하의 제후 회의 같은 것으로 환원시키라고. 여러분, 저는 그 사명을 수행하겠습니다."

그는 입을 다물고 다시 자리에 앉았다. 깊은 침묵이 흘렀다.

참 훌륭한 배우군. 쥘리앵은 이렇게 생각했다. 그러나 쥘리앵은 언제나 그렇듯이 이번에도 사람들의 재능을 과대평가함으로써 잘못 생각했던 것이다. 그처럼 격렬한 그 저녁의 논쟁으로 말미암아, 특히 토론의 진지함으로 말미암아 드 네르발 씨는 그 순간 정말로 자신의 사명을 믿고 있었던 것이다. 그는 대단한 용기를 지니고 있었지만 분별력이 없었다.

'저는 그 사명을 수행하겠습니다.'라는 멋진 말에 뒤이어 침묵이 흐르는 동안 12시가 울렸다. 쥘리앵에게는 괘종시계 울리는 소리가 장중하고 불길하게 들렸다. 그는 감동해 있었던 것이다.

곧 뒤이어 토론은 점점 격렬하게, 그리고 특히 믿을 수 없을 정도로 솔직하게 계속되었다. 이 사람들이 나를 독살할지도 모르겠는걸. 이들은 나 같은 하층민 앞에서 어찌 이런 얘기를 다 하는가? 때때로 쥘리앵은 이런 생각을 했다.

새벽 2시를 쳤는데도 그들은 아직 얘기를 계속하고 있었다. 집주인은 오래전부터 잠을 자고 있었다. 드 라 몰 씨가 촛불을 갈도록 초인종을 울리지 않으면 안 되었다. 수상인 드 네르발 씨는 옆에 놓인 거울 속으로 쥘리앵의 얼굴을 여러 번 유심히 살펴보고 나서, 1시 45분에 나갔다. 그가 떠나자 모두들 마음이 편해지는 듯해 보였다.

촛불을 가는 동안 조끼를 겹쳐 입은 사람이 옆 사람에게 나지막한 소리로 말했다.

"저 사람이 국왕께 뭐라고 말할지 알겠소! 저 사람은 우리를 우스꽝스럽게 만들어 우리 장래를 망쳐 버릴지도 모르죠. 이 자리에 버젓이 나타나다니 참 뻔뻔스럽고 자만에 찬 사람이오. 수상이 되기 전부터 그래 보이기는 했지만, 수상이란 직책은 모든 것을 바꿔 놓고 모든 개인적 이해관계를 초월해야 하는 법이거늘. 그 사람도 그런 것쯤은 알아야 할 텐데."

수상이 떠나자마자 보나파르트의 장군이었던 사람은 눈을 감았다. 그러고는 자기 건강이며 부상 얘기를 하더니 회중시계를 꺼내 보고 밖으로 나갔다.

"장군은 필경 수상을 따라갔을 거요. 그 사람은 이 자리에 나온 것을 변명하고 자기가 우리를 조종한다고 말하겠지." 조끼를 겹쳐 입은 사나이가 말했다.

조는 듯한 하인들이 촛불을 다 갈자 의장이 말했다.

"여러분, 이제 깊이 생각해 봅시다. 서로 상대방을 설득하려고만 들지 맙시다. 사십팔 시간 후면 국외의 우리 동지들에게 제시될 각서의 문면(文面)을 생각해 봅시다. 우리는 대신들에 관해 얘기했습니다. 드 네르발 씨가 우리 곁을 떠난 지금, 대신들이 우리에게 무슨 상관이 있겠습니까? 우리는 그들을 설복하면 될 것입니다."

추기경이 간사한 미소를 띠고 그 말에 찬의를 표했다.

젊은 아그드의 주교가 격렬한 광신이 엿보이는 부자연스러운 격정을 띠고 발언했다. 그때까지 그는 침묵을 지키고 있었다. 쥘리앵이 관찰한 바로는, 처음에는 온화하고 침착하던 그의 눈길이 토론이 시작되면서 불붙어 올랐다. 이제 그의 마음은 베수비오 산의 용암처럼 흘러넘치고 있었다.

"우리 입장을 요약한다는 것은 아주 간단한 일로 보입니다. 1806년부터 1814년까지 영국은 단 하나의 과오를 범했습니다. 그것은 나폴레옹에 대해 직접적으로, 그리고 개인적으로 행동하지 않았다는 것입니다. 그자가 공작과 시종들을 만들어 내고 왕좌를 회복시키자마자 하느님께서 그에게 맡긴 사명은 끝났습니다. 그 이후로는 그자는 제물로 바쳐야 할 인물이었습니다. 성경은 여러 군데에서 폭군을 끝장내는 방법을 가르쳐 주고 있습니다. (여기서 그는 라틴어 구절 몇 개를 인용했다.)

여러분, 오늘날 제물로 바쳐야 할 것은 한 사람의 인간이 아닙니다. 그것은 파리입니다. 프랑스 전체가 파리를 모방하고 있습니다. 현마다 500명씩을 무장시켜 보았자 무슨 소용이 있습니까? 그것은 결말을 내지 못할 무모한 계획에 불과합니다. 프랑스를 파리 특유의 현상에 휩쓸어 넣어서 무슨 소용이 있습니까? 파리만이 그 신문 및 살롱들과 더불어 악의 원천입니다. 새로운 바빌론을 멸망시켜야 합니다.

교회와 파리 양자 사이에 끝장을 보아야 합니다. 이 파멸은 왕좌의 세속적 이해관계에도 합치하는 것입니다. 파리는 왜 보나파르트 치하에서는 숨도 쉬지 못한 것입니까? 그것은 생 로슈의 대포에게 물어보십시오……."

쥘리앵이 드 라 몰 씨와 함께 밖으로 나온 것은 새벽 3시나 되어서였다. 후작은 부끄러웠고 피로에 지쳐 있었다. 쥘리앵에게 얘기하는 그의 말투에는 처음으로 간청하는 기색이 들어 있었다. 쥘리앵이 우연히 목격한 그 광기의 난무(이것이 후작의 표현이었다.)를 누설하지 말라고 후작은 쥘리앵에게 언약을 부탁했다.

"우리의 외국 친구가 알고 싶다고 심각하게 고집하지 않는 한 결코 그 젊은 미치광이들 얘기를 하지 말게. 그들은 국가가 전복되는 것도 아랑곳하지 않는단 말이야. 그들은 추기경이 되어 로마로 피신하면 그만이겠지. 우리는 우리의 성 안에서 농부들에게 학살당할 테고."

쥘리앵이 기록한 26페이지에 달하는 조서를 가지고 후작이 작성한 비밀 각서는 새벽 4시 45분이 되어서야 완성되었다.

"나는 기진맥진일세." 후작이 말했다. "보다시피 이 각서의 끝 부분은 명료함이 부족한 것 같아. 내가 지금껏 해온 일 중에 이보다 불만스러운 것은 없네. 자, 이 친구야, 가서 몇 시간 쉬게나. 자네를 유괴하려는 사람이 있을지도 모르니 내가 자네 방까지 따라가 밖에서 열쇠를 채우겠네."

다음 날 후작은 파리에서 꽤 떨어진 외딴 성으로 쥘리앵을 데리고 갔다. 거기에는 이상한 손님들이 와 있었다. 쥘리앵은 그들이 사제일 것이라고 생각했다. 가명을 기입한 여권이 교부되었으며, 그가 모르는 척해 온 여행의 진짜 목적이 마침내 그에게 밝혀졌다. 그는 혼자 사륜마차에 올랐다.

후작은 쥘리앵의 기억력에 대해서는 아무런 불만이 없었다. 쥘리앵은 여러 차례 후작에게 비밀 각서를 암송해 들려줬던 것이다. 그러나 후작은 쥘리앵이 여행 도중 방해받지나 않을까 몹시 걱정했다.

쥘리앵이 살롱을 떠나려는 순간 후작이 그에게 다정하게 말했다.

"심심소일로 여행하는 겉멋쟁이 같은 태도를 갖도록 특히 유의하게. 어제저녁 모임에 배신자가 섞여 있었는지도 모르는 일이니까."

여정은 빠르고 쓸쓸한 것이었다. 후작과 헤어지자마자 쥘리앵은 비밀 각서도 사명도 순식간에 잊어버렸다. 그의 머릿속에는 마틸드에게서 받은 멸시만이 떠오르는 것이었다.

메츠에서 몇 킬로미터 떨어진 마을에 도착했을 때, 역장이 그에게 와서 말이 한 필도 없다고 말했다. 밤 10시였다. 매우 난처해진 쥘리앵은 밤참을 주문했다. 그는 문 앞을 서성거리다가 눈에 띄지 않게 마구간 마당으로 가 보았다. 과연 거기에는 말이 한 필도 없었다.

하지만 그 작자의 태도는 수상했어. 왕방울 같은 눈으로 나를 유심히 살펴봤거든. 쥘리앵의 생각이었다.

보다시피 그는 누구의 말도 그대로 믿지 않기 시작했다. 그는 밤참을 먹고 나서 내뺄 생각을 했다. 그러나 이 고장에 대해 뭔가 알아낼 심산으로 자기 방을 떠나 부엌으로 불을 쬐러 갔다. 거기서 유명한 성악가 제로니모 씨를 만났을 때 그의 기쁨이란!

불 가까이에 가져다 놓은 안락의자에 푹 파묻혀 그 나폴리 사람은 큰 소리로 불평하고 있었다. 어안이 벙벙한 채 그를 둘러싸고 있는 스무 명의 독일 농부보다도 그 사람 혼자서 더 많은 말을 하고 있었다.

"이 사람들이 나를 파멸시키고 있어요." 그가 쥘리앵에게 이렇게 소리쳤다. "나는 내일 마인츠에서 노래 부르기로 약속해 놓았어요. 일곱 명의 군주가 내 노래를 들으려고 몰려오는데요." 그러고는 의미심장한 태도로 덧붙여 말했다. "우리 바람이나 좀 쐬러 나갑시다."

백 보쯤 길로 걸어 나가 남들이 들을 염려가 없어지자 그는 쥘리앵에게 얘기했다.

"대체 어찌된 일인지 아세요? 저 역장이란 자는 사기꾼이오. 산책하다가 한 아이에게 20수를 집어 주고 얘기를 죄다 들었소. 마을 반대편 마구간에는 말이 열두 필도 더 있대요. 어떤 사절을 지연시키려는 수작인가 봐요."

"정말입니까?" 쥘리앵이 아무것도 모르는 듯한 태도로 대꾸했다.

속임수를 찾아내는 것이 능사가 아니라 어떻게든 떠나야 했다. 그러나 제로니모도 쥘리앵도 뾰족한 수가 없었다.

"날이 새기를 기다립시다." 이윽고 가수가 이렇게 말했다. "우리는 의심받고 있습니다. 어쩌면 당신이나 나를 노리고 있는지도 모릅니다. 내일 아침에 최상의 아침 식사를 주문합시다. 그러고서 아침 식사를 준비하는 동안에 산책을 나갔다가 내빼기로 합시다. 말을 빌려 타고 다음 역까지 가는 거죠."

"당신 짐은 어떻게 하고요?" 어쩌면 제로니모 그 사람이 자신을 가로막으려고 파견되었을지도 모른다는 생각이 들어 쥘리앵은 짐짓 이렇게 말했다. 밤참을 먹고 잠자리에 드는 수밖에 없었다. 쥘리앵이 막 첫잠이 들려고 하는데, 그의 방 안에서 거리낌 없이 주고받는 두 사람의 목소리가 들려 그는 소스라쳐 깨었다.

그는 호롱불을 들고 있는 역장을 알아보았다. 불빛은 쥘리앵이 방 안에 들여다 놓은 트렁크 쪽을 비추고 있었다. 역장 옆에서 한 남자가 트렁크를 열어 태연히 뒤지고 있었다. 쥘리앵은 그 사내의 팽팽한 검은 옷소매밖에는 볼 수 없었다.

수단이구나, 하고 쥘리앵은 생각했다. 그는 베개 밑에 숨겨 둔 작은 피스톨을 천천히 거머쥐었다.

"신부님, 저자가 깨어날까 걱정하실 필요는 없습니다. 저자에게 먹인 포도주는 신부님이 직접 만드신 거니까요." 역장이 이렇게 말했다.

"그런데 서류라곤 그림자도 없는걸." 사제가 대꾸했다. "내복, 향유, 포마드 같이 쓸데없는 것만 잔뜩 들어 있군. 이 녀석은 아무래도 빈둥거리며 돌아다니는 한량인가 싶소. 밀사는 오히려 이탈리아 악센트를 꾸며 말하는 저쪽 녀석이 아닌가 싶은데."

그 사람들은 쥘리앵 쪽으로 다가와 그의 여행복 호주머니를 뒤졌다. 쥘리앵은 그들을 도둑놈으로 몰아 죽이고 싶은 강한 충동을 느꼈다. 그건 위험한 결과를 가져오지는 않을 것이었다. 쥘리앵은 권총을 발사하고 싶었다……. 나도 참 바보지, 그러면 내 사명이 위태로워질 것이 아닌가. 쥘리앵은 불쑥 이런 생각이 들었다. 그의 옷을 뒤지더니 "아무래도 이자는 밀사가 아닌 것 같소." 하고 사제가 말했다. 그러고는 쥘리앵 곁을 떠났다. 그에게는 다행한 일이었다.

내 침대에 손대는 날이면 가만두지 않겠다. 녀석이 칼로 찌를지도 모르지만 그러도록 내버려 두지는 않을걸. 쥘리앵은 이렇게 다짐하고 있었던 것이다.

사제가 고개를 돌렸다. 쥘리앵은 눈을 반쯤 떠 보았다. 그리고 그는 몹시 놀랐다. 카스타네드 사제였던 것이다! 두 사람이 아주 나지막한 소리로 말하고 있었지만, 쥘리앵은 그들이 다가오자 목소리 하나가 귀에 익은 듯이 느껴졌었다. 쥘리앵은 더없이 비열한 악당을 제거해서 세상을 조금이라도 정화하고 싶은 강렬한 충동에 사로잡혔다.

그러나 내 사명은 어찌되지! 쥘리앵은 생각했다.

사제와 그 수행원이 밖으로 나갔다. 15분쯤 후 쥘리앵은 갑자기 잠에서 막 깨어난 듯 꾸미고, 소리쳐 온 집 안 사람들을 다 깨웠다.

"독약을 마셨나 보다. 사람 죽겠다!" 쥘리앵이 고함쳤다. 그는 이렇게 해서 제로니모를 구하러 갈 구실을 마련하려고 했다. 제로니모는 포도주에 든 아편제를 마시고 반쯤 기절해 있었다.

쥘리앵은 이런 종류의 술책을 염려하여 파리에서 가져온 코코아를 마시며 밤참을 들었다. 그는 제로니모를 깨워서 출발을 결심시킬 수가 없었다.

"나폴리 왕국을 다 준다 해도 지금은 이 쏟아지는 졸음을 포기할 수 없어요." 성악가는 이렇게 말하는 것이었다.

"그러면 일곱 명의 군주는 어쩌고요?"

"기다리라지."

쥘리앵은 혼자 떠났다. 그리고 별다른 사고 없이 저명 인물에게 다다를 수 있었다. 그는 오전 내내 면회를 간청해 보았으나 허사였다. 다행히 오후 4시경 공작이 바람을 쐬러 나섰다. 공작이 걸어서 집을 나오는 것을 보자 쥘리앵은 주저하지 않고 도움을 청하듯 그에게 다가갔다. 공작의 두어 발짝 앞에 다다르자 쥘리앵은 드 라 몰 후작의 회중시계를 꺼내어 짐짓 그에게 보였다. "떨어져서 날 따라오시오." 공작은 쥘리앵을 쳐다보지도 않고 이렇게 말했다.

거기서 약 1킬로미터쯤 가서 공작은 갑자기 허름한 카페로 들어갔다. 쥘리앵이 4페이지의 밀서를 공작에게 암송한 것은 그 하류 여인숙의 한 방 안에서였다. 쥘리앵이 암송을 마치자 "다시 한번 하시오, 좀 더 천천히." 하고 공작이 말했다. 공작은 그 내용을 기록했다.

"걸어서 다음 역까지 가시오. 당신의 짐과 마차는 여기에 놔두고. 가능하면 스트라스부르까지 가시오. 그리고 이달 22일 (그날은 10일이었다.) 12시 30분에 이 카페에 와 있도록. 여기서는 30분 후에 나가고 아무 말도 하지 않도록 하시오."

그것이 쥘리앵이 들은 말의 전부였다. 그 말만으로 쥘리앵의 감탄을 자아내기에 족했다. 그는 생각했다. 큰 일은 이렇게 처리하는 거지. 이 대정치가가 사흘 전에 열에 들뜬 수다쟁이들의 말을 들었다면 뭐라고 했을까?

쥘리앵이 스트라스부르에 도착하는 데는 이틀이 걸렸다. 그는 거기서 아무런 할 일이 없어 보였다. 그래서 일부러 먼 길을 돌아서 갔다.

만약 그 카스타네드 사제란 악당이 나를 알아보았다면 녀석은 내 발자취를 쉽사리 놓칠 놈이 아닌데……. 그리고 나를 조롱하고 내 사명을 실패에 빠뜨린다면 녀석은 얼마나 기뻐할 것인가!

북부 국경 전체에 걸친 수도회 정탐 조직의 두목인 카스타네드 사제는 다행히 쥘리앵을 알아보지는 못했다. 그리고 스트라스부르의 예수회원들이 아무리 열성적이라 해도, 훈장을 차고 푸른 프록코트를 걸치고서 몸치장에만 신경 쓰는 젊은

군인 같은 모습의 쥘리앵을 관찰해 볼 생각은 조금도 하지 않
았다.

# 24장 스트라스부르

> 매혹! 그대에게는 사랑의 온갖 힘,
> 불행을 느끼는 온갖 힘이 있노라.
> 사랑의 황홀한 쾌락과 감미로운 기쁨만이
> 그대의 영역을 넘어설 뿐.
> 나는 잠자는 그녀의 모습을 보면서도
> 그 천사 같은 아름다움과 그 온화한 섬약함이
> 온전히 내 것이라고 말할 수 없었노라!
> 사내의 마음을 호리도록 하늘의 자비를 받은 듯한 그녀가
> 이제 내 힘에 맡겨져 있노라.
>
> ─실러의 『오드』

스트라스부르에서 여드레를 보내지 않으면 안 되었던 쥘리앵은 군사적 영광과 조국에의 헌신에 대한 생각으로 마음을 돌리려고 애썼다. 대체 그는 사랑에 빠져 있었던가? 알 수 없었다. 그의 고통받는 마음속에서는 자기 행복과 자기 공상의 절대적 지배자인 마틸드의 모습이 떠오를 뿐이었다. 절망에 떨어지지 않기 위해서 그는 자기 성격의 모든 에너지를 필요로 했다. 드 라 몰 양에 관계되지 않는 것을 생각한다는 것이 그로서는 불가능했다. 이전에는 야심이나 단순한 허영심의 만족으로 드 레날 부인이 불어넣은 감정에서 벗어날 수 있었다. 그런데 마틸드는 그를 온통 사로잡고 있었다. 미래를 생각할 때마다 그녀의 모습이 떠오르는 것이었다.

그 미래의 도처에서 쥘리앵에게 떠오르는 것은 실패뿐이었다. 베리에르에서는 그처럼 자신만만하고 긍지에 차 있던 이 청년이 이제는 우스꽝스러운 자기 비하에 빠져 있었다.

사흘 전만 해도 그는 기꺼이 카스타네드 사제를 죽일 수도 있었건만, 스트라스부르에 와서는 어린아이가 싸움을 걸어와도 그 아이에게 용서를 빌 판이었다. 여태껏 만났던 경쟁자나 적을 생각해 보아도, 쥘리앵에게는 늘 자기가 잘못했던 듯이 여겨졌다.

이전에는 찬란한 미래의 성공을 그려 보여 주던 그 강렬한 상상력이 이제는 무자비한 적처럼 되었기 때문이었다.

외롭기 짝이 없는 여행객 노릇이 그 음울한 상상의 힘을 더욱 크게 해 주었다. 쥘리앵은 생각했다. 친구를 갖는 것은 얼마나 소중한 일인가! 하지만 이 세상에 나를 위해 고동치는 타인의 심장이 있을까? 내게 친구가 하나 있다 해도 명예는 내게 영원한 침묵을 명령하는 게 아닐까?

쥘리앵은 우울한 심정으로 말을 타고 켈 근방을 돌아다녔다. 그곳은 드제와 구비옹 생 시르에 의해 유명해진 라인강 연안의 마을이었다. 이 위대한 장군들의 용기로 명성을 얻게 된 작은 개울이며 길이며 라인강의 섬들을 독일인 농부가 쥘리앵에게 가르쳐 주었다. 쥘리앵은 왼손으로 말고삐를 잡고, 오른손에는 생 시르 원수의 『회상록』에 붙은 근사한 지도를 펼쳐 들고 있었다. 그때 쾌활한 환성이 들려 그는 고개를 들었다.

코라소프 공작이었다. 몇 달 전 탁월한 자만의 규칙을 쥘리앵에게 가르쳐 준 바 있는, 런던에서 알게 된 사람이었다. 어제

스트라스부르에 도착하여 한 시간 전에 켈에 온 코라소프는 1796년의 포위전에 관해서는 단 한 줄도 읽은 바가 없건만, 자기 기법에 충실한 사람답게 쥘리앵에게 모든 걸 설명하기 시작했다. 독일인 농부는 놀라서 그를 쳐다보았다. 농부는 공작의 터무니없는 오류를 분간해 볼 만큼은 프랑스어를 알고 있었다. 쥘리앵은 농부의 생각과는 완전히 동떨어져 있었다. 그는 이 미남 청년을 놀라서 쳐다보며 그의 멋진 승마 솜씨에 감탄하고 있었다.

참 행복한 성격이구나! 쥘리앵은 속으로 생각했다. 저 사람의 바지는 잘도 어울리는구나. 머리도 참 맵시 있게 깎았고! 아아! 내가 저 사람 같았다면 마틸드가 사흘간 나를 사랑한 후 싫어하지는 않았을 텐데.

켈의 포위전 얘기를 끝마치자 공작이 쥘리앵에게 말했다.

"당신은 수도승 같은 얼굴을 하고 계시는군요. 런던에서 제가 말씀드린 근엄의 원리를 너무 과장하고 계십니다. 슬픈 태도는 좋지 않아요. 권태로운 모습을 보여야지요. 당신이 슬픈 모습을 짓고 있으면 그건 뭔가 결핍된 것이 있거나 무슨 실패를 했다는 표시지요.

그건 자신의 열등함을 보이는 거예요. 반대로 권태로운 표정을 짓고 있으면, 그건 당신보다 열등한 사람이 당신을 기쁘게 하려고 애썼으나 소용없다는 표시지요. 당신은 지금 중대한 착각을 하고 계신 겁니다."

쥘리앵은 입을 헤벌리고 그들의 얘기를 듣고 있는 농부에게 1에퀴의 동전을 던졌다.

"좋습니다, 지금의 태도에는 매력이 있어요. 고상한 경멸이 나타나고 있습니다! 아주 좋았습니다!" 공작이 말했다. 그리고 공작은 말을 달리기 시작했다. 쥘리앵은 어리석은 감탄에 빠져서 그를 뒤쫓았다.

아! 내가 이 사람과 같았다면 마틸드가 나보다 크루아즈누아를 더 좋아하지는 않았을 텐데! 공작의 조롱에 기분이 상할수록 쥘리앵은 공작을 찬미하며 자신을 멸시했다. 그리고 공작과 같은 면모를 지니지 못한 자신을 불행한 사람이라고 생각했다. 이쯤 되면 자신에 대한 혐오가 절정에 달한 셈이었다.

공작은 쥘리앵이 정말로 우울한 기분이라는 것을 알고 스트라스부르로 돌아가면서 이렇게 물었다. "이보세요, 대체 돈을 몽땅 잃어버린 겁니까, 아니면 어떤 예쁜 여배우와 사랑에 빠지기라도 한 겁니까?"

러시아인들은 프랑스의 풍습을 항상 오십 년쯤 뒤늦게 모방한다. 그들은 지금 루이 15세 시대의 풍습을 따르고 있는 것이다.

사랑에 대한 농담을 듣자 쥘리앵의 눈에는 눈물이 핑 돌았다. 이처럼 친절한 사람과 의논하지 못할 이유가 뭐냐? 쥘리앵은 갑자기 이런 생각이 들었다.

"과연 그렇습니다." 쥘리앵은 공작에게 말했다. "당신은 사랑에 빠졌다가 버림받기까지 한 저를 스트라스부르에서 만나신 겁니다. 이웃 도시에 사는 매력적인 여인이 사흘 동안 열렬히 사랑하고 나서 저를 차 버렸지요. 그 때문에 저는 죽을 지경으로 괴로움에 빠져 있습니다."

그는 이름은 밝히지 않고 마틸드의 행동과 성격을 공작에게 설명했다.

"그만해도 알겠습니다." 코라소프가 말했다. "당신의 의사로서 신뢰를 얻기 위해 나머지 고백은 제가 마치겠습니다. 그 젊은 여자의 남편이 막대한 재산을 가지고 있거나, 아니면 그 여사는 그 지방 최고의 귀족이겠지요. 여하튼 그 여자는 뭔가 자랑스러운 점을 갖고 있겠지요."

쥘리앵은 고개를 끄덕였다. 그는 말할 용기도 없었다.

"좋습니다, 여기 당신이 지체 없이 복용할 세 가지 쓴 약이 있습니다." 공작이 말했다.

"첫째 그 부인을 매일 만날 것……. 그런데 부인의 이름이 뭐죠?"

"드 뒤부아 부인."

"참 묘한 이름이군!" 공작은 웃음을 터뜨리며 말했다. "용서하십시오, 당신에게는 소중한 이름인데. 매일같이 드 뒤부아 부인을 만나야 합니다. 특히 쌀쌀하고 성난 눈초리를 보이지 않게 주의하세요. 우리 시대의 대원칙, 즉 사람들이 기대하는 바와는 반대로 행하라는 것을 상기하십시오. 부인의 사랑을 받기 일주일 전과 똑같은 태도를 보이십시오."

"아아! 그때 저는 침착했지요. 제가 그 여자를 동정하고 있다고 생각했을 정도니까요……." 쥘리앵이 절망적으로 부르짖었다.

"낡은 비유지만, 불나방은 촛불에 제 몸을 태우는 것입니다." 공작이 계속해서 말했다.

"첫째, 매일 부인을 만나야 합니다. 둘째, 그 부인과 동일한 사교계에 속한 다른 여자에게 접근하는 것입니다. 하지만 열렬한 사랑의 표시를 보여서는 안 됩니다, 아시겠어요? 숨김없이 말씀드리지만 당신의 역할은 어려운 것입니다. 연극을 하는 것이니까요. 그런데 당신이 연극을 한다는 것을 눈치채이는 날에는, 당신은 파멸입니다."

"그 여자는 총명한 여자예요, 저는 모자라는 사람이고요! 저는 파멸입니다!" 쥘리앵은 비통하게 말했다.

"아니, 그렇지 않습니다. 당신이 제 상상 이상으로 사랑에 빠져 있을 뿐이지요. 탁월한 귀족 신분이나 많은 재산을 타고난 모든 여자들이 그렇듯이, 드 뒤부아 부인도 자기 자신에게만 정신이 팔려 있을 것입니다. 그 부인은 당신을 바라보는 대신 자기 자신을 보기 때문에 당신을 잘 모릅니다. 두세 번 당신을 열렬히 사랑하는 동안 그 여자는 상상력의 힘을 발휘하여 당신을 자신이 꿈꾸던 영웅으로 생각했을 것입니다. 현실의 당신을 본 것이 아니고요…….

소렐 씨, 이것이 문제의 요점입니다. 당신은 아직도 오로지 학생 기분이란 말입니까?

자, 저 상점으로 들어가십시다. 저기 멋진 검은 컬러가 있군요. 마치 버링턴 거리의 존 앤더슨네 제품 같군요. 당신이 매고 있는 그 초라한 검은 끄나풀은 팽개치고 저걸 매도록 합시다."

스트라스부르 최고의 잡화점을 나서자 공작은 계속해서 얘기했다.

"그런데 드 뒤부아 부인이 사귀는 여자들은 어떤 사람들입니까? 뒤부아 부인! 거참 이상한 이름이군! 화내지는 마세요, 소렐 씨, 내게는 이상해 보이니까요…… . 당신은 어떤 여자에게 접근하시겠습니까?"

"엄청난 부자인 양말 장사의 딸로 몹시 정숙한 체하는 여자에게 접근하겠어요. 내 마음에 꼭 드는 아름다운 눈을 가진 여자죠. 이 고장에선 가장 신분이 높은 여자인데, 잔뜩 근엄을 빼다가도 누가 장사나 상점 얘기를 꺼내기만 하면 얼굴을 붉히고 어쩔 줄 몰라 하지요. 불행히도 그녀의 부친은 스트라스부르에서 가장 이름난 상인의 한 사람이랍니다."

공작이 웃으면서 대꾸했다.

"그러니 장사 얘기만 나오면 그 미인은 자기 생각만 하고 당신 생각은 전혀 안 하겠군요. 참 우스운 얘기지만 아주 유용한 면도 있어요. 그런 점 때문에 당신은 그녀의 아름다운 눈에 홀리지 않아도 되겠군요. 성공은 틀림없어요."

쥘리앵은 드 라 몰 저택에 자주 드나드는 페르바크 원수 부인을 생각하고 있었다. 그 부인은 아름다운 외국 여자로 원수가 세상을 떠나기 일 년 전에 그와 결혼했던 것이다. 그녀 삶의 유일한 목적은 자기가 상인의 딸이라는 것을 세상이 잊도록 만드는 데 있는 듯했다. 그리고 파리에서 인정받기 위해 그녀는 부덕의 선두에 서 있었다.

쥘리앵은 진심으로 공작에게 감탄을 느꼈다. 그는 공작의 허풍을 위해서라면 무엇이든 아낌없이 바쳤을 것이다. 두 친구의 얘기는 끊임없이 이어졌다. 코라소프는 몹시 즐거웠다. 프랑스인이 자기 얘기에 그처럼 오랫동안 귀 기울여 준 적은 없었던 것이다. 나는 내 스승뻘 되는 국민에게 교훈을 주면서 귀를 기울이게 한 셈이군! 공작은 기쁜 마음으로 이렇게 생각했다.

"우리는 이제 의견의 일치를 보았습니다." 그는 쥘리앵에게 이 말을 여남은 번은 되풀이했다. "드 뒤부아 부인 앞에서 스트라스부르의 양말 장사 따님인 젊은 미인에게 말할 때는 정열의 표시를 보여서는 절대 안 됩니다. 반면에 편지를 쓸 때는 열렬한 사랑을 보이십시오. 잘 쓰인 연애편지를 읽는 것은 얌전 빼는 여자에게는 무상의 기쁨이니까요. 그것은 휴식의 순간이지요. 그런 여자는 연극을 연출하지는 않지요. 오히려 자기 마음에 귀를 기울인답니다. 그러니 매일 두 통씩 편지를 내세요."

"안 됩니다, 그건 절대로 안 돼요!" 쥘리앵이 기가 죽은 듯 말했다. "서너 개의 문장을 짓느니 차라리 회반죽 개는 일을 하는 편이 낫겠습니다. 저는 이제 산송장이나 다름없어요. 제게 아무것도 기대하지 마십시오. 길가에서 쓰러져 죽게 내버려 두세요."

"누가 당신더러 문장을 지으라고 했나요? 나는 가방 속에 여섯 권의 수사본(手寫本) 연애 서한집을 갖고 있습니다. 거기에는 각종 성격의 여자에게 해당하는 연애편지가 들어 있어요. 더없이 정숙한 여자에게 맞는 것도 있지요. 당신도 알다시피, 런던에서 12킬로미터쯤 떨어진 리치먼드 라 테라스에서 칼리스키는 영국에서 가장 아름답다는 퀘이커파 여신도에게 접근하지 않았던가요?"

새벽 2시경 친구와 헤어졌을 때 쥘리앵은 훨씬 덜 불행한 듯한 기분이었다.

다음 날 공작은 필경사(筆耕士)를 불렀다. 그리하여 이틀 후 쥘리앵은 가장 고고하고 가장 우울한 덕성을 지닌 여자에게 보내는, 번호를 매긴 쉰세 통의 연애편지를 받았다.

"쉰네 번째 편지는 없습니다. 왜냐하면 칼리스키는 퇴짜를 맞았으니까요. 하지만 당신은 드 뒤부아 부인의 마음을 사로잡는 것만이 문제니까, 양말 장사 따님이 당신을 어떻게 대하건 무슨 상관이겠습니까?" 공작이 이렇게 말했다.

그들은 매일같이 함께 말을 탔다. 공작은 쥘리앵에게 홀딱 반했다. 이 급작스러운 우정을 어떻게 표현해야 좋을지 몰랐던 공작은 모스크바의 부유한 상속녀인 자기 사촌 누이와 결혼할 것을 쥘리앵에게 제안하기에 이르렀다.

"일단 결혼하면 내 영향력과 당신이 가진 훈장으로 이 년이면 당신은 대령이 될 수 있습니다." 공작은 이렇게 덧붙여 말했다.

"하지만 이 훈장은 나폴레옹에게 받은 것이 아니거든요, 이걸로는 어림도 없습니다."

"그게 무슨 상관입니까, 그 훈장은 나폴레옹이 제정한 것이 아닌가요? 아직도 그 훈장은 유럽에서 가장 가치 있는 것으로 인정받고 있습니다." 공작이 이렇게 대꾸했다.

쥘리앵은 그 제안을 받아들이려고까지 했다. 그러나 의무감 때문에 다시 고위 인사 곁으로 갔다. 코라소프와 헤어지면서 그는 편지를 쓰기로 약속했다. 쥘리앵은 자기가 가져갔던 비밀 각서에 대한 답을 받아가지고 파리를 향해 달렸다. 그러나 혼자 이틀을 지내게 되자마자, 프랑스와 마틸드를 떠난다는 것이 그에게는 죽음보다 괴로운 것으로 여겨졌다. 코라소프가 제안한 수백만 금의 재산과 결혼하지는 않겠다, 하지만 그의 충고는 따르기로 하겠다. 쥘리앵은 이렇게 생각했다.

요컨대 여자를 유혹하는 것이 그의 직업일 것이다. 그 사람은 서른 살이니까, 십오 년 전부터 그 일만을 생각해 왔을 거다. 그 사람이 재주가 부족하다고 말할 수는 없다. 그는 교활하고 빈틈없는 사람이다. 그런 성격에는 감격이나 시정 같은 것은 불가능하다. 그는 능란한 검사 같은 사람이다. 그것은 그가 실수를 저지르지 않을 또 하나의 뚜렷한 이유가 된다.

나는 드 페르바크 부인에게 접근해 봐야겠다.

그 여자는 내게 권태를 불러일으킬지도 모르지. 하지만 나는 그 아름다운 눈을 쳐다봐야지. 그 눈은 세상에서 나를 가장 사랑했던 여인의 눈과 꼭 닮았으니까.

그 여자는 외국 여자다. 그러니 관찰해 볼 만한 새로운 유형의 성격일 것이다.

내가 정신이 돌았나, 이러다간 파멸이다. 나는 나 자신을 믿을 것이 아니라 친구의 충고를 따라야 한다.

# 25장 덕성의 직분

내가 너무나 신중하고 용의주도하게
이 기쁨을 받아들인다면,
그건 이미 내게 기쁨이 아닐 것이다.

—로페 데 베가

파리에 돌아와서 답신을 받아 들고 몹시 당황해하는 드 라몰 후작의 서재를 나서는 길로 우리의 주인공은 알타미라 백작에게 달려갔다. 그 잘생긴 외국인은 사형 선고까지 받았던 경력이 있는 데다 상당히 근엄하고 또 신앙심이 깊은 사람이었다. 이 두 가지 장점과 아울러 백작의 뛰어난 문벌은 드 페르바크 부인의 마음에 들어, 부인은 그를 자주 만나고 있었다.

쥘리앵은 자기가 드 페르바크 부인을 깊이 사모한다고 심각한 얼굴로 백작에게 고백했다.

"그 부인은 아주 순결하고 고고한 덕성의 화신이지요. 다만 좀 위선적이고 과장적인 데가 있기는 하지만." 알타미라의 대답이었다. "부인이 쓰는 말 한마디 한마디는 이해가 가지만 문장 전체는 이해가 안 갈 때가 있어요. 부인의 말을 듣고 있으면, 내가 남들이 생각하는 만큼 프랑스어를 잘하지 못한다는 느낌이 들 때가 종종 있어요. 부인을 사귀면 이름이 알려질 테고 사교계에서 당신의 비중이 커질 겁니다. 어쨌든 부스토스에게 한번 가봅시다. 그 사람은 원수 부인을 쫓아다닌 적이 있으니까요." 질서를 존중하는 알타미라 백작은 이렇게 말했다.

돈 디에고 부스토스는 자기 사무실에 앉아 있는 변호사처럼 한마디도 않고 오랫동안 설명을 들었다. 그는 수도사 같은 커다란 얼굴에 검은 수염을 기른, 비할 데 없는 근엄함을 갖춘 사람이었다. 그는 충실한 카르보나로[39]였다.

"잘 알았습니다." 이윽고 그가 쥘리앵에게 말했다. "드 페르바크 원수 부인에게 애인이 있었는가, 없었는가? 그리하여 당신에게 성공의 가능성이 있는가, 없는가? 문제는 이것입니다. 나로 말하자면 보기 좋게 실패하고 말았습니다. 이제 분도 풀렸으니 이런 추론을 해봅니다. 그 여자는 자주 화내는 성격이지요. 그리고 곧 설명드리겠습니다만, 꽤 복수심이 강한 편이지요.

나는 부인이 만사에 열정을 띠는 천재에게서 흔히 보이는 까다로운 기질의 여자라고는 생각하지 않습니다. 반대로 그 보기 드문 미모와 신선한 혈색이 네덜란드인의 혈통에 기인하듯, 부인의 기질 역시 네덜란드계의 냉정하고 침착한 편이라고 봅니다."

---

39) 이탈리아에서 시작되어 다른 곳으로 확산된, 자유를 위해 싸우는 비밀 결사 회원.

쥘리앵은 그 스페인 사람의 느릿느릿한 말투와 요지부동의 침착성에 조바심이 났다. 때때로 자기도 모르는 사이에 한두 마디 짤막한 말이 튀어나오는 것이었으나, 그때마다 돈 디에고 부스토스가 근엄하게 말을 가로막았다.

"내 얘길 좀 들어 보세요."

"푸리아 프란세세[40]를 용서하십시오. 저는 열심히 듣고 있습니다." 쥘리앵은 이렇게 말했다.

"드 페르바크 원수 부인은 증오심에 열중해 있습니다. 부인은 변호사라든가 콜레처럼 노래 가사를 쓴 가련한 문사 나부랭이 등 생전 본 적도 없는 사람들을 무자비하게 추적한답니다. 이 노래를 아세요?

　나도 변덕이지,
　마로트를 사랑하다니……"

쥘리앵은 이 노래를 끝까지 참고 들어야만 했다. 그 스페인 사람은 프랑스어로 노래 부르는 것이 즐거운 모양이었다.

이 절묘한 노래를 이처럼 조바심치며 들은 사람은 아무도 없었을 것이다. 그 노래가 끝나자 돈 디에고 부스토스는 계속해서 말했다.

"'어느 날 카바레에서 사랑을 하다가……'라는 노래가 있지요. 원수 부인은 그 노래를 지은 사람을 쫓아냈어요."

---

40) Furia francése. '프랑스인의 조급함'이라는 뜻의 스페인어.

그 사람이 또 그 노래를 부를까 봐 쥘리앵은 전전긍긍했다. 그러나 그는 노래를 분석하는 것으로 만족했다. 사실상 그 노래는 부도덕하고 외설적인 것이었다.

"원수 부인이 그 노래에 대해 화를 냈을 때, 나는 부인 같은 신분에 있는 여자가 어리석은 간행물을 다 읽어서는 안 된다고 타일렀지요. 신앙심과 근엄함이 아무리 진전된다 해도 프랑스에는 카바레 문학이 언제나 존속할 것입니다. 드 페르바크 부인이 반급(半給) 생활자인 그 가련한 노래의 작자에게서 1800프랑짜리 일자리를 빼앗게 했을 때 나는 부인에게 말했어요. '조심하십시오, 부인은 부인의 무기로 그 서툰 시인을 공격하셨지만, 그 사람은 운율로 부인께 응수할 수도 있습니다. 그는 여인의 미덕을 조롱하는 노래를 지을 것입니다. 황금빛 살롱들은 부인 편을 들겠지요. 그러나 우스개를 좋아하는 사람들은 시인의 풍자시를 거듭 읽을 것입니다.' 그러자 원수 부인이 내게 뭐라고 대답했는지 아세요? '주님의 이익에 맞는 일이라면, 온 파리 사람들이 지켜보는 가운데서라도 나는 순교의 길을 걸어가겠어요. 그것은 프랑스에 새로운 구경거리가 되겠지요. 민중은 귀족을 존경하는 것을 배울 테고요. 그것은 제 생애에서 가장 아름다운 날이 될 것입니다.' 이렇게 대답하는 거였어요. 그녀의 눈이 그때처럼 아름다웠던 적은 없었습니다."

"부인은 정말로 아름다운 눈을 갖고 있지요." 쥘리앵은 이렇게 외쳤다.

"당신이 사랑하고 있다는 것을 알겠습니다……. 그런데 부인은 복수심에 불타는 음울한 성격을 갖고 있지는 않습니다."

돈 디에고 부스토스가 엄숙하게 계속했다. "그러면서도 그녀가 남을 해롭게 하기를 좋아한다면, 그건 그녀가 불행하기 때문입니다. 나는 그녀가 어떤 내면적 불행을 지니고 있지 않나 생각합니다. 부인은 정숙을 과시하는 자신의 직분에 싫증 난 것이 아닐까요?"

그 스페인 사람은 한참 동안 말없이 쥘리앵을 쳐다보았다.

"문제는 오직 거기에 달려 있습니다." 그가 엄숙하게 부연했다. "당신이 얼마간 희망을 걸 수 있는 점은 바로 그것입니다. 부인의 보잘것없는 시종 역을 해온 이 년 동안 나는 그 점을 많이 생각해 보았습니다. 사랑에 빠진 당신의 모든 장래는 이 커다란 문제에 달려 있습니다. 즉 그 얌전 빼는 여자가 자신의 직분에 싫증이 났느냐, 그리고 자신이 불행하기 때문에 심술 궂게 구느냐 하는 것입니다."

알타미라가 이윽고 깊은 침묵에서 깨어나면서 끼어들었다. "또는 내가 자네에게 수없이 말한 대로 단순히 프랑스적인 허영심일지도 모르지. 천성적으로 우울하고 메마른 성격의 부인을 불행하게 하는 것은 유명한 나사 천 상인을 아버지로 가졌다는 기억일지도 몰라. 그 여자에게 단 하나의 행복이 있다면, 그것은 톨레도[41]에 살면서 매일같이 지옥의 풍경을 그려 보여 주는 고해 사제의 시달림을 받는 것이겠지."

쥘리앵이 나오려 하자 돈 디에고 부스토스는 더 엄숙한 태도로 말했다.

---

41) 종교적 성격이 강한 스페인의 도시.

"당신이 우리 편 사람이라는 것을 알타미라에게 들어 알고 있습니다. 어느 날 우리가 우리의 자유를 되찾는 데 당신이 도움을 주실 줄 믿습니다. 그러니 나는 이 작은 즐거움에 되도록 당신을 돕고 싶습니다. 원수 부인의 문체를 알아 두시는 것이 좋겠지요. 여기 부인이 친필로 쓴 네 통의 편지가 있습니다."

"그것을 복사하고 돌려 드리겠습니다." 쥘리앵이 큰 소리로 말했다.

"우리가 주고받은 얘기를 아무도 모르게 해 주시겠습니까?"

"꼭 그렇게 하겠습니다, 명예를 걸고서." 쥘리앵이 힘차게 대꾸했다.

"하느님의 가호가 있기를!" 스페인인이 이렇게 덧붙여 말했다. 그러고는 알타미라와 쥘리앵을 층계까지 조용히 배웅했다.

이 장면을 겪고 나서 우리 주인공은 약간 쾌활해졌다. 그의 입가에 미소가 떠오를 정도였다. 독실한 알타미라가 나의 간통 계획을 돕고 있는 셈이로군. 쥘리앵은 속으로 이런 생각을 했다.

돈 디에고 부스토스의 엄숙한 대화를 듣는 동안 쥘리앵은 알리그르 저택의 시계가 울리는 소리에 귀를 기울이고 있었다.

저녁 식사 시간이 다가오고 있었다. 이제 마틸드를 만나게 될 판이었다! 그는 집에 돌아가 정성 들여 옷을 갈아입었다.

이런, 벌써 실수를 저지르고 있군. 공작의 처방을 문자 그대로 따라야지. 층계를 내려가면서 쥘리앵은 생각했다.

그는 다시 자기 방에 올라가 간단하기 짝이 없는 여행복으로 바꿔 입었다. 이제 눈초리가 문제다, 하고 그는 생각했다.

아직 5시 30분밖에 안 되어 있었다. 저녁 식사는 6시였다. 그는 살롱에 들러 볼 생각이 났다. 살롱에는 아무도 없었다. 푸른 소파를 보자 그는 눈물을 글썽일 정도로 감동했다. 그의 두 뺨은 곧 벌겋게 달아올랐다. 이 어리석은 민감성을 마멸시켜야만 한다. 그것 때문에 내 본심이 드러날지도 몰라. 그는 화가 나서 중얼거렸다. 그는 태연한 태도를 지으려고 신문을 집어 들고 서너 차례 살롱과 정원을 오락가락했다.

그는 커다란 떡갈나무에 몸을 숨기고 부르르 떨면서 드 라 몰 양의 창문을 쳐다보았다. 창문은 굳게 닫혀 있었다. 그는 하마터면 쓰러질 뻔했다. 그래서 한참 동안 떡갈나무에 몸을 기대고 서 있었다. 그런 다음 비틀거리면서 정원사의 사다리를 보러 갔다.

지금과는 너무나도 달랐던 상황에서 그가 비틀어 부수었던 쇠사슬 고리는 고치지 않은 채 그대로였다. 미친 듯한 격정에 휩쓸려 쥘리앵은 쇠사슬에 입술을 갖다 댔다.

살롱에서 정원 사이를 오랫동안 배회한 끝에 쥘리앵은 극도로 피로해졌다. 그는 먼저 성공했다는 강한 느낌이 들었다. 내 눈빛은 피로로 흐릿할 테니 내 본심을 드러내지 않을 것이다! 그는 이렇게 생각했다. 식사할 사람들이 차례로 살롱에 모여들었다. 살롱의 문이 열릴 때마다 쥘리앵의 가슴은 덜컹덜컹 내려앉곤 했다.

모두들 식탁에 앉았다. 항상 사람들을 기다리게 만드는 데 익숙한 드 라 몰 양이 마침내 나타났다. 그녀는 쥘리앵을 보자 몹시 얼굴을 붉혔다. 그녀는 쥘리앵이 도착했다는 얘기를 듣지 못하고 있었던 것이다. 코라소프 공작의 처방에 따라 쥘리앵은 그녀의 손을 쳐다보았다. 손이 떨리고 있었다. 그것을 보고 그 자신도 몹시 동요했지만, 그의 행복감은 그저 피로한 기색으로 나타날 뿐이었다.

드 라 몰 씨가 그를 칭찬했다. 잠시 후 후작 부인이 쥘리앵에게 말을 걸고 그의 피로한 모습에 대해 물었다. 쥘리앵은 잠시도 쉬지 않고 속으로 다짐했다. 나는 지나치게 드 라 몰 양만 쳐다봐서는 안 된다. 하지만 그녀의 시선을 피해서도 안 된다. 불행해지기 일주일 전과 똑같은 모습을 보여야 한다……

그는 자신의 성공적 처신에 만족하고 살롱에 그대로 머물러 있었다. 그는 처음으로 이 집 안주인에게 주의를 기울이면서, 옆에 있는 사람들이 얘기를 계속해 대화를 활기 있게 유지하도록 무진 애를 썼다.

그의 예의 바른 행동은 보상을 받았다. 8시경이 되자 드 페르바크 원수 부인의 내방이 고해졌던 것이다. 쥘리앵은 살그머니 살롱을 빠져나갔다가 정성 들여 옷을 갈아입고 다시 나타났다. 드 라 몰 부인은 원수 부인에 대한 쥘리앵의 이런 존경의 표시에 아주 만족해서, 드 페르바크 부인에게 쥘리앵의 여행 얘기를 꺼냄으로써 자신의 만족감을 나타내 보이려 했다. 쥘리앵은 자기 눈이 마틸드에게 보이지 않게 원수 부인 곁에 자리 잡고 앉았다. 유혹의 규칙에 따라 이렇게 자리 잡은 쥘리앵은 드 페르바크 부인을 경탄에 찬 찬미의 대상으로 삼으려는 것이었다. 코라소프 공작이 그에게 선사한 쉰세 통의 편지 중 첫 번째 편지는 바로 이런 감정에 대한 긴 사설로 시작하고 있었다.

원수 부인은 오페라 구경을 가겠다고 말했다. 쥘리앵은 오페라 극장으로 달려갔다. 그는 거기서 드 보부아지 기사를 만났는데, 기사는 드 페르바크 부인의 좌석 바로 옆에 있는 국회의원들 좌석으로 쥘리앵을 인도했다. 쥘리앵은 끊임없이 부인을 쳐다보았다. 그러면서 생각했다. 집에 돌아가면 포위 공격의 일지를 작성해야겠다. 그렇지 않으면 내 공격 순서를 잊어버릴지도 모르니까. 그는 그 지루한 주제에 관해 2~3페이지의 일지를 작성했다. 그러노라니 신통하게도 드 라 몰 양을 거의 생각하지 않을 수 있었다.

마틸드는 쥘리앵이 여행하는 동안 그를 거의 잊고 있었다. 그는 결국 평범한 인간에 불과해. 그 사람 이름은 언제든 내 생애 최대의 실수를 생각나게 할 거야. 정숙과 명예에 대한 인습적 관념으로 기꺼이 되돌아가야지. 여자란 그걸 망각하면 파멸이거든. 마틸드는 이렇게 생각했던 것이다. 그녀는 오래전부터 준비되어 온 드 크루아즈누아 후작과의 혼사를 이윽고 마무리 지으려는 태도를 보였다. 후작은 기뻐 어쩔 줄 몰랐다. 그러나 드 크루아즈누아 후작을 자랑스럽게 만든 마틸드의 감정 밑바닥에는 체념이 깔려 있다고 누가 말했다면 후작은 몹시 놀랐을 것이다.

쥘리앵을 보자 드 라 몰 양의 생각은 완전히 바뀌었다. 사실 이 사람이야말로 내 남편이다. 내가 정숙의 관념으로 되돌아간다 해도 내가 결혼해야 할 사람은 바로 이 사람인 것이다. 그녀는 이런 생각을 하게 됐다.

마틸드는 쥘리앵이 불행에 지친 모습으로 치근치근하게 굴 것을 예상하고 있었다. 저녁 식사가 끝나면 자기에게 몇 마디 얘기를 걸려고 할 것으로 예상하고 대답까지 준비해 두었다. 그런데 그러기는커녕 쥘리앵은 살롱에 떡 버티고 앉아 정원 쪽으로는 눈길도 돌리지 않는 것이었다. 그것이 쥘리앵에게는 얼마나 고통스러운 일이었으랴! 나중에 연유를 알아보는 것이 낫겠다고 드 라 몰 양은 생각했다. 그녀는 혼자 정원으로 나 갔다. 쥘리앵은 끝내 정원에 모습을 드러내지 않았다. 마틸드 는 살롱의 유리문 근처를 오락가락했다. 그녀는 라인강 연안 의 언덕에 자리 잡아 그곳 경치를 한결 돋보이게 하는 고성의 폐허에 대해 드 페르바크 부인에게 열심히 얘기하는 쥘리앵을 보았다. 어떤 살롱들에서 '재치'라고 일컬어지는 감상적인 미 사여구를 풀어내는 데 쥘리앵은 이제 별다른 어려움을 느끼 지 않게 되어 있었다.

코라소프 공작이 파리에 있었다면 그는 아주 의기양양했 을 것이다. 이날 저녁은 그가 예상했던 그대로 전개되었던 것 이다.

공작은 그날 이후의 쥘리앵의 행동도 칭찬했을 것이다.

숨은 권력자들 사이에서는 청색 훈장의 수여를 둘러싸고 음모가 진행되고 있었다. 드 페르바크 원수 부인은 자기 종조 부가 훈장을 타야 한다고 주장했다. 드 라 몰 후작도 자기 장 인을 위해 똑같은 주장을 하고 있었다. 그래서 그들은 서로 협 력하게 되어, 원수 부인은 거의 매일 드 라 몰 저택에 찾아왔 다. 쥘리앵은 원수 부인에게서 후작이 곧 장관이 될 것이란 소식을 들었다. 후작은 아무런 동요도 일으키지 않고 삼 년 만에 헌장을 폐기할 아주 교묘한 계획을 왕실 측근 비밀 집단에 제시하고 있었던 것이다.

드 라 몰 씨가 장관이 된다면 쥘리앵은 주교 직을 바라볼 수도 있는 일이었다. 그러나 그에게는 이런 커다란 이해관계들이란 베일에 싸여 있는 것만 같았다. 그의 상상력은 이런 것들을 멀리 떨어진 것을 보듯 모호하게만 알아볼 뿐이었다. 그를 미치광이처럼 만들어놓은 끔찍한 불행 때문에 그에게는 인생의 모든 이해관계가 드 라 몰 양과의 연관하에서만 보이는 것이었다. 그는 오륙 년간 정성을 들이면 다시 마틸드의 사랑을 얻을 것으로 계산하고 있었다.

그처럼 냉정하던 쥘리앵의 머리는 이렇듯 완전히 이성을 잃은 상태로 떨어져 있었다. 그를 두드러지게 했던 이전의 모든 자질 가운데 남아 있는 것이라곤 약간의 꿋꿋함 정도였다. 코라소프 공작이 지시한 행동 지침에 그저 맹목적으로 충실한 쥘리앵은 매일 저녁 드 페르바크 부인의 안락의자 가까이에 자리 잡았다. 그러나 부인에게 뭔가 할 말을 찾아낼 수가 없었다.

자신이 입은 상처가 나은 듯이 마틸드에게 꾸며 보이기 위해 기울이는 노력이 그의 온갖 기력을 소진시켰다. 그는 겨우 숨이나 쉴 수 있는 인간처럼 원수 부인 곁에 머물러 있었다. 극도의 육체적 고통 속에 빠진 듯 그의 눈마저도 모든 광채를 잃어버렸다.

드 라 몰 부인의 관점이란 자기를 공작 부인으로 만들어 줄

지도 모르는 남편 의견의 모방에 불과했으므로, 며칠 전부터 그녀는 쥘리앵의 장점을 극구 찬양했다.

# 26장 도덕적 사랑

아델라인의 태도에는 귀족적인 침착한
애교가 담겨 있었으나, 그것은 자연스러운 감정 표현을
뛰어넘지는 못하는 것.
관리가 아무런 아름다운 것도 보지 못하듯,
그의 태도는 자기가 보는 것이 남을 즐겁게 할 수 없음을
괴로워하는 듯했다.

—『돈 후안』 제13가 84절


이 집 사람들의 관점에는 약간 광적인 데가 있어. 고운 눈을 하고 남의 얘기를 들을 줄밖에 모르는 젊은 사제 지망생에게 모두들 심취해 있으니. 하지만 그의 눈이 고운 것은 사실이야. 원수 부인은 이런 생각을 했다.

한편 쥘리앵은 원수 부인의 태도에서 빈틈없이 예절을 지키고 강렬한 감동은 전혀 불가능한 '귀족적 침착성'의 거의 완벽한 표본을 볼 수 있다고 생각했다. 충동적인 행동이라든가 자제력의 결핍 같은 것은, 아랫사람에게 위엄을 잃는 것과 거의 마찬가지로 드 페르바크 부인에게는 수치스러운 일로 보였을 것이다. 민감성의 징후는 아무리 사소한 것이라도 그녀에게는 지체 높은 귀족의 본분에 맞지 않는 부끄러운 '정신적 혼미'로 보였을 것이다. 국왕의 최근 사냥 얘기라든지, 『드 생 시몽 공

작의 회상록』 같은 국왕의 애독서와 특히 족보에 대한 얘기를 나누는 것이 그녀의 커다란 기쁨이었다.

쥘리앵은 불빛의 방향에 따라 드 페르바크 부인의 아름다움이 돋보이는 자리를 알고 있었다. 그는 그 위치에 미리 자리를 잡는 것이었는데, 마틸드가 보이지 않게 의자를 좀 돌려놓는 주의도 게을리 하지 않았다. 이처럼 줄기차게 자기로부터 숨으려는 쥘리앵의 태도에 놀란 마틸드는 하루는 푸른 소파를 떠나서 원수 부인의 안락의자 곁에 있는 작은 탁자 옆으로 뜨개질감을 가지고 왔다. 쥘리앵은 드 페르바크 부인의 모자 밑으로 꽤 가까이에서 마틸드를 볼 수 있었다. 자기 운명을 좌우하는 그녀의 눈길을 가까이에서 대하자 그는 우선 겁을 먹었다. 그리고 최근에 습관이 되다시피 한 무감각 상태에서 불현듯 깨어났다. 그는 유창하게 많은 말을 늘어놓았다.

그는 원수 부인에게 말하고 있었으나 그의 유일한 목적은 마틸드의 마음에 작용하려는 데 있었다. 그가 하도 신이 나서 떠드는 바람에 드 페르바크 부인은 그의 얘기를 알아들을 수 없을 지경이 되었다.

그것이 그의 첫 번째 재능의 발휘였다. 만약 쥘리앵이 거기에다가 독일식의 신비스러운 구절이라든가 고상한 종교적 분위기와 예수회파와 같은 위선이 감도는 말까지 덧붙일 생각을 했다면, 원수 부인은 대번에 그를 시대를 쇄신할 소명을 받은 출중한 인물의 하나로 생각했을 것이다.

드 페르바크 부인에게 이처럼 오랫동안 열을 내서 얘기하다니 참 악취미군. 나는 저이 얘기를 듣지 않을 테야. 드 라 몰 양은 속으로 이렇게 생각했다. 그날 저녁 시간의 끝 무렵 내내 마틸드는 괴롭기는 했지만 속으로 다짐한 대로 쥘리앵의 말에 귀 기울이지 않았다.

자정이 되어 어머니를 침실로 바래다드리려고 마틸드가 촛대를 들고 따라가는데, 드 라 몰 부인은 층계에 멈춰 서서 쥘리앵을 극구 칭찬하는 것이었다. 마틸드는 결정적으로 화가 났다. 그녀는 잠을 이룰 수가 없었다. 내가 멸시하는 점이 원수 부인의 눈에는 훌륭한 남자의 자질로 보이는 모양이지. 이런 푸념을 하니 좀 마음이 가라앉는 듯했다.

한편 쥘리앵 편에서는 행동을 감행한 셈이니 불행한 기분이 좀 누그러졌다. 그의 눈길이 우연히 러시아 가죽 지갑에 멎었다. 코라소프 공작이 그 지갑 속에 쉰세 통의 연애편지를 넣어 선물했던 것이다. 쥘리앵은 첫 번째 편지 아래에 적혀 있는 메모를 보았다. '제1번 편지는 처음 만난 지 일주일 후에 보낼 것.'이라고 적혀 있었다.

이거 늦었구나! 드 페르바크 부인을 만난 지는 꽤 오래 됐는데. 쥘리앵은 이렇게 소리쳤다. 그는 즉시 그 첫 번째 연애편지를 베끼기 시작했다. 그것은 미덕에 대한 설교 투의 장황한 문장으로 가득 찬 것이어서 지루하기 짝이 없었다. 쥘리앵은 다행히 두 번째 페이지를 옮겨 쓰다가 잠이 들었다.

몇 시간 후 테이블에 기대어 잠들었던 쥘리앵은 햇빛이 환히 비쳐 소스라쳐 깼다. 그의 생활에서 가장 고통스러운 순간은 아침에 깨어나면서 자신의 불행을 확인하는 순간이었다. 그런데 그날 아침엔 거의 웃음 띤 표정으로 편지 베끼는 일을 마쳤다. 이런 글을 쓸 수 있는 젊은이가 있겠는가? 그는 혼자 이런 생각을 했다. 아홉 줄이나 되는 문장을 여러 개 헤아릴 수 있었다. 원문 밑에 연필로 써 놓은 메모가 눈에 띄었다.

'검은 넥타이를 매고 푸른 프록코트를 입고 말을 타고 직접 이 편지를 갖다줄 것. 회개한 듯한 태도로 문지기에게 이 편지를 건네줄 것이며 시선에는 깊은 애수를 담을 것. 하녀라도 눈에 띄면 슬쩍 눈시울을 닦을 것. 하녀에게 몇 마디 건네는 것이 좋음.'

이 모든 것은 아주 충실하게 수행되었다.

드 페르바크 저택을 나서면서 쥘리앵은 생각했다. 코라소프에게는 안됐지만 내가 하는 짓이란 당돌하기 짝이 없군. 부덕으로 이름 높은 부인에게 감히 연애편지를 쓰다니! 나는 최악의 멸시를 받게 되겠지. 하지만 이 이상 재미있는 일도 없을 거야. 실상 이 놀음은 내가 흥미를 느낄 수 있는 유일한 희극이니까. 오냐, '나'라고 불리는 이 가증스러운 존재를 실컷 웃음거리로 만드는 것도 내게는 재미있는 일 거다. 이런 기분을 풀기 위해서라면 무슨 범죄라도 저지를 것 같은 판인데.

한 달 전부터 마구간에 말을 다시 들여 매는 순간이 쥘리앵에게는 가장 즐거운 순간이 되어 있었다. 코라소프는 떠나간 애인을 어떤 구실로도 쳐다봐서는 안 된다고 쥘리앵에게 타일렀다. 그러나 쥘리앵의 말발굽 소리며, 하인을 부르기 위해 마구간 문을 채찍으로 두드리는 쥘리앵의 독특한 방식을 잘 알고 있는 마틸드는 때때로 그 소리에 끌려 자기 방 창문의 커튼 뒤로 다가오는 것이었다. 커튼의 모슬린 천은 아주 얇은 것이어서 쥘리앵은 커튼을 통해 그녀의 모습을 볼 수 있었다. 모자챙 밑으로 흘끔 쳐다보면, 마틸드의 눈과 마주치지는 않은 채 그녀의 몸매가 눈에 들어왔다. 마틸드는 내 눈을 볼 수 없으니까 내가 그녀를 쳐다보는 줄 모르겠지. 쥘리앵은 이렇게 생각했다.

저녁에 드 페르바크 부인을 다시 만났을 때, 그녀는 그 날 아침 쥘리앵이 애수에 젖은 표정으로 자기 문지기에게 건넨 철학적이고 신비롭고 종교적인 논설을 전혀 받지 않은 듯이 쥘리앵을 대했다. 그 전날 저녁에는 쥘리앵이 우연히 유창하게 얘기를 늘어놓을 수 있었다. 그래서 그는 마틸드의 눈을 볼 수 있는 위치에 자리 잡았다. 원수 부인이 도착하자마자 마틸드는 푸른 소파를 떠났다. 그것은 그녀가 늘 어울리는 그룹에서 떠난다는 것을 의미했다. 드 크루아즈누아 씨는 이 새로운 변덕에 어쩔 줄 몰라 하는 듯했다. 그의 분명한 괴로움을 보자 쥘리앵의 가장 끔찍한 불행의 느낌이 사라졌다.

이 뜻하지 않은 다행한 사태에 그는 술술 말이 쏟아져 나왔다. 가장 근엄한 덕성의 표본이 되는 사람의 마음에도 자부심은 스며들게 마련이어서, 살롱을 나서서 자기 마차에 오르면서 원수 부인은 이렇게 생각했다. 드 라 몰 부인의 생각이 옳은가 봐. 저 젊은 사제는 뛰어난 점이 있거든. 처음 며칠은 내가 있어서 좀 수줍었던 모양이지. 사실 이 집에서 만나는 사람들은 한결같이 경박하기 짝이 없어. 늙은 덕분에 덕성을 갖추었거나, 덕성을 갖추려면 오랜 세월에 걸친 형설의 공이 필요한 사람들이 겨우 눈에 띌 정도지. 그런데 그 젊은이는 남다른 점이 있어. 글도 썩 잘 쓰고. 하지만 편지 속에서 내 충고로 자기의 길을 밝혀 달라고 청한 것은 실상 자신도 모르는 어떤 감정이 작용한 것이나 아닌지 아주 염려스럽단 말이야.

그렇지만 이런 식으로 시작해서 전환을 이룬 경우는 얼마든지 있지! 이번 경우에 좋은 예감이 드는 것은, 내가 본 다른 젊은이들의 편지와는 색다른 그 사람의 문체 때문이지. 그 젊은 사제의 글에는 감동적인 어투와 깊은 진지함과 많은 확신이 넘치는 것을 인정하지 않을 수 없거든. 그 사람은 마시용[42]과 같은 온화한 덕성을 갖추게 될 거야.

---

42) 장 바티스트 마시용(Jean Baptiste Massillon, 1663~1742). 프랑스의 설교사. 사제이며 수사학 교수였던 이 인물은 단순하고 설득력 있는 웅변과 세련된 문장으로 유명했다.

# 27장 교회의 가장 좋은 자리

봉사! 재능! 능력! 허튼 수작이오!
당파에 가담하시오.

─텔레마크

조만간 프랑스 교회에서 가장 좋은 자리들을 배분할 여인의 머릿속에 주교 직이란 생각과 쥘리앵에 대한 생각이 처음으로 얽혀 들게 되었다. 이런 유리한 조건도 쥘리앵의 마음을 거의 움직이지 못했다. 지금 그의 생각은 당면한 자신의 불행과 동떨어진 것에는 미칠 여유가 없었다. 모든 것이 그의 불행을 배가시키는 것이었다. 예를 들어 자신의 방을 보는 것도 그에게는 견딜 수 없는 노릇이었다. 저녁에 촛불을 켜 들고 방에 돌아가면 가구 하나하나, 작은 장식 하나하나가 날카로운 소리를 지르며 그의 새로운 불행을 알려 주는 듯했다.

그날은 강제 노역을 한 셈이야. 두 번째 편지도 첫 번째 것과 마찬가지로 따분하겠지. 그는 방에 들어서면서 오래전부터 잃었던 활기를 띠고 중얼거렸다.

두 번째 편지는 더욱더 따분한 것이었다. 베끼는 내용이 너무나 터무니없어서 나중에는 의미를 생각하지도 않고 한 줄 한 줄 옮겨 썼다.

이건 런던에서 외교를 가르치던 교사가 내게 옮겨 써 보라고 했던 문스터 조약의 공식 문서보다도 더 과장되어 있는걸. 그는 이런 생각도 했다.

그제야 그는 드 페르바크 부인의 편지에 생각이 미쳤다. 그는 편지 원본을 엄숙한 스페인 사람 돈 디에고 부스토스에게 돌려주는 것을 깜빡 잊고 있었던 것이다. 그는 그 편지를 찾아보았다. 실제로 부인의 편지는 젊은 러시아 귀족의 편지만큼이나 애매하여 뜻을 알 수 없었다. 완전히 애매모호한 글이었다. 그것은 모든 것을 뜻할 수도 있고 동시에 아무런 뜻이 없는 글이기도 했다. 이건 바람에 울리는 자명금(自鳴琴)과 같은 문체군. 허무며 죽음이며 무한 등에 관한 고고한 관념을 늘어놓고 있지만, 내가 보기에는 웃음거리가 될까 봐 벌벌 떠는 지독한 두려움밖에 드러나 있지 않은걸. 쥘리앵은 이렇게 생각했다.

이상에서 요약한 이런 독백은 두 주일 동안이나 계속 되풀이되었다. 묵시록의 주석과 같은 글을 베껴 쓰다가 잠들고 다음 날엔 애수에 젖은 태도로 편지를 전하러 가고, 마틸드의 옷자락을 훔쳐볼 수 있을까 하는 희망을 품고 마구간에 말을 집어넣고, 일하고, 드 페르바크 부인이 드 라 몰 저택에 오지 않는 저녁이면 오페라 구경을 가고, 이런 것이 쥘리앵이 보내는 생활의 단조로운 사건들이었다. 드 페르바크 부인이 오는 날이 그래도 나은 편이었다. 그런 날이면 원수 부인의 모자챙 밑으로 마틸드의 눈길을 훔쳐볼 수 있었고 유창한 웅변을 늘어놓을 수 있었던 것이다. 화려하고 감상적인 그의 어구는 인상적이고 우아한 세련미를 띠기 시작했다.

자기 말이 마틸드에게는 터무니없는 소리로 들린다는 것을 그는 잘 알고 있었다. 그러나 그는 우아한 말투로 마틸드에게 깊은 인상을 주고 싶었다. 내가 말하는 내용이 거짓일수록 나는 더욱 마틸드의 마음에 들 것이다. 이런 생각이 들자 그는 터무니없는 대담성을 발휘해, 인간 본성의 어떤 측면을 과장하는 것이었다. 원수 부인에게 천박해 보이지 않으려면 무엇보다도 단순하고 합리적인 생각을 말하는 것을 삼가야 함을 그는 재빨리 알아차렸다. 그리하여 그는 자기가 비위를 맞추어야 할 두 귀부인의 눈에서 자신의 성공이 나타나고 있는가 아니면 무관심한 태도가 드러나는가를 살펴보고, 그것에 따라 자신의 과장된 얘기를 계속하거나 중단하거나 했다.

요컨대 아무 할 일 없이 지내던 때에 비하면 그의 생활은 덜 괴로운 것이었다.

어느 날 저녁 그는 이렇게 중얼거렸다. 오늘로 이 지긋지긋한 논설을 열다섯 번째나 베끼고 있다. 처음 열네 통은 원수 부인의 수위에게 어김없이 전달되었겠다. 이러다간 부인의 책상 서랍을 온통 내 편지로 채울 판이로군. 그런데도 부인은 편지를 통 받아 보지 못한 듯이 나를 대하니 원! 이 짓거리는 어떤 결말로 끝날 것인가? 내 끈기에 부인도 나만큼이나 진력나 있는 것은 아닐까? 리치먼드의 아름다운 퀘이커파 여신도에게 반했다는 코라소프의 친구인 러시아인도 참 끔찍한 사내로군. 이렇게 진력나는 일을 참아내다니.

우연히 위대한 장군의 전술에 걸려든 평범한 병졸처럼, 쥘리앵은 아름다운 영국 여인을 공략한 젊은 러시아인의 전술을 통 이해할 수 없었다. 처음 사십 통의 편지는 감히 편지를 쓰는 무례함에 대해 용서를 청하는 내용에 불과했다. 필경 극도로 권태를 느끼고 있을 그 다정한 여인에게 나날의 삶보다는 좀 덜 무미한 편지를 받는 습관을 길러 주어야 했던 것이다.

어느 날 아침 쥘리앵은 편지 한 통을 건네받았다. 드 페르바크 부인의 가문(家紋)이 박힌 것을 보고는 며칠 전만 해도 생각할 수 없었을 만큼 서둘러 봉투를 뜯었다. 그것은 한낱 만찬의 초대장이었다.

그는 부랴부랴 코라소프 공작의 지침서를 펴 보았다. 불행히도 그 젊은 러시아인은, 순진하고 총명하게 굴어야 할 데서 도라[43]처럼 경쾌하게 굴어야 한다는 의견이었다. 그래서 쥘리앵은 원수 부인의 만찬회에서 자기가 차지하게 될 정신적 위치를 짐작할 수가 없었다.

원수 부인의 살롱은 최고도의 화려함을 자랑하고 있었다. 튈르리 궁전의 디안 화랑처럼 금박을 입혔고 판자에는 유화가 잔뜩 걸려 있었다. 그 그림들에는 여기저기 뚜렷한 얼룩이 눈에 띄었다. 그림의 주제들이 주인마님이 보기에 좀 단정치 못

---

43) 클로드 조제프 도라(Claude Joseph Dorat, 1734~1780). 프랑스의 작가로서 희곡과 소설을 썼고, 특히 엘레지의 작가로 성공을 거두었다.

하다 하여 그림을 고쳐 그리게 했다는 것을 쥘리앵은 나중에야 알게 되었다. 참으로 도덕적인 시대로군! 그는 이렇게 생각했다.

그 살롱에서 쥘리앵은 비밀 각서의 작성에 참여했던 인물을 셋이나 보았다. 그들 중 한 사람인 주교 예하는 원수 부인의 숙부로서 성직 임면권을 장악하고 있으며, 소문에 의하면 자기 조카딸의 청은 거절하는 법이 없다는 것이었다. 쥘리앵은 우울한 미소를 짓고 생각했다. 나는 참 굉장한 발걸음을 내디딘 셈이구나. 그런데도 무관심할 따름이니! 어쨌든 지금 나는 유명한 주교와 만찬을 들고 있는 것이다.

만찬은 평범했고 대화도 견딜 수 없이 따분했다. 쥘리앵은 생각했다. 이건 마치 형편없는 책의 목차 같군. 인간 사상의 온갖 거창한 주제를 자랑스럽게 건드려 보고 있어. 하지만 3분만 얘기를 듣고 보면, 말하는 사람이 일부러 과장하는 건지 아니면 형편없이 무식해서 그러는 건지 알 수가 없단 말이야.

독자는 아마도 아카데미 회원의 조카이며 미래의 교수감인 탕보라는 꼬마 문사를 잊었을지도 모른다. 비열한 중상으로 드 라 몰 저택 살롱의 분위기를 망치는 임무를 맡고 있는 인물이다.

이 꼬마 녀석 덕분으로 쥘리앵은 드 페르바크 부인이 자기 편지에 답장을 보내지는 않으면서도, 편지에 흐르는 감정을 관대한 눈으로 보고 있을지도 모른다는 생각이 언뜻 들었다. 탕보의 음침한 심사는 쥘리앵의 성공을 생각하면 뒤틀리는 것이었다. 하지만 미래의 교수는 혼자서 생각했다. 잘난 놈도 바보나 마찬가지로 한꺼번에 두 자리를 차지할 수는 없는 노릇이니, 만약 소렐이 고귀한 원수 부인의 애인이 된다면 부인은 저 녀석을 교회의 어느 유리한 자리에 앉힐 것이다. 그러면 나는 드 라 몰 저택에서 저 녀석을 안 봐도 좋겠지.

피라르 사제 역시 드 페르바크 저택에서 거둔 쥘리앵의 성공에 대해 기다란 설교를 했다. 덕성 높은 원수 부인의 풍속 교정(敎正)적이고 군주주의적인 예수회파 살롱과 엄격한 얀세니스트 사이에는 종파적 질투심이 있었던 것이다.

# 28장 마농 레스코

> 그런데 일단 소수도원장(小修道院長)의
> 어리석음과 우둔함을 확인하자
> 그는 백을 흑이라고,
> 흑을 백이라고 부름으로써
> 아주 평범하게 성공을 거둘 수 있었다.
>
> ─리히텐베르크

그 러시아인의 지침은 자기가 편지를 보내는 상대방의 말에 거칠게 항변해서는 절대로 안 된다고 지시하고 있었다. 어떤 구실로도 가장 열렬한 찬미자의 역할에서 벗어나서는 안 된다는 것이다. 편지도 항상 이런 전제에서 보내는 것이었다.

어느 날 저녁 쥘리앵은 오페라 극장의 드 페르바크 부인 칸막이 좌석에서 상연 중인 『마농 레스코』라는 발레를 극구 찬양했다. 그가 이 발레를 그처럼 찬양한 유일한 이유는 그것이 싱겁기 짝이 없어 보였기 때문이었다.

원수 부인은 그 발레가 프레보 사제의 원작 소설보다는 훨씬 못하다고 말하는 것이었다.

뭐라고! 이처럼 덕망 높은 부인이 소설을 다 찬양하다니! 쥘리앵은 놀랍고 또 한편 흥미로운 마음으로 이렇게 생각했다. 드 페르바크 부인은 일주일에 두세 번쯤 작가에 대한 지독한 경멸을 표명해 오곤 했던 것이다. 그들은 형편없는 작품을 써서 불행히도 감각의 오류에 빠지기 쉬운 젊은층을 타락시키려 한다는 것이었다.

원수 부인은 계속해서 얘기했다.

"그런 부도덕하고 위험한 장르 중에서 그래도 『마농 레스코』는 일급의 자리를 차지한다고 하더군요. 죄지은 영혼이 마땅히 치러야 하는 약점과 고뇌가 깊이 있는 진실을 가지고 묘사되어 있다는 거예요. 하지만 당신이 좋아하는 보나파르트는 세인트헬레나에서 그건 하인들에게나 걸맞는 소설이라고 말했죠."

그 말을 듣자 쥘리앵은 정신이 번쩍 들었다. 어떤 놈이 원수 부인에게 나를 모함하려 들었구나. 내가 나폴레옹을 열렬히 숭배한다고 부인에게 고자질했겠지. 그 사실에 기분이 상한 부인이 지금 내게 불만을 암시하는 것이겠지. 이런 새로운 사실의 발견에 쥘리앵은 저녁 내내 흥겨웠고 또 남들에게도 그렇게 보였다. 오페라 극장 현관에서 헤어질 때 원수 부인이 쥘리앵에게 말했다.

"나를 좋아하려면 보나파르트를 좋아해서는 안 된다는 것을 명심하세요. 보나파르트는 기껏 하느님의 뜻에 의해 주어진 필요한 인물 정도로나 받아들일 수 있어요. 게다가 그 사람은 예술의 걸작을 느낄 만한 민감한 영혼도 갖고 있지 못하거든요."

'나를 좋아하려면!'이라고. 쥘리앵은 이 말을 거듭 뇌었다.

이 말은 아무 뜻도 없는 말이거나 일체를 포함하는 말인걸. 이것이 우리 가련한 시골뜨기들은 흉내 낼 수 없는 언어의 비밀이거든. 그리고 그는 원수 부인에게 보낼 장황한 편지를 베껴 쓰면서 드 레날 부인 생각을 많이 했다.

다음 날 원수 부인은 무관심한 표정을 지으면서도 좀 어색한 느낌을 감추지 못한 채 쥘리앵에게 말했다.

"어젯밤 오페라에서 돌아가 쓴 것 같은데, 그 편지에 '런던'이니 '리치먼드'니 하는 얘기는 어떻게 된 거예요?"

쥘리앵은 몹시 당황했다. 자기가 쓰는 내용을 생각하지도 않고 한 줄 한 줄 베끼다가, 원문에 있는 '런던'과 '리치먼드'라는 말을 '파리'와 '생클루'로 바꿔 쓰는 것을 깜박 잊었던 모양이었다. 그는 두세 마디 뭐라고 중얼거리기 시작했으나 말을 끝맺을 수가 없었다. 그는 미친 듯이 웃음이 터져 나올 것만 같았다. 이리저리 대답할 말을 궁리하다가 마침내 묘안이 떠올랐다. 부인과 인간 영혼의 가장 고상하고 숭고한 흥밋거리에 대한 토론을 나누는 데 흥분한 나머지, 편지를 쓰면서 제 영혼도 정신을 잃었나 봅니다, 라는 대답이었다.

오늘 저녁에는 상당히 깊은 인상을 주었으니 그만 갑갑한 분위기를 벗어나도 되겠지. 쥘리앵은 이런 생각을 하며 드 페르바크 저택을 달음질쳐 나왔다. 전날 밤에 베껴 쓴 편지 원본을 다시 뒤져 보다가, 쥘리앵은 러시아 청년이 런던과 리치먼드 얘기를 했던 그 치명적인 문구를 즉시 발견했다. 그 편지가 꽤 다정한 내용임을 발견하고 쥘리앵은 몹시 놀랐다.

원수 부인의 눈에 쥘리앵을 두드러져 보이게 한 것은 그의 경쾌한 언사와 그의 편지가 보여 주는 거의 묵시록적인 숭고한 깊이 사이의 극단적인 대조였다. 특히 기다란 문장이 원수 부인의 마음에 들었다. 이건 부도덕하기 짝이 없는 인간 볼테르가 유행시킨 팔팔 뛰는 문체와는 전혀 다르거든! 원수 부인의 생각이었다. 자기 얘기에서 모든 건전한 상식의 냄새를 제거하려고 무진 애를 썼건만 쥘리앵의 대화는 아직도 반(反)군주주의적이며 독신적(瀆神的)인 색채를 지니고 있었다. 드 페르바크 부인도 그것을 눈치채고 있었다. 도덕적으로는 탁월하지만 밤새껏 독창적인 생각 하나 토로하지 못하기 일쑤인 인물들에 둘러싸여 있는 부인으로서는, 무엇이든 새로운 것이면 깊은 감명을 받지 않을 수 없었다. 그러면서도 부인은 동시에 그런 것에 분격하는 것이 자신의 의무라고 생각했다. 부인은 그런 결함을 '시대의 경박함의 흔적을 지니고 있다'고 명명하고 있었다.

하지만 이런 살롱의 풍경이란 보기를 간청하는 사람에게만 볼 만한 풍경인 것이다. 쥘리앵이 영위하는 이런 흥미 없는 생활의 모든 권태로움을 독자도 함께 느껴 왔을 것이다. 이것이야말로 우리의 여행길에 만나는 황무지인 셈이다.

이처럼 쥘리앵의 생활이 페르바크의 에피소드로 점령되어 있는 동안, 드 라 몰 양은 쥘리앵 생각을 하지 않으려고 애쓰고 있었다. 그녀의 마음은 극심한 갈등에 사로잡혀 있었다. 때때로 그 한심한 청년을 멸시하느라 거드름을 피워 보기도 했지만 그의 얘기가 들려오면 어쩔 수 없이 마음이 솔깃해지는 것이었다. 특히 그녀에게 놀라운 것은 쥘리앵의 빈틈없는 거짓이었다. 그가 원수 부인에게 하는 말치고 거짓말이 아닌 것은 하나도 없었다. 적어도 그것은 자기 사고방식의 가증스러운 위장이었다. 마틸드는 쥘리앵이 꺼내는 거의 모든 화제에 대해 그의 사고방식을 속속들이 알고 있었던 것이다. 이 마키아벨리적 권모술수가 그녀에게는 놀라웠다. 참으로 속이 깊은 사람이다! 늘상 똑같은 언사나 농하는 탕보 같은 평범한 야바위꾼들이나 허풍쟁이 천치 녀석들과는 얼마나 다른가! 마틸드는 이런 생각이 들었다.

그렇지만 쥘리앵의 나날은 지긋지긋한 것이었다. 그가 원수 부인의 살롱에 매일 머리를 내미는 것은 가장 고통스러운 의무를 이행하기 위해서였다. 연극을 행하기 위한 노력이 영혼의 모든 기력을 앗아 갔다. 밤에 드 페르바크 저택의 드넓은 마당을 가로지를 때면, 그는 종종 타고난 억센 성격과 이성의 힘에 의지해서만 가까스로 절망을 억제할 수 있었다.

나는 신학교에서도 절망을 극복했다. 그때는 앞날의 전망이 얼마나 참담했던가! 내가 행운을 개척하고 있었는지 놓치고 있었는지는 모르지만, 그 어느 경우에나 나는 하늘 아래 가장 경멸할 만하고 가장 구역질 나는 인간들과 긴밀한 관계를 맺으며 일생을 보내야 할 처지에 있었던 것이다. 열한 달을 지낸 끝에 다음 해 봄이 되자, 나는 내 연배의 청년 중 가장 행복한 사람이 된 기분이었다. 그는 이런 생각을 하곤 했다.

그러나 이런 모든 훌륭한 이론도 끔찍한 현실에 부딪히면 아무 효과가 없기 일쑤였다. 매일같이 그는 점심과 저녁 식사 때 마틸드를 만났다. 드 라 몰 씨가 그에게 구술하는 많은 편지로 미루어 보아 그는 마틸드가 곧 드 크루아즈누아 씨와 결혼할 형세임을 알았다. 벌써부터 이 상냥한 젊은이는 하루에 두 번씩 드 라 몰 저택에 나타나는 것이었다. 버림받은 애인의 질투심 많은 눈길은 그 청년의 일거일동을 놓치지 않고 지켜봤다.

드 라 몰 양이 자기 구혼자를 각별히 대우하는 듯이 보이는 날이면, 쥘리앵은 자기 방에 돌아와 권총을 애지중지 쳐다보지 않을 수 없었다.

아! 속옷의 표지를 지워 버리고 파리에서 80킬로미터쯤 떨어진 어느 고적한 숲 속에 들어가 이 지겨운 삶을 끝장내는 편이 좀 더 현명하지 않을까! 그 고장에선 나를 아는 사람이 없으니 내 죽음은 이 주일쯤은 아무에게도 알려지지 않을 것이다. 이 주일 후면 도대체 누가 나를 생각하겠는가! 쥘리앵은 이런 생각도 해 보았다.

그 생각은 아주 현명한 것이기는 했다. 그러나 다음 날이 되어 옷소매와 장갑 사이로 마틸드의 팔이 눈에 띄기만 해도, 우리의 젊은 철학자는 견딜 수 없는 추억에 빠져들어 생명에 애착을 느끼는 것이었다. 그러면 그는 또다시 생각했다. 좋다! 이 러시아식 계략을 끝까지 따라가 보자. 이것의 결말이 어떤 것일까?

원수 부인에 대해서는 그 쉰세 통의 편지를 베끼고 나면 다시 편지 같은 것은 쓰지 않겠다.

마틸드에 대해서는, 여섯 주일의 이 고통스러운 희극을 벌이고 나서도 그녀의 노여움에 아무런 변화도 없거나 아니면 잠시 화해하게 될지도 모르지. 아아! 화해한다면 나는 기뻐 죽을 지경이 되리라! 그는 생각을 더 이상 이어 나갈 수가 없었다.

오랜 공상에 빠졌다가 그는 또다시 생각을 이어 갔다. 그러나 한나절의 기쁨을 얻게 된다 해도, 아아! 내게는 그녀를 기쁘게 할 힘이 별로 없으니 그녀는 또다시 까다롭게 굴기 시작하겠지. 내게는 더 이상 아무런 방책도 없으니 나는 영원히 실패와 파멸에 빠지고…….

그 여자의 성격을 상대로 무슨 보장책이 있단 말인가? 아아! 모두 내가 보잘것없는 탓이다. 내 태도에는 우아한 맛도 없을 테고 내 말투는 우둔하고 단조로울 것이다. 아! 어쩌다 나는 이 꼴로 태어났단 말인가?

# 29장 권태

자기 정열에 몸을 바친다. 그것은 좋다.
그러나 없는 정열에 몸을 바치다니!
오, 가련한 19세기여!

—지로데

처음에는 별 재미 없이 쥘리앵의 긴 편지들을 받아 읽던 드 페르바크 부인은 이윽고 쥘리앵의 편지에 관심을 기울이기 시작했다. 그러나 한 가지 유감스러운 일이 있었다. 소렐 씨가 아주 사제가 아닌 것이 유감천만이야! 그저 가까운 사제로 받아들인다면 좋으련만. 그 훈장이며 거의 부르주아 티가 나는 복장을 하고 있으니, 남들의 지독한 질문을 당할 염려가 있단 말이야. 그러면 뭐라고 대답한다지? 부인의 이런 의혹은 끝이 없었다. 어떤 심술궂은 친구는 그 사람이 내 아버지 편의 신분 낮은 사촌쯤 되는 친척으로 국민군에 들어가 훈장을 탄 장사꾼이라고 가정하고, 그런 소문을 퍼뜨릴지도 모를 일이거든.

쥘리앵을 알게 될 때까지 드 페르바크 부인의 가장 큰 기쁨은 자기 이름 곁에 원수 부인이란 말을 덧붙여 쓰는 것이었다.

쥘리앵에 대해 관심을 갖게 된 이후, 만사에 툭하면 기분이 상하기 쉬운 벼락출세자의 병적인 허영심은 그 관심과 갈등을 빚기도 했다.

원수 부인은 이런 생각을 하기도 했다. 그 사람을 파리 근교 교구의 부주교쯤으로 만드는 것은 나로선 쉬운 일이지! 하지만 그저 소렐 씨로 불리는 평민인 데다가 드 라 몰 씨의 일개 비서라서야! 참 애석한 일이군.

'만사에 겁을 내는' 부인은 지위와 사회적 특권에 대한 자신의 긍지와는 무관한 관심에 처음으로 이끌리게 되었다. 늙은 문지기는 그토록 수심에 찬 미남 청년의 편지를 원수 부인께 갖다 주면 부인의 불만스럽고 방심한 듯한 표정이 사라지는 것을 알아차렸다. 평소에 하인을 대할 때면 부인은 늘 애써 그런 표정을 지어 왔던 것이다.

세상 사람들에게 어떤 인상을 주느냐 하는 데에만 정신이 팔려 있으면서도, 그런 일에 성공해 보았자 마음속 깊이 스며드는 기쁨도 없는 생활 방식의 권태가 쥘리앵을 생각하게 된 이후부터 부인에게는 참을 수 없게 되었다. 그리하여 하녀들이 하루 종일 야단을 맞지 않으려면 원수 부인이 전날 저녁 그 특이한 젊은이와 한 시간만 같이 지내면 되게끔 상황이 전개되었다. 쥘리앵에 대한 신임이 커져서, 그를 중상하는 잘 꾸민 익명의 투서가 들어와도 소용이 없었다. 꼬마 탕보가 드 뤼즈, 드 크루아즈누아, 드 케일뤼스 씨에게 몇 가지 교묘한 중상거리를 제공했고, 이 신사들은 고발의 진상을 잘 알아보지도 않고 그런 중상을 즐겨 유포했지만 아무런 효험이 없었다.

그런 천박한 수단에는 어쩔 줄 몰라 하는 원수 부인은 자신의 의혹을 마틸드에게 얘기했고 그때마다 마틸드에게 위안을 받았다.

하루는 편지가 왔느냐고 세 번이나 물어본 끝에, 드 페르바크 부인은 갑자기 쥘리앵에게 답장을 쓰기로 결심했다. 권태가 가져온 승리였다. 두 번째 편지에서는 '드 라 몰 후작 댁, 소렐 씨 귀하'라는 저속한 주소를 자기 손으로 쓴다는 것이 창피스러워 원수 부인은 그만 중단할 뻔했다.

그날 저녁 그녀는 아주 냉정한 태도로 쥘리앵에게 이렇게 말했다. "당신 주소를 기입한 봉투를 내게 좀 갖다주셔야겠어요."

애인이 된 종놈이란 바로 내 꼴이구나. 이런 생각이 든 쥘리앵은 후작의 늙은 하인 아르센처럼 일부러 얼굴에 주름살을 지으며 허리를 굽혀 보였다.

그날 저녁으로 쥘리앵은 봉투를 갖다주었다. 그러자 다음 날 아주 이른 시간에 부인의 세 번째 편지가 왔다. 그는 편지의 서두 대여섯 줄과 끝 부분 두세 줄만 읽었다. 그 편지는 빽빽한 잔글씨로 쓴 것이 4페이지나 됐다.

부인은 점차 거의 매일같이 편지 쓰는 것이 즐거운 습관이 되어 갔다. 쥘리앵은 여전히 러시아인의 편지를 충실히 베껴서 답장을 내고 있었다. 과장조 문체의 유리한 점은 바로 이런 것이어서, 드 페르바크 부인은 답장이 자기 편지 내용과 별로 관계없는 것에 놀라지 않았다.

쥘리앵의 거동을 탐지하는 밀정꾼 노릇을 자원해서 하고 있는 탕보 녀석이, 쥘리앵이 편지를 뜯어보지도 않고 책상 서랍에 되는대로 내던진다는 사실을 고자질할 수 있었다면 원수 부인의 자존심은 얼마나 상했을 것인가.

어느 날 아침 문지기가 원수 부인의 편지를 서재로 가지고 가는 길이었는데, 문지기와 마주친 마틸드가 그 편지와 쥘리앵의 필적으로 쓰인 주소를 보게 되었다. 문지기가 나가자 마틸드는 서재로 들어갔다. 편지는 아직 책상 모서리에 놓인 채로 있었다. 쥘리앵은 글을 쓰는 데 정신이 팔려서 편지를 서랍 속에 던져 넣지도 않았던 것이다.

"이건 정말 참을 수가 없어요." 마틸드는 편지를 움켜쥐며 소리쳤다. "당신은 완전히 나를 잊고 있어요. 나는 당신의 아내인데도 말이죠. 정말로 있을 수 없는 일이에요."

그 말을 하고 나자 자존심 강한 그녀는 터무니없이 천한 언동을 하고 있다는 생각에 놀라 그만 숨이 막혔다. 그녀는 눈물을 펑펑 쏟았다. 쥘리앵이 보기에 숨도 쉴 수 없는 상태인 듯했다.

놀라고 당황한 쥘리앵은 그 장면이 자기에게는 기막히게 행복한 장면이란 것도 미처 분간할 수 없었다. 그는 마틸드를 부축해 자리에 앉혔다. 그녀는 쥘리앵의 품에 몸을 내맡기다시피 하고 있었다.

이 동작을 알아본 순간 쥘리앵은 벅찬 기쁨을 느꼈다. 그러나 다음 순간 코라소프 생각이 떠올랐다. 한마디만 잘못했다가는 만사가 끝장이다 하고 그는 생각했다.

그의 팔이 뻣뻣하게 굳었다. 계략을 행하는 노력은 그처럼 고통스러웠던 것이다. 이 부드럽고 아리따운 육체를 지금 내

가슴에 꼭 껴안을 수도 없는 노릇이다. 그랬다가는 멸시당하고 푸대접을 받을 판이다. 참 지독한 성격이란 말이야!

마틸드의 성격을 이처럼 저주하면서도 그는 그 때문에 그녀가 더욱더 사랑스러웠다. 그는 품에 여왕이라도 껴안고 있는 듯한 심정이었다.

쥘리앵의 무감동한 냉정함에 드 라 몰 양의 자존심은 상할 대로 상해 가슴이 찢어지는 듯했다. 그녀는 쥘리앵이 지금 자기를 어떻게 생각하고 있는지를 그의 눈초리에서 알아보려 할 만큼 냉정할 수가 없었다. 그녀는 쥘리앵을 쳐다볼 마음도 먹지 못했다. 그에게서 경멸의 표정을 발견할까 봐 겁났던 것이다.

서재의 소파에 꼼짝 않고 앉아 쥘리앵과 반대편으로 고개를 돌리고 있는 마틸드는 자존심과 사랑이 인간 영혼에 가할 수 있는 가장 혹심한 고통에 빠져 있었다. 참으로 끔찍한 처지에 떨어진 것이었다!

이다지도 불행한 꼴이 되다니! 더없이 수치스러운 말을 해놓고 이제 거절당할 일만 남았구나! 그것도 누구에게 거절당하는 것인가? 내 아버지의 하인에게서가 아닌가. 미칠 듯한 자존심의 괴로움에서 그녀는 속으로 부르짖는 것이었다.

"이건 도저히 참을 수가 없어요." 그녀는 큰 소리로 외쳤다.

그녀는 격분해서 일어서더니 바로 앞에 있는 쥘리앵의 서랍을 열어젖혔다. 그러고는 질겁하여 얼어붙은 듯 그 자리에 섰다. 서랍 속에는 방금 문지기가 가져온 것과 똑같은 편지들이 개봉도 하지 않은 채 여덟아홉 통이나 들어 있었던 것이다. 약간 변조해 쓴 것이기는 했지만 주소는 모두 쥘리앵의 필적임을 알아볼 수 있었다.

그녀는 제정신이 아닌 듯 부르짖었다. "당신은 부인과 가까워진 것만으론 부족해서 부인을 멸시까지 하고 있군요. 당신같이 보잘것없는 사내가 드 페르바크 원수 부인을 멸시하다니!"

그러더니 쥘리앵의 무릎 아래 몸을 내던지며 덧붙여 말하는 것이었다.

"아! 용서해 주세요. 절 멸시해도 좋아요. 하지만 절 사랑해 주세요. 저는 이제 당신의 사랑 없이는 살아갈 수 없어요." 그리고 그녀는 완전히 정신을 잃었다.

이 오만한 여자가 드디어 내 발밑에 무릎을 꿇었구나! 쥘리앵은 생각했다.

# 30장 희가극 극장의 칸막이 좌석

마치 가장 어두운 하늘이
가장 무서운 비바람을 예고하듯.

—『돈 후안』제1가 73절

이 모든 격동 중에 쥘리앵은 행복하다기보다는 놀라운 기분이었다. 마틸드의 야단법석은 러시아인의 술책이 얼마나 현명한 것인가를 그에게 보여 주고 있었다. '말과 행동을 절제하는 것.' 이것이 내 유일한 구원의 길이다.

그는 마틸드를 일으켜 아무 말 없이 다시 소파 위에 앉혔다. 마틸드는 조금씩 눈물을 흘렸다.

침착을 되찾으려고 마틸드는 드 페르바크 부인의 편지를 손에 집어 들었다. 그녀는 천천히 봉투를 뜯었다. 편지에서 정작 원수 부인의 필적을 알아보자 그녀에게 동요의 기색이 역력히 나타났다. 그녀는 읽지도 못하고 편지를 한 장 한 장 넘겨보았다. 대부분의 편지가 6페이지나 되는 것이었다.

감히 쥘리앵을 쳐다보지는 못한 채 마침내 마틸드가 애원에 찬 목소리로 입을 열었다.

"뭐라고 좀 대답이라도 해 주세요. 제가 오만하다는 건 당신도 잘 알고 있어요. 제 환경과 제 성격이 빚어낸 불행이죠. 저도 그건 인정하겠어요. 드 페르바크 부인이 당신의 애정을 제게서 뺏어 갔군요……. 운명적인 사랑 때문에 제가 바친 모든 희생을 부인도 당신을 위해 바치셨나요?"

침울한 침묵만이 쥘리앵의 대답이었다. 이 여자는 무슨 권리로 신사답지 못한 경솔한 말을 내게 요구하고 있는가? 쥘리앵은 생각했다.

마틸드는 편지를 읽어 보려고 애썼다. 그러나 눈물이 앞을 가려 도저히 읽을 수가 없었다.

한 달 전부터 그녀는 불행에 잠겨 있었으나 그 오만한 마음은 그런 감정을 스스로 인정할 수 없었다. 오직 우연에 의해서 이처럼 감정이 폭발했을 따름이었다. 질투심과 사랑이 한순간 자존심을 압도했던 것이다. 그녀는 소파 위 쥘리앵 아주 가까이에 앉아 있었다. 그녀의 머리칼과 백설같이 흰 목이 쥘리앵의 눈에 띄었다. 순간 쥘리앵은 자신의 모든 의무를 잊고 팔로 마틸드의 허리를 감싸 가슴에 닿을 정도로 그녀를 꼭 껴안았다.

그녀는 쥘리앵 쪽으로 천천히 고개를 돌렸다. 그는 마틸드의 눈에 어린 극심한 고통의 표정에 놀랐다. 평소의 표정을 거의 알아볼 수 없을 정도였다.

쥘리앵은 힘이 쑥 빠지는 느낌이었다. 스스로에게 부과하는 용기 있는 행동은 너무나도 힘겨운 것이었다.

이 여자를 사랑하는 행복에 이끌려 들어간다면 머시않아

그녀의 눈은 쌀쌀한 빛만을 띠게 될 것이다. 쥘리앵은 이렇게 생각했다. 하지만 지금 그녀는 다 꺼져 가는 목소리로, 지나친 자존심 때문에 저지른 지난날의 행동을 진심으로 후회한다는 말을 겨우 겨우 되풀이하고 있었다.

"나 역시 자존심이 있습니다." 쥘리앵은 간신히 입을 열어 이렇게 말했다. 그의 표정에는 육체적으로 극도로 기진해 있는 상태가 드러나 있었다.

마틸드가 쥘리앵 쪽으로 홱 고개를 돌렸다. 그의 목소리를 듣는 것만도 거의 체념하고 있던 행복이었다. 이 순간 그녀가 자신의 거만함을 회상하는 것은 오직 그것을 저주하기 위해서였다. 마틸드는 자기가 얼마나 쥘리앵을 사모하며 자기 자신을 미워하는가를 증명해 보이기 위해서라면 어떤 터무니없이 괴상한 짓이라도 하고 싶을 정도였다.

쥘리앵이 계속해서 말했다.

"당신이 잠시 나를 주목했던 것도 아마 이 자존심 때문이었겠죠. 당신이 지금 나를 평가하는 것은 분명 이 사내다운 용감한 꿋꿋함 때문이고요. 내가 원수 부인께 사랑을 느낄 수도 있는 일입니다만······."

마틸드는 부르르 몸을 떨었다. 그녀의 눈에 이상한 표정이 떠올랐다. 자신의 선고문 낭독을 들으려는 순간이었다. 쥘리앵은 마틸드의 그런 동요를 알아차렸다. 그의 용기가 무너지려는 느낌이 들었다.

쥘리앵은 자기 입에서 나오는 공허한 말소리를 마치 괴성처럼 제 귀로 들으며 속으로는 이렇게 부르짖는 것이었다. 아! 이

핼쑥한 뺨을 내 키스로 뒤덮을 수 있다면! 그런데 너는 이런 내 심정을 통 모르고 있구나!

쥘리앵은 여전히 잦아들어 가는 목소리로 얘기를 계속했다. "내가 원수 부인께 사랑을 느낄 수도 있는 일입니다만, 나에 대한 부인의 관심 여부는 뚜렷한 증거를 얻고 있지 못합니다."

마틸드가 그를 쳐다보았다. 그도 그 시선을 맞받았다. 그는 적어도 자기 표정에는 자신의 본심이 드러나기를 바랐다. 자신의 가슴속 구석구석까지 사랑이 스며드는 느낌이었다. 그가 마틸드를 이처럼 애모해 본 적은 일찍이 없었다. 그는 마틸드와 거의 마찬가지로 제정신이 아니었다. 만약 그녀가 쥘리앵을 조종할 만큼 냉정과 용기를 되찾았다면 그는 모든 허황된 연극을 팽개치고 그녀의 발밑에 무릎을 꿇었을 것이다. 그는 얘기를 계속할 만한 힘을 아직 간직하고 있었다. 아! 코라소프여, 그대가 지금 여기에 있다면 얼마나 좋을까! 내 행동을 지도해 줄 그대의 말 한마디가 얼마나 필요한가! 쥘리앵은 속으로 이렇게 부르짖으면서도 계속 자기 말을 이어 나갔다.

"다른 어떤 감정이 없다 해도 감사한 마음만으로도 원수 부인께 애착을 느끼기에 충분할 것입니다. 다른 사람들이 나를 멸시할 때 부인은 너그러움을 보여 주셨고 나를 위로해 주셨으니까요. 겉으로는 아주 기분 좋게 대해 주지만 필경 지속되지는 않을 언동을 나는 무한정 믿을 수는 없습니다."

"아! 그럴 수가!" 마틸드가 부르짖었다.

"그렇다면 당신은 내게 어떤 보장을 하시겠습니까? 무슨 보장이, 어떤 신이, 당신이 이 순간 내게 보여 주는 태도가 이틀 이상 계속되리라고 장담할 수 있겠습니까?" 쥘리앵은 외교적인 신중한 언사를 내팽개친 듯 날카롭고 단호한 어조로 이렇게 계속했다.

"열렬한 제 사랑과, 당신이 사랑해 주시지 않으면 제가 빠질 극도의 불행이 증거예요." 그녀는 쥘리앵의 손을 잡고 그에게로 고개를 돌리며 말했다.

갑작스레 몸을 움직이는 바람에 그녀의 케이프가 약간 미끄러져 내렸다. 아름다운 그녀의 어깨가 쥘리앵의 눈에 들어왔다. 약간 흐트러진 머리칼을 보자 감미로운 추억의 한 토막이 떠올랐다.

쥘리앵은 굴복할 뻔했다. 그러나 그는 생각했다. 한마디만 잘못했다가는 그 기나긴 절망의 나날을 되풀이할 판이다. 전에 드 레날 부인은 진심에서 우러나오는 언동을 하기 위해 어떤 구실을 발견하는 것이었는데, 이 대귀족 사회의 처녀는 감동해야 할 충분한 이유가 밝혀졌을 때에야 비로소 감동하는 식이거든.

그는 눈 깜짝할 사이에 이런 진실을 알아차리고, 역시 눈 깜짝할 사이에 용기를 되찾았다.

그는 마틸드가 꼭 쥐고 있는 손을 빼내고 눈에 띄게 정중한 태도로 그녀에게서 약간 비켜났다. 인간의 용기가 이 이상 장렬할 수는 없는 노릇이었다. 그는 소파 위에 흩어져 있는 드 페르바크 부인의 편지들을 주워 모으기 시작했다. 겉으로 보기에는 몹시 정중한 태도였지만 이 순간에는 너무 잔인한 듯해서 그는 한마디 덧붙여 말했다.

"드 라 몰 양께서는 제게 이 모든 것을 깊이 생각해 볼 여유를 주실 줄 믿습니다." 그는 재빨리 자리를 피해 밖으로 나왔다. 여러 문이 차례차례로 닫히는 소리가 마틸드의 귀에 들렸다.

저 괴물은 전혀 당황하지도 않는군……. 아니 내가 무슨 말을 하는 거야, 괴물이라니! 저이는 현명하고 신중하고 착한 사람인데. 잘못은 내게 있어, 상상도 못 할 잘못이지. 마틸드는 혼자서 중얼거렸다.

이런 식의 생각은 계속되었다. 그날 마틸드는 거의 행복한 기분이었다. 심신을 오로지 사랑에 바쳤기 때문이었다. 그날 마틸드의 모습은 평생 자존심으로 뒤흔들려 본 적이 없는 여자 같았다. 그러나 얼마나 극심한 자존심이었던가!

저녁에 하인이 드 페르바크 부인의 내방을 고했을 때 마틸드는 두려움으로 몸을 부르르 떨었다. 하인의 목소리조차 그녀에게는 음산하게 들렸다. 그녀는 원수 부인을 보는 것을 견딜 수 없어 재빨리 자리를 피했다. 고통스러운 승리가 별로 자랑스럽지도 않았던 쥘리앵은 자신의 눈초리가 어떻게 보일까 두려워 드 라 몰 저택에서 저녁 식사를 하지 않았다.

전투의 순간에서 멀어짐에 따라 그의 사랑과 행복도 급속도로 커 갔다. 그는 벌써 그 싸움에 대해 자책감을 느끼고 있었다. 그는 생각하는 것이었다. 어쩌자고 내가 그렇게 맞섰더란 말인가? 그 여자가 나를 사랑하지 않으면 어쩌려고! 그 거만한 마음은 일순간에 변할 수도 있는데. 그리고 내가 지나치게 굴었던 것도 사실이야.

저녁이 되자 그는 희가극 극장의 드 페르바크 부인 칸막이 좌석에 부득불 얼굴을 내밀어야 할 필요를 느꼈다. 부인은 일부러 그를 초대하기까지 했던 것이다. 마틸드는 그가 극장에 가는가 그렇지 않으면 원수 부인에 대한 실례를 무릅쓰고 가지 않는가를 알게 될 것이었다. 분명히 이런 생각을 했는데도 그는 초저녁에는 사람들과 어울릴 기력이 없었다. 남들과 얘기하다가는 자기 행복의 절반을 잃을 것만 같았다.

10시가 울렸다. 이제 꼭 얼굴을 내밀어야 할 시간이었다.

다행히 원수 부인의 칸막이 좌석은 부인들로 가득 차 있어서, 그는 문 옆으로 밀려나 부인들의 모자에 얼굴이 완전히 가려지게 되었다. 이 위치 덕분에 그는 우습게 보이는 것을 면할 수 있었다. 「마트리모니오 세그레토」[44]에 나오는 카롤린의 숭고한 절망의 노래에 그는 마구 눈물이 쏟아졌던 것이다. 그 눈물이 드 페르바크 부인의 눈에 띄었다. 그 눈물은 평소 쥘리앵의 사나이다운 꿋꿋한 모습과 너무 대조를 이루었기 때문에, 오래전부터 벼락출세자의 온갖 썩어 빠진 자존심에 포만되어 온 이 귀부인의 영혼은 그 눈물에 감동을 받았다. 자기에게 남아 있는 얼마 안 되는 여자다운 심정에 끌려 부인은 쥘리앵에게 말을 걸었다. 부인은 이 순간 쥘리앵의 목소리가 듣고 싶었던 것이다.

"드 라 몰 댁 부인들을 보셨지요? 세 번째 좌석에 있어요." 원수 부인이 쥘리앵에게 말했다. 그러자 쥘리앵은 좌석 앞쪽에 염치 불구하고 몸을 쑥 내밀고서 홀을 둘러보았다. 마틸드

---

44) 이탈리아 작곡가 치마로사의 오페라.

가 눈에 띄었다. 그녀의 눈은 눈물에 젖어 반짝이고 있었다.

오늘은 드 라 몰 댁이 오페라에 오는 날이 아닌데. 몹시 서둘러 댄 모양이군! 하고 쥘리앵은 생각했다.

그 집에 아첨하며 드나드는 부인 하나가 부랴부랴 좌석을 제공했던 것이다. 그 칸막이 좌석이 드 라 몰 댁의 지체에 어울리지 않는 것이었는데도 마틸드가 어머니를 졸라서 희가극 극장에 온 것이었다. 마틸드는 쥘리앵이 원수 부인과 함께 그날 저녁을 지내는지 알고 싶었던 것이다.

# 31장 그녀에게 두려움을 주라

이것이 바로 당신네 문명의 훌륭한 기적이란 것이다.
당신네는 사랑을 평범한 일상적 일로 만들어 버렸다.

—바르나브

쥘리앵은 드 라 몰 부인의 칸막이 좌석으로 달려갔다. 우선
그의 눈에 띈 것은 눈물에 젖은 마틸드의 눈이었다. 그녀는 거
리낌 없이 마구 울고 있었다. 거기에는 손아래 사람들뿐으로,
좌석을 빌려준 부인과 그녀와 알고 지내는 몇 사람만이 있었
다. 마틸드는 자기 손을 쥘리앵의 손 위에 올려놓았다. 어머니
에 대한 조심스러움도 모두 잊고 있는 듯했다. 눈물로 거의 숨
이 막힐 지경인 그녀는 '사랑의 보장'이란 단 한마디를 쥘리앵
에게 했을 뿐이었다.

최소한 나는 이 여자에게 말을 해서는 안 된다. 그 자신 몹
시 감동한 쥘리앵은, 세 번째 줄 칸막이 좌석을 눈부시게 비
추는 샹들리에 불빛을 가리려는 듯 손으로 그럭저럭 자기 눈
을 가리고 이렇게 생각했다. 만약 말을 한다면 이 여자는 내

가 극도로 감동해 있는 것을 알아챌 테고, 내 목소리가 본심을 드러내어 또다시 모든 것이 끝장날지도 모른다.

그의 마음속 갈등은 아침나절보다도 훨씬 고통스러웠다. 그의 마음이 감동을 일으킬 만한 시간이 흘렀던 것이다. 그는 마틸드가 다시 허영심을 회복하지 않을까 하는 점이 두려웠다. 사랑과 욕망에 도취해 있으면서도 쥘리앵은 자신을 억제하고 마틸드에게 말을 건네지 않았다.

내 생각으로는 이러한 면이 쥘리앵의 성격 중 가장 훌륭한 특징의 하나다. 이처럼 자신을 억제할 수 있는 사람은 운명이 허용하면 대성할 수 있는 법이다.

드 라 몰 양은 쥘리앵과 함께 집으로 돌아가겠다고 고집했다. 다행히 비가 억수로 내리고 있었다. 그러나 후작 부인이 쥘리앵을 자기 맞은편에 앉히고 끊임없이 말을 걸어 마틸드와는 한마디도 나눌 수 없게 했다. 마치 후작 부인이 쥘리앵의 행복을 염려해 주는 듯했다. 이제 지나친 감동을 나타내 만사를 망칠 염려도 없어지자 그는 마음껏 감동에 몸을 내맡길 수 있었다.

자기 방에 돌아온 쥘리앵이 무릎을 덥석 꿇고 코라소프 공작이 준 연애 서한집에 키스를 퍼부었다는 사실을 굳이 말해야 할 것인가?

오 위대한 분이여! 모든 것이 당신 덕택이오! 쥘리앵은 미친 듯이 소리쳤다.

쥘리앵은 점차 냉정을 되찾았다. 그는 자신을 대전투의 전반에서 승리를 거둔 장군에 비유했다. 그러고는 중얼거렸다.

분명히 나는 엄청나게 유리한 고지를 점령했다. 그러나 내일은 어떤 일이 일어날 것인가? 단 한순간에 모든 것을 망쳐버릴 수도 있는 것이다.

그는 정열적인 충동을 느끼며 나폴레옹의 『세인트헬레나에서 구술한 회상록』을 펼쳐 장장 두 시간 동안이나 억지로 읽었다. 그저 눈만이 글자를 따라 내려가고 있을 뿐이었다. 그러나 아무려면 어떠랴. 그는 되는대로 읽어 내려갔다. 이처럼 이상한 독서를 계속하는 동안 그의 정신과 마음은 가장 위대한 행위의 수준까지 솟아올라 무의식중에 활발한 작용을 벌이고 있었다. 이 여자의 마음은 드 레날 부인의 마음과는 아주 다르단 말이야. 그는 이렇게 중얼거렸으나 그 이상의 생각은 떠오르지 않았다.

"그녀에게 두려움을 주라!" 별안간 쥘리앵은 책을 멀리 내던지며 소리쳤다. 내가 두려움을 일으키는 한에서만 적은 내게 복종할 것이다. 그러면 적은 나를 경멸하지도 못할 것이다.

그는 기쁨에 들떠 자기의 좁은 방 안을 왔다 갔다 했다. 사실을 말하면 이 행복은 사랑의 행복이기보다는 자존심의 행복이었다.

"그녀에게 두려움을 주라!" 그는 자랑스럽게 거듭 뇌었다. 그가 자랑스러워하는 것도 무리가 아니었다. 가장 행복한 순간조차도 드 레날 부인은 내 사랑이 자기의 사랑만큼 참된 것인가를 항상 의아해했다. 그런데 여기서 내가 굴복시켜야 하는 것은 악마인 것이다. 그러니 기어코 굴복시키고야 말겠다.

다음 날 아침 8시부터 마틸드가 서재에 와 있는 것을 쥘리앵은 잘 알고 있었다. 쥘리앵은 9시가 되어서야 거기에 나타났다. 사랑에 몸이 달아 있으면서도 이성이 감정을 억눌렀던 것이다. 그는 잠시도 쉬지 않고 마음속으로 이렇게 되뇌었다. 마틸드로 하여금 항상 '그가 나를 사랑하는 것일까?'라는 중대한 의혹에 사로잡혀 있게 해야 한다. 찬란한 지위와 모든 주위 사람들의 아첨 때문에 그녀는 좀 지나치게 자신을 가지고 있거든.

그는 파리한 얼굴로 소파 위에 조용히 앉아 있는 마틸드를 발견했다. 그러나 그녀는 꼼짝할 수 없을 정도로 흥분해 있는 것이 분명했다. 마틸드가 그에게 손을 내밀었다.

"제가 당신 기분을 거슬렀어요. 제게 화내실 만해요⋯⋯."

쥘리앵은 이런 솔직한 어조를 예상치 않고 있었다. 그는 자칫하면 본심을 드러낼 뻔했다.

그녀는 쥘리앵이 무슨 말을 해 주기를 기대했으나 아무 말이 없자 다시 말을 이었다.

"당신은 사랑의 보장을 바라셨죠. 당연한 일이에요. 저를 데리고, 함께 런던으로라도 도망쳐요⋯⋯. 저는 체면이고 뭐고 아랑곳하지 않겠어요⋯⋯."

그녀는 용기 내어 쥘리앵에게서 손을 빼내 자기 두 눈을 가렸다. 정숙과 여성적 미덕의 모든 감정이 마음속에 되살아났던 것이다⋯⋯.

"제발 저를 망신시켜 주세요. 그것이 제가 보일 수 있는 '보장'이에요." 이윽고 그녀는 한숨을 내쉬며 이렇게 말했다.

어제는 나 자신에게 엄격할 수 있는 용기를 발휘했기 때문에 행복했다. 쥘리앵은 생각했다. 잠시 침묵이 흐른 후, 쥘리앵은 자기 마음을 제어할 힘을 되찾아 싸늘한 어조로 이렇게 말했다.

"일단 런던을 향해 떠나고 당신의 표현대로 일단 망신을 감수한다 해도 당신이 나를 사랑하리라고 누가 장담할 수 있겠습니까? 나와 함께 역마차를 타는 것이 당신에게 성가시지 않으리라고 누가 장담할 수 있겠습니까? 나도 냉혈 동물은 아닙니다. 당신이 망신당하는 것은 내게 또 하나의 슬픔을 덧붙이는 것일 뿐입니다. 당신의 사회적 지위가 장애물이 아닙니다. 불행히도 그것은 당신의 성격인 것입니다. 일주일만이라도 나를 계속 사랑한다고 자신에게 솔직히 약속할 수 있겠습니까?"

(아! 이 여자가 일주일, 단 일주일만 나를 사랑한다면 나는 얼마나 행복할 것인가! 미래가 무슨 상관이란 말인가, 인생이 다 뭐란 말인가? 내가 원한다면 이 순간부터라도 이 지고의 행복이 시작될 수 있다, 그건 오직 내게 달려 있다!) 쥘리앵은 속으로 이렇게 중얼거렸다.

마틸드는 그가 생각에 잠긴 것을 보았다.

"그럼 저는 영영 당신의 사랑을 받을 자격이 없군요." 그녀는 쥘리앵의 손을 잡으며 말했다.

쥘리앵은 그녀를 껴안았다. 그러나 그 즉시 의무의 쇳덩이 같은 손이 그의 마음을 억눌렀다. 내가 얼마나 자기를 사랑하는지 이 여자가 알게 되는 날엔 나는 이 여자를 잃고 만다. 이렇게 생각하며 자기 팔을 풀었을 때는 이미 사나이의 모든 위엄을 되찾고 있었다.

그날 이후 그는 자신의 지나친 기쁨을 감출 수 있었다. 마틸드를 품에 껴안는 기쁨마저 거부할 때가 있었다.

또 어떤 때는 열광적인 행복이 신중함의 충고를 압도하기도 했다.

그가 한때 마틸드의 창 덧문을 멀리서 응시하며 그녀의 변덕스러운 마음을 한탄하던 곳은 정원의 사다리를 감추기에 안성맞춤인 인동덩굴 무더기 곁이었다. 그 바로 옆에 커다란 떡갈나무 한 그루가 서 있어서 그 나무 둥치가 사람들 눈에 띄지 않게 그를 가려주었다.

극심한 자신의 불행을 생생하게 상기시켜 주는 바로 그 장소를 마틸드와 함께 지나가노라니, 지난날의 절망과 현재의 행복의 대조가 쥘리앵의 성격에는 너무나 강한 충격으로 부딪혀 왔다. 그의 눈에 눈물이 샘솟듯 했다. 그는 애인의 손을 입술로 가져가며 말했다.

"여기서 나는 당신을 생각하며 지냈습니다. 여기서 저 덧문을 쳐다보았지요. 이 손이 덧문을 여는 행복한 순간을 지켜보려고 몇 시간씩이고 기다렸지요……."

쥘리앵은 완전히 나약함을 드러내고 있었다. 그는 도저히 꾸며낼 수 없는 진실한 어조로 지난날 자신의 극도의 절망을 그녀에게 얘기했다. 간간이 던지는 짤막한 감탄사는 지독한 고통에 종말을 고한 현재의 행복을 잘 나타내고 있었다…….

이런, 내가 무슨 짓을 하고 있단 말인가! 나는 또 구렁텅이로 빠지려는 것이다. 갑자기 정신을 차리고 쥘리앵은 이렇게 생각했다.

지나친 경계심에서 그는 벌써 드 라 몰 양의 눈에 사랑의 빛이 줄어든 것을 보는 듯했다. 그것은 환상이었다. 그러나 쥘리앵의 안색은 순식간에 변해 주검 같은 창백함으로 뒤덮였다. 순간적으로 그의 눈에 빛이 꺼지더니, 가장 진실하고 방심한 사랑의 표정이 이내 악의까지 띤 거만한 표정으로 바뀌었다.

"무슨 일이세요?" 애정과 불안이 담긴 태도로 마틸드가 물었다.

"난 거짓말을 했습니다." 쥘리앵이 시무룩하게 대답했다. "당신에게 거짓말을 한 것입니다. 나는 그것을 자책하고 있습니다. 하지만 하느님은 내가 거짓을 꾸미지 않을 만큼 당신을 존경한다는 사실을 아실 것입니다. 당신은 나를 사랑하고 내게 헌신적입니다. 그러니 당신을 기쁘게 하려고 공연한 말을 꾸며 낼 필요가 없지요."

"어머나! 그럼 조금 전부터 당신이 하신 그 매혹적인 말이 모두 꾸며 낸 말이었어요?"

"정말로 후회하고 있습니다. 그것은 전에 내게 사랑을 품었으나 나로서는 흥미가 없던 어떤 여자를 위해 꾸며 냈던 말이었습니다……. 그런 점이 내 성격의 결함입니다. 내 잘못이었어요, 용서하세요."

쓰라린 눈물이 마틸드의 뺨을 적셨다.

쥘리앵이 계속해서 얘기했다.

"조금이라도 마음이 상하면 나는 잠시 헛된 몽상에 빠지는 일이 있어요. 그러면 저주스러운 몹쓸 기억력이 내게 무슨 책략을 제공하는 겁니다. 그리고 나는 그걸 남용하게 되고요."

"그럼 제가 무의식중에 당신 기분을 상하게 했나 보죠?" 사랑스러운 순진함을 보이며 마틸드가 이렇게 말했다.

"이제 생각이 나는데, 어느 날 당신이 이 인동덩굴 옆을 지나다가 꽃 한 송이를 꺾은 적이 있어요. 그러자 드 뤼즈 씨가 당신에게서 그 꽃을 뺏으려 했는데 당신은 그대로 넘겨주더군요. 그때 나는 두어 발짝 떨어진 곳에 있었습니다."

"드 뤼즈 씨가요? 그런 일은 없었어요. 전 그런 짓을 한 적이 없어요." 마틸드가 천성적인 거만한 말투로 대답했다.

"아니, 틀림없습니다." 쥘리앵이 날카롭게 대꾸했다.

"그래요! 그럼 사실이겠죠." 마틸드가 슬프게 눈을 내리깔며 말했다. 그녀는 몇 달 동안 자기가 드 뤼즈 씨에게 그런 행동을 보인 일이 없음을 확실히 알고 있었다.

쥘리앵은 말할 수 없는 애정이 담긴 눈으로 그녀를 쳐다봤다. 이 여자는 여전히 나를 사랑하는구나. 그는 이렇게 생각했다.

저녁에 마틸드는 웃으면서 드 페르바크 부인에 대한 쥘리앵의 취향을 나무랐다.

"부르주아가 벼락출세한 귀부인을 사랑하다니! 우리 쥘리앵이 그런 종류의 여인을 사랑에 들뜨게 만들 리야 만무하지만. 하지만 그 부인은 당신을 진짜 멋쟁이로 만들어 놨어요." 그녀는 쥘리앵의 머리칼을 만지작거리며 말했다.

쥘리앵은 마틸드에게 멸시받고 있다고 생각하던 기간 동안 파리에서도 가장 멋진 차림을 하는 남자 중 하나가 되어 있었다. 그러나 그는 그런 종류의 멋쟁이들보다 뛰어난 점이 하나 더 있었다. 일단 옷차림을 하고 나면 다시는 그것을 염두에 두지 않는다는 것이었다.

한 가지 마틸드를 화나게 하는 것이 있었다. 쥘리앵이 계속해서 러시아인의 편지를 베껴 원수 부인에게 보내는 것이었다.

# 32장 호랑이

아아! 왜 꼭 이것이어야만 하고
다른 것은 안 된단 말인가?

—보마르셰

어떤 영국 여행가가 호랑이와 함께 친하게 살던 이야기를 하고 있다. 그는 호랑이를 길러서 다정하게 대해 주었지만, 항상 테이블 위에 장전한 권총을 놓아두었다고 한다.

쥘리앵은 마틸드가 그의 눈의 표정을 살필 수 없는 순간에만 극도의 행복에 빠져 들 수 있었다. 그는 때때로 마틸드에게 심한 말을 던지는 자신의 의무를 어김없이 이행했다.

그가 보기에 놀랍기 짝이 없는 마틸드의 다정함과 헌신적인 사랑이 그의 자제력을 잃게 할라치면, 쥘리앵은 용기를 내어 불쑥 그녀 곁을 떠나곤 했다.

마틸드는 처음으로 진정한 사랑을 했다.

그녀에게 항상 거북이 걸음처럼 느리게 진행되는 듯하던 인생살이가 이제 나는 듯했다.

하지만 어떤 식으로든 그녀의 자존심은 드러나게 마련이어서, 그럴 때면 그녀는 사랑이 가져올 수 있는 온갖 위험에 대담하게 뛰어들려고 했다. 신중한 것은 오히려 쥘리앵 편이었다. 마틸드가 쥘리앵의 의사에 굴복하지 않는 것은 위험이 문제될 때뿐이었다. 그러나 쥘리앵에게는 복종하며 거의 겸손한 태도를 보이는 마틸드였지만, 친척이건 하인이건 집 안에서 만나는 모든 사람들에게는 더욱더 거만하게 대하는 것이었다.

저녁에 육십 명이 모인 살롱 한가운데서도 마틸드는 쥘리앵을 불러 오랫동안 단둘이서만 얘기하곤 했다.

하루는 탕보 녀석이 그들 곁에 있자, 마틸드는 1688년의 혁명에 관한 얘기가 나오는 스몰레트의 책을 서재에서 찾아다 달라고 그에게 부탁했다. 탕보가 머뭇거리자 마틸드는 "당신은 매사에 꾸물거리기만 하는군요." 하고 모욕적인 멸시의 표정을 띠고 쏘아붙여 쥘리앵의 마음을 시원하게 해 주었다.

"그 꼬마 녀석의 눈초리를 보았어요?" 하고 쥘리앵이 물었다.

"그의 숙부가 십여 년이나 이 살롱에서 봉사했기에 망정이지 그렇지 않았다면 나는 그를 당장 쫓아내 버렸을 거예요."

드 크루아즈누아 씨, 드 뤼즈 씨 등에 대한 그녀의 태도는 형식적으로는 아주 정중했지만 내용은 여전히 도전적이었다. 마틸드는 전에 쥘리앵에게 털어놓았던 비밀 얘기들, 특히 그 귀족 청년들에게 품었던 관심이 실상은 그저 철없는 호기심에 불과한데 그것을 과장해 얘기했던 것을 몹시 후회했다.

매일같이 굳은 결심을 하면서도 마틸드는 여자로서의 자존심 때문에 차마 쥘리앵에게 다음과 같은 얘기를 하지 못하고 있었다.

'언젠가 드 크루아즈누아 씨가 대리석 탁자 위에 놓인 손으로 제 손을 살짝 만졌을 때 제가 손을 빼지 않았다고 말한 것은, 다만 그런 여자다운 약한 면을 당신에게 고백하는 것이 즐거웠기 때문이에요.'

그런데 요즘엔 그 신사들 중 누가 자기에게 잠시라도 말을 걸면 마틸드는 즉시 쥘리앵에게 무슨 질문을 던지는 것이었다. 쥘리앵을 자기 곁에 붙잡아두려는 구실이었다.

마틸드는 자기가 임신한 것을 알고 기쁜 마음으로 쥘리앵에게 그 사실을 알렸다.

"지금도 저를 의심하세요? 이거야말로 사랑의 증거가 아녜요? 저는 이제 영원히 당신의 아내예요."

이 소식을 듣고 쥘리앵은 몹시 놀랐다. 그는 자기 행동의 원칙을 망각할 지경이었다. 나를 위해 자신을 망치고 있는 이 가없는 처녀에게 어떻게 일부러 냉정하고 모욕적인 태도를 취한단 말인가? 무서운 의무의 목소리가 마음에 울릴 때라고 해도 마틸드가 조금 고통스러운 표정을 짓는 것을 보면, 그는 경험에 비추어 자기들의 사랑을 지속하기 위해 불가결하다고 여겨지는 그 심한 말을 그녀에게 던질 용기가 나지 않았다.

어느 날 마틸드는 쥘리앵에게 이렇게 말했다.

"아버지께 편지를 쓰겠어요. 그분은 제게 아버지 이상의 분이에요. 친구기도 해요. 그러니 우리가 잠시라도 그분을 속이려 든다면 부끄러운 일이에요."

"아니! 무슨 짓을 하려는 겁니까?" 쥘리앵이 질겁해서 말했다.

"제 의무를 이행하려는 거예요." 마틸드가 기쁨으로 눈을 반짝이며 대답했다.

마틸드는 자기 애인보다도 통이 컸다.

"그분은 치욕스럽게 나를 쫓아낼 겁니다!"

"그건 아버지의 권리예요. 그 권리는 존중해 드려야죠! 우리는 팔짱을 끼고 대낮에 보라는 듯이 대문으로 나가는 거예요."

쥘리앵은 놀라서 일주일만 연기하자고 간청했다.

"그럴 수 없어요. 명예가 허락하지 않아요. 나는 의무를 알았으니 당장 그 의무를 따라야 해요." 마틸드가 대답했다.

"좋소! 그럼 내가 연기를 명령하겠소." 마침내 쥘리앵이 이렇게 말하고 나섰다. "당신의 명예는 지켜 주겠소. 나는 당신의 남편이오. 우리 두 사람의 처지는 이 중대한 행위에 의해 변할 겁니다. 나도 역시 권리가 있어요. 오늘은 화요일이고 다음 화요일은 드 레츠 공작의 초대일이죠. 그날 밤 드 라 몰 후작님이 돌아오셨을 때 문지기로 하여금 그 운명의 편지를 갖다 드리도록 합시다……. 그분은 당신을 공작 부인으로 만들 생각만 하고 계시죠. 그건 확실한 일이오. 그분의 고통을 생각해 보십시오!"

"그분의 복수를 생각해 보란 말씀인가요?"

"나는 내 은인을 동정하는 겁니다. 그분을 괴롭히는 것이 마음이 아픕니다. 그러나 나는 누구도 두려워하지는 않습니다. 앞으로도 결코 누구든 두려워하지 않을 것입니다."

마틸드는 쥘리앵의 말에 따랐다. 마틸드가 쥘리앵에게 자신의 신체적 변화를 알린 이후로 그가 명령조로 말한 것은 이번

이 처음이었다. 그가 마틸드를 이처럼 깊이 사랑한 적은 일찍이 없었다. 그의 마음의 부드러운 일면은 마틸드의 신체적 조건에서 그녀에게 심한 말을 던지지 않을 구실을 찾아내고 기뻐했다. 드 라 몰 후작에게 고백한다는 생각에 쥘리앵은 몹시 동요됐다. 그는 마틸드와 영영 헤어지게 될 것인가? 그러면 마틸드는 그가 떠나는 모습을 보며 얼마나 슬퍼할 것인가? 그러나 그가 떠난 한 달 후에도 그녀는 그의 생각을 할 것인가?

후작에게서 마땅히 받게 될 질책에 못지않게 그는 마틸드의 변심이 두려워졌다.

저녁에는 마틸드에게 후작에 대한 고민을 털어놓았다. 그러고 나서 사랑에 정신이 나간 쥘리앵은 마틸드의 변심에 대한 고민 역시 털어놓고 말았다.

그러자 마틸드의 안색이 변했다.

"저와 반년쯤 떨어져 지내는 것이 당신에게 정말로 슬픔이 될까요?" 그녀가 쥘리앵에게 말했다.

"말 못 할 슬픔일 겁니다. 그건 세상에서 내가 두려워하는 유일한 슬픔입니다."

마틸드는 진심으로 기뻤다. 쥘리앵이 전심전력으로 연극을 행한 나머지, 마틸드는 자기들 둘 중 더 많이 사랑하는 것은 자신이라고 지금껏 믿어 왔던 것이다.

운명의 화요일이 닥쳤다. 자정에 집으로 돌아온 후작은, 겉봉에 손수 개봉하여 보는 사람이 아무도 없을 때 읽어 달라고 쓰인 편지 한 통을 발견했다.

"아버지,

아버지와 저 사이의 모든 사회적 관계는 끊어졌습니다. 남은 것은 자연의 관계뿐입니다. 제 남편 다음으로는 아버지가 제게 가장 소중하신 분이며 앞으로도 항상 그럴 것입니다. 제 눈은 눈물로 가득 차 있습니다. 아버지께 끼쳐 드릴 걱정을 생각하면 앞이 캄캄합니다. 그러나 제 부끄러움이 세상에 알려지지 않고 또 아버지께서 이 일을 생각하시고 조치를 취할 시간을 가지시도록 하기 위해, 저는 마땅히 아버지께 드려야 할 이 고백을 더 오래 미룰 수가 없었습니다. 한없이 큰 아버지의 애정이 제게 얼마간의 생활비를 허용해 주신다면 저는 제 남편과 함께 아버지가 원하시는 곳이면 어디든지, 이를테면 스위스에라도 가서 살겠습니다. 제 남편의 이름은 미미하기 짝이 없습니다. 베리에르 목수의 며느리인 소렐 부인이 아버지의 딸이라고 생각할 사람은 아무도 없겠지요. 이 이름을 쓸 때까지 제 고통은 너무나도 컸습니다. 쥘리앵에 대한 아버지의 진노(당연한 것이겠죠.)가 두렵습니다. 아버지, 저는 공작 부인이 되지는 못할 것입니다. 그 사람을 사랑하게 되면서 그 사실을 알고 있었습니다. 먼저 사랑한 것이 저였고 그 사람을 유혹한 것이 저였으니까요. 아버지께 드높은 기상을 물려받은 저는 범속하거나 또는 그래 보이는 사람들에게는 도저히 주의를 기울일 수 없었습니다. 아버지를 기쁘게 해 드릴 생각으로 드 크루아즈누아 씨 생각도 해 보았으나 아무 소용이 없었습니다. 아버지께서는 왜 제 눈앞에 진정한 가치를 지닌 인물을 갖다 두셨던가요? 제가 이에르에서 돌아왔을 때 '저 소렐이란 청년이 내 마음에 드는 유일한 사람이다.'라고 말씀하셨던 분은 바로 아버지 자신이셨습니다. 그 가엾은 청년은 이 편지가 아버지께 끼칠 걱정에 대해 저와 마찬가지로 괴로워하고 있습니다. 아버지께서 부친으로서 노여워하시는 것은 저도 어쩔 수 없다고 생각합니다. 그러나 친구로서 항상 저를 사랑해 주시기 바라옵니다.

쥘리앵은 서를 존경했습니다. 그가 때때로 저와 얘기를 나눈 것은 오직 아버지에 대한 그의 깊은 감사의 마음 때문이었습니다. 천성적으로 고매한 성격의 그 사람은 자기보다 월등히 신분이 높은 사람들에게는 공식적인 대답 이외에는 하려 들지 않습니다. 그는 사회적 신분의 차이를 선천적으로 민감하게 느끼는 사람입니다. 다른 어떤 사람에게도 결코 이런 고백을 하지는 않겠지만, 최상의 제 친구이신 아버지께만 얼굴을 붉히며 고백드립니다. 어느 날 정원에서 먼저 그의 팔에 매달린 것은 저였습니다.

지금부터 스물네 시간 후에도 아버지께서는 그 사람에 대해 여전히 노여워하시겠어요? 그러셔도 제 잘못은 돌이킬 수가 없습니다. 아버지께서 요구하신다면, 그 사람이 얼마나 아버지를 깊이 존경하고 있으며 또 아버지께 심려를 끼쳐드리는 것을 얼마나 괴로워하는지를 제가 보증하겠습니다. 아버지께서는 다시는 그를 보시지 않겠지요. 그러나 저는 어디든 그가 원하는 곳으로 따라가겠습니다. 그것은 그의 권리이며 제 의무입니다. 그 사람은 제 자식의 아비니까요. 아버지께서 저희들에게 6000프랑쯤 생활비를 대 주신다면 저는 감사히 받겠습니다. 그렇지 않으면 쥘리앵은 브장송에 자리 잡고 라틴어와 문학 교사를 시작

할 생각입니다. 아무리 낮은 지위에서 출발하더라도 그가 입신
양명할 것을 저는 확신합니다. 그 사람과 함께라면 비천한 처지
가 두렵지 않습니다. 만약 혁명이라도 일어난다면 저는 그가 제
1급의 역할을 해낼 것을 확신합니다. 제게 구혼했던 남자 중 누
가 그런 일을 해낼 수 있겠습니까? 그들은 훌륭한 영지를 갖고
있지요! 하지만 저는 그 한 가지 상황만으로 찬양할 이유를 발
견할 수는 없습니다. 100만 프랑의 돈과 아버지의 후견만 있다
면, 저의 쥘리앵은 현 체제하에서도 높은 지위에 오를 수 있을
것입니다……."

후작이 처음의 충동에 좌우되기 쉬운 사람이라는 것을 알
고 있는 마틸드는 8페이지나 되는 장문의 편지를 썼다.

드 라 몰 씨가 이 편지를 읽는 동안 쥘리앵은 혼자 생각했다.

어떻게 해야 할까? 첫째, 무엇이 내 의무이며 둘째, 무엇이
내 이익에 합당한 일일까? 내가 그분께 신세 진 것은 이루 헤
아릴 수 없다. 그분이 아니었다면 나는 형편없는 건달이 되고
말았을 것이다. 그것도 남들의 미움과 박해를 벗어나지 못하
는 건달이 되었을 것이다. 후작은 나를 사교계 인사로 만들어
주었다. 어쩔 수 없는 내 파렴치는 첫째로 매우 드문 일이고
둘째로 그리 천박한 일은 아니다. 후작은 내게 100만 프랑의
돈을 준 것 이상의 일을 해 주었다. 그분 덕분에 나는 이 훈장
도 탔고 외면적으로는 뛰어난 외교적 임무 수행을 한 것으로
되어 있다.

그런데 후작이 내 행동을 지시하기 위해 펜을 들었다면 뭐

라고 쓸 것인가……?

쥘리앵의 이런 상념은 드 라 몰 씨의 늙은 시종에 의해 갑자기 중단되었다.

"복장은 아무래도 좋으니 즉시 오시라는 후작님의 분부십니다."

시종은 쥘리앵의 옆에 따라오며 낮은 목소리로 속삭였다.

"노발대발이시니, 조심하십시오."

# 33장 무력함의 지옥

이 다이아몬드를 자르면서 서툰 보석 세공인이
그 가장 찬란한 광채 일부를 잃게 하고 말았다.
중세에는, 아니 리슐리외 치하만 해도
프랑스인은 의지의 힘을 지니고 있었다.

—미라보

쥘리앵은 격노한 후작과 만났다. 이 대귀족께서 이처럼 천한 언동을 보인 것은 아마 난생처음이었을 것이다. 그는 입에서 나오는 대로 쥘리앵에게 마구 욕설을 퍼부었다. 우리 주인공은 일변 놀라고 일변 울화가 치밀었으나, 그 때문에 감사의 마음이 흔들리지는 않았다. 이 가엾은 양반은 오래전부터 마음속에 품어 온 온갖 훌륭한 계획이 일순간에 무너져 내린 것을 본 것이다! 하지만 이분께 뭐라고 대답해야겠다. 잠자코 있으면 그의 노여움이 더 커질 테니까.

쥘리앵의 대답은 타르튀프의 역할에서 따온 것이었다.

"저는 천사는 아닙니다……. 저는 후작님께 열심히 봉사했고 후작님께서는 제게 후한 보상을 해 주셨습니다……. 깊이 감사하고 있습니다만, 전 지금 스물두 살입니다……. 이 댁에서 제 생각을 이해해 주신 분은 후작님과 귀여운 아가씨뿐이었습니다……."

"에이, 이 짐승 같은 놈!" 후작은 버럭 소리를 질렀다. "귀엽다고! 귀여워! 그 애가 귀여워 보였을 때 자네는 달아났어야지."

"그러려고 했습니다. 그때 저는 랑그도크로 떠나겠다고 후작님께 청했습니다."

분노에 차서 방 안을 왔다 갔다 하는 데 지친 후작은 그만 고통을 이기지 못하고 안락의자에 몸을 던졌다. 쥘리앵은 그가 혼잣말로 이렇게 중얼거리는 소리를 들었다.

"이 작자는 악인은 아니군."

"그렇습니다, 저는 후작님께 악인 노릇은 하지 않았습니다." 이렇게 외치며 쥘리앵은 무릎을 꿇었다. 그러나 그런 행동이 몹시 부끄러워 재빨리 다시 일어났다.

후작은 정말로 제정신이 아니었다. 쥘리앵의 그런 행동을 보자 또다시 마차꾼이나 쓸 법한 지독한 욕설을 퍼붓는 것이었다. 또다시 이렇게 욕설을 퍼붓고 나자, 후작은 마음이 약간 풀렸는지도 모른다.

뭐라고! 내 딸이 소렐 부인으로 불린다고! 아니! 내 딸이 공작 부인이 되지 못한다고! 이 두 가지 생각이 또렷이 떠오를 때마다 드 라 몰 씨는 고문을 당하는 듯 고통스러웠고, 충동을 억제할 의지력을 잃고 마는 것이었다. 쥘리앵은 얻어맞지나 않을까 두려웠다.

그러나 때때로 맑은 정신이 들고 자신의 불행에 익숙해지기 시작하면, 후작은 쥘리앵에게 꽤 분별 있는 힐난을 퍼부었다.

33장 무력함의 지옥

"자네는 마땅히 달아났어야 했어. 달아나는 것이 자네의 의무였지⋯⋯. 자네는 인간 말짜란 말이야⋯⋯." 후작은 이렇게 말했다.

쥘리앵은 책상으로 다가가 이런 글을 썼다.

"오래전부터 저는 삶을 견딜 수가 없었습니다. 이제 이 삶을 끝장내려 합니다. 후작님께서는 제 무한한 감사의 마음을 받아 주심과 아울러, 제 죽음으로 댁에 소란을 야기함을 용서해 주시기 앙망하나이다."

"후작님께서 이 쪽지를 일별해 주시기 바랍니다⋯⋯. 그리고 저를 죽여 주십시오. 하인을 시켜 저를 죽여 주십시오. 지금 시각은 새벽 1시입니다. 저는 정원의 담 밑을 거닐고 있겠습니다."

"악마에게나 꺼져 버려!" 쥘리앵이 방을 나가자 후작이 등 뒤에서 소리쳤다.

쥘리앵은 생각했다. 그렇다, 그는 자기 하인 손에 내가 죽는 것을 유감스럽게 여기지 않을 것이다⋯⋯. 좋다, 날 죽여라, 나는 그에게 만족감을 주겠지⋯⋯. 하지만 살고 싶은데⋯⋯. 나는 내 아들에 대한 의무가 있지 않은가.

신변의 위험을 생각하며 몇 분 동안 정원을 거닐자 처음으로 머릿속에 뚜렷이 떠오른 아들이라는 관념이 그를 온통 사로잡았다.

전혀 새로운 이런 관심으로 인하여 그는 신중한 사람이 되었다. 저 불덩이 같은 성미의 사람을 대하려면 누군가의 조언이 필요한데…… 그는 지금 완전히 분별력을 잃고 있어, 무슨 짓이든지 할 수 있는 상태야. 푸케는 너무 멀리 떨어져 있는 데다가 후작 같은 사람의 감정을 통 이해하지 못한단 말이야.

알타미라 백작……. 그가 영원히 비밀을 지킬 수 있을까? 내가 조언을 청하는 것이 너무 직접적이어서 내 처지를 복잡하게 만들어서는 안 된다. 아아, 그렇다면 엄격한 피라르 사제밖에는 없구나……. 그분의 정신은 얀세니즘으로 굳어 있는데……. 사악한 예수회파가 세상살이를 잘 알고 있어 내 일도 더 잘 처리할 텐데……. 피라르 사제는 내 죄를 한마디만 털어놓아도 매질을 하려 들지 몰라.

타르튀프의 재능이 이윽고 쥘리앵을 구했다. 그래, 그에게 가서 고해하기로 하자. 이것이 두 시간이나 정원을 산책한 끝에 그가 내린 최후의 결정이었다. 그는 이제 총탄 세례를 받지나 않을까 하는 염려는 들지 않았다. 못 견디게 졸릴 따름이었다.

다음 날 이른 아침 쥘리앵은 파리에서 몇 킬로미터 떨어진 그 엄격한 얀세니스트의 문을 두드렸다. 그의 고백을 듣고도 사제가 크게 놀라지 않는 것을 보고 오히려 쥘리앵이 매우 놀랐다.

"어쩌면 나 자신을 책망해야 할지도 모르겠어." 사제는 노하기보다는 근심스러운 태도로 말하는 것이었다. "나는 이 사랑을 어렴풋이 짐작하고 있었지. 그런데 이 몹쓸 사람아, 자네에 대한 애정 때문에 후작에게는 말하지 않았던 거야……."

"후작은 어떻게 하실까요?" 쥘리앵이 성급하게 물었다.

(이때 쥘리앵은 사제에게 애정을 느끼고 있어서 그 앞에서 연극을 하기는 몹시 어려웠을 것이다.)

"저는 세 가지 방침을 예상하고 있습니다." 쥘리앵이 계속해서 말했다. "첫째로, 드 라 몰 씨는 저를 죽일 수도 있을 것입니다." 그리고 후작에게 남겨 두고 온 자살하겠다는 유서에 관해 얘기했다. "둘째로, 노르베르 백작으로 하여금 결투를 신청하게 해서 저를 사살할지도 모릅니다."

"그래, 그 결투를 받아들이겠단 말인가?" 사제는 벌떡 일어서며 분격해서 말했다.

"제 말을 끝까지 들어 주십시오. 물론 저는 제 은인의 아들을 향해 발포하지는 않겠습니다.

셋째로, 후작은 저를 멀리 추방할지 모릅니다. 그분이 에든 버러나 뉴욕에라도 가라고 하면 그 뜻에 따르겠습니다. 그렇게 되면 드 라 몰 양의 행실을 비밀로 묻어 둘 수도 있겠죠. 그러나 저는 제 아들을 없애려 드는 것만은 참지 않겠습니다."

"그 타락한 양반은 물론 맨 먼저 그 생각을 할 걸세⋯⋯."

한편 파리에서 마틸드는 절망에 빠져 있었다. 그녀는 7시경에 자기 아버지와 만났다. 후작은 딸에게 쥘리앵의 편지를 보여 주었다. 그녀는 쥘리앵이 생명을 끊는 것을 고귀한 일로 생각할까 봐 벌벌 떨었다. 아니 내 허락도 없이? 그녀는 노기 어린 슬픔 속에서 이렇게 중얼거렸다.

"그이가 죽으면 저도 죽겠어요." 마틸드는 아버지에게 이렇게 말했다. "그이를 죽게 한 것은 아버지예요⋯⋯. 그이가 죽으면 아버지는 기뻐하시겠죠⋯⋯. 그러나 저는 그이의 망혼에 걸고 맹세하겠어요. 우선 상복을 입고 미망인 소렐 부인으로서 만천하에 그 사실을 공개할 것을. 그렇게 알고 계세요. 저는 비겁한 겁쟁이 노릇은 하지 않을 거예요."

그녀의 사랑은 광적이었다. 이번에는 드 라 몰 씨가 당황했다.

후작은 사태를 좀 분별 있게 보기 시작했다. 마틸드는 오찬에 모습을 드러내지 않았다. 후작은 한없이 무거운 짐을 벗어 놓은 기분이었다. 특히 마틸드가 어머니에게는 아무 말도 하지 않은 것을 알고는 기분이 좋아졌다.

쥘리앵이 말에서 내렸다. 마틸드는 즉시 그를 불러, 하녀가 가까이 있는데도 냅다 그의 품으로 뛰어들었다. 쥘리앵은 이런 열광이 별로 고맙지도 않았다. 그는 피라르 사제와의 오랜 회견으로 냉정하게 사정을 계산하는 외교적 자세를 지니고 왔던 것이다. 가능한 일을 계산해 봄으로써 터무니없는 공상은 사라졌다. 마틸드는 눈물을 글썽이며 자살하겠다는 쥘리앵의 편지를 보았다고 말했다.

"아버지가 생각을 바꾸실지도 몰라요. 즉시 빌르키에로 떠나 주세요. 말을 타고 모두들 식사를 끝내기 전에 집을 나가세요."

쥘리앵이 여전히 놀란 듯한 냉정한 태도를 지니고 있자 마틸드는 다시 눈물을 펑펑 쏟았다.

"우리 일은 제가 처리하게 놔두세요." 마틸드는 쥘리앵을 품에 꼭 껴안으며 흥분해서 소리쳤다. "제가 당신과 헤어지기 싫어한다는 것은 당신도 잘 아실 거예요. 제 하녀 앞으로 편지를 보내세요. 겉봉은 다른 사람 글씨로 쓰고요. 저는 계속 편지를 쓸게요. 잘 가세요! 빨리 달아나요."

이 마지막 말이 쥘리앵의 기분에 거슬렸다. 그러나 그는 그 말대로 했다. 이 사람들은 최상의 순간에도 내 비위를 건드리는 비결을 갖고 있단 말이야. 쥘리앵은 이런 생각을 했다.

마틸드는 자기 부친의 모든 신중한 계획에 단호하게 저항했다. 그녀는 소렐 부인으로서 남편과 함께 스위스에서 가난하게 살든지 아니면 파리의 아버지 집에서 사는 조건이 아니면 어떠한 타협도 하려 들지 않았다. 비밀 출산이란 제안을 듣자 그녀는 일언지하에 거절해 버렸다.

"그렇게 되면 저에 대한 중상과 불명예의 가능성이 시작되는 거예요. 결혼하고 두 달 후에 남편과 함께 여행을 떠나겠어요. 정상적인 시기에 제 아이가 태어난 듯이 보이기는 쉬운 일일 거예요."

이런 단호함은 처음에는 후작의 분노만 불러일으켰지만 마침내 후작의 마음에도 의혹이 스며들게 되었다.

마음이 적이 누그러지자 후작은 딸에게 이렇게 말하는 것이었다.

"자, 여기 연 수입 1만 프랑짜리 증서가 있다. 이걸 네 쥘리앵에게 보내 주고, 내가 그걸 도로 뺏지 못하게 즉시 명의 변경을 하라고 일러라."

마틸드의 명령하기 좋아하는 성격을 알고 있는 쥘리앵은 그녀의 말에 따르기 위해 쓸데없이 160킬로미터의 길을 여행했다. 그는 빌르키에에 가서 소작인들의 장부를 정리하고 있었다. 그런데 후작이 보여 준 호의를 기회로 파리로 돌아오게 되었다. 그는 피라르 사제에게 가서 은신처를 부탁했다. 그가 없는 동안 피라르 사제는 마틸드의 가장 유용한 동맹자가 되어 있었다. 후작이 상의할 때마다, 사제는 공개적인 결혼 이외의 다른 모든 조치는 하느님께 죄악으로 보일 것이라고 주장했던 것이다. 그리고 사제는 이렇게 덧붙여 말했다.

"다행히 이 문제에 있어서는 세속의 지혜도 종교와 일치합니다. 드 라 몰 양의 격렬한 성격으로 미루어 보아, 잠시라도 그 아가씨가 자신의 일을 비밀에 붙일 것이라고 기대할 수 있겠습니까? 만약 공개적 결혼이라는 솔직한 방법을 받아들이지 않는다면, 사교계는 훨씬 더 오랫동안 이 어울리지 않는 이상한 결혼에 대해 말이 많을 것입니다. 조금이라도 숨기는 기색 없이 한꺼번에 모든 것을 다 공표해야 할 것입니다."

"사실 그렇습니다." 후작이 생각에 잠기며 말했다. "이 제도 하에서는, 결혼 후 사흘이 지나도 이러쿵저러쿵하는 것은 어리석은 사람의 장광설이 되어 버렸죠. 남몰래 결말을 내려면 정부의 반급진주의적인 무슨 일대 조치라도 이용해야 할 것입니다."

드 라 몰 씨의 두세 친구도 피라르 사제와 같은 의견이었다. 그들이 보기에 커다란 장애는 마틸드의 단호한 성격이었다. 그러나 그럴듯한 많은 생각을 되풀이해 본 후에도, 후작의 마음은 자기 딸을 공작 부인으로 만들려는 희망을 포기하는 데 익숙해질 수가 없었다.

후작의 기억과 상상력은 그의 젊은 시절만 해도 아직 가능했던 갖가지 종류의 술책과 기만으로 가득 차 있었다. 필요성에 굴복하며 법률을 두려워하는 것은 자기와 같은 신분의 인사에게는 터무니없고 수치스러운 일로 보였다. 사랑하는 딸의 장래에 대해 십 년 전부터 품어왔던 황홀한 꿈에 그는 지금 비싼 대가를 지불하고 있었다.

누가 이런 일을 예상이나 할 수 있었더란 말이냐? 후작은 혼자 중얼거렸다. 그처럼 자존심이 강하고 그처럼 재주가 뛰어나며 가문의 성(姓)을 나보다도 자랑스러워 하던 계집아이가! 일찍부터 프랑스 최고 저명인사들이 내게 그 애에 대한 청혼을 해왔건만!

일체의 신중함을 버려야 한다. 이 시대는 모든 것이 뒤죽박죽이다! 우리는 혼돈으로 내닫고 있는 것이다.

# 34장 재사

지사(知事)는 말을 타고 가며 중얼거렸다.
나는 왜 장관이, 수상이, 공작이 되지 못하는 것일까?
나 같으면 이런 식으로 전쟁을 할 텐데……
나는 이런 방법으로 혁신가들을 감옥에 처넣을 텐데……

—《르 글로브》지

어떤 논지도 십 년간 후작을 지배해 온 달콤한 꿈을 깨뜨릴 수는 없었다. 후작은 화를 내 봤자 소용없다고 생각했으나 용서할 결심을 할 수도 없었다. 그 쥘리앵이란 녀석이 사고로 죽기라도 했으면! 그는 때때로 이런 생각을 하기도 했다. 이처럼 후작의 슬픔에 잠긴 상상력은 터무니없는 망상을 뒤쫓으며 얼마간 위안을 얻기도 했다. 이런 망상은 피라르 사제의 슬기로운 충고를 무력화시켰다. 이처럼 협상이 한 발짝도 진전되지 못한 채 한 달이 흘러갔다.

정치사(政治事)에 있어서와 마찬가지로 이 집안일에 있어서도 후작은 한 사흘 동안은 탁월한 통찰력을 갖고 열중했다. 그러고 나면 그 행동 방침이 이치에 잘 들어맞기 때문에 오히려 마음에 들지 않았다. 이치라는 것은 자기가 좋아하는 계획을 뒷받침할 때만 마음에 드는 것이었다. 사흘 동안은, 그는 시인의 열정과 흥분을 지니고 사태를 어느 지점으로 이끌려고 무던히 노력했다. 그러나 다음 날이 되면 그 계획을 생각도 하지 않는 것이었다.

처음에 쥘리앵은 후작의 더딘 행동에 당황했다. 그러나 몇 주일이 지난 뒤부터는 드 라 몰 씨가 이번 일에 아무런 확정된 계획도 갖고 있지 않다는 것을 짐작하기 시작했다.

드 라 몰 부인과 집안사람 모두는 쥘리앵이 영지의 관리 때문에 지방에 여행 중이라고 믿고 있었다. 그러나 그는 피라르 사제의 사제관에 숨어 지내면서 거의 매일 마틸드와 만나고 있었다. 마틸드는 매일 아침 아버지와 한 시간씩 함께 지냈다. 그러나 그들은 자기들의 생각을 온통 사로잡고 있는 일에 대해 몇 주일 동안 한마디도 얘기를 나누지 않는 적도 있었다.

"나는 그자가 어디에 있는지 알고 싶지도 않다. 그자에게 이 편지를 보내 주어라." 어느 날 후작이 딸에게 말했다. 마틸드는 그 편지를 읽어 보았다.

"랑그도크의 영지는 2만 600프랑의 수입이 있소. 나는 1만 600프랑을 내 딸에게, 그리고 1만 프랑을 쥘리앵 소렐 군에게 주는 바요. 물론 영지 자체를 주는 것이오. 증여 증서 두 통을 따로따로 작성하여 내일 내게 가져오라고 공증인에게 이르시오. 그 이후에는 우리 사이에 더 이상 아무런 관계도 없는 것이오. 아아! 소렐 군, 나는 이 모든 일을 예기했어야 했던가?

드 라 몰 후작"

"아버지, 참으로 감사해요. 저희는 아장과 마르망드 사이에 있는 에기용 성관에 가서 살겠어요. 그곳은 이탈리아만큼이나 아름다운 고장이라고 하더군요." 마틸드는 얼굴이 환해져서 이렇게 말했다.

이 증여에 쥘리앵은 한없이 놀랐다. 그는 이제 우리가 알던 엄숙하고 냉정한 사내가 아니었다. 자기 아들의 운명이 미리부터 그의 생각을 온통 사로잡고 있었다. 그처럼 가난하던 사람에게 뜻하지 않은 막대한 재산이 주어지자 그는 야심만만해졌다. 그는 자기 아내와 자기가 3만 6000프랑의 연수를 누리게 된 것을 알아차렸다. 한편 마틸드의 모든 감정은 자기 남편에 대한 열렬한 사랑 속에 빠져 있었다. 그녀는 자존심 때문에 쥘리앵을 항상 남편이라고 지칭하고 있었다. 그녀의 유일한 큰 야심은 자기 결혼을 세상에 알리는 것이었다. 그녀는 자신의 운명을 탁월한 남자의 운명에 연결시킴으로써 자기가 발휘한 비범한 신중함을 과장해 생각하면서 나날을 보내는 것이었다. 그녀의 머릿속을 지배하는 것은 개인적인 능력이었다.

거의 계속해서 떨어져 지내야 했고 용무가 중첩되었으며 사랑을 속삭일 시간이 별로 없다는 사정은, 이전에 쥘리앵이 만들어냈던 교묘한 연애 전술의 훌륭한 효과를 보충해 주는 것이었다.

진정으로 사랑하게 된 남자를 별로 만나 볼 수 없는 형편에 대해 마틸드는 조바심이 나기에 이르렀다.

울화가 치미는 순간 마틸드는 자기 아버지에게 편지를 썼다. 그 편지의 서두는 오셀로를 연상케 하는 것이었다.

"사회가 드 라 몰 후작님 딸에게 베푸는 혜택보다 제가 쥘리 앵을 더 좋아한다는 사실은 제 선택으로 충분히 증명되는 바입니다. 사회적 존경이나 하찮은 허영심의 기쁨 따위는 제게 아무런 가치도 없습니다. 제가 남편과 헤어져 지내는 것도 곧 여섯 주일째가 됩니다. 아버지에 대한 제 존경심을 표하는 것도 이것으로 충분합니다. 다음 목요일 전에 저는 아버지 댁을 떠나겠습니다. 아버지의 은혜로 저희들은 부유해졌습니다. 존경할 만한 피라르 사제를 제외하고 제 비밀을 아는 사람은 아무도 없습니다. 저는 그분을 찾아가겠습니다. 그분의 주례로 결혼식을 올리겠습니다. 식을 올리고 한 시간 후에는 랑그도크를 향해 떠나겠습니다. 그리고 아버지의 명령이 있기 전에는 결코 파리에 나타나지 않겠습니다. 그러나 제 가슴을 아프게 하는 것은, 이 일이 저와 아버지에 대해 신랄한 화젯거리를 만들어 내리라는 것입니다. 어리석은 대중의 조롱 때문에 훌륭한 오빠께서 쥘리앵에게 싸움을 걸게 되지나 않을까요? 그런 사태가 발생한다면(저는 그 사람을 잘 알고 있습니다.) 저로서도 그 사람을 억제할 도리가 없을 것입니다. 우리는 그의 마음에서 반항하는 하층민을 발견하게 될 것입니다. 아버지! 무릎 꿇고 간청드리오니, 다음 목요일 피라르 사제님 교회에서 있을 제 결혼식에 부디 참석해 주십시오. 그렇게 해 주시면 심술궂은 세상 사람들의 풍설도 훨씬 완화될 것이며, 아버지 외아들의 생명과 제 남편의 생명도 보장될 것입니다. 운운."

이 편지를 받고 후작은 극심한 난처함에 빠졌다. 결국 무슨 결정을 내려야 했다. 일상의 자질구레한 습관도 모든 세속적 친구들도 아무런 영향력을 발휘할 수 없었다.

이런 기묘한 상황에 봉착하자 젊은 시절에 겪은 여러 사건에 의해 빚어진 그의 성격상의 굵직한 특징들이 다시 고개를 들고 일어났다. 망명 생활의 불행으로 인해 그는 공상가가 되어 있었다. 이 년 동안 거대한 재산과 궁정의 온갖 현직(顯職)을 누린 후 1790년에 후작은 갑자기 망명 생활의 끔찍한 불행에 빠졌던 것이다. 이 엄혹한 시련은 당시 스물두 살이던 후작의 영혼을 일변시켜 놓고 말았다. 결국 그는 현재의 부(富) 속에 자리 잡고 있지만 그 부에 지배당하는 것은 아니었다. 그러나 황금병으로부터는 영혼을 지켜낼 수 있었던 그 상상력도, 자기 딸을 훌륭한 귀족 칭호로 장식해 주고 싶은 광적인 정열에는 맥을 못 쓰고 있었다.

흘러간 여섯 주일 동안 후작은 때로는 일시적인 변덕에 끌려 쥘리앵을 부자로 만들어 주려고 했다. 드 라 몰 씨에게 가난이란 도대체가 천하고 수치스러운 것이어서, 자기 딸의 남편이 가난하다는 것은 있을 수도 없는 일이었다. 그래서 그는 아낌없이 돈을 던져 주었다. 그러나 다음 날이면 그의 공상은 또 다른 줄기를 좇아, 쥘리앵이 후하게 돈을 주는 자기의 말 없는 뜻을 깨달아서 이름을 바꾸고 미국으로라도 달아나 마틸드에게 이제 자신은 그녀에게 죽은 존재나 다름없다고 편지를 보내는 상상에 빠지는 것이었……. 드 라 몰 씨는 그런 편지가 실제로 왔다고 가정하고, 자기 딸의 성격으로 미루어 보아 그 편지가 어떤 결과를 가져올지를 곰곰이 생각해 보기도 했다…….

마틸드의 '현실적인' 편지를 받고 그런 부질없는 공상에서 깨어난 그날 후작은 쥘리앵을 죽여 버릴까 아니면 그를 어디로 사라지게 할까 오랫동안 생각한 끝에, 쥘리앵에게 찬란한 행운을 마련해 줄 것을 꿈꾸었다. 그는 쥘리앵에게 자기 영지 하나를 주고 그 지명에서 귀족의 성을 따게 할 생각을 했다. 쥘리앵에게 자기 작위를 물려주지 못할 이유가 어디 있겠는가? 그의 장인인 드 숀 공작은 외아들을 스페인 원정에서 잃은 후로는 노르베르에게 자기의 칭호를 물려주고 싶다고 여러 번 얘기한 일도 있었는데…….

쥘리앵에게 뛰어난 사무 처리 능력과 대담성과 나아가 눈부신 재능이 있음을 아무도 부인할 수는 없지. 후작은 혼자 생각했다. 그러나 그자의 성격 밑바닥에는 뭔가 두려운 점이 있어. 모두들 그자에게서 그런 인상을 받는 걸 보면 두려운 점이 있다는 것은 사실일 거야. (그 두려운 점의 근거를 파악하기가 어려웠던 만큼 노후작의 공상적인 마음은 더욱더 두려움을 느끼는 것이었다.)

딸아이는 언젠가 이 점을 아주 교묘하게 얘기한 일이 있지. (그것은 여기에 옮겨 적지는 않은 마틸드의 한 편지에 쓰여 있던 말이었다.) '쥘리앵은 어떤 살롱과도 연결되어 있지 않으며 어떤 당파에도 가입하지 않았습니다.'라고. 사실 그는 내게 맞설 만한 아무런 의지의 근거도 마련하지 못했으며, 내가 버린다면 살아갈 수단마저 막연하단 말이야……. 사회의 현상에 무지한 때문일까……? 살롱에 나서는 길만이 현실적이고 유리한 출세법이라고 두세 번 말해 주기도 했건만…….

아냐, 그는 일분일초도 호기를 놓치지 않는 검사의 능란하고 교활한 재주는 없어……. 그에겐 루이 11세식의 성격이 전혀 없거든. 한편으로는 몹시 편협한 신조를 품고 있는 듯해……. 그 점은 도무지 영문을 모르겠어……. 자기 정열에 대한 '방파제'로 삼기 위해 그런 신조를 거듭 뇌는 것일까?

그런데 한 가지 사실은 뚜렷이 떠오르는군. 그는 경멸을 참지 못하는 성미야, 나는 그 점을 가지고 그를 조종하고 있거든.

그는 고귀한 혈통에 대한 숭배심이 없어. 사실 그는 본능적으로 우리를 존경하지는 않거든……. 그건 잘못된 점이지. 그런데 일개 신학생이라면 오로지 향락과 돈의 결핍에만 안달이 나 있는 법인데 그자는 전혀 다르단 말이야. 무슨 일이 있어도 경멸은 참지 못하거든.

딸의 편지로 급박한 상황에 몰린 드 라 몰 씨는 결정을 내려야 할 필연성에 봉착했다.

내가 무엇보다도 딸아이를 사랑하며 10만 에퀴의 연 수입을 가지고 있다는 것을 알기 때문에 쥘리앵이란 자의 대담성이 내 딸을 호리는 데까지 나아갔단 말인가?

마틸드는 오히려 그 반대라고 주장하고 있더라만……. 안되지, 쥘리앵 군, 이 점에 있어서만은 난 속아 넘어가고 싶지 않다.

불현듯 진실한 사랑이 싹텄단 말인가? 아니면 좋은 지위에 오르고 싶은 야비한 욕망인가? 마틸드는 선견지명이 있으니까 그런 의심이 쥘리앵의 신용을 떨어뜨릴 것이라고 먼저 느끼고서 고백한 거겠지. 먼저 쥘리앵을 사랑한 것은 저라고 말이야…….

그처럼 긍지가 높은 성격의 계집아이가 터놓고 사내에게 접근할 만큼 저 자신을 망각하다니……! 어느 날 저녁 정원에서 그자의 팔에 매달린다, 얼마나 끔찍한 일인가! 그를 높이 평가하고 있다는 것을 그에게 알릴 좀 더 점잖은 방법이 얼마든지 있을 텐데 말이야.

'변명하는 자는 자기 죄를 인정하는 셈이렷다.' 아무래도 마틸드의 말을 믿을 수가 없어……. 그날 후작의 논리는 평소보다는 좀 더 뚜렷했다. 그렇지만 습관의 힘이 더 우세했다. 그는 시간을 좀 벌기 위해 딸에게 편지를 쓰기로 결정했다. 같은 저택 안에 살면서도 그들은 서로 편지를 주고받는 데 이골이 나 있었으니까. 드 라 몰 씨는 마틸드와 언쟁하며 정면으로 맞설 수가 없었다. 결과적으로 딸에게 갑자기 모든 것을 양보해 버릴까 봐 겁이 났던 것이다.

"또다시 어리석은 짓을 하지 않도록 조심하여라. 여기 기사 쥘리앵 소렐 드 라 베르네이를 위한 기병 중위 사령장을 동봉한다. 너는 아비가 그를 위해 하는 일을 잘 알 것이다. 내 뜻에 거스르거나 내게 질문하려 들지 마라. 그를 이십사 시간 내에 그의 연대가 있는 스트라스부르로 떠나게 해라. 여기 은행 수표도 함께 보낸다. 내 뜻에 복종하도록."

마틸드의 사랑과 기쁨은 끝이 없었다. 그녀는 이 승리를 이용하고 싶은 생각이 들어 즉시 답장을 썼다.

"아버지께서 그를 위해 해 주시는 이 모든 일을 알게 되면 드라 베르네이 씨는 감사에 넘쳐 아버지 발아래 꿇어앉을 것입니다. 그러나 이처럼 후의를 베풀어 주시는 가운데서도 아버지께서는 소녀를 잊고 계시지나 않은지요. 아버지 딸의 명예는 위험에 처해 있습니다. 비밀이 누설되는 날에는 영원한 오점을 남길지도 모릅니다. 그 오점은 2만 에퀴의 연 수입으로도 치유하지 못할 것이에요. 다음 달 중에 빌르키에서 제 결혼식을 당당히 올려 주신다고 약속하시지 않는 한 이 사령장을 드 라 베르네이 씨에게 보내지 않겠어요. 다음 달이 지나고부터는(다음 달을 넘기지 않도록 간청드립니다.) 저는 드 라 베르네이 부인으로서만 행세할 수 있을 것입니다. 사랑하는 아빠, 소렐이란 성으로부터 저를 구해 주신 것을 무한히 감사드려요. 운운."

이에 대한 후작의 답장은 예상 밖의 것이었다.

"내 뜻에 따르라, 그렇지 않으면 모든 것을 취소하겠다. 철부지야, 두려움을 알아라. 나는 너의 쥘리앵이 어떤 사람인지 아직 잘 모르고 있다. 너 자신은 나보다도 그를 모른다. 그는 스트라스부르로 떠나 올바른 길을 걸어야 할 것이다. 지금부터 두 주일 내로 내 뜻을 알려 주겠다."

이처럼 단호한 답장에 마틸드는 놀랐다. '나는 쥘리앵을 잘 모른다.' 이 말은 마틸드를 몽상에 빠지게 했다. 그리고 그 몽상은 곧 더없이 달콤한 가정에 귀착했다. 그녀는 그런 가정을 사실로 믿는 것이었다. 나의 쥘리앵의 정신은 사교계의 그 비속한 '제복'을 걸치고 있지 않다. 그런데 아버지는 쥘리앵의 탁월함을 증명해 보이는 바로 그 점 때문에 그의 탁월함을 믿지 않으시는 것이다…….

그렇지만 내가 우유부단한 아버지의 성격을 따르지 않는다면 공공연한 분쟁이 벌어질 가능성이 있다. 요란한 충돌은 사교계에서 내 지위를 떨어뜨리고 쥘리앵의 사랑도 줄어들게 할지 모른다. 요란한 소리 다음엔……. 십 년간의 가난. 재능만 믿고 남편을 고르는 무분별은 오직 가장 찬란한 사치에 의해서만 우스꽝스러워 보이지 않는 법이다. 내가 아버지와 멀리 떨어져 지내면 연로하신 아버지는 나를 잊으실지도 모르고……. 노르베르는 사랑스럽고 능란한 여자와 결혼하겠지. 루이 14세도 노년에 드 부르고뉴 공작 부인의 유혹에 빠지지 않았던가.

그녀는 복종하기로 결심했다. 그러나 쥘리앵에게는 아버지의 편지를 전하지 않기로 했다. 강인한 성격의 쥘리앵이 무슨 짓을 할지 모르기 때문이었다.

저녁에 마틸드에게서 기병 중위가 되었다는 소식을 들었을 때 쥘리앵의 기쁨은 끝이 없었다. 필생의 야심과 앞으로 태어날 아들에 대한 그의 열정으로 미루어 보아 그 기쁨을 능히 상상할 수 있을 것이다. 자기 성이 바뀐 사실에 그는 깊은 충격을 받았다.

그는 생각했다. 결국 내 소설은 끝났다. 그리고 그 공적은 오직 나 혼자에 의한 것이다. 그는 마틸드를 뚫어지게 쳐다보며 생각을 이어 갔다. 나는 이 자존심덩어리로부터 사랑을 얻어 낼 수 있었다. 이 여자의 아버지는 이 여자 없이는 살아갈 수 없다. 그리고 이 여자는 나 없이는 살 수 없는 것이다.

# 35장 폭풍우

오 신이여,
저를 평범하게 만들어 주시옵소서!

—미라보

쥘리앵은 마음이 다른 데 팔려 있었다. 마틸드가 보이는 격렬한 애정의 표시에도 그저 건성으로 반응을 보일 뿐이었다. 그는 침울한 침묵으로 일관했다. 그는 그 어느 때보다도 마틸드에게 위대하고 숭고한 인물로 보였다. 마틸드는 그의 예민한 자존심이 모든 상태를 망쳐 버리지나 않을까 두려웠다.

거의 매일 아침 피라르 사제가 드 라 몰 저택에 찾아오는 것을 마틸드는 알고 있었다. 혹 사제를 통해 쥘리앵이 자기 부친의 어떤 의도를 알아낼 수는 없었을까? 또는 어떤 변덕이 난 순간에 후작 스스로 쥘리앵에게 편지를 쓰지는 않았을까? 이처럼 커다란 행복이 찾아왔는데 쥘리앵이 엄격한 태도를 짓는 것은 어떻게 설명해야 할까? 그녀는 감히 물어볼 수도 없었다.

그녀가 '감히 못 하다니!' 그녀, 마틸드가! 그 순간부터 쥘리앵에 대한 그녀의 감정에는 어쩐지 막연하고 예측할 수 없으며 공포에 가까운 무엇이 깃들기 시작했다. 그녀의 메마른 넋은, 파리가 찬미하는 과도한 문명 한가운데서 자라난 인간이 느낄 수 있는 정열의 모든 것을 경험했던 것이다.

다음 날 이른 아침 쥘리앵은 피라르 사제의 사제관으로 찾아갔다. 이웃 역에서 빌린 너덜너덜한 의자가 놓인 마차를 끌고 말들이 사제관 뜰에 당도했다.

"이런 마차는 이제 더 이상 사용할 수 없다네." 엄격한 사제가 시무룩한 태도로 쥘리앵에게 말했다. "자, 여기 드 라 몰 씨가 자네에게 선사하는 2만 프랑이 있네. 그분은 올해 안에 이 돈을 다 쓰라는 것일세. 되도록 웃음거리가 되지 않게 조심하면서 말이야. (사제가 보기에는, 젊은이에게 그처럼 큰 돈을 던져 주는 것은 한낱 죄를 저지를 계기를 주는 것에 불과했다.)

그리고 후작은 다음과 같이 부연하시더군. '쥘리앵 드 라 베르네이 씨는 이 돈을 자기 부친에게서 받은 걸로 할 것이며, 달리 뭐라고 지적할 필요는 없습니다. 드 라 베르네이 씨는 자기 어린 시절을 돌봐 준 베리에르의 목수 소렐 씨에게 선물을 하는 것이 좋을 것입니다……'" 사제는 다시 덧붙여 말했다.

"그 심부름은 내가 맡아서 할 수 있을 것이네. 나는 마침내 그 음흉한 예수회파 드 프릴레르 사제와 드 라 몰 씨의 화해를 타결했네. 프릴레르의 세력은 우리가 상대하기에는 너무나 강력해. 브장송을 지배하는 그 사람이 자네의 귀족 혈통을 암암리에 인정하는 것이 화해의 한 묵시적인 조건이 될 걸세."

쥘리앵은 더 이상 흥분을 억제할 수가 없었다. 그는 사제를 얼싸안았다. 자신의 귀족 혈통을 이미 인정받은 기분이었다.

그러자 피라르 씨가 그를 떠밀면서 말했다.

"흥! 이런 세속적인 허영이 다 뭐란 말인가……? 소렐 씨와 그 아들들에게는 내 이름으로 연 500프랑의 연금을 제공하기로 했네. 그들이 내 뜻을 거스르지 않는 한 각자에게 그 금액이 지불될 걸세."

쥘리앵은 벌써 냉정하고 오연한 태도를 되찾고 있었다. 그는 사제에게 감사의 말을 했으나 아주 모호한 말투로 아무런 언질도 주지 않는 것이었다. 그는 생각에 잠겼다. 내가 무서운 나폴레옹에게 쫓겨 우리 산간 지방에 피신한 어느 대영주의 사생아라는 것이 가능한 일일까? 차츰 그런 생각이 그에게는 있을 법한 일로 여겨지는 것이었다……. 아버지에 대한 내 증오심이 증거일 것이다……. 그렇다면 나도 몹쓸 불효자식은 아닌 셈이군!

이런 독백이 있은 며칠 후, 프랑스 군대 중에서도 가장 찬란한 연대의 하나인 제15경기병 연대는 스트라스부르 연병장에서 열병식을 거행하고 있었다. 드 라 베르네이 기사님은 6000프랑이나 주고 구입한, 알자스에서 가장 훌륭한 말에 올라타 있었다. 그는 생전 들어보지도 못한 어느 연대의 소위 과정을 명부상으로만 거친 것으로 하고, 대번에 중위로 임관되었던 것이다.

그의 무감동한 태도, 엄격하고 사나움에 가까운 눈초리, 창백한 얼굴, 요지부동의 냉정함으로 인해 첫날부터 그에 대한 평판이 일기 시작했다. 며칠 뒤에는 그의 절도 있는 완벽한 예의범절이며 그가 별 꾸밈 없이 보여 준 능숙한 권총 사격 및 검술 솜씨 덕분에 아무도 그에 대해 큰 소리로 희롱할 엄두를 못 냈다. 대엿새 동안의 망설임 끝에 연대 내의 일반 여론은 이윽고 그에게 유리한 편으로 기울었다. "이 젊은이는 젊다는 것을 제외하고는 모든 것을 갖추고 있단 말이야." 빈정거리기 좋아하는 늙은 장교들도 이렇게 말하는 것이었다.

스트라스부르에서 쥘리앵은 베리에르의 옛 사제 셸랑 씨에게 편지를 썼다. 그분은 이제 여생이 얼마 남지 않은 연로한 분이었다.

"사제님께서는 제 가문이 밝혀져 제가 부유해진 사건을 아시고 기뻐해 주셨을 줄로 믿습니다. 여기 500프랑을 동봉하오니, 예전의 제 신세처럼 가난하고 불행한 사람들에게 아무 소문도 내지 마시고 또 제 이름도 밝히지 마시고 나누어 주시길 부탁드립니다. 전에 저를 도와주셨듯이 그들에게 도움을 주시기 바라나이다."

쥘리앵은 야심에 도취해 있을망정 허영심에 도취한 것은 아니었다. 그렇지만 그는 외모를 치장하는 데는 상당한 주의를 기울였다. 그의 말이며 군복이며 하인들의 제복에 이르기까지 영국 대귀족의 빈틈없는 차림이 무색할 지경이었다. 겨우 이틀 전에 특전에 의해 중위 임관을 받았건만 그는 모든 위대한 장군들이 그랬듯이 늦어도 서른 살에는 사령관으로 지휘하기 위해, 스물세 살 때는 중위 이상이 되어야 한다는 것을 벌써 계산하고 있었다. 그는 영예와 자기 자식만을 생각했다.

드 라 몰 저택의 젊은 하인이 편지를 가지고 들이닥친 것은 쥘리앵이 이처럼 미친 듯한 야심에 들떠 있을 때였다. 마틸드는 다음과 같은 편지를 보내왔다.

"모든 것이 끝장입니다. 되도록 빨리 달려오세요. 만사를 제쳐두고, 필요하다면 탈영이라도 하세요. 도착하는 즉시 ×× 거리 ×번지 정원의 작은 문 곁에서 삯마차를 타고 기다려 주세요. 제가 나가서 말씀드릴게요. 아마 당신을 정원 안으로 들어오게 할 수 있을 거예요. 만사가 끝장이고 아무런 구원책도 없을까 걱정입니다. 저를 믿으세요. 역경 속에서도 당신께 헌신적이며 꿋꿋한 저를 보실 거예요. 당신을 사랑해요."

쥘리앵은 몇 분 만에 연대장의 허가를 얻어 전속력으로 말을 달려 스트라스부르를 떠났다. 그러나 메츠를 지나면서부터는 가슴을 쥐어뜯는 무서운 불안감 때문에 그런 식으로 여행을 계속할 수가 없었다. 그는 역마차를 잡아탔다. 믿을 수 없을 만큼 빠른 속도로 그는 드 라 몰 저택 정원의 작은 문 근처 지정된 장소에 다다랐다. 문이 열리면서 바로 마틸드가 나타나더니, 체면 불구하고 그의 품으로 뛰어들었다. 다행히 새벽 5시밖에 안 된 이른 시각이어서 거리에는 아직 인적이 없었다.

"모든 게 끝장이에요. 아버지는 제가 우는 꼴이 두려우신지 목요일 밤에 어디론가 떠나 버리셨어요. 어디로 가셨는지 아무도 몰라요. 이게 아버지 편지예요. 읽어 보세요." 그러고서 마틸드는 쥘리앵과 함께 삯마차에 올라탔다.

"다른 모든 것은 용서할 수 있어도, 네가 부자이기 때문에 너를 유혹하려 했던 계획적 행동만은 용서할 수 없다. 가련한 계집아이야, 이것이 끔찍한 진실인 것이다. 그자와의 결혼에는 절대로 동의하지 않을 것을 네게 단언해 둔다. 그자가 멀리 프랑스 국경 밖에(아메리카라면 더욱 좋은 일이다.) 나가 살고자 한다면 그자에게 만 프랑의 연 수입을 보장하마. 내가 요청한 조회에 대한 회답으로 온 편지를 읽어 보아라. 그 경망스러운 자가 저 스스로 드 레날 부인에게 편지를 써 보내라고 권했던 것이다. 그 사내에 관계되는 네 편지는 단 한 줄도 읽지 않겠다. 나는 파리와 너희들이 지긋지긋하다. 앞으로 일어날 일에 대해서는 철저히 비밀을 지켜야 한다. 야비한 인간은 깨끗이 포기해라. 그래야만 너는 아비를 되찾을 것이다."

"드 레날 부인의 편지는 어디 있죠?" 쥘리앵이 냉정하게 물었다.
"여기 있어요. 당신이 마음의 준비를 한 후에나 보여 드리려고 했는데."

"종교와 도덕의 신성한 대의에 관한 의무로 말미암아, 저는 귀하께 지극히 괴로운 책무를 이행하지 않을 수 없습니다. 위반할 수 없는 원칙이 지금 제게 이웃 사람에게 해로운 증언을 하라고 명령하고 있습니다. 그러나 그것은 더 커다란 추문을 방지하기 위한 것입니다. 지금 제가 느끼는 개인적인 괴로움은 의무감에 의해 극복해야 할 줄 압니다. 귀하께서 제게 모든 진실을 알려 달라고 요청하신 사람의 소행은 뭐라고 설명할 수 없다고나 할까, 혹은 정직하게 보이기까지 하는 것이 사실입니다. 저는 이 사실의 일부를 숨기거나 꾸며 내는 것이 온당하다고 생각할 수도 있었습니다. 종교와 마찬가지로 신중함이 그것을 원하고 있는지도 모를 일입니다. 그러나 귀하께서 알아보시고자 하는 그 소행은 실상 극도로 죄악에 차 있으며, 제가 말씀드릴 수 있는 이상으로 그러한 것입니다. 가난하고 탐욕스러운 그 사람은 빈틈없는 위선을 이용하여, 약하고 불행한 여인을 유혹함으로써 어떤 신분과 지위를 얻고자 분망했던 것입니다. 그리고 J 씨는 어떠한 종교적 원칙도 갖고 있지 않다고 믿을 수밖에 없음을 덧붙여 말씀드리는 바입니다. 그것은 고통스러운 일이나 제 의무의 일부이기 때문입니다. 양심적으로 말씀드려, 그 사람이 어떤 가정에서 성공하기 위한 수단의 하나는 가장 신뢰받는 그 가정의 여인을 유혹하는 것이라고 저는 생각하지 않을 수 없습니다. 무사 무욕(無邪無慾)한 겉모양과 소설 투의 번지르르한 문구로 가장한 그 사람의 유일한 큰 목표는 그 집안의 주인과 그 재산을 자기 뜻대로 좌우하려는 데 있습니다. 그는 뒤에 불행과 영원한 회한을 남기는 사람입니다. 운운.”

굉장히 길고 사방에 눈물이 번져 반쯤 지워지다시피 한 이 편지는 분명히 드 레날 부인의 필체로 쓰인 것이었다. 그것은 평소보다도 정성 들여 쓴 글씨였다.

"나는 드 라 몰 후작님을 비난할 수 없습니다. 당연하고 신중한 처사지요. 어떤 아버지가 사랑하는 자기 딸을 이런 작자에게 주려 하겠소! 잘 있어요!" 편지를 읽고 나서 쥘리앵이 던진 말이었다.

쥘리앵은 삯마차에서 뛰어내려 길 끝에 세워 둔 역마차로 달려갔다. 그는 마틸드를 완전히 잊어버린 듯이 보였다. 마틸드는 그를 쫓아가려고 몇 걸음 내달렸다. 그러나 그녀의 얼굴을 알고 있는 상인들이 가게 문 앞에 나와 쳐다보는 바람에 부랴부랴 정원으로 되돌아가지 않을 수 없었다.

쥘리앵은 베리에르를 향해 떠났다. 그는 마틸드에게 편지를 쓸 생각이었지만 그렇게 빨리 달리는 마차 안에서는 도저히 쓸 수가 없었다. 그가 종이 위에 끼적거린 것은 통 알아볼 수 없는 선들의 나열에 불과했다.

그가 베리에르에 도착한 것은 일요일 아침이었다. 그는 그곳의 무기 상점으로 들어갔다. 상점 주인은 최근 그의 행운에 대한 찬사를 수다스럽게 늘어놓았다. 그것은 그 고장의 뉴스거리가 되어 있었다.

쥘리앵은 그 사람에게 권총 두 자루를 사겠다는 의사를 알리는 데 대단히 애를 먹었다. 상점 주인은 그의 요구대로 권총에 장전을 해 주었다.

종이 세 번 울렸다. 그것은 프랑스의 시골 마을에서는 잘 알려진 신호로, 아침나절 타종이 여러 번 있은 후에 곧 미사가 시작됨을 알리는 소리였다.

쥘리앵은 베리에르의 신축 교회로 들어갔다. 교회의 높은 창문들은 모두 진홍빛 커튼이 드리워 있었다. 쥘리앵은 드 레날 부인의 의자 몇 발짝 뒤에 가서 섰다. 부인은 열렬히 기도를 올리고 있는 듯이 보였다. 자기를 그토록 사랑했던 여인을 보자 쥘리앵은 팔이 부들부들 떨려, 처음에는 자기의 계획을 실행할 수가 없었다. 차마 못 하겠다, 몸이 움직이지 않아서 못 하겠다. 그는 혼자 중얼거렸다.

그때 미사를 주재하던 젊은 사제가 거양 성체(擧揚聖體)를 알리는 종을 울렸다. 드 레날 부인이 고개를 숙였다. 잠시 부인의 머리가 숄 주름에 가려 거의 보이지 않았다. 쥘리앵은 부인의 모습을 잘 알아볼 수 없게 되었다. 그는 부인을 향해 피스톨을 쏘았다. 탄환이 빗나갔다. 그는 두 번째로 방아쇠를 당겼다. 부인이 쓰러졌다.

# 36장 슬픈 내역

내게서 나약함을 기대하지 마십시오.
나는 복수한 것입니다.
나는 죽어 마땅하며 죽음을 각오하고 있습니다.
내 영혼을 위해 기도해 주십시오.

—실러

쥘리앵은 꼼짝 않고 서 있었다. 그의 눈에는 아무것도 보이지 않았다. 그가 약간 제정신을 되찾자, 모든 신자들이 허둥지둥 교회에서 달아나는 것이 어렴풋이 눈에 들어왔다. 사제도 제단을 떠나고 없었다. 쥘리앵은 비명을 지르며 달아나는 몇몇 여인들을 뒤따라 천천히 걷기 시작했다. 다른 사람보다 빨리 도망치려고 허둥거리던 여자 하나가 심하게 떠미는 바람에 쥘리앵은 넘어지고 말았다. 군중이 뒤집어엎은 의자 하나에 발이 걸렸던 것이다. 그가 다시 일어서려 하는데 누군가가 그의 목을 죄는 것을 느꼈다. 그를 붙잡은 것은 정복을 착용한 헌병이었다. 쥘리앵은 기계적으로 피스톨을 빼 들려고 했으나 두 번째 헌병이 그의 양팔을 붙잡아 버렸다.

그는 감옥으로 끌려갔다. 헌병들은 그를 감방에 넣고 손에 수갑을 채우더니 그곳에 혼자 남겨 두었다. 그 감방 문은 이중으로 채워졌다. 이 모든 일이 아주 신속히 수행되었으나 쥘리앵은 그저 무감각할 뿐이었다.

그렇다, 모든 것이 끝났다. 의식이 되살아나자 그는 큰 소리로 중얼거렸다. 그래, 두 주일 후에는 단두대가 나를 기다린다……. 아니면 그때까지 스스로 목숨을 끊거나. 그의 생각은 그 이상 나아가질 못했다. 누가 자기 머리를 세차게 꽉 죄는 듯한 느낌이 들었다. 그는 누가 자기를 붙잡고 있나 보려고 주위를 둘러보았다. 그리고 잠시 후에는 깊은 잠에 빠져들었다.

드 레날 부인은 치명적인 부상을 입지는 않았다. 첫 번째 탄환은 부인의 모자를 꿰뚫었다. 그녀가 고개를 돌리려 하는데 두 번째 탄환이 발사되었다. 탄환은 그녀의 어깨에 맞았는데, 놀랍게도 어깨뼈를 부순 그 탄환이 다시 튀어서 고딕식 기둥에 맞아 큼직한 돌조각이 떨어졌다.

오랫동안 고통스러운 치료를 마친 후 근엄한 외과 의사는 드 레날 부인에게 말했다. "부인의 생명에는 아무런 지장이 없습니다." 부인은 깊은 고뇌에 빠졌다.

오래전부터 부인은 진심으로 죽음을 갈망하고 있었다. 부인이 현재 고해 사제에게 강요당한 나머지 드 라 몰 씨에게 써 보냈던 편지는 끊임없는 불행으로 약할 대로 약해진 부인에게 마지막 타격을 가했다. 그 불행은 쥘리앵이 곁에 없는 것에서 말미암은 것이었다. 그런데 그녀는 그 불행을 '회한'이라고 생각하고 있었다. 하지만 새로 디종에서 부임해 온 독실하고 열성적인 젊은 성직자인 부인 영혼의 지도자는 부인의 마음속을 꿰뚫어 보고 있었다.

내 손으로 목숨을 끊는 것이 아니라 이렇게 죽는 것은 죄가 아니다. 드 레날 부인은 이렇게 생각했다. 내가 죽음을 기꺼이 여기는 것을 하느님도 용서해 주시겠지. '그리고 쥘리앵의 손에 죽는 것은 더할 나위 없이 행복한 일이다.'라는 말까지는 감히 덧붙이지 못했다.

외과 의사와 떼를 지어 달려온 친구들이 자리를 뜨자마자 부인은 하녀 엘리자를 불렀다.

부인은 몹시 얼굴을 붉히면서 하녀에게 말했다.

"간수는 무자비한 사람이지. 아마 그 사람을 학대할 거야, 그것이 나를 기쁘게 하는 짓인 줄 알고……. 그런 생각을 하니 견딜 수가 없구나. 누가 시킨 것이 아니라 너 스스로 찾아가는 것으로 하고, 간수에게 가서 몇 루이의 돈이 든 이 작은 꾸러미를 좀 전해 줄 수 없겠니? 종교는 그를 학대하는 것을 허용치 않는다고 좀 말해 주고……. 특히 이 돈을 받은 것을 발설해선 안 된다고 일러둬라."

쥘리앵이 베리에르 감옥 간수의 너그러운 대우를 받은 것은 이런 사정에 말미암은 것이었다. 그 간수는 우리가 이미 보았듯이 아페르 씨가 왔을 때 몹시 겁먹었던 고지식한 관리 누아루 씨였다.

판사 한 사람이 감옥에 나타났다.

"나는 계획적으로 살인을 했습니다." 쥘리앵이 판사에게 말했다. "나는 무기상 아무개 씨에게 권총을 사서 장전했습니다. 형법 제1342조에 해당하는 것이 분명합니다. 나는 사형을 받아 마땅하며 사형을 기다리고 있습니다."

이런 식의 답변에 놀란 판사는 피고의 답변에서 모순을 찾으려고 여러 가지 질문을 되풀이했다.

"당신이 바라는 대로 나는 내 죄를 인정하지 않았습니까?" 쥘리앵은 미소를 지으며 판사에게 말했다. "자, 이제 당신은 당신이 추적하는 먹이를 놓칠 리 없습니다. 당신은 선고를 내리는 기쁨을 맛볼 것입니다. 그러니 내 곁을 떠나 주세요."

해야 할 귀찮은 의무가 하나 남아 있구나. 드 라 몰 양에게 편지를 써야지. 쥘리앵은 생각했다. 그러고는 다음과 같은 편지를 썼다.

"나는 복수를 했습니다. 불행히도 내 이름이 신문 지상에 나타날 것입니다. 나는 이 세상에서 남몰래 사라져 버릴 수가 없군요. 두 달 후면 나는 죽을 것입니다. 당신과 헤어지는 고통이 그랬듯이 복수는 참혹한 것이었습니다. 지금부터는 편지를 쓰거나 당신의 이름을 입 밖에 내는 것을 금하겠습니다. 나에 관해서는 내 아들에게까지도 일체 말하지 마십시오. 침묵만이 내 명예를 지키는 유일한 길입니다. 일반 사람들에게 나는 한낱 천박한 살인자로 보일 것입니다……. 이 최후의 순간에는 내 마음속에 있는 진실을 그대로 말하는 것을 허용해 주셔야 합니다. 당신은 나를 잊게 되리란 사실입니다. 이 대참변(이것에 관해 누구에게나 끝까지 함구할 것을 부탁합니다.)은 당신 성격에 깃든 공상적이고 지나치게 모험적인 모든 측면을 몇 년 동안 고갈시킬 것입니다. 당신은 중세 영웅들과 더불어 살아가도록 천성을 타고났습니다. 그들과 같은 꿋꿋한 기상을 보여 주십시오. 어차피 처리해야 할 일은 당신을 연루시키지 않고 비밀리에 결말을 맺을 것입니다. 익명을 쓰십시오. 그리고 아무에게도 터놓고 얘기하지 마십시오. 꼭 친구의 도움이 필요하다면 나는 피라르 사제를 당신에게 남겨 줍니다.

다른 누구에게도, 특히 당신과 같은 계급의 드 뤼즈나 케일뤼스 같은 사람들에게는 일절 말하지 마십시오.

내가 죽은 일 년 후에는 드 크루아즈누아 씨와 결혼하십시오. 나는 그렇게 부탁합니다. 그리고 당신의 남편으로서 명령합니다. 내게 편지 보낼 생각은 하지 마세요. 답장하지 않겠습니다. 내가 이아고[45]처럼 악질이라고 생각하지는 않지만 그 사람처럼 말하고 싶습니다.

'프롬 디스 타임 포스 아이 네버 윌 스피크 워드.'[46]라고.

앞으로는 말하지도 쓰지도 않겠습니다. 내 이 최후의 말은 당신에게 보내는 내 마지막 사랑의 뜻으로 받아 주십시오.

J. S."


이 편지를 보내고 다소 정신을 차리자 쥘리앵은 처음으로 몹시 불행한 느낌이 들었다. 나는 죽는다 라는 그 숙명적인 말에, 그가 품었던 야심의 희망이 하나하나 그의 가슴에서 뽑혀 나갔다. 그러나 죽음 그 자체가 무서운 것으로 보이지는 않

---

45) 셰익스피어의 비극 『오셀로』에 나오는 인물.
46) From this time forth I never will speak word. '이 시간부터 나는 결코 말하지 않겠다.'라는 뜻의 영어.

았다. 그의 전 생애는 불행을 향한 기나긴 준비 과정에 지나지 않았던 것이다. 그리고 그는 모든 불행 가운데서도 가장 큰 불행이라고 할 만한 것을 조금도 잊고 싶지 않았다.

그는 생각해 보았다. 도대체 이게 뭐야! 만약 내가 육십 일후에 검술이 뛰어난 사람과 결투를 갖게 되었다고 한다면, 나약하게 밤낮 그 일만 생각하며 공포에 떨어야 할 것인가?

그는 이런 관점에서 자신을 명백히 인식하고자 애쓰면서 한 시간 이상을 보냈다.

자신의 마음속을 분명히 들여다보고 감옥의 기둥만큼이나 진상이 뚜렷이 떠오르자 그는 회한에 빠져 들었다.

왜 내가 회한을 느껴야 하는가? 나는 참혹하게 모욕당했다. 그래서 나는 죽였고, 나는 죽어 마땅한 것이다. 그것이 전부다. 나는 모든 인간에 대해 결산을 마친 다음에 죽는 것이다. 나는 어떠한 의무도 수행하지 않고 남겨둔 것이 없다. 나는 누구에게도 빚진 것이 없다. 죽음의 도구만 빼놓고 내 죽음은 하등 부끄러울 것이 없다. 그러나 베리에르의 부르주아들이 보기에는 단두대에서 죽는다는 그 사실 하나만으로도 충분히 내 치욕이 되고도 남겠지. 그러나 지적인 면에서 볼 때는 그것쯤이야 하찮게 멸시할 일이지! 내가 그들에게 존경스럽게 보일 한 가지 방법이 남아 있다. 형장으로 가면서 군중에게 '금화'를 뿌려주는 일이다. 금화라는 관념과 연결된 내 기억은 그들에게 찬란히 빛나는 것으로 남을 것이다.

일 분쯤 후 이런 생각이 그에게 명백한 것으로 보이자 쥘리앵은 중얼거렸다. 나는 이 지상에서 더 이상 아무런 할 일이 없다. 그러고 나서는 깊은 잠에 빠졌다.

밤 9시경 간수가 야식을 가지고 와서 그를 깨웠다.

"베리에르 사람들은 뭐라고들 하죠?"

"쥘리앵 씨, 내가 이 직책을 맡는 날 법정의 십자가 앞에서 서약한 것 때문에 나는 침묵을 지켜야 하는걸요."

간수는 입을 다물었으나 그 자리에 그대로 머물러 있었다. 이런 야비한 위선의 모습에 쥘리앵은 흥미를 느꼈다. 그는 생각했다. 이자는 내게 제 양심을 팔기 위해 5프랑의 돈을 갈구하고 있으니 그 돈을 오래 기다리게 해야겠는걸.

쥘리앵이 아무런 유혹의 시도도 하지 않고 식사를 끝마치는 것을 보자 간수는 부드러운 태도를 꾸미고 말을 걸어왔다.

"쥘리앵 씨, 당신에 대한 호감 때문에 말하지 않을 수 없구먼. 법에 어긋난다고들 얘기하겠지만 이건 당신을 변호하는 데도 도움이 될 테니까⋯⋯. 쥘리앵 씨는 좋은 청년이니까 드레날 부인의 경과가 좋아지고 있다고 알려주면 기뻐하겠죠."

"뭐라고! 부인이 죽지 않았다고?" 쥘리앵은 정신없이 소리쳤다.

"아니! 당신은 아무것도 모르고 있군!" 간수는 멍청한 표정을 짓고 말했다. 그 표정은 곧 행복한 탐욕의 표정으로 바뀌었다. "당신은 외과 의사에게 얼마쯤 쥐어 주는 것이 좋을 거요. 의사는 법률적으로는 아무 말도 못 하게 되어 있죠. 그런데 나는 당신을 기쁘게 해 드리려고 외과 의사 집에 갔었죠. 그랬더니 그 사람이 나한테 죄다 얘기해 줬어요⋯⋯."

"요는 상처가 치명적이 아니란 말이지, 목숨을 걸고 내게 장담할 수 있는가?" 쥘리앵은 초조함을 참지 못하고 소리쳤다.

1미터 80센티미터의 거인인 간수가 겁먹고 문 쪽으로 물러섰다. 쥘리앵은 진상을 알기 위한 자신의 방법이 틀렸다는 것을 깨닫고, 다시 자리에 앉아 누아루 씨에게 나폴레옹 금화 한 닢을 던져주었다.

그 남자의 얘기가 진행되면서 드 레날 부인의 상처가 치명적이 아니라는 사실이 밝혀짐에 따라 쥘리앵은 눈물이 솟구치는 것을 느꼈다. "나가시오!" 그가 갑자기 소리쳤다.

간수는 그의 말에 따랐다. 문이 닫히자마자 쥘리앵은 부르짖었다. 오오! 부인은 죽지 않았구나! 그리고 뜨거운 눈물을 쏟으며 무릎을 꿇고 주저앉았다.

이 숭고한 순간에는 그도 신을 믿는 사람이었다. 사제들의 위선이 무슨 상관이란 말인가? 그들의 위선이 어찌 신이라는 개념의 진실성과 숭고함을 훼손할 수 있단 말인가?

쥘리앵이 자기가 저지른 죄를 후회하기 시작한 것은 바로 이때였다. 베리에르를 향해 파리를 떠날 때부터 그가 빠져 있던 육체적 흥분과 반쯤 실성한 상태에서 벗어난 것은 바로 이 순간이었는데, 그것은 우연히도 그의 절망감이 사라진 것과 동시에 일어났다.

눈물이 마를 줄 모르고 흘러내렸다. 그는 자기를 기다리는 처형에 대해서는 추호의 의심도 품지 않았다.

그는 중얼거렸다. 부인은 살아남을 것이다! 살아서 나를 용서해 주고 사랑해 주겠지…….

간수가 그를 깨운 것은 이튿날 아침 아주 늦은 시간이었다.

간수가 말했다.

"쥘리앵 씨, 당신은 참 강심장을 갖고 있군요. 두 번이나 왔었지만 어쩌나 곤히 자는지 깨울 엄두가 안 나더군요. 여기 고급 포도주 두 병을 갖고 왔소. 이건 우리 마을 사제 마슬롱 씨가 보내는 선물이오."

"뭐라고? 그 악당이 아직도 여기 있단 말이오?" 쥘리앵이 물었다.

"그렇습니다. 그런데 그렇게 큰 소리로 말하진 마세요, 당신에게 해로울 거요." 간수가 목소리를 낮추어 대답했다.

쥘리앵은 껄껄 웃었다.

"이보시오, 이쯤 된 마당에서 나를 해칠 수 있는 사람은 당신뿐이라오. 당신이 친절하고 부드럽게 대해 주지 않는다면 말이오……. 잘 보답해 드리겠소." 쥘리앵은 말을 중단하고 오만한 태도를 취하며 이렇게 덧붙였다. 그 오만한 태도는 돈 한 닢을 던져줌으로써 즉시 정당화되었다.

누아루 씨는 드 레날 부인의 신상에 대해 아는 모든 것을 또다시 상세하게 얘기했다. 그러나 엘리자 양이 왔던 것에 대해서는 함구했다.

그 사내는 비굴하게 굴었고 한껏 복종했다. 한 가지 생각이 쥘리앵의 머리를 스쳤다. 이 병신같이 크기만 한 사내는 그의 감옥에 죄수가 별반 꾀어들지 않으니 기껏 300~400프랑밖에는 벌지 못할 것이다. 이자가 나와 함께 스위스에라도 도망치려고 한다면 나는 이자에게 만 프랑을 줄 수도 있다……. 어려운 점은 다만 이자가 내 마음을 믿도록 설득하는 일일 것이

다. 이처럼 추악한 인간과 오래 얘기를 나눌 생각을 하니 쥘리
앵은 그만 혐오감이 들었다. 그래서 다른 생각으로 마음을 돌
렸다.

밤에는 더 이상 시간 여유가 없었다. 자정에, 역마차 한 대
가 와서 그를 실었다. 그를 호송하는 헌병들에 대해 그는 매우
만족했다. 아침에 브장송 감옥에 도착하자 그는 호의적으로
고딕식 탑의 꼭대기 층에 수감되었다. 그는 14세기 초의 건축
양식을 찬찬히 살펴보았다. 그리고 그 우아함과 섬세한 경쾌
함에 감탄했다. 그윽한 안마당 저편 두 개의 벽 사이로 난 좁
은 틈으로 웅장한 경치가 눈에 얼핏 들어왔다.

다음 날에는 심문이 한 번 있었으나, 그 후로는 며칠 동안
그를 조용히 내버려 두었다. 그는 마음이 평온했다. 그는 자기
사건을 아주 단순하게 생각하고 있었다. 나는 사람을 죽이려
했다. 그러니 나는 죽어야 한다. 그의 생각은 이런 논법을 벗
어나지 않았던 것이다.

재판, 대중 앞에 모습을 드러내야 하는 귀찮음, 변론 따위
의 모든 일을 그는 그저 사소한 번거로움 정도로 생각했다. 그
것은 일이 닥치는 그날 생각하면 될 쓸데없는 의식에 불과했
다. 죽음의 순간은 별로 그의 관심을 끌지 않았다. 그것은 재
판 후에 생각하기로 하자고 접어 두고 있었다. 그는 생활이 전
혀 권태롭지 않았다. 그는 모든 것을 새로운 관점으로 고찰했
다. 이제 아무런 야심도 없었다. 드 라 몰 양 생각은 별로 나지
않았다. 회한이 그의 마음을 사로잡았다. 그리고 드 레날 부인
의 영상이, 특히 그 높은 탑 속에 흰꼬리수리의 울음소리만이

들리는 밤의 고요 가운데서는 자주 떠오르는 것이었다.

그는 부인에게 치명상을 입히지 않은 것을 하늘에 감사했다. 그러고는 생각했다. 이상한 일이다! 나는 드 라 몰 씨에게 보낸 부인의 편지로 내 장래의 행복이 영원히 깨져 버렸다고 생각했는데, 그 편지가 있은 지 채 두 주일도 못 돼서 그때 내 마음을 사로잡고 있던 모든 것을 이제 조금도 생각지 않으니……. 베르지 같은 산간 지방에서 조용히 살아갈 이삼천 프랑의 연 수입이 있다면……. 그때 나는 행복했지……. 그런데 내 행복을 몰랐어!

또 어떤 때는 소스라처 의자에서 일어서곤 했다. 만약 내가 드 레날 부인에게 치명상을 입혔다면 나는 스스로 목숨을 끊어야 할 거야……. 나 자신에 대해 혐오감이 일어나지 않도록 스스로 목숨을 끊는 확실함이 필요할 거야.

자살한다! 이건 중대한 문제다. 한심한 형식주의자들이며 가련한 피고를 악착같이 몰아세우는 판사들은, 훈장을 타기 위해서라면 최상의 시민을 교수대에 매다는 것도 주저하지 않을 인간들이지……. 자살하면 그 녀석들의 손아귀에서 빠져나올 수 있고, 지방 신문이 웅변이라고 일컬을 녀석들의 형편없는 모욕에서도 벗어날 수 있는데…….

그러나 며칠 후에는 생각을 고쳐먹었다.

나는 아직 대여섯 주일을 살 수 있다. 자살! 안 될 말이지, 나폴레옹도 자살하지 않고 살아갔는데…….

그런 데다가 이곳 생활이 유쾌하다. 여기서는 조용히 지낼 수 있는걸. 귀찮게 구는 사람이 아무도 없어. 그는 웃으면서 이렇게 덧붙여 생각했다. 그러고는 파리에서 보내오기를 바라는 책의 목록을 적기 시작했다.

# 37장 높은 감옥

한 친구의 무덤.

—스턴

복도에서 쿵쿵 울리는 소리가 들려왔다. 감옥에 누가 올라올 시간이 아니었다. 흰꼬리수리가 소리치며 날아갔다. 문이 열리고 덕성스러운 셸랑 사제가 몸을 와들와들 떨며 손에 지팡이를 짚고 들어서더니, 쥘리앵의 품에 몸을 던졌다.

"아! 하느님! 이럴 수가 있느냐, 내 자식이⋯⋯. 아니 차라리 악마라고 불러야 마땅하겠다."

그 선량한 노인은 한마디도 더 잇질 못했다. 쥘리앵은 사제가 쓰러질까 겁이 났다. 그는 노인을 의자로 모셔야 했다. 전에는 그처럼 기력이 왕성했던 이분에게도 시간의 손길은 무거웠던 것이다. 쥘리앵에게는 이 노인이 셸랑 사제의 그림자로밖에는 보이지 않았다.

노인은 겨우 숨을 돌리고 나서 말했다.

"스트라스부르에서 보낸 편지와 베리에르의 가난한 사람들에게 나누어 주라는 500프랑을 그저께서야 받았네. 나는 리브뤼 산중에 있는 조카 장의 집에 신세 지고 있는 길인데, 그곳으로 편지를 전해 왔더군. 그리고 어제 이 참변 소식을 들었어……. 오 하느님! 이럴 수가!" 노인은 더 이상 울지도 못했다. 아무 생각 없는 멍한 표정을 짓더니, 그저 기계적으로 이렇게 덧붙여 말할 뿐이었다. "자네는 그 500프랑이 필요할 거야, 그것을 가져왔어."

"저는 사제님이 뵙고 싶었어요! 돈은 그것 말고도 있어요." 쥘리앵은 눈물이 글썽해져서 소리쳤다.

그러나 쥘리앵은 더 이상 분별 있는 대답을 들을 수 없었다. 때때로 눈물이 셸랑 사제의 뺨을 타고 말없이 흘러내렸다. 그러더니 사제는 쥘리앵을 골똘히 쳐다보았다. 쥘리앵이 그의 손을 잡아 입술로 가져가도 그저 넋 놓고 바라보기만 할 뿐이었다. 그 무기력한 모습에서는 숭고한 감정이 우러나 보이던 예전의 정력적인 용모는 더 이상 찾아 볼 수 없었다. 잠시 후 농부같이 생긴 사람이 노인을 모시러 왔다. "피곤하시지 않게 해 드려야겠습니다." 그가 쥘리앵에게 말했다. 쥘리앵은 그 사람이 조카인 것을 알았다. 이 방문이 쥘리앵을 혹심한 비탄에 빠뜨렸다. 눈물도 나지 않았다. 모든 것이 슬프게만 보였고 아무런 위안도 찾을 수 없었다. 그는 가슴속의 심장이 얼어붙은 것만 같은 느낌이었다.

이 순간은 그가 죄를 범한 후에 경험한 가장 잔혹한 순간이었다. 그는 추악함을 남김없이 보여 주는 죽음을 바로 눈앞에서 보았던 것이다. 영혼의 위대함과 고결함에 대한 일체의 환상이 세찬 바람 앞의 구름처럼 산산이 흩어져 버렸다.

이런 견딜 수 없는 상황이 몇 시간 동안 계속되었다. 정신적인 중독 상태 뒤에는 육체적인 치료제나 샴페인이 필요한 법이다. 그러나 쥘리앵은 그런 것에 의존하는 것이 비겁하다고 생각했다. 좁은 감방 안을 내내 왔다 갔다 하면서 지낸 그 끔찍한 하루가 끝날 무렵 쥘리앵은 소리쳤다.

내가 왜 이렇게 어리석단 말인가? 그 가엾은 노인을 보고 이런 무서운 비애에 빠져야 하는 것은 내가 남들처럼 늙어서 죽어야 할 경우뿐이다. 그러나 한창 나이에 순식간에 죽는다는 것은 그런 서글픈 노쇠에서 나를 보호해 주는 것이 아니고 무엇이랴.

어떤 생각을 했든 간에 쥘리앵은 겁약한 사람처럼 마음이 여려진 것을 느끼지 않을 수 없었다. 결국 사제의 방문으로 그는 비애에 빠졌던 것이다.

그에게는 더 이상 굳세고 장엄한 기상이 없었으며 로마인 같은 용맹성도 남아 있지 않았다. 죽음이 그에게 더 높고 힘겨운 것으로 비쳐 왔다.

그는 생각했다. 이건 내 한란계와 같은 것이다. 오늘 저녁은 내가 단두대로 끌려가는 데 필요한 용기에서 십 도나 아래로 내려가 있다. 아침에는 그 용기가 있었는데. 하지만 필요한 순간에 그 용기가 되돌아온다면 무슨 상관이랴! 이 한란계라는 생각이 그를 즐겁게 해서 마침내 그는 기분을 전환할 수 있었다.

다음 날 잠에서 깨어나면서는 전날의 일을 부끄럽게 여겼다. 내 행복, 내 평화가 위험에 처해 있다. 그는 자기 곁에 아무도 들여보내지 말라고 부탁하는 편지를 검사장에게 쓰려고 마음먹었다. 그때 얼핏 머리에 떠오르는 생각이 있었다. 그런데 푸케는 어떻게 한다? 그가 만약 브장송에 찾아온다면 이 면회 사절이 얼마나 그의 마음을 아프게 할 것인가!

거의 두 달 동안이나 그는 푸케를 생각해 본 적이 없었다. 스트라스부르에 있을 때 나는 참 바보였다. 내 생각이란 그저 내 옷깃을 벗어나지 못하는 정도였으니까. 푸케에 대한 추억이 그의 마음을 사로잡아 그는 더욱 처량한 심정에 빠졌다. 그는 흥분해서 감방 안을 오락가락했다. 지금 나는 죽음의 수준에서 이십 도나 아래로 처져 있다⋯⋯. 이런 나약함이 증가하면, 스스로 목숨을 끊는 편이 낫겠다. 내가 비열한 인간처럼 죽는 꼴을 보인다면 마슬롱 사제나 발르노 같은 자들이 얼마나 기뻐할 것인가!

푸케가 찾아왔다. 이 단순하고 선량한 사내는 괴로움으로 제정신이 아니었다. 그가 해낸 유일한 생각은 자기 전 재산을 팔아 간수를 유혹해서 쥘리앵을 탈출시킨다는 것이었다. 그는 쥘리앵에게 드 라발레트 씨의 탈옥 얘기를 오랫동안 했다.

"자네는 내 마음을 괴롭게 하는군." 쥘리앵이 그에게 말했다. "드 라발레트 씨는 죄가 없었어. 그런데 나는 죄인이야. 자네는 무심결에 그 차이를 생각나게 하는군⋯⋯."

쥘리앵은 갑자기 신중하고 의심 많은 성격으로 되돌아가면서 물었다.

"그런데 그게 사실인가? 자네의 전 재산을 팔겠다고?"

푸케는 자기 마음을 지배하는 묘안에 드디어 친구가 반응을 보였다고 생각하고 몹시 기뻐하면서, 자기 소유지 하나하나의 명세를 100프랑의 오차도 안 나게 오랫동안 자세히 설명하는 것이었다.

쥘리앵은 혼자 생각했다. 시골의 소지주가 참으로 숭고한 면모를 보여 주는구나! 노랑이짓에 가까울 정도로 지독히 절약하는 것을 보고 내 얼굴이 다 뜨거웠었는데, 나를 위해 희생하다니! 드 라 몰 저택에 모여드는, 『르네』[47]를 읽는 그 멋쟁이 청년들이라면 이런 어리석은 짓을 절대로 하지 않을 것이다. 돈의 가치를 모르는, 유산 상속을 받아 부유해진 나이 어린 사람을 빼고는 그 멋쟁이 파리 사람 중 누가 이런 희생을 할 수 있을 것인가?

푸케의 서툰 어법이며 품위 없는 몸가짐 같은 것이 이제 쥘리앵에게는 문제도 되지 않았다. 그는 냅다 푸케의 품으로 뛰어들었다. 파리에 비교하여 시골이 이보다 훌륭한 찬사를 받은 적은 없었다. 친구의 눈에서 감격의 빛을 보고 기쁨에 넘친 푸케는 쥘리앵이 탈주에 동의한 것으로 생각했다.

이 숭고함을 목도한 쥘리앵은 셸랑 사제의 불시의 방문으로 상실했던 모든 힘을 되찾았다. 쥘리앵은 아직 젊은 나이였다. 내가 보기에 그는 한 그루의 수려한 수목인 것이다. 대부분의 사람들이 그렇듯이 부드러운 마음이 교활함으로 바뀌는 대신, 그는 나이를 먹어 가면서 연민의 정을 느끼기 쉬운 착한 마음

---

47) 샤토브리앙이 쓴 낭만주의적 경향의 소설.

이 생겨나 과도하게 의심 많은 성질을 고쳤을 텐데……. 그러나 지금 와서 이런 쓸데없는 예상이 무슨 소용이 있겠는가?

사건을 간단히 끝내려고 쥘리앵이 답변에 무던히 신경을 썼는데도 심문은 점점 빈번해졌다.

"나는 살인을 했습니다. 적어도 나는 계획적으로 살인을 시도했습니다." 이것이 그가 매일같이 되풀이하는 답변이었다. 그러나 판사는 무엇보다도 형식주의자였다. 쥘리앵의 진술은 심문을 조금도 단축시키지 못했다. 판사는 자존심이 상했다. 쥘리앵은 모르는 일이었지만, 그는 견디기 힘든 지하 감방으로 옮겨질 뻔했으나 푸케가 힘쓴 덕분에 여전히 백팔십 계단 위에 높이 솟은 아름다운 방에 그대로 머물러 있었다.

드 프릴레르 사제는 푸케가 장작을 납품하는 주요 인사의 한 사람이었다. 이 선량한 장사꾼은 전권(全權)을 휘두르는 부주교에게까지 줄을 대는 데 성공했다. 쥘리앵의 훌륭한 자질과 지난날 신학교에 준 도움을 생각해서 판사들에게 잘 부탁하겠다는 드 프릴레르 씨의 말을 듣고 푸케의 기쁨은 이루 형언할 수 없었다. 푸케는 친구를 구할 한 줄기 희망을 발견하고 땅에 엎드려 경의를 표하면서, 피고의 석방을 기도하기 위해 미사에서 10루이의 금액을 나누어 주게 해 달라고 부주교에게 간청했다.

푸케는 불의의 잘못을 저지른 것이었다. 드 프릴레르 씨는 발르노와 같은 부류의 인간이 아니었다. 그는 푸케의 제안을 거절하고 이 선량한 시골뜨기에게 돈을 그대로 가지고 가라고 타이르려 했다. 그러나 따끔하게 말하지 않고는 그를 납득시킬 수 없다는 것을 알고서, 사제는 차라리 그 돈을 모든 것이 부족한 가난한 죄수들을 위해 의연금으로 기증하라고 충고했다.

드 프릴레르 씨는 혼자 생각해 보았다. 그 쥘리앵이란 자는 참 이상한 사람이란 말이야. 그 녀석 행동은 이해할 수가 없어. 내게 이해 못할 일이라곤 없는데……. 어쩌면 그자를 순교자로 만들 수도 있겠는걸……. 여하튼 이 사건의 진상을 알아내야겠어. 우리를 존경하지 않고 사실상 나를 미워하는 드 레날 부인을 두려움에 떨게 할 기회를 찾아낼지도 모르고……. 또 그 어린 신학생에게 약점을 잡힌 드 라 몰 씨와의 유리한 화해 수단을 이 사건에서 발견할 수 있을지도 모르고.

드 라 몰 후작과의 소송에 대한 화해는 몇 주일 전에 이미 서명을 마친 바 있었다. 그리고 피라르 사제는 쥘리앵이 베리에르의 교회에서 드 레날 부인을 저격한 바로 그날, 쥘리앵의 알 수 없는 혈통에 관한 얘기를 남기고 브장송을 떠났던 것이다.

쥘리앵이 알고 있는 자기와 죽음 사이에 가로놓인 불쾌한 사건이 딱 하나 있었다. 그것은 자기 아버지의 방문이었다. 그는 검사장에게 일체의 방문을 받지 않게 해 달라는 편지를 쓰려는 생각을 푸케와 의논했다. 이런 때에도 아버지 만나기를 싫어하는 것을 보고 재목 상인의 정직하고 평민적인 마음은 심한 충격을 받았다.

그는 많은 사람들이 자기 친구를 그처럼 미워하는 이유를 비로소 깨달을 수 있을 듯했다. 그러나 친구의 불행을 생각해서 그런 느낌을 애써 숨겼다. 그리고 친구에게 냉정하게 대답했다.

"여하한 경우에도, 면회 금지 명령이 자네 부친에게는 적용
되지 않을 걸세."

# 38장 세력가

그러나 그녀의 거동은 참으로 신비스럽고
몸매는 우아하구나!
그 여자가 누구란 말인가?

—실러

이틀 후 아침 이른 시간에 감옥 문이 덜컹 열렸다. 쥘리앵은 소스라쳐 잠이 깼다.

아, 제기랄! 아버지가 왔구나. 성가시게! 쥘리앵은 이렇게 생각했다.

바로 그 순간 촌스러운 차림의 여자가 와락 그의 품으로 뛰어들었다. 그는 그 여자를 얼핏 알아보지 못했다. 드 라 몰 양이었다.

"나쁜 사람, 편지를 받고서야 당신이 어디 있는지 겨우 알았어요. 당신은 자기 죄라고 부르지만, 실은 그것은 이 가슴 속에 뛰고 있는 드높은 심혼을 제게 보여 주신 고귀한 복수예요. 저는 베리에르에 와서야 그것을 알게 되었어요……"

자기 자신도 분명하게 자각하고 있지는 않았지만 쥘리앵은 드 라 몰 양에 대해 좋지 않은 편견을 갖고 있는 것이 사실이었다. 그럼에도 불구하고 이 순간 쥘리앵은 그녀가 몹시 예뻐 보였다. 그녀의 모든 언동에서 천하고 속된 인간의 행위와는 비교도 안 되는 고상하고 무사 무욕한 감정을 어찌 발견하지 않을 수 있단 말인가? 그는 또다시 여왕이라도 사랑하는 듯한 느낌이 들었다. 그리고 잠시 후 그는 어법과 생각에서 뛰어난 고결성을 보이며 그녀에게 말했다.

"미래의 일이 아주 분명하게 내 눈앞에 그려져 보였습니다. 내가 죽은 다음 당신을 드 크루아즈누아 씨와 결혼시키는 것이었습니다. 그는 미망인과 결혼하게 되는 셈이죠. 그 아름다운 미망인의 고귀하며 약간 공상적인 넋은, 특이하고 비극적인 대사건에 놀라서 평범한 신중성을 존중하도록 변모를 겪을 것이며, 결국 그 젊은 후작의 현저한 실질적 가치를 깨닫게 될 것입니다. 당신도 결국 모든 사람들이 행복이라고 일컫는 것, 즉 존경, 부, 높은 신분 등을 행복으로 받아들일 것입니다. 하지만 사랑하는 마틸드, 당신이 브장송에 온 것을 누가 눈치챈다면 드 라 몰 후작님께 치명적인 타격이 될 것입니다. 나로서는 그건 나 자신을 용서할 수 없는 일입니다. 나는 벌써 그분께 많은 슬픔을 안겨 드렸어요! 아카데미 회원은 후작께서 가슴에 독사를 품어 기르셨다고 말할 겁니다."

"나는 이런 냉정한 이론이나 미래에 대한 걱정 따위를 기대하지는 않았어요." 드 라 몰 양은 거의 화난 얼굴로 말했다. "당신만큼이나 조심성이 많은 제 하녀가 자기 이름으로 여권을 냈어요. 저는 미슐레 부인이란 이름으로 역마차를 타고 달려왔어요."

"그리고 미슐레 부인은 이다지도 쉽사리 내게 당도할 수 있었고요?"

"아! 당신은 여전히 내가 알아본 탁월한 남자예요! 우선 나는 이 감옥에 들어올 수 없다고 내세우는 판사 비서에게 100프랑을 쥐여 줬어요. 그러자 그 사람 돈만 받아놓고 나를 기다리게 하면서 또 다른 이유를 내세우는 거예요. 그 사람이 내게서 돈만 뺏으려 한다는 생각이 들지 뭐예요……." 마틸드는 여기서 말을 중단했다.

"그래서요?" 쥘리앵이 물었다.

"화내지 마세요, 쥘리앵." 그녀는 쥘리앵을 끌어안으면서 말했다. "결국 그 비서에게 제 이름을 밝히지 않을 수 없었어요. 그 사람 나를 미남 쥘리앵에게 반한 파리의 젊은 여직공으로 여기지 뭐예요……. 정말 자기 입으로 그런 말까지 하지 않겠어요. 나는 당신의 아내라고 그 사람에게 단언했어요. 그러니 매일 당신을 면회할 수 있는 허가를 얻을 거예요."

완전히 미친 짓이군. 쥘리앵은 속으로 생각했다. 나는 그런 짓을 막을 수도 없는 형편이었지. 어쨌든 드 라 몰 씨는 엄청난 세력을 가진 귀족이니까, 여론은 이 아리따운 미망인과 결혼할 젊은 대령의 체면을 세워 주는 변명거리를 만들어 내겠지. 머지않아 내가 죽으면 모든 것이 덮어질 것이다. 이렇게 생각한 쥘리앵은 마틸드의 사랑에 황홀한 기분으로 자신을 내맡겼다. 그것은 미친 듯한 상태였고 영혼의 숭고함이었으며 더할 나위 없이 유별난 경지였다. 마틸드는 쥘리앵더러 함께 죽자고 진지하게 말하기도 했다.

처음의 열광이 지나고 쥘리앵을 만나 보는 기쁨이 충족되자 불현듯 강렬한 호기심이 마틸드의 마음을 사로잡았다. 마틸드는 애인을 유심히 살펴보았다. 그리고 그가 상상하던 것보다도 훨씬 뛰어난 남자라는 생각이 들었다. 보니파스 드 라몰이 더 영웅적인 모습으로 부활한 것만 같았다.

마틸드는 그 지방의 일급 변호사들을 만나보고, 그들의 기분이 상할 정도로 너무 노골적인 금전 공세를 취했다. 그러나 결국 그들은 변호를 승낙했다.

마틸드는 브장송에서 중요한 비중을 갖는 수상한 사건들에 관해서는 모든 것이 드 프릴레르 사제의 손에 좌우된다는 것을 재빨리 알아차렸다.

우선 그녀는 미슐레 부인이란 보잘것없는 이름으로는 전능한 수도회 지도자를 만나 보는 것조차 불가능하다는 것을 알게 되었다. 그러나 사랑에 미친 미모의 젊은 여자 장신구 상인이 젊은 사제 쥘리앵 소렐을 위로하기 위해 파리에서 브장송까지 왔다는 소문이 시내에 쫙 퍼졌다.

마틸드는 브장송의 거리를 혼자서 분주히 걸어 돌아다녔다. 그녀는 자기의 정체가 알려지지 않기를 희망했다. 그러나 어쨌든 일반 대중에게 강렬한 인상을 주는 것이 자기 목적에 쓸모없지는 않다는 생각이 들었다. 그녀의 광기는 형장으로 끌려가는 쥘리앵을 구하기 위해 민중 폭동을 일으키는 것까지 꿈꾸는 것이었다. 드 라 몰 양은 자기가 고통에 빠진 여자에 어울리는 소박한 옷차림을 하고 있다고 믿었으나, 실상 그녀의 옷차림은 만인의 주목을 끄는 것이었다.

일주일간의 탄원 끝에 겨우 드 프릴레르 씨의 면담을 허락받았을 때 마틸드는 브장송에서 만인의 주목의 대상이 되어 있었다.

그녀가 아무리 용감한 여자라고 해도, 세력 있는 수도회 지도자라는 관념과 빈틈없고 음흉한 악랄함이란 관념이 그녀의 정신 속에서 너무도 밀접하게 연결되어 있어서, 마틸드는 주교관 대문의 초인종을 누르면서 떨지 않을 수 없었다. 제1부주교의 방으로 통하는 층계를 올라갈 때는 걸음을 옮기기가 힘들 정도였다. 주교관의 정적에 그녀는 등골이 다 오싹해졌다.

나는 안락의자에 앉게 될지도 몰라. 그러면 그 안락의자의 무슨 장치가 내 양팔을 꽉 죄고 나는 감쪽같이 사라지는 것은 아닐까……. 내 하녀도 누구에게 내 소식을 물을 것인가? 헌병 대장도 잘 움직이려 들지 않을 것이고……. 나는 이 대도시에서 고립무원이구나!

방 안을 한 번 둘러보고 나서 드 라 몰 양은 마음을 놓았다. 우선 그녀에게 문을 열어 준 것은 아주 맵시 있게 제복을 차려입은 시종이었다. 그녀가 앉아서 기다린 살롱은 섬세하고 세련된 사치를 보여 주었다. 그것은 천박한 화려함과는 아주 다른 것으로 파리에서도 최상의 가정에서만 볼 수 있는 품위 있는 사치였다. 온화한 태도로 다가오는 드 프릴레르 씨를 보자 끔찍한 범죄 같은 공상은 씻은 듯이 사라졌다. 그 잘생긴 얼굴에서는 파리의 사교계에 적대감을 품은 완강하고 비사교적인 도덕심은 흔적도 발견할 수 없었다. 브장송의 모든 것을 손아귀에 쥐고 흔드는 이 사제의 얼굴에 떠도는 가는 미소는, 그가 상류 사회 출신이고 교양 있는 고위 성직자이며 능란한 행정가라는 것을 알려 주고 있었다. 마틸드는 파리에 있는 듯한 착각이 들었다.

드 프릴레르 씨는 마틸드가 자기의 강력한 적수 드 라 몰 후작의 딸이라는 것을 고백하도록 유도하는 데 별로 시간이 걸리지 않았다.

"저는 사실 미슐레 부인이 아닙니다." 마틸드는 본래의 오만한 태도를 회복하며 말했다. "이렇게 사실대로 말씀드려도 저는 별로 개의치 않습니다. 저는 드 라 베르네이 씨의 석방 가능성을 사제님께 의논드리러 온 것이니까요. 첫째로 그분의 죄는 경솔함에서 연유한 것에 불과하며 그가 총을 쏜 부인은 건강하게 살아 있습니다. 둘째로 하급 관리들을 매수하기 위해서 저는 지금 5만 프랑을 내놓을 수 있으며 그 두 배도 약속드릴 수 있습니다. 마지막으로 저나 제 가족은 드 라 베르네이 씨를 구해 주시는 분에게는 무엇이든지 사례해 드릴 것입니다."

드 프릴레르 씨는 드 라 베르네이란 이름에 놀라는 기색이었다. 마틸드는 쥘리앵 소렐 드 라 베르네이 씨 앞으로 된 국방 대신의 편지를 여러 통 내보였다.

"보시다시피 제 아버지는 그 사람의 행운을 개척해 주시려 했어요. 저는 그와 비밀 결혼을 했습니다. 라 몰가의 사람으로서는 좀 특이한 이 결혼을 공표하기 전에 제 아버지는 그 사람을 고위 장교로 만들어 주시려고 했습니다."

점차 중대한 사실이 밝혀지면서 드 프릴레르 씨의 선량하고 온화한 명랑함의 표정이 재빨리 사라져 버리는 것을 마틸드는 알아차렸다. 음흉한 허위가 섞인 교활함이 그의 얼굴에 나타나고 있었다.

사제는 의혹을 품고 공식 서류들을 되풀이해서 천천히 읽어 내려갔다. 그리고 속으로 생각하는 것이었다.

이 이상한 비밀 얘기를 어떻게 이용할 수 있을까? 나는 유명한 드 페르바크 원수 부인의 친구와 단번에 친밀한 관계를 맺게 됐다. 원수 부인은 프랑스에서 주교를 만들어 내는 ×××주교 예하의 세력 있는 조카딸인 것이다.

먼 장래의 일로 생각하던 것이 불시에 내 눈앞에 닥쳤단 말이야. 이것으로 말미암아 내 소원이 모두 이루어질 수도 있겠는걸.

처음에 마틸드는 이 당당한 세력가의 표정이 급히 바뀌는 것을 보고 겁을 먹었다. 마틸드는 이 사람과 외딴 방에 단둘이 마주 앉아 있는 것이었다. 그러나 곧 생각을 바꾸었다. 어쨌단 말이냐! 최악의 경우라도 권력과 향락에 겨운 이 성직자의 냉정한 이기주의를 움직이지 못하는 것이 고작이 아니겠는가?

뜻밖에도 자기 눈앞에 주교 직에 오를 수 있는 빠른 길이 열린 데 현혹되고 마틸드의 재능에 놀란 드 프릴레르 씨는 잠시 경계를 풀고 있었다. 드 라 몰 양은 그가 몸을 부들부들 떨 정도로 흥분하고 야심에 차서 거의 자기 발아래 꿇어 엎드릴 지경에 이르렀음을 알아차렸다.

그녀는 생각했다. 이제 모든 걸 알겠다. 여기서는 드 페르바크 부인의 친구라면 안 될 일이 없겠다. 그리고 그녀는 아직도 괴로운 질투심이 남아 있기는 했지만, 용기를 내어 쥘리앵이 원수 부인의 가까운 친구이며 거의 매일 원수 부인 댁에서 주교 예하와 만났다고 설명했다.

부주교가 야심에 불타는 눈으로 한마디 한마디에 힘을 주며 말을 꺼냈다.

"이 현의 명사들 가운데서 서른여섯 명의 배심원 표를 네다섯 회에 걸쳐 추첨할 경우에, 각각의 배심원 표마다 여덟 내지 열 명의 내 친구를, 그것도 배심원 중 가장 총명한 사람들을 헤아릴 수 없다면 나는 아주 재수가 나쁜 편이겠죠. 나는 거의 언제나 유죄 쪽을 주장하는 사람보다 많은 수를 확보할 수 있을 것입니다. 보시다시피 아가씨, 나는 아주 수월하게 무죄 평결을 내리게 할 수도 있지만……."

사제는 여기서 자기 말소리에 놀라기라도 한 듯 갑자기 입을 다물어버렸다. 교단 외의 사람들에게 결코 해서는 안 될 말을 입 밖에 냈던 것이다.

그러나 이번에는 그가 마틸드를 대경실색하게 했다. 쥘리앵의 이상한 사건을 두고 브장송의 사교계가 한편 놀라고 또 한편 몹시 흥미로워 하는 것은, 쥘리앵이 이전에 드 레날 부인과 오랫동안 열렬한 사랑을 나누었기 때문이라고 얘기했던 것이다. 드 프릴레르 씨는 자기 얘기를 듣고 마틸드가 극도로 동요한 것을 쉽사리 알아차렸다.

나는 앙갚음을 한 셈이군! 그는 이렇게 생각했다. 제아무리 결심이 굳다 한들 이 어린 아가씨 하나쯤 조종할 수단이야 있지. 그런데 이 아가씨를 조종하지 못할까 봐 괜히 마음 졸이고 있었단 말이야. 품위 있고 쉽사리 조종당하지 않을 것 같던 그녀의 태도가 이제 자기 앞에서 거의 애원조로 변한 것을 보자, 그에게는 그녀의 뛰어난 미모가 더욱더 매력 있어 보이는 것이었다. 그는 이제 완전히 냉정을 되찾고 마틸드의 가슴에 박은 비수를 주저 없이 뒤틀었다.

그는 가벼운 어조로 마틸드에게 말했다.

"소렐 씨가 예전에 그처럼 사랑하던 여인에게 피스톨을 두 번이나 쏜 것은 질투 때문이란 것을 알게 되더라도 나는 별로 놀라지 않을 것입니다. 그 부인은 얼마 전부터 디종의 마르키노 사제란 사람과 자주 만나고 있었는데, 그들 사이에 쾌락이 개재하지 않았을 리가 없죠. 그 사제는 일종의 얀세니스트로, 얀세니스트가 누구나 그렇듯 소행이 좋지 않은 자죠."

드 프릴레르 씨는 그녀의 약점을 간파하고, 이 아름다운 처녀의 마음을 천천히 괴롭히면서 무한히 즐거움을 느꼈다. 그는 마틸드를 뚫어지게 쏘아보면서 말을 이었다.

"소렐 씨가 교회를 골라 그런 일을 저지른 것은 그때 마침 자기 연적이 거기서 미사를 집전하고 있었기 때문이 아니고 무엇이겠습니까? 당신이 보호하는 그 행복한 남자가 대단히 총명하고 또 더할 나위 없이 신중한 사람이라는 것은 누구나 인정하고 있죠. 그런 사람이 자기가 익히 알고 있는 드 레날 씨의 정원으로 숨어 들어가는 것보다 간단한 일이 어디 있겠어요? 그 정원에서라면 그는 들키지도 붙잡히지도 의심받지도 않고 자기가 질투하는 부인을 확실하게 죽일 수 있었을 텐데요."

일견 논리 정연하기 짝이 없는 이런 얘기를 듣자 마틸드는 그만 제정신이 아닌 상태에 빠졌다. 본시 상류 사회에서 인간의 심정을 충실하게 나타내는 것으로 여겨지는 메마른 신중함으로 포만한 마틸드의 오만한 마음은, 격정적인 성격의 인간이라면 일체의 신중함을 비웃으면서 강렬한 기쁨을 느낄 수도 있다는 사실을 재빨리 이해할 수 없었다. 마틸드가 살아온 파리의 상류 사회에서는 정열이 신중함을 벗어 내던지는 일은 극히 드문 것이다. 창문으로 몸을 내던지는 것은 6층 꼭대기에 사는 하층민들에게 일어나는 일인 것이다.

마침내 드 프릴레르 사제는 이 여자를 지배할 수 있는 자신의 힘에 확신을 가졌다. 그는 쥘리앵의 공소를 맡은 검찰관을 자기 마음대로 조종할 수 있다고 마틸드에게 암시했다. (그것은 거짓말이었다.)

이번 공판에 참여할 서른여섯 명의 배심원이 추첨으로 결정되면, 그는 적어도 서른 명의 배심원에 대해 직접적이고 개인적인 공작을 해야 할 것이었다.

만약 마틸드가 드 프릴레르 씨에게 그처럼 아름답게 보이지 않았던들 그는 대여섯 번의 회견이 있은 후에나 그런 명백한 언질을 주었을 것이다.

# 39장 계략

카스트르, 1676년. 내 이웃집에서 오빠가
자기 누이동생을 살해했다.
그 신사는 전에도 살인죄를 범한 일이 있었다.
그러나 그의 부친은 500에퀴의 돈을 은밀히
판사들에게 분배하여 그의 생명을 구했다.

—로크, 『프랑스 기행』

주교관을 나서는 길로 마틸드는 주저 없이 드 페르바크 부인에게 편지를 써 보냈다. 자기 체면이 위태로워질 염려에도 불구하고 그녀는 잠시도 지체하지 않았다. 드 프릴레르 씨에게 보내는 ×××주교 예하의 친필 편지 한 통을 얻어 달라고 자기 연적에게 간청했다. 그녀는 원수 부인 자신이 브장송으로 달려와 주도록 애원하기까지 했다. 질투심에 차 있는 오만한 여자의 마음으로는 이런 일은 매우 비장한 것이었다.

푸케의 충고에 따라 그녀는 자기가 하는 일에 대해 쥘리앵에게 일절 말하지 않도록 조심했다. 그런 일이 아니더라도 마틸드의 출현만으로도 쥘리앵은 상당히 동요하고 있었다. 죽음이 가까워 오면서 평소보다도 더 염결(廉潔)한 인간이 된 쥘리앵은 드 라 몰 씨에 대해서뿐만 아니라 마틸드에 대해서도 회한의 정을 느끼고 있었다.

그는 생각하는 것이었다. 대체 어찌된 일인가! 마틸드 곁에 있으면서도 방심하거나 지루함을 느낄 때가 있는 것이다. 이 여자는 나를 위해 파멸을 겪는데 이렇게 보답하다니! 그렇다면 나는 정말로 사악한 인간인가? 야심에 차 있을 때의 그라면 이런 문제에는 별로 관심을 두지 않았을 것이다. 그때는 성공하지 못하는 것만이 그에게 유일한 수치였다.

마틸드 곁에서 느끼는 마음의 불편은 마틸드의 열정이 점점 유별나고 분별 없어지는 만큼 더욱더 커지는 것이었다. 마틸드는 그를 구하기 위해서 기발한 희생을 치르려고 하는 일만 얘기하는 것이었다.

자신의 모든 자존심을 압도하는 자랑스러운 어떤 감정에 도취한 마틸드는 무슨 비상한 행동으로 순간순간을 채우지 않고는 잠시도 가만히 있으려 들지 않았다. 쥘리앵과 만나 오래 얘기를 나눌 때마다 유별나고 위험하기 짝이 없는 그녀의 계획들이 화제의 전부였다. 두둑히 돈을 받은 간수들은 그녀가 감옥 안에서 멋대로 행동하게 눈감아 주고 있었다. 마틸드의 공상은 자기 평판의 희생에 국한되는 것이 아니었다. 사회 전체에 자기 신분이 알려지는 것쯤은 그녀에게 아무런 문제도 되지 않았다. 쥘리앵의 사면을 청원하기 위해 마차에 몸이 갈가리 찢길 위험을 무릅쓰고 달려오는 국왕의 마차 앞에 엎드려 국왕의 관심을 끈다는 것은, 이 흥분된 용감한 상상력이 꿈꾸는 사소한 공상의 하나에 불과했다. 마틸드는 국왕 곁에서 시중드는 친구들을 통해 생클루 공원의 출입 금지 구역에 들어갈 수 있다는 확신을 갖고 있었다.

쥘리앵은 자기가 그 많은 헌신을 받을 가치가 있다고 여겨지지 않았다. 사실을 말하자면 그는 영웅주의에 지쳐 있었다. 지금 그가 필요로 하는 것은 단순하고 순진하며 수줍은 애정일 텐데, 마틸드의 오만한 마음은 여전히 관중과 다른 사람들에 대한 관념이 필요했다.

모든 고뇌와 애인의 생명에 대한 두려움(마틸드는 애인이 죽으면 자신도 살아남고 싶지 않았다.) 가운데서도, 그녀는 자기의 열렬한 사랑과 숭고한 계획으로 대중을 깜짝 놀라게 해주고 싶다는 은근한 욕망을 품고 있었다.

쥘리앵은 이런 모든 영웅주의에 전혀 마음이 움직이지 않는 자신을 발견하고 기분이 언짢았다. 헌신적이고 선량한 푸케의 대단히 분별 있고 한정된 정신이 마틸드의 이런 모든 광태로 괴롭힘을 당하고 있다는 사실을 쥘리앵이 알았다면, 그의 심정이 어떠했겠는가?

푸케는 마틸드의 헌신적인 행위에서 무엇을 비난해야 좋을지 알 수 없었다. 그 역시 쥘리앵을 구하기 위해서라면 자신의 전 재산을 희생함은 물론 자신의 생명조차 아무리 큰 위험에라도 내맡겼을 것이기 때문이다. 푸케는 마틸드가 뿌리는 엄청난 돈의 양에 어안이 벙벙했다. 처음에는 돈에 대해 시골뜨기다운 존경심을 갖고 있는 푸케에게 그렇게 물 쓰듯 쓰는 돈은 위압감을 주기까지 했다.

마침내 푸케는 드 라 몰 양의 계획이 수시로 변하는 것을 알고, 자기에게는 피곤하기 짝이 없는 그런 성격을 비난할 좋은 말을 찾아내어 적이 위안을 받았다. 그것은 '변덕쟁이'라는 말이었다. 이 말과 지방에서 가장 큰 욕으로 쓰이는 '불량자'라는 말은 별 차이가 없는 것이었다.

어느 날 마틸드가 감방에서 나가자 쥘리앵은 이런 생각이 들었다. 나에 대한 저처럼 강렬한 정열에도 내 마음은 무감각하기만 하니 참 이상한 일이다! 두 달 전만 해도 나는 저 여자를 열렬히 사랑했는데! 죽음이 다가오면 만사에 흥미가 없어진다는 얘기를 책에서 읽기는 했지만, 막상 자신이 배은망덕하며 그런 속성을 고칠 수 없다고 느끼니 참 끔찍하구나. 그러니 나는 이기주의자란 말인가? 그는 이기주의자란 점에 대해 가장 수치스러운 가책을 느꼈다.

그의 가슴속에서 야심의 불길이 꺼지고 잿더미로부터 다른 정열이 솟아났다. 그는 그 정열을 드 레날 부인을 죽이려 했던 것에 대한 회한이라고 생각했다.

사실 그는 부인이 몹시도 그리웠다. 방에 혼자 남아서 아무 방해도 받을 염려가 없을 때면, 그는 전에 베리에르나 베르지에서 보냈던 행복한 날들의 추억에 오롯이 잠겨 이상한 행복감에 빠져드는 것이었다. 너무나 빨리 흘러가 버린 그 시절의 사소한 사건까지도 지금의 그에겐 신선하고 비할 데 없는 매력으로 떠오르는 것이었다. 파리에서 거둔 성공 같은 것은 전혀 생각나지 않았다. 그런 것에는 이미 신물이 나 있었다.

하루가 다르게 고조되는 쥘리앵의 그런 마음을 마틸드의 질투심은 부분적으로 눈치 채게 되었다. 그녀는 자기가 고독한 사랑과 싸워 나가야 할 처지임을 분명하게 깨달았다. 때때로 그녀는 공포심을 느끼며 드 레날 부인의 이름을 발설하는 것이었다. 그럴 때면 쥘리앵이 몸을 부르르 떠는 것을 볼 수 있었다. 마틸드의 열정에는 이제 한계도 절도도 없었다.

만약 이 사람이 죽으면 나도 뒤따라 죽겠다. 마틸드는 진심으로 이렇게 생각했다. 나 같은 신분의 처녀가 사형을 앞둔 애인을 이렇게 열렬히 사랑하는 것을 보면 파리의 살롱들에선 뭐라고 떠들어댈 것인가? 이런 장렬한 감정을 발견하려면 다시 영웅들의 시대로 거슬러 올라가야 한다. 샤를 9세와 앙리 3세 시대의 사람들 가슴을 고동치게 한 것은 바로 이런 종류의 사랑이었겠지.

쥘리앵의 얼굴을 자기 가슴에 꼭 껴안고 더없이 강렬한 흥분의 도가니에 빠져 있을 때면 마틸드는 몸서리치며 속으로 부르짖는 것이었다. 아아! 이 매력적인 목이 잘려 떨어진다니! 그러나 다음 순간 그녀는 좀 행복한 기분이 드는 영웅주의에 들떠 덧붙이는 것이었다. 좋다! 지금 이 아름다운 머리칼에 대고 있는 내 입술도 이 머리가 잘린 후 이십사 시간이 채 못 되어 싸늘하게 식어 버릴 것이다.

영웅주의 시대와 몸서리쳐지는 무서운 쾌감에 대한 기억이 마틸드의 머리에 고정 관념처럼 달라붙었다. 지금껏 오만한 마틸드의 마음과는 너무나 동떨어져 있던 자살이라는 집념이 마음속에 스며들어, 곧 그녀의 마음을 절대적인 힘으로 지배하기에 이르렀다. 그러면 그렇지, 내 선조들의 피가 내게 와서 식어버릴 리 만무하지. 마틸드는 자랑스럽게 중얼거렸다.

"당신에게 한 가지 부탁이 있소." 어느 날 그녀의 애인이 이렇게 말을 꺼냈다. "당신이 낳을 아기를 베리에르의 어느 유모에게 맡겨 기르세요. 드 레날 부인이 유모를 살펴보아 줄 거요."

"당신 참 무정한 말도 다 하는군요……." 마틸드의 얼굴이 파랗게 질렸다.

"정말 그렇군요, 수백 번이라도 사과하리다." 쥘리앵이 몽상에서 깨어나며 마틸드를 품에 껴안고 이렇게 소리쳤다.

마틸드의 눈물이 마르자 쥘리앵은 다시 그 생각으로 돌아왔다. 그러나 이번에는 좀 더 능란한 재치를 부려 얘기했다. 그는 자기 얘기에 우수에 찬 철학적 색채를 부여했다. 그는 머지 않아 자기에게는 막을 내릴 미래에 관한 얘기를 꺼냈다.

"이봐요, 정열이란 것은 인생행로의 한 사건에 불과한 거요. 그러나 그 사건은 탁월한 영혼들만이 겪는 것이지요……. 당신 가족의 자존심을 위해서는 내 아들이 죽는 것이 결국 기쁜 일일 거요. 아랫사람들도 그런 사정을 알아차릴 테고. 소홀한 취급을 받는 것이 불행과 수치로 태어날 그 아이의 운명일 것입니다……. 언제라고 꼭 못 박고 싶지는 않지만 어쨌든 내 용기가 짐작할 수 있는 어떤 시기가 되면 당신이 내 마지막 충고에 따르게 되기를 바랍니다. 드 크루아즈누아 후작과 결혼하세요."

"어머, 그런 불명예스러운 말을!"

"당신네 같은 가문에는 불명예란 있을 수 없습니다. 당신은 미망인이, 어떤 미친 자의 미망인이 될 것입니다. 그것뿐이지요. 좀 더 얘기하자면, 나의 죄라는 것도 전혀 금전을 동기로 한 것이 아니기 때문에 조금도 불명예스러울 것은 없습니다.

어떤 시기가 되면 현명한 입법자가 나타나 자기 동시대인들의 편견을 물리치고 사형 제도를 폐지하는 날이 올지도 모릅니다. 그때가 되면 어떤 호의적인 사람이 하나의 예로 삼아 이렇게 말할지도 모르죠. '드 라 몰 양의 첫 남편은 미친 사람이었어, 그러나 나쁜 사람이거나 극악한 죄인은 아니었지. 그런데 그 사람 목을 자른 짓은 어리석은 짓이었어……'라고 말이오. 그때가 되면 나에 대한 기억도 전혀 수치스러운 것이 아닐 테죠. 어쨌든 상당한 세월이 흐른 후엔 말이죠……. 당신의 사회적 지위와 재산과 그 위에 당신 재능의 도움을 받으면, 당신의 남편이 된 드 크루아즈누아 씨는 혼자서는 도저히 성취할 수 없는 역할을 해내게 될 것입니다. 그에게는 좋은 가문과 용감함밖에는 없습니다. 1729년이라면 그 두 가지 특징만으로도 훌륭한 인물이 될 수 있었지만, 한 세기 후인 오늘날에는 그건 하나의 시대착오로 기껏 자만심이나 불어넣어 주는 것입니다. 프랑스 청년층의 선두에 서기 위해서는 그 밖에도 다른 자질들이 필요합니다.

당신의 꿋꿋하고 담대한 기상이 당신 남편이 속한 당파에 큰 도움을 줄 것입니다. 당신은 프롱드 난[48] 때의 슈브뢰즈나 롱그빌르 같은 역할을 수행할 수 있을 거요……. 그러나 그때가 되면, 지금 당신을 불태우는 성스러운 불길은 약간 식어 있겠지요."

---

48) 1648년부터 1653년까지 프랑스에서 귀족들이 국왕의 중앙 집권 정책에 반항하여 일으킨 내란.

여기서 그는 길게 허두를 늘어놓은 다음 이렇게 덧붙여 말했다.

"한 가지만 더 얘기하게 해 주세요. 십오 년쯤 지나면 당신은 내게 품었던 사랑을 하나의 미친 짓, 변명할 만한 것이긴 하지만 어쨌든 하나의 미친 짓이었다고 생각하게 될 것입니다."

그는 여기서 말을 뚝 끊고 몽상에 빠졌다. 그는 또다시 마틸드가 몹시 속상해할 생각에 부딪혔다. '십오 년쯤 지나면 드레날 부인은 내 아들을 몹시 사랑할 것이지만 당신은 그 애를 잊어버릴 것이오.'라는 생각이었다.

# 40장 평온

그 시절의 내가 어리석었기에 지금의 나는 현명한 것이다.
순간밖에는 보지 못하는 철학자여,
그대의 시야는 얼마나 좁은가!
그대의 눈은 정열의 숨겨진 작용을
보지 못하게 되어 있노라.

—괴테 부인

마틸드와의 이 대화는 심문이 있어 중단되었다. 심문 다음에는 변론을 맡은 변호사와 면담이 있었다. 무관심과 부드러운 몽상에 잠겨 지내는 쥘리앵의 생활에서, 이런 때만이 참을 수 없을 만큼 불쾌한 시간이었다.

"나는 살인을 저질렀습니다, 그것도 계획적 살인입니다." 쥘리앵은 판사나 변호사에게 이런 식으로 대답했다. 그리고 그는 미소를 띠고 덧붙여 말하는 것이었다. "그것은 유감스러운 일입니다. 하지만 이렇게만 말씀드리면 당신들의 일거리는 아주 간단해지겠죠."

판사와 변호사에게서 마침내 해방되자 쥘리앵은 이렇게 생각했다. 여하튼 나는 용감해야겠다. 남들이 보기에 저 두 사람보다 용감해야겠어. 저 사람들은 그 불행한 결말의 결투를 무슨 악의 극치이며 '공포의 왕'이라도 되는 듯이 생각하고 있다. 정작 나 자신은 그날이 되어서야 정말로 관심을 가질 텐데.

쥘리앵은 심각한 사색에 잠기며 계속 생각했다. 나는 더 큰 불행도 경험했으니까 말이야. 마틸드에게 버림받았다고 생각하며 처음 스트라스부르를 여행했을 때는 훨씬 더 고통스러웠지……. 그때는 마틸드의 완전한 애정을 그렇게 간절히 바랐는데 지금에 와선 그런 애정에도 이토록 냉담해지다니……! 사실 그 아리따운 아가씨가 찾아와 나의 고독을 함께 나눌 때보다 혼자 있을 때가 더 행복하거든…….

규칙과 형식에 얽매인 인사인 변호사는 쥘리앵이 미쳤다고 생각했다. 그리고 세상 사람들이 그렇게 믿듯 그의 손에 권총을 쥐게 만든 것은 질투심이라고 생각하는 것이었다. 어느 날 변호사는 진부(眞否)야 어찌되었든 정신 이상으로 저지른 범죄라고 진술하는 것이 변호에 아주 유리한 방법이라고 쥘리앵에게 짐짓 암시했다. 그러자 피고는 순식간에 격정적이고 신경질적으로 돌변해 제정신이 아닌 듯 소리쳤다.

"당신 목숨이 아까우면 그런 추악한 거짓말은 다시는 입 밖에 내지 마시오." 조심성 많은 변호사는 자기를 죽이려 달려들지나 않을까 하고 잠시 겁에 질렸다.

결정적인 순간이 눈앞에 다가오고 있었으므로 변호사는 변론을 준비하고 있었다. 브장송은 물론 현 내 어디에서나 이 유명한 재판 사건 얘기로 떠들썩했다. 쥘리앵은 이런 자세한 내용을 모르고 있었다. 자기에게는 그런 종류의 얘기를 결코 하지 말라고 미리 부탁해 두었던 것이다.

그날 푸케와 마틸드가 아주 희망적인 조짐으로 여겨지는 항간의 소문을 알려주려고 하자 쥘리앵은 대뜸 그들의 말을 가로막았다.

"내 이상적인 생활을 가만히 내버려 두시오. 내 기분을 망치는 그따위 성가신 재잘거림이나 세속의 지저분한 얘기는 공상의 하늘에서 나를 끌어내리는 것만 같소. 사람은 자기 나름대로 죽는 거요. 나는 오직 내 방식대로만 죽음을 생각하고 싶소. '남들'이 내게 무슨 상관이란 말이오? '남들'과의 관계는 머지않아 뚝 끊어져 버릴 텐데. 제발 나한테 그 사람들 얘기는 하지 말아요. 판사와 변호사를 만나는 것만도 지긋지긋한데."

여기서 그는 다시 자기 혼자만의 생각으로 되돌아갔다. 사실 꿈꾸면서 죽는 것이 나의 운명인가 보다. 이 주일도 못 되어 깡그리 잊혀지고 말 나 같은 미미한 존재가 연극을 하려고 든다면 어리석기 짝이 없는 일임에 틀림없지…….

그렇지만 인생의 종말이 눈앞에 닥친 후에야 인생을 즐기는 기술을 터득하게 되었다는 것은 참으로 이상한 일이다.

최근 며칠 동안 쥘리앵은 마틸드가 사람을 시켜 일부러 네덜란드에서 사온 고급 시가를 피우며 탑 꼭대기의 좁은 테라스를 거닐면서 지내고 있었다. 그러나 그는 매일같이 시내의 망원경이 그가 나타나기를 기다렸다가 일제히 그에게로 향한다는 사실은 꿈에도 모르고 있었다. 그의 생각은 베르지로 달리는 것이었다. 그가 푸케에게 드 레날 부인 얘기를 꺼낸 적은 없었다. 그러나 푸케는 부인이 빠른 속도로 회복되고 있다는 얘기를 두세 번 친구에게 했다. 그 말이 쥘리앵의 가슴에 깊은 울림을 남겼다.

쥘리앵의 마음이 한결같이 관조의 세계에만 침잠해 있는 동안 현실적인 일에 마음이 팔린 마틸드는 귀족다운 용기를 발휘하여, 드 페르바크 부인과 드 프릴레르 씨 사이의 직접적인 서신 왕래를 '주교구'라는 핵심적인 말이 벌써 발설될 정도로까지 친밀하게 진척시킬 수 있었다.

성직 임면권을 쥐고 있는 존귀한 주교는 조카딸의 편지 여백에다가 '가엾은 소렐은 경솔한 젊은이에 불과하니 그가 석방되기를 바라는 바요.'라고 덧붙여 적어 보냈다.

그 구절을 보고 드 프릴레르 씨는 넋을 잃고 좋아했다. 그는 쥘리앵을 구출할 것을 의심치 않고 있었다.

"명문 출신 인사들의 모든 영향력을 배제하려는 것만이 목적인, 많은 배심원 목록의 작성을 지시하는 그 자코뱅식 법률만 아니라면 나는 평결을 보증할 수도 있을 것입니다. 나는 N 사제도 무죄 방면케 했는데……." 이번 공판에 참여할 서른여섯 명의 배심원 추첨이 있기 전날 프릴레르 사제는 마틸드에게 이런 얘기를 했다.

다음 날 추첨 함에서 나온 이름 가운데 브장송의 수도회원 다섯 명과 브장송 이외의 인사 중 발르노, 드 무아로, 드 숄랭 씨의 이름을 발견하고 드 프릴레르 씨는 매우 기뻐했다. 그는 마틸드에게 이렇게 말했다.

"우선 이 여덟 명의 배심원은 장담할 수 있습니다. 처음 다섯 명은 내 '도구'나 마찬가지입니다. 발르노는 내 부하이고 무아로는 내게 완전히 매여 있고 드 숄랭은 무엇에나 겁먹는 바보니까요."

　신문은 현 내에 배심원 명단을 보도해 알렸다. 그러자 드 레날 부인이 브장송에 가려 하는 바람에 그녀의 남편은 질겁하지 않을 수 없었다. 증인으로 법정에 불려 나가는 불쾌한 일을 당하지 않게 병석을 떠나서는 안 된다고 신신당부하여 드 레날 씨는 겨우 아내를 만류했다. 전 베리에르 시장은 아내에게 이렇게 말했다.

　"당신은 내 처지도 모르고 있소. 그자들 말을 빌리면 나는 이제 '변절한' 자유주의자가 되어 있단 말이오. 발르노란 악당과 드 프릴레르 씨는 틀림없이 검사장과 판사들로 하여금 내게 불쾌한 일이라면 무엇이나 하게 할 판이오."

　드 레날 부인은 남편의 명령에 순순히 굴복했다. 내가 법정에 나타나면 복수를 요구하는 듯이 보일 거야. 부인은 이렇게 생각했던 것이다.

　자신의 영적 지도자와 남편에게 신중을 기하겠다고 굳게 약속했는데도 부인은 브장송에 도착하기가 무섭게 펜을 들어 서른여섯 명의 배심원 각자에게 편지를 썼다.

　"제가 나타나면 소렐 씨의 입장에 불리한 결과가 올까 염려하여 저는 공판 당일에는 법정에 나가지 않겠습니다. 저는 다만 한 가지 그가 구원받기만을 열렬히 기원하고 있습니다. 제 마음을 의심치 말아 주십시오. 저 때문에 무고한 사람이 죽음을 당했다는 무서운 생각은 제 여생을 망칠 것이며 아마도 제 생명을 일찍 끝맺게 만들 것입니다. 제가 이렇게 살아 있는데 어떻게 그를 사형에 처할 수 있겠습니까? 안 될 일입니다. 사회는 사람의 생명을 빼앗을 권리를 갖고 있지 않습니다. 쥘리앵 소렐 같은 사람의 생명은 더구나 그렇습니다. 베리에르 사람들은 누구나 그가 착란 상태에 빠질 때가 있다는 것을 알고 있습니다. 그 가엾은 청년은 강력한 적들을 갖고 있습니다. 그러나 그의 적들(그는 정말로 많은 적을 갖고 있습니다!) 가운데서라도, 그의 놀라운 재능과 해박한 지식을 의심하는 사람이 누가 있겠습니까? 배심원님께서 판결하게 되는 피고는 평범한 사람이 아닌 것입니다. 근 열여덟 달 동안 저희 모두는 그가 경건하고 총명하며 근면한 것을 익히 보아 왔습니다. 그러나 일 년에 두세 번 그는 극도의 우울증에 사로잡혀 착란 상태에 빠지곤 했습니다. 베리에르 전체와 저희가 좋은 계절이면 찾아가 지내던 베르지의 이웃 모두와 저희 가족 전체와 군수님 자신까지도 그의 모범적인 신앙을 보증할 것입니다. 그는 성경 전체를 암송하는 사람입니다. 신앙심이 없는 사람이 여러 해 동안이나 성경을 익히는 데 전념할 수 있었겠습니까? 제 아들들을 시켜 이 편지를 전해 올리겠습니다. 제 아들들은 아직 어린아이입니다. 그 아이들에게 물어봐 주십시오. 아이들은 그 가엾은 청년에 관해 자세한 얘기를 모두 들려드릴 것입니다. 그 얘기를 들으시면 그 청년을 처벌하는 것이 난폭한 처사임을 납득하실 것입니다. 그를 처벌하는 것은 제 복수가 되기는커녕 제게 죽음을 가져오는 결과가 될 것입니다.

그분의 적들이라도 이 사실에 무슨 반대를 제기할 수 있겠습니까? 그가 정신이 나간 순간(그의 가르침을 받은 제 아이들도 그가 정신을 잃는 때가 있다는 것을 알고 있었습니다.)의 결과로 제가 입은 상처는 조금도 위험이 없는 것으로 채 두 달도 지나지 않아서 역마차를 타고 베리에르에서 브장송까지 올 수 있었습니다. 그처럼 무고한 사람을 법률의 난폭함으로부터 사면해 주시는 데 조금이라도 주저하신다는 것을 알면, 저는 단지 남편의 명령에 따르기 위해 누워 있는 침대로부터 달려 나가 배심원님의 발밑에 꿇어앉기라도 하겠습니다.

배심원님, 계획적으로 범한 죄가 아니라고 주장해 주시기 바랍니다. 그렇게 해 주시면 무고한 사람의 생명을 끊었다는 가책을 받지 않으시게 될 것입니다. 운운."

# 41장 재판

이 지방은 그 유명한 소송 사건을
오래도록 기억할 것이다. 피고에 대한
사람들의 관심은 흥분으로까지 고조되었다.
그것은 그의 범죄가 놀라운 것이기는 하되
잔인한 것은 아니었기 때문이다. 설사 그 범죄가
잔인한 것이었다 해도 그 청년은 너무나 미남이었다!
그의 전도유망함이 순식간에 끝나 버렸다는 사실이
더욱더 사람들의 동정을 샀다.
"그가 처벌을 받을까요?" 하고 여자들은
아는 남자들에게 물어보는 것이었다.
그러고는 대답을 기다리는 동안 여자들의 얼굴이
파랗게 질리는 것을 볼 수 있었다.

─생트뵈브

마침내 드 레날 부인과 마틸드가 그렇게도 두려워하던 날
이 닥쳐왔다.

시내의 이상한 광경 때문에 두 여인의 두려움은 더욱 커졌
으며 푸케의 꿋꿋한 마음조차 동요되었다. 인근 주민 모두가
이 기이한 사건의 재판을 구경하려고 브장송으로 모여들었다.

며칠 전부터 여관이란 여관은 모두 만원이었다. 재판소장은
방청권 요구 때문에 몹시 시달림을 받았다. 시내의 부인들은
모두 재판을 구경하고 싶어 했다. 거리마다 쥘리앵의 초상화
를 사라고 외치는 소리가 요란했다.

마틸드는 이 결정적 순간을 위해 전문(全文)이 주교 예하의 친필로 쓰인 편지 한 통을 간직하고 있었다. 프랑스의 교회 전체를 움직이며 주교의 임면권을 쥐고 있는 이 고위 성직자는 쥘리앵의 석방을 요청하고 있었다. 재판 전날 마틸드는 이 편지를 세도 당당한 부주교에게 가지고 갔다.

면담이 끝나 마틸드가 눈물이 글썽해서 방을 나가려 하자 드 프릴레르 씨는 마침내 외교적 신중함을 버리고 자기 자신도 얼마간 감동한 어조로 이렇게 말했다.

"배심원 평결은 내가 장담할 수 있습니다. 당신이 보호하는 피고의 범죄가 일시적 과오인지의 여부, 특히 그것이 계획적인 것인지의 여부를 검토할 책임을 맡은 열두 명 가운데서 여섯 명은 내 행운에 헌신적인 친구들입니다. 나는 그들에게 내가 주교 직에 오를 수 있느냐의 여부는 그들의 태도에 달려 있음을 깨닫게 해두었습니다. 내가 베리에르의 시장으로 만들어 준 발르노 남작은 자기 관하의 두 명, 드 무아로 씨와 드 숄랭 씨를 전적으로 조종할 수 있습니다. 솔직히 말해서, 아주 사상이 불온한 배심원 두 명이 우연히 이 사건에 끼어들었습니다. 그러나 아무리 극단파 자유주의자라 해도 중대한 경우에는 내 명령에 충실히 따릅니다. 나는 그들에게 발르노 씨를 따라 투표하라고 부탁해 두었습니다. 여섯 번째 배심원은 대단히 부유한 실업가로서 수다스러운 자유주의자인데, 국방성 납품 업자가 되기를 은근히 갈망하고 있다는 것을 알아냈습니다. 그 사람도 아마 내 뜻을 거스르려 들지는 못할 것입니다. 나는 그에게도 드 발르노 씨가 내 최종적인 뜻을 알고 있다고 말해 두었지요."

"그런데 그 발르노 씨는 어떤 분이죠?" 마틸드가 불안해서 물었다.

"만약 그 사람을 아신다면 아가씨도 성공을 의심치 않을 것입니다. 그는 대담하고 뻔뻔스럽고 야비한 떠버리로 어리석은 자들을 조종하기에는 안성맞춤인 사람입니다. 그는 1814년에 곤경에서 벗어났는데, 앞으로 나는 그를 지사로 만들 생각입니다. 그는 다른 배심원들이 자기 뜻대로 투표하려 들지 않아도 여지없이 그들을 무찌를 수 있는 사람이지요."

마틸드는 얼마간 마음이 놓였다.

저녁때는 또 한 차례의 언쟁이 마틸드를 기다리고 있었다. 쥘리앵은 판결 결과는 명백한 것으로 치부해 놓고, 불쾌한 장면을 오래 끌고 싶지 않다는 이유로 법정에서는 일절 발언하지 않기로 결심해 두었던 것이다.

그는 마틸드에게 이렇게 말했다.

"변호사가 얘기하겠죠, 그것으로 충분해요. 그렇지 않아도 내 모든 적들에게 너무 오래도록 구경거리가 되는 셈인데요. 이 시골뜨기들은 당신 덕분에 이룬 내 빠른 성공에 모두 비위가 상해 있어요. 내가 사형장으로 끌려가는 날 바보처럼 눈물을 찔끔거릴 놈도 있겠지만 그중에서 내 사형 선고를 바라지 않는 자는 하나도 없단 말이오."

마틸드가 항변하고 나섰다.

"그들이 당신이 모욕당하는 꼴을 보고 싶어 하는 것은 사실이에요. 그러나 그들이 그렇게 잔인하다고는 생각하지 않아요. 제가 브장송에 와 있는 것과 제 고통스러운 모습을 보고 여자들은 모두 관심을 집중하고 있어요. 그런 데다가 당신이 미남이니 더 말할 나위가 없죠. 당신이 판사들 앞에서 한마디만 하면 방청객들은 모두 당신 편으로 기울 거예요……."

다음 날 아침 9시, 쥘리앵이 재판소의 대법정으로 가기 위해 감옥에서 내려왔을 때 헌병들은 뜰에 운집한 거대한 군중을 헤치느라고 무진 애를 썼다. 쥘리앵은 잠을 잘 자고, 아주 평온한 기분이었다. 그는 잔인하지는 않으면서도 자기의 사형 선고에 박수갈채를 보낼 시기심 많은 군중에 대해 철학적인 연민 이외에 다른 감정은 느낄 수 없었다. 군중 틈에 한참 동안 붙들려 움직이지 못하고 있을 때, 자기의 출현이 그 군중에게 따뜻한 동정심을 불러일으키고 있다는 것을 알고 그는 몹시 놀랐다. 불쾌한 말은 한마디도 들려오지 않았다. 이 시골뜨기들은 내가 생각하던 것보다는 마음이 덜 나쁜 편이군. 그는 속으로 이런 생각을 했다.

법정으로 들어서자 그는 그 우아한 건물 구조에 놀랐다. 그것은 순수한 고딕식 건축물로, 정성껏 다듬은 자그마하고 아름다운 돌기둥들이 즐비하게 늘어서 있었다. 그는 마치 영국에라도 와 있는 듯한 기분이었다.

그러나 그의 관심은 곧 피고석 맞은편, 판사석과 배심원석 위의 발코니 세 개를 가득 채우고 앉아 있는 열두서너 명의 아름다운 여자들에게로 쏠렸다. 방청석으로 눈을 돌리자 홀 위에 빙 둘러 설치된 특별석에도 여자들이 가득 차 있는 것이 눈에 띄었다. 대부분이 매우 젊고 아름다운 여자들로 보였다.

그들의 눈은 호기심에 가득 차 반짝였다. 나머지 방청석에도 방청객들이 꽉 들어차 있었다. 문에서는 서로 들어오려고 아우성이어서 경비원들은 좀처럼 실내를 조용하게 할 수 없었다.

일제히 쥘리앵을 찾던 눈길들이 약간 높게 꾸민 피고석에 그가 앉는 것을 발견하자, 놀라움과 동정적인 관심을 표시하는 소곤거리는 소리가 일어났다.

그날따라 쥘리앵은 채 스무 살도 안 된 어린 나이로 보였다. 그는 아주 간소한 차림이었으나 대단히 우아한 맵시가 있었다. 그의 머리칼과 이마는 매력적이었다. 마틸드가 직접 그의 화장을 돌봐주었던 것이다. 쥘리앵의 얼굴은 극도의 창백함을 보이고 있었다. 그가 피고석에 앉자마자 사방에서 소곤거리는 소리가 들려왔다. "저런! 참 젊기도 해라……! 어린아이 같은걸……. 초상화보다도 훨씬 잘생겼어."

"피고인, 저 발코니에 앉아 있는 여섯 명의 부인이 보이죠?" 그의 오른편에 앉아 있는 헌병이 그에게 말을 걸었다. 헌병은 배심원들이 자리 잡은 계단식 좌석 위로 불쑥 튀어나온 작은 특별석을 그에게 가리켜 보였다. "저분이 지사 부인, 그 옆이 M 후작 부인으로 당신을 아주 좋아하는 분이죠. 나는 저 부인이 예심 판사에게 얘기하는 소리를 들었어요. 그다음이 데르빌르 부인……."

"데르빌르 부인이!" 하고 쥘리앵은 얼결에 소리쳤다. 그의 이마가 새빨갛게 물들었다. 여기서 나가면 데르빌르 부인은 드레날 부인에게 편지를 쓰겠지. 쥘리앵은 이런 생각을 했다. 그는 드 레날 부인이 브장송에 와 있는 것을 까맣게 모르고 있었다.

증인 심문은 곧 끝났다. 차장 검사가 기소장을 낭독하기 시작하자마자 쥘리앵의 바로 맞은편 작은 발코니에 앉아 있는 두 부인은 눈물을 줄줄 흘렸다. 데르빌르 부인이야 그렇게 측은해할 리 없겠지 하고 쥘리앵은 생각했다. 그렇지만 그는 데르빌르 부인도 몹시 얼굴을 붉히고 있는 것을 알아보았다.

차장 검사는 형편없는 프랑스어 문장으로 범죄의 야만성에 대해 과장적인 열변을 토했다. 데르빌르 부인 옆에 앉은 부인들이 그 열변에 못마땅해하는 기색을 노골적으로 나타내는 것을 쥘리앵은 알아볼 수 있었다. 그 부인들과 알고 있는 듯한 몇몇 배심원이 그녀들과 얘기를 나누며 안심시키는 눈치였다. 이건 좋은 징조가 아닌걸 하고 쥘리앵은 생각했다.

그때까지 쥘리앵은 재판에 참석한 모든 인간들에 대해 한결같이 멸시만을 품고 있었다. 차장 검사의 진부한 웅변은 그런 혐오감을 더욱 크게 했다. 그러나 자기에 대한 뚜렷한 관심의 표정을 보자 그의 메마른 마음도 차츰 풀려갔다.

그는 자기 변호사의 단호한 표정에 만족했다. "장황하게 늘어놓지 마세요." 변호사가 변론을 시작하려 할 때 쥘리앵이 나지막이 말했다.

"검사는 보쉬에[49]를 표절한 과장된 말투로 논고했지만, 오히려 당신에게 유리하게 됐어요." 변호사가 말했다.

---

49) 자크베니뉴 보쉬에(Jaques-Bénigne Bossuet, 1627~1704). 프랑스의 신학자. 웅변가로 유명하다.

과연 그가 변론을 시작한 지 채 오 분도 안 되어 부인들은 거의 모두 손에 손수건을 꺼내 들었다. 용기백배한 변호사는 배심원들에게 아주 강력한 변호를 했다. 쥘리앵은 몸이 부르르 떨리며 막 눈물이 쏟아져 나올 것만 같았다. 아, 이런! 나의 적들이 뭐라고 할 것인가?

복받치는 감동에 빠져들려고 할 무렵 다행히도 그는 드 발르노 남작의 거만한 눈초리와 마주쳤다.

저 상스러운 놈의 눈이 불붙고 있구나. 쥘리앵은 생각했다. 저 야비한 인간에게는 얼마나 의기양양한 일이냐! 내 범죄로 인해 이런 막다른 골목에 몰려 있어도 저 인간에게는 저주를 퍼부어야 할 것이다. 저자가 드 레날 부인에게 뭐라고 내 얘기를 늘어놓으랴!

이런 생각을 하니 다른 모든 생각은 씻은 듯이 사라졌다. 잠시 후 쥘리앵은 방청객들의 찬동의 표정을 보고 정신을 차렸다. 변호사가 막 변론을 끝마친 것이었다. 쥘리앵은 변호사에게 악수를 청하는 것이 좋으리란 생각이 들었다. 시간이 걷잡을 수 없이 빨리 흘러갔다.

변호사와 피고에게 음료수를 날라 왔다. 그제야 쥘리앵은 한 가지 사실에 주목하고 놀라지 않을 수 없었다. 부인들 중 식사를 하려고 방청석을 떠난 사람이 아무도 없었던 것이다.

"이거 참 시장해 죽을 지경인걸, 당신은 어떻소?" 변호사가 물었다.

"나 역시 마찬가지요." 쥘리앵이 대답했다.

"저것 보세요, 지사 부인도 자기 자리에서 식사를 받아 드는군요." 변호사가 작은 발코니를 가리키며 그에게 말했다. "용기를 냅시다, 만사가 잘되어 나가는군요." 재판이 다시 개정되었다.

재판장이 사건을 요약하는 중에 자정이 울렸다. 재판장은 잠시 중단하지 않을 수 없었다. 모두들 초조하여 물을 끼얹은 듯 침묵을 지키는 가운데 벽시계 치는 소리가 법정 안을 가득 채웠다.

자, 이제 내 최후의 날이 시작되는구나 하고 쥘리앵은 생각했다. 곧 그는 의무감이 불타오르는 것을 느꼈다. 그때까지는 자기 감정을 억누르고, 어떤 일이 있어도 발언하지 않겠다는 결심을 굳게 지키고 있었다. 그러나 재판장이 무슨 덧붙일 말이 있느냐고 그에게 물었을 때 그는 벌떡 일어섰다. 바로 앞쪽에 앉아 있는 데르빌르 부인의 눈이 불빛에 유난히 반짝이는 듯이 보였다. 혹시 부인이 울고 있는 것이 아닐까? 이런 생각이 문득 그의 머리를 스쳤다.

"배심원 여러분,

죽음의 순간에 부당한 경멸을 받을까 염려하여 발언하는 바입니다. 여러분, 나는 여러분의 계급에 속하는 영예를 갖고 있지 않습니다. 보시다시피 본인은 자신의 비천한 운명에 반항한 일개 농부인 것입니다."

여기서 쥘리앵은 목소리를 가다듬어 계속해서 말했다.

"나는 여러분에게 용서를 청하는 것이 결코 아닙니다. 본인은 조금도 환상을 품고 있지 않습니다. 죽음이 나를 기다리고 있으며 그 죽음은 당연한 것입니다. 본인은 온갖 존경과 온갖 찬사를 받아 마땅한 훌륭한 부인의 생명을 빼앗을 뻔했던 것입니다. 드 레날 부인은 내게 어머니와 같은 분이었습니다. 내 범죄는 잔혹한 것이며 또한 계획적인 것입니다. 배심원 여러분, 그러므로 본인은 사형을 당해 마땅합니다. 그러나 내 죄가 좀 더 가벼운 것이었다 해도 사람들은 내 젊은 나이가 동정을 살 만하다는 사실은 전혀 고려하지 않고, 나를 통해 나와 같은 부류의 젊은이들을 징벌하고 그들을 영원히 의기소침하게 하려 한다는 것을 본인은 잘 알고 있습니다. 즉 하층 계급에서 태어나 가난에 시달리면서도 다행히 좋은 교육을 받았고 부유한 사람들의 오만이 사교계라고 부르는 것에 대담하게 끼어들려 한 젊은이들 말입니다.

여러분, 그 점이 바로 본인의 범죄입니다. 그리고 사실상 나는 나와 같은 계급의 동료들에게 판결받지 못하는 만큼, 내 범죄는 더욱더 준엄한 징벌을 당할 것입니다. 본인의 눈에는 배심원석에 부유한 농민 하나 보이지 않고 오직 분개한 부르주아들만 있을 뿐입니다……."

20분 동안이나 쥘리앵은 이런 어조로 계속 얘기했다. 그는 가슴속에 품고 있던 모든 것을 털어놓았다. 귀족 계급의 호의를 갈망하는 차장 검사는 제자리에서 펄쩍펄쩍 뛰었다. 그러나 쥘리앵이 자기 얘기에 얼마간 추상적인 표현을 썼는데도 부인들은 모두 눈물을 줄줄 흘렸다. 데르빌르 부인조차도 눈에 손수건을 가져갔다. 연설을 끝마치기 전에 쥘리앵은 다시 범죄의 계획성, 자신의 후회, 또 행복하던 시절에 드 레날 부인에게 품었던 존경과 자식과도 같은 끝없는 흠모 등등을 얘기했다. 데르빌 부인이 외마디 소리를 지르고 의식을 잃었다.

배심원들이 그들의 토의실로 물러갈 때 새벽 1시가 울렸다. 자리를 뜬 부인은 한 명도 없었다. 몇몇 남자들도 눈에 눈물이 글썽해 있었다. 처음에는 주고받는 얘기가 상당히 활기를 띠고 있었다. 그러나 배심원단의 결정이 시간을 끌고 장내에 피로의 빛이 쌓이자 점차 방청석에 고요가 감돌기 시작했다. 엄숙한 순간이었다. 장내를 비추는 불빛도 흐릿해졌다. 몹시 피곤한 쥘리앵의 귀에, 배심원 결정이 이처럼 지체되는 것이 좋은 징조인지 나쁜 징조인지를 놓고 옆에서 다투는 소리가 들려왔다. 모든 사람들의 기원이 자기편으로 기울어 있는 것을 보고 그는 기쁨을 느꼈다. 배심원단이 아직도 돌아오지 않았건만 자리를 뜨는 부인은 아무도 없었다.

2시가 울리자 왁자지껄한 소리가 들렸다. 배심원실의 작은 문이 열렸다. 드 발르노 남작이 엄숙하고 과장된 걸음걸이로 앞장서서 들어섰고 배심원들이 모두 그를 뒤따랐다. 발르노는 기침을 하고 나서, 성심성의를 다한 배심원단의 만장일치의 결의는 쥘리앵 소렐이 살인, 그것도 계획적인 살인의 유죄로 결론이 났다고 선언했다. 그 선언은 사형을 의미하는 것이었다. 사형은 바로 뒤이어 선고되었다. 쥘리앵은 회중시계를 들여다보았다. 그리고 드 라발레트 씨 사건을 기억했다. 시각은 2시 15분이었다. 오늘은 금요일이구나, 하고 그는 생각했다.

그렇지, 하지만 이날이 나를 단죄하는 발르노에게는 행복한 날이겠군……. 나는 엄중한 감시를 받고 있으니까 드 라발레트 부인이 그랬듯이 마틸드가 나를 구해 낼 수는 없을 테고……. 그러니 사흘 후 이 시각쯤엔 나의 '위대한 가능성'이란 것도 어떻게 끝막음을 할지 알 수 있을 것이다.

그 순간 외침 소리가 들려 그는 현실 세계로 정신이 돌아왔다. 그의 주위에 있는 부인들이 흐느껴 울고 있었다. 고딕식 난간 기둥 위에 만든 자그마한 특별석으로 모든 얼굴이 향해 있는 것이 그의 눈에 띄었다. 나중에 안 사실이지만 거기에 마틸드가 숨어 있었던 것이다. 외침 소리가 되풀이되지 않자 모두들 다시 쥘리앵 쪽으로 시선을 돌렸다. 헌병들이 군중을 헤치고 그를 데려가려고 애쓰고 있었다.

저 사기꾼 발르노 녀석의 웃음거리가 되지 않도록 해야겠다. 쥘리앵은 이런 생각을 했다. 녀석이 후회하는 듯한 뻔뻔스러운 태도로 사형 선고를 유도하는 선언을 하는 꼴이라니! 반면에 오랜 세월 재판관을 해 온 그 가련한 재판장도 선고를 내리면서는 눈에 눈물이 글썽했는데. 전에 드 레날 부인을 두고 우리가 경쟁 관계에 있던 것을 복수했으니 발르노 녀석은 몹시도 통쾌하겠지! …… 부인을 다시는 보지 못하게 됐구나! 만사 끝이다……. 부인과는 마지막 작별조차 불가능할 듯하구나……. 내 죄악에 대한 무서운 후회를 부인께 말할 수만 있다면 오죽이나 다행스러우랴!

단지 이 말 한마디, 저는 사형을 받아 마땅합니다 라는 말을.

# 42장

　감옥에 돌아온 쥘리앵은 사형수를 수감하는 감방으로 인도되었다. 평소에는 아주 사소한 상황까지도 주의 깊게 보던 그가 이때만은 자기가 탑 꼭대기의 본래의 감방으로 올라가고 있지 않다는 것도 알아채지 못했다. 그는 최후의 순간 이전에 다행히 드 레날 부인을 만나게 되면 부인에게 무슨 말을 할 것인지만을 생각하고 있었다. 그는 부인이 자기 말을 가로막을 것 같은 생각이 들어, 처음 한마디로 부인께 자신의 모든 후회를 나타내 보일 수 있기를 바랐다. 그런 행동을 저지르고 나서, 나는 당신만을 사랑합니다 라고 어떻게 부인을 설복할 수 있을 것인가? 야심 때문이건 또는 마틸드에 대한 사랑 때문이건 여하튼 나는 부인을 죽이려 했던 것이다.

　침대에 누우면서 그는 시트가 거친 천으로 되어 있는 것을 알았다. 그제야 눈이 번쩍 뜨이는 듯했다. 아! 사형수니까 지하 감방에 있는 거구나. 당연한 일이지······. 그는 중얼거렸다.

알타미라 백작은 언젠가 내게 이런 얘기를 한 적이 있다. 사형당하기 전날 당통이 굵은 목소리로 이렇게 말했다는 것이다. "이거 참 이상한 일인걸. 기요티네[50]라는 동사는 모든 시제로 변화시킬 수가 없단 말이야. 나는 사형당할 것이다, 너는 사형당할 것이다 라고는 변화시킬 수 있지만 나는 사형당했다 라고 과거 시제로는 변화시킬 수 없단 말이야."

만약 저승이 있다면 과거 시제인들 안 될 게 뭐야? ······쥘리앵은 계속 생각을 이어 갔다. 참말로, 기독교도들의 신을 만나는 날엔 나는 파멸이다. 그 신은 폭군이며 폭군답게 복수심으로 가득 차 있으니까. 그 성경이란 것도 잔인한 징벌 얘기만 늘어놓고 있거든. 나는 그 신을 사랑한 적도 없거니와 사람들이 그 신을 진심으로 사랑한다고 믿지도 않았어. 기독교의 신은 무자비하단 말이야. (여기서 그는 성경 구절 몇 개를 상기했다.) 그 신은 나 같은 놈에게는 끔찍한 방식으로 벌을 내릴 거야······.

그러나 만약 페늘롱[51]의 신을 만난다면 어떨지! 페늘롱의 신 같으면 아마 "너는 전세(前世)에서 많이 사랑했으니 많이 용서받아 마땅하리라."고 말해 줄지도 모르지······.

---

50) guillotiner. '사형에 처하다', '단두대에서 목을 자르다'라는 뜻의 프랑스어 동사.

51) 프랑수아 드 샬리냐크 드 라 모트 페늘롱(François de Salignac de La Mothe Fénelon, 1651~1715). 프랑스의 고위 성직자이며 문필가. 기독교의 정통 교리에서 벗어난 종교적 명상을 보여주었다.

내가 많이 사랑했다고? 아! 그렇지, 나는 드 레날 부인을 사랑했어. 그러나 내 행동은 잔혹했지. 다른 경우와 마찬가지로 그때도 나는 더 찬란한 것을 위해 단순하고 소박한 보람을 버렸지…….

그러나 한편 얼마나 멋진 전망이었던가! …… 전시에는 경기병 연대장에 평화 시에는 공사관 서기관이라. 뒤이어 대사도 될 수 있었겠지……. 머지않아 나는 외교 업무를 배웠을 테니까……. 설사 내가 바보라고 해도 드 라 몰 후작의 사위가 어떤 경쟁자를 두려워할 것인가? 내 어리석음도 모두 용서되고 오히려 능력으로 평가되었을 판인데. 유능한 인재로서 빈이나 런던에서 더없이 화려한 생활을 누리고…….

"천만의 말씀을, 선생. 사흘 후면 단두대에서 목이 잘릴 신세인데."

쥘리앵은 혼자 이렇게 중얼거리고 자신의 재치에 허심탄회하게 웃음을 터뜨렸다. 그러고는 생각하는 것이었다. 과연 인간은 자기 안에 두 개의 존재를 갖고 있다. 그 두 존재 중 어느 것이 이런 간사한 생각을 했더란 말이냐?

그는 말을 가로막는 또 하나의 자신에게 대꾸하는 것이었다. 오냐, 그렇다 이 친구야, 사흘 후면 단두대 신세다. 드 숄랭 씨는 사형 집행을 구경하려고 마슬롱 사제와 절반씩 부담하여 창문 하나를 세낼 거다. 그런데 그 창문을 세내는 데 어울리는 두 인물 중 누가 상대방을 등쳐먹을 것인가?

이때 문득 로트루[52]의 『방세슬라』 중 한 대목이 그의 머리에 떠올랐다.

라디슬라

⋯⋯제 영혼은 모든 준비를 갖추고 있나이다.


임금(라디슬라의 아버지)

단두대 역시 준비되어 있느니라. 네 목을 갖다 대어라.


참 멋진 답변이란 말이야! 이런 생각을 하다가 그는 잠이 들었다. 아침에 누가 꼭 껴안는 바람에 잠이 깼다.

"뭐야 벌써!" 쥘리앵은 한쪽 눈을 사납게 부릅뜨며 소리쳤다. 그는 사형 집행인의 손아귀에 붙잡힌 줄 알았던 것이다.

마틸드였다. 다행히 마틸드는 내 말을 알아차리지 못했군. 이렇게 생각하자 그는 침착함을 되찾았다. 마틸드는 반년은 병석에 누워 있던 사람처럼 변해 있었다. 정말로 알아보기 힘들 정도였다.

"그 더러운 프릴레르가 날 배반했어요." 그녀는 양손을 뒤틀며 말했다. 악에 복받쳐 울지도 못했다.

"어제 내 발언이 아주 멋졌지요?" 쥘리앵은 엉뚱한 대답을 했다. "난생처음 한 즉흥 연설이었는데! 또 그게 마지막 연설이 될지도 모르겠군."

이때 쥘리앵은 능숙한 피아니스트가 피아노를 두드리듯 침착하게 마틸드의 성격을 다룰 수 있었다⋯⋯. 그는 계속해서 얘기했다.

---

52) 장 드 로트루(Jean de Rotrou, 1609~1650). 프랑스의 극시인.

"사실 내게는 탁월한 혈통의 우월성은 없지만 마틸드의 위대한 영혼이 애인을 자기 높이까지 끌어올렸어. 어떻소, 보니파스 드 라 몰인들 자기 재판관들 앞에서 나보다 훌륭할 수 있었을 것 같소?"

그날 마틸드는 6층 꼭대기에 사는 가련한 소녀처럼 아무런 가식 없이 다정하게 굴었다. 그러나 그녀는 쥘리앵에게서 좀 더 순진하고 솔직한 말을 들을 수 없었다. 그는 전에 마틸드에게 당했던 고통을 무의식중에 되돌려 주고 있는 셈이었다.

쥘리앵은 혼자 생각에 잠겼다.

우리는 나일강의 근원을 전혀 모르고 있다. 강들 중의 왕인 나일강이 조그만 개울 상태로 흐르는 근원을 인간의 눈은 한 번도 보지 못했으니까. 이처럼 어떤 인간의 눈도 쥘리앵의 나약한 모습은 보지 못할 것이다. 우선 나라는 사람은 나약한 인간이 아니니까. 하지만 나는 감동하기 쉬운 마음을 가졌어. 아무리 평범한 말이라도 진정한 마음이 배어 있으면 나는 감동하여 목소리가 변하고 눈물까지 흘릴 수 있단 말이야. 그런 결함 때문에 냉혹한 사람들은 얼마나 빈번히 나를 멸시했던가! 어제 그들은 내가 용서를 청하는 걸로 생각했겠지. 그게 바로 참을 수 없는 점이란 말이야.

단두대 밑에 섰을 때 당통은 자신의 아내 생각에 마음이 산란해졌다고 한다. 그러나 당통은 경박한 프랑스 국민에게 힘을 주어 적군이 파리까지 쳐들어 오지 못하게 했다……. 나만이 내가 무슨 일을 할 수 있었을지 알고 있다……. 남들에게는 나는 기껏 하나의 '가능성'에 불과했지만.

이 감방에 마틸드 대신 드 레날 부인이 와 있더라도 내가 이처럼 나 자신에 대해 장담할 수 있었을까? 그랬다면 내 절망과 회한의 발작을 보고 발르노 같은 인간들과 이 지방의 모든 특권층은 그것을 죽음에 대한 추한 공포심으로 여겼을 것이다. 녀석들은 형편없이 겁약한 심장을 갖고 있으면서도 돈 푼이나 있어 남들이 건드리지 않으니까 아주 거들먹거리거든. 내게 사형 선고를 내린 드 무아로며 드 숄랭 같은 작자들은 이렇게 지껄였을 거야. '목수의 아들로 태어난다는 것이 어떤 것인지 보게! 배워서 박식하고 영리하게 될 수는 있지만, 그러나 담력이야 어디! ……담력은 배워서 되는 게 아니거든.'이라고 말이야. 지금 울고 있는, 아니 너무 울어 더 이상 울 수도 없는 이 가련한 마틸드하고도……. 그는 여기서 빨갛게 충혈된 마틸드의 눈을 쳐다보며 생각했다. 그러고는 마틸드를 품에 끌어안았다. 진정한 고통의 모습을 보자 머릿속에서 논리적인 생각도 사라지고 말았다……. 그는 또다시 생각했다. 마틸드는 아마 밤새도록 울었나 보다. 그러나 어느 날엔가는 이 기억이 그녀에게 얼마나 수치스러울 것인가! 철없는 시절에 어느 하층민의 천한 사고방식에 이끌려 정신을 잃었다고 생각하겠지……. 크루아즈누아는 아주 나약한 사내니까 마틸드와 결혼할 거야, 참 잘된 일이지. 마틸드는 그가 어엿한 역할을 하도록 만들어 주겠지.

큰 뜻을 품은 확고한 정신이 갖는
속물들의 야비한 정신에 대한 권리.

아 참, 이거 재미있는걸. 죽어야 할 처지가 된 이후로는 평생 알고 있던 시구란 시구는 모조리 기억난단 말이야. 이것도 쇠락의 징조겠지⋯⋯.

"그분이 옆방에 와 있어요." 마틸드가 꺼져 가는 목소리로 거듭 말하고 있었다. 이윽고 쥘리앵도 그 말에 귀를 기울였다. 목소리는 약하지만 그 명령적인 오만한 성격은 아직도 어조에 남아 있군. 화내지 않으려고 목소리를 낮추어 말하는군. 쥘리앵은 이렇게 생각하며 부드러운 태도로 물었다.

"누가 와 있단 말이오?"

"변호사 말이에요, 상소 서류에 당신 서명을 받으려고요."

"나는 상소하지 않겠소."

"뭐라고요! 상소하지 않는다고요? 도대체 왜 그러는 거예요?" 마틸드는 눈이 분노로 이글거리면서 벌떡 자리에서 일어나며 물었다.

"지금은 과히 남의 웃음거리가 되지 않고 죽을 만한 용기가 느껴지기 때문이오. 이 축축한 지하 감방에 오래 갇혀 있다가, 두 달 후에도 내가 지금처럼 태연자약할지 어찌 알겠소? 사제 들이며 우리 아버지와 면회할 일 따위가 벌써 머리에 떠오르는데⋯⋯. 그 이상 지겨운 일은 없어요. 이대로 죽겠소."

이런 뜻하지 않던 장애에 봉착하자 마틸드 성격의 오만불손한 면이 온전히 되살아났다. 그렇지 않아도 그녀는 브장송 지하 감옥 문이 열리는 시간 전에 드 프릴레르 사제를 만나 보지 못한 것이 분하던 참이었다. 그 분풀이가 쥘리앵에게로 떨어졌다. 마틸드는 쥘리앵을 극진히 사랑하고 있었지만, 한

15분 동안이나 쥘리앵의 성격에 대한 저주며 그를 사랑한 것에 대한 후회 등을 퍼부어 대는 그녀의 모습은 이전에 드 라 몰 저택의 서재에서 그에게 맹렬한 욕설을 퍼붓던 오만하기 짝이 없는 마틸드 그대로였다.

"당신 가문의 영광을 위해서 하늘은 당신을 남자로 태어나게 했어야 하는데." 쥘리앵은 불쑥 이렇게 대꾸하고 다시 생각에 잠겼다.

내가 이 구역질 나는 감옥에서 또다시 두 달을 살아야 한다면 멀쩡히 속아 넘어가는 셈이지. 특권층 파당이 꾸며 내는 온갖 추악하고 모욕적인 계략의 목표가 되어서 위안거리라고는 이 사랑에 미친 여자의 저주밖에 없는 생활을……. 그래, 모레 아침에는 냉정함과 놀라운 솜씨로 유명한 사내와 결투를 한다……. 메피스토펠레스파의 말에 따르면 대단히 놀라운 솜씨라지. 그 사내는 결코 사격에 실수란 없다니까.

그래, 오냐, 좋다! (마틸드는 계속해서 웅변적인 설복을 늘어놓고 있었다.) 아니 천만에, 난 상소하지 않을걸.

이렇게 결심하자 그는 다시 몽상에 잠기고 말았다…….

배달부는 평소처럼 6시에 신문을 던져 넣고 지나가겠지. 드 레날 씨가 신문을 읽은 다음 8시쯤 엘리자는 발꿈치를 세우고 가만가만 걸어가, 부인의 침대 위에 신문을 갖다 놓겠지. 조금 후에 부인이 눈을 뜨겠지. 신문에 눈길이 닿으면 부인은 갑자기 혼란에 빠질 거야. 아름다운 손이 부들부들 떨리겠지. 부인은 '10시 5분에 그는 숨이 끊어졌다.'라는 구절까지밖에는 못 읽을 거야…….

부인은 뜨거운 눈물을 흘릴 것이다. 내가 그분의 성품을 잘 아니까. 내가 부인을 살해하려 했지만 그래도 부인은 그 모든 걸 잊을 것이다. 내가 목숨을 빼앗으려 했던 분이야말로 진정으로 내 죽음을 슬퍼할 유일한 사람일 것이다.

아! 이것이야말로 모순이군! 하고 그는 생각했다. 또다시 마틸드가 15분 이상을 퍼부어 대고 있는 동안 쥘리앵은 내내 드 레날 부인 생각만을 했다. 마틸드의 말에 자주 대꾸하면서도 쥘리앵의 마음은 어쩔 수 없이 베리에르의 침실 광경에 빠져드는 것이었다. 오렌지 빛 타프타 천 침대보 위에 놓인 브장송의 신문이 눈에 선했다. 바르르 떨면서 신문을 잡는 부인의 새하얀 손이 눈에 들어왔다. 울고 있는 드 레날 부인의 모습도 보였다……. 그는 그 아름다운 얼굴에 흘러내리는 눈물 자국 하나하나까지 그려 볼 수 있었다.

쥘리앵으로부터 아무것도 얻어낼 수 없자 드 라 몰 양은 이윽고 변호사를 불러들였다. 다행히 변호사는 1796년 이탈리아 원정군의 대위로서 마뉘엘의 전우였던 사람이었다.

형식적으로나마 변호사는 사형수의 결심을 공박했다. 쥘리앵은 그를 정중히 대하려고 애쓰면서 자신의 이유를 모두 설명했다.

"물론 당신처럼 생각할 수도 있겠지요." 마침내 변호사 펠릭스 바노 씨는 이렇게 말했다. "그러나 상소할 수 있는 시간이 앞으로 사흘은 남아 있습니다. 그러니 그동안 매일 찾아오는 것이 본인의 의무이기도 합니다. 지금부터 두 달 안에 감옥 밑에서 화산이라도 폭발한다면 당신은 구출될 것입니다. 그렇게 되면 당신도 남들처럼 병석에서 죽을 수 있겠죠." 그는 쥘리앵을 처다보면서 이렇게 말했다.

쥘리앵은 그에게 악수를 청했다.

"감사합니다, 참 훌륭하신 분이군요. 저도 그것을 생각해 보겠습니다."

마침내 마틸드가 변호사와 함께 방을 나가자 쥘리앵은 마틸드보다 변호사에게 훨씬 더 우정을 느꼈다.

# 43장

한 시간 후 깊은 잠에 빠졌던 그는 손에 눈물이 흘러내리는 것을 느끼며 잠에서 깨어났다. 아! 또 마틸드가 왔구나. 이 여자는 이론에 충실하게, 다정한 감정으로 내 결심을 공략하러 온 것이구나. 비몽사몽간에 그는 이렇게 생각했다. 또다시 비장한 장면에 마주치는 것이 성가셨던 쥘리앵은 눈을 뜨지 않았다. 자기 아내를 피해 다닌 벨페고르의 시 구절이 그의 머리에 떠올랐다.

그의 귀에 이상한 한숨 소리가 들렸다. 그는 눈을 떴다. 드레날 부인이었다.

"아! 죽기 전에 당신을 다시 만나다니, 이게 꿈이 아닙니까?" 그는 부인의 발아래 몸을 던지며 부르짖었다.

"용서해 주십시오, 부인께 저는 살인자로밖에는 보이지 않을 것입니다." 제정신이 들자 그는 즉시 이렇게 덧붙였다.

"이보세요……. 저는 상소하라고 애원하러 왔어요. 당신이 원하시지 않는 줄은 알지만……." 눈물에 목이 메어 부인은 더 계속할 수가 없었다.

"저를 용서해 주십시오."

"제 용서를 바라신다면 즉시 사형 선고에 대해 상소하세요." 부인이 일어서서 쥘리앵의 품에 몸을 던지며 말했다.

쥘리앵은 부인에게 키스를 퍼부었다.

"당신은 상소 중 두 달 동안 매일 저를 찾아와 주시겠어요?"

"그러고말고요, 맹세해요. 남편이 금하지만 않으면 매일 오지요."

"상소장에 서명하겠어요! 당신이 정말 절 용서해 주시다니! 이럴 수가 있나!" 쥘리앵이 외쳤다.

그는 부인을 품에 꼭 껴안았다. 그는 미친 사람 같았다. 부인이 나지막한 비명 소리를 냈다.

"아무것도 아녜요. 좀 아팠을 뿐." 그녀가 이렇게 말했다.

"어깨가 아프셨군요." 쥘리앵이 눈물을 줄줄 흘리며 소리쳤다. 그는 약간 물러서서 부인의 손을 불같은 키스로 뒤덮었다.

"베리에르의 당신 침실에서 마지막으로 만났을 때 누가 이런 일을 상상이나 했겠습니까?"

"그때는 내가 드 라 몰 씨께 그런 치욕스러운 편지를 쓰리라고 누가 상상이나 했겠어요?"

"저는 언제나 당신을 사랑했고 오직 당신만을 사랑했다는 것을 알아주세요."

"그럴 수가!" 이번에는 드 레날 부인이 기쁨에 넘쳐서 소리쳤다. 부인은 자기 무릎 아래 꿇어앉아 있는 쥘리앵에게 몸을 기댔다. 그들은 오래도록 말없이 울기만 했다.

자기 생애의 어떤 시기에도 쥘리앵은 이런 순간을 경험한 적이 없었다.

오랜 시간이 흐른 후 그들이 말을 할 수 있게 되자 드 레날 부인이 이런 말을 꺼냈다.

"그런데 그 젊은 미슐레 부인은? 아니 드 라 몰 양은? 사실 저는 그 특이한 로맨스를 믿기 시작했어요!"

"그건 표면상으로만 그래요. 그 여자는 제 아내입니다. 그러나 제 애인은 아니지요……." 쥘리앵이 대답했다.

서로 상대방의 얘기를 수없이 가로막아 가며 그들은 서로 모르던 일을 힘겹게 얘기했다. 드 라 몰 씨에게 보냈던 부인의 편지는 드 레날 부인의 신앙을 인도하던 젊은 사제가 쓴 것이었다. 부인은 나중에 그것을 베꼈을 뿐이었다.

"종교가 제게 얼마나 끔찍한 일을 저지르게 했는지! 그래도 저는 너무 지독한 표현은 많이 완화해서 베꼈지요……." 부인이 그에게 이런 말을 했다.

쥘리앵의 환희와 행복은 그가 부인을 충분히 용서했다는 것을 넉넉히 증명하고 있었다. 그가 이처럼 사랑에 미쳤던 적은 일찍이 없었다.

한참 대화를 주고받은 끝에 드 레날 부인이 쥘리앵에게 말했다.

"하지만 저는 역시 신앙심을 갖고 있다고 생각해요. 저는 진심으로 하느님을 믿어요. 그러나 당신이 제게 두 번이나 권총을 쏜 후지만, 당신을 보자마자 제가 저지른 죄가 얼마나 무서운 것인가를 분명히 알겠어요……." 여기까지 말하자 쥘리앵은 억지로 부인에게 키스를 퍼부었다.

"좀 가만히 있어요." 부인이 계속해서 얘기했다. "잊어버리기 전에 당신과 충분히 얘기하고 싶어요……. 당신을 보자마자 의무감은 모두 사라지고 당신에 대한 사랑만이 남는 거예요. 사랑이란 말은 오히려 너무 약한 것이겠지요. 저는 오직 하느님께만 느껴야 할 감정을 당신에게 느끼는 거예요. 존경과 사랑과 복종이 얽힌 감정을……. 사실 당신이 제게 무엇을 불어넣고 있는지는 모르겠어요. 그러나 만약 당신이 간수를 칼로 찌르라고 말한다면 저는 미처 생각도 해 보기 전에 그 죄를 저지를 거예요. 헤어지기 전에 그걸 분명히 설명해 주세요. 제 마음속을 명백히 알고 싶어요. 두 달 후면 우린 헤어져야 하니까요……. 그런데 우린 헤어져야 할까요?" 부인이 미소를 지으며 그에게 말했다.

그러자 쥘리앵이 일어서면서 소리쳤다.

"만일 당신이 독약이든 칼이든 권총이든 숯이든 또는 그 밖의 어떤 방법으로든 자신의 생명에 위해를 가하는 일이 있으면, 저는 약속을 취소하고 상소를 제기하지 않겠습니다."

드 레날 부인의 안색이 갑자기 변했다. 지극한 애정의 표정이 깊은 몽상으로 바뀌었던 것이다.

"당장 여기서 함께 죽는다면?" 이윽고 부인이 이런 말을 중얼거렸다.

"내세에 무엇이 있는지 누가 알겠습니까? 어쩌면 고통이 있을지도 모르고 어쩌면 아무것도 없을지도 모르죠. 우리는 즐겁게 두 달 동안 함께 지낼 수 있지 않겠습니까? 두 달이라면 상당히 많은 날이죠. 저는 그 어느 때보다도 행복할 것입니다!"

"그 어느 때보다도 행복할 것이라고요?"

"정말로 그렇습니다. 저는 저 자신에게 말하듯이 말씀드리는 거예요. 맹세코 과장이 아닙니다." 쥘리앵이 기쁨에 넘쳐서 대답했다.

"그렇게 말하면 제가 책망을 당하고 있는 것 같아요." 수줍은 듯 쓸쓸한 미소를 짓고 부인이 말했다.

"그렇다면 저에 대한 사랑을 걸고 맹세해 주십시오. 직접이든 간접이든 어떤 식으로나 생명을 스스로 해치지 않겠다고……. 생각해 보세요. 당신은 제 자식을 위해서라도 살아 있어야만 합니다. 마틸드는 드 크루아즈누아 후작 부인이 되자마자 그 아이를 하인들에게나 맡겨버릴 거예요."

"맹세하겠어요." 부인은 쌀쌀하게 대답했다. "그보다도 저는 당신 손으로 직접 써서 서명한 상소장을 가지고 가야겠어요. 제가 직접 검사장에게 갖다 내겠어요."

"그러시면 안 돼요. 당신 체면이 말이 아닙니다."

"감옥으로 당신을 만나러 온 이상, 저는 이제 브장송과 프랑슈콩테 지방 전체에서 영원히 화젯거리가 될 거예요." 부인이 몹시 괴로운 표정으로 말했다. "저는 이제 엄격한 정숙의 한계를 벗어났어요……. 전 이미 체면을 잃은 여자예요. 사실 당신을 위해서지만……."

부인의 어조가 너무 슬프게 들려서, 쥘리앵은 아주 새로운 느낌으로 부인을 포옹했다. 그것은 이제 사랑의 도취가 아니라 뜨거운 감사의 느낌이었다. 그는 부인이 자기에게 바치는 가없는 희생을 처음으로 분명히 보았던 것이다.

아내가 쥘리앵의 감옥을 찾아가 오래도록 얘기하곤 한다는 것을 어떤 친절한 사람이 드 레날 씨에게 고자질한 모양이었다. 사흘째 되는 날 드 레날 씨는 아내에게 마차를 보내 즉시 베리에르로 돌아오라고 명령했던 것이다.

그 쓰라린 이별은 쥘리앵에게 그날 하루 시작의 나쁜 징조였다. 두세 시간 후 그는 사제 하나가 아침부터 감옥 문밖 길거리에 쭈그리고 있다는 얘기를 들었다. 그 사제는 분명 음모꾼으로 브장송의 예수회원들 사이에 발붙이지 못한 위인이었다. 비가 쏟아지고 있는데도 그 위인은 그대로 머물러 있었다. 그렇지 않아도 기분이 좋지 않던 쥘리앵은 그 어리석은 소행에 더욱 타격을 받았다.

아침에 쥘리앵은 그 사제의 방문을 거절한 바 있었다. 그 작자는 쥘리앵의 고해를 듣겠다고 고집하는 것이었다. 쥘리앵의 고해를 모두 들었다고 내세우며 브장송의 젊은 여자들 사이에서 명성을 얻어보려는 심산이었다.

그자는 밤낮을 감옥 문 앞에서 보내겠다고 큰 소리로 외쳐대는 것이었다. "저 배교자의 마음을 교화하려고 하느님이 나를 보내셨소……." 이렇게 떠들어 대자 항상 구경거리를 좋아하는 어중이떠중이들이 그의 주위에 모여들기 시작했다. 그자는 군중을 향해 떠벌렸다.

"그렇소 형제들이여, 나는 오늘 밤낮은 물론, 매일 매일 밤낮을 여기서 보낼 작정이오. 성령이 내게 강림하셨소. 나는 하늘의 사명을 받은 거요. 나는 쥘리앵 소렐의 영혼을 구원해야 하오. 자 여러분, 나와 함께 기도합시다……."

쥘리앵은 많은 사람의 관심이 자기에게 쏠려 추문이 이는 것이 몹시 불쾌했다. 그는 이 세상에서 감쪽같이 사라져 버릴 궁리를 해 보았다. 그러나 그는 드 레날 부인을 다시 만날 수 있을까 하는 일루의 희망을 지니고 있었다. 그는 부인에 대한 사랑에 미쳐 있었다.

감옥 문은 사람들의 왕래가 가장 번잡한 거리에 면해 있었다. 꾀죄죄한 성직자가 사람들을 모아놓고 소동을 벌일 생각을 하니 쥘리앵은 참을 수가 없었다. 그 녀석은 필경 내 이름을 쉴 새 없이 주워섬기고 있을 것이다! 그것은 죽음보다도 괴로운 순간이었다.

그는 자기 말에 고분고분한 감방지기를 한 시간 간격으로 두세 차례 불러, 그 사제가 이직도 감옥 문 앞에 있는지 보고 오게 했다.

"그 사람은 진창에 무릎을 꿇고 큰 소리로 기도를 올리며, 선생의 영혼을 위해 계속 연도(連禱)를 외우고 있는걸요……." 감방지기의 대답은 한결같았다. 빌어먹을 놈! 쥘리앵은 속으로 내뱉었다.

사실 그때 희미하게 웅얼거리는 소리가 울렸다. 그것은 연도에 답하는 군중의 목소리였다. 더욱 그를 참을 수 없게 만든 것은, 감방지기까지도 라틴어 기도문을 따라 외우느라고 연방 입술을 움직이는 것이었다. "저런 성스러운 분의 도움을 거절하다니 선생도 참 무정한 분이라는 말이 들리는뎁쇼." 감방지기는 이런 소리도 덧붙이는 것이었다.

"오, 내 고장은 이다지도 무지몽매하단 말인가!" 쥘리앵은 화가 머리끝까지 치밀어 올라서 부르짖었다. 그리고 바로 앞에 감방지기가 있는 것도 아랑곳 않고 큰 소리로 계속해서 외쳐 댔다.

"그 작자는 신문에 나고 싶은 모양이군. 틀림없이 그렇게 되겠어. 아! 저주스러운 촌놈들! 파리에서라면 이따위 성가신 일에 시달리진 않을 텐데. 파리에선 협잡질도 좀 더 교묘하게 하련만."

"그 성자란 위인을 들어오게 하시오." 그는 마침내 감방지기에게 이렇게 말했다. 그의 이마에는 땀이 비 오듯 흘러내렸다. 감방지기는 성호를 긋더니 기쁜 듯이 뛰어나갔다.

그 돌팔이 성직자는 지독한 추물인 데다가 흠투성이였다. 차디찬 비가 내려 감방 안은 더욱더 어둠침침하고 축축했다. 그 사제는 쥘리앵을 포옹하려 들며 동정 어린 말을 늘어놓기 시작했다. 더할 나위 없이 비열한 위선이 분명히 눈에 띄었다. 쥘리앵은 평생 이때처럼 화가 치민 적이 없었다.

그 사제가 들어온 지 15분쯤 지나자 쥘리앵은 완전히 겁쟁이로 변해 버렸다. 죽음이 처음으로 무서운 것으로 비쳐 왔다. 처형되고 나서 이틀 후면 자기 몸이 썩어갈 것이 생각났다.

그는 자기의 약해진 마음을 드러내 보이거나 그 사제 녀석에게 달려들어 쇠사슬로 목을 죄게 될 것만 같았다. 그때 자기를 위해 40프랑짜리 성대한 미사를 당일로 드려 달라고 그 성자인 체하는 위인에게 부탁하는 편이 좋으리란 생각이 떠올랐다.

　시간은 벌써 정오에 가까워 있었다. 마침내 그 사제는 꽁무니를 뺐다.

# 44장

그 사제가 나가자마자 쥘리앵은 하염없이 울었다. 그는 죽음을 슬퍼하며 울었다. 드 레날 부인이 브장송에 와 있다면 부인에게 자신의 약한 심정을 고백할 수도 있으련만 하는 생각이 점차 떠올랐다.

사랑하는 드 레날 부인이 곁에 없음을 못내 안타까워하는 바로 그 순간에 마틸드의 발걸음 소리가 들려왔다.

감옥에서의 최악의 불행은 자기 방문을 잠글 수 없는 것이란 말이야. 그는 이런 생각이 들었다. 마틸드가 그에게 하는 얘기는 모두 그의 역정을 돋울 뿐이었다.

마틸드의 얘기에 의하면 재판 당일 드 발르노 씨는 이미 지사 임명장을 받아 가지고 있는 중으로, 감히 드 프릴레르 씨를 무시하고 사형 선고를 내리는 즐거움을 맛보았다는 것이었다.

"드 프릴레르 씨는 제게 이렇게 말하는 것이었어요. '당신 친구는 무슨 생각으로 그 '부르주아 귀족'의 옹졸한 허영심을 일깨워 건드렸단 말이오! '계급' 얘기는 또 왜 하고? 그러니 그 사람이 그들에게 자기들의 정치적 이해관계에 따라 행동하라고 지적한 것이죠. 그 바보들은 그런 생각은 꿈에도 못 하고 그저 울려고만 하고 있었는데, 그 계급적 이해에 눈이 멀어 사형 선고를 내리는 끔찍함도 다 잊었던 거죠. 소렐 씨도 그런 일에는 통 경험이 없는 게 사실이오. 우리가 특사 청원이라도 해서 그를 구해 내지 못한다면 그의 죽음은 일종의 자살 행위인 셈이오……'라고요."

마틸드는 자기 자신도 아직 확신하지 않는 일까지 쥘리앵에게 조심성 없이 말해 버렸다. 즉 드 프릴레르 사제는 쥘리앵이 파멸이라고 보고, 그의 후계자가 되려고 애쓰는 것이 자기 야심에 유리하다고 생각하고 있다는 얘기였다.

쥘리앵은 무력한 분노와 불만을 참지 못한 나머지 정신없이 마틸드에게 소리쳤다.

"가서 나를 위해 미사에라도 참석해요. 그리고 잠시나마 날 좀 조용히 있게 해줘요."

드 레날 부인이 찾아왔던 것에 대해 이미 몹시 질투를 느끼고 있었고 부인이 브장송을 떠난 것도 알고 있던 마틸드는 쥘리앵의 기분이 상한 원인을 깨닫고 눈물을 주체하지 못했다.

마틸드는 정말로 심한 괴로움에 시달리고 있었다. 쥘리앵은 그 모양을 보고 더욱더 속이 상했다. 그는 고독이 절실히 필요했다. 어떻게 그 고독을 얻을 수 있을 것인가?

쥘리앵의 마음을 누그러뜨리려고 온갖 말을 다한 후 이윽고 마틸드가 방을 나갔다. 그러나 그와 거의 동시에 푸케가 나타났다.

"지금 나는 혼자 있고 싶네." 쥘리앵은 그 충실한 친구에게 이렇게 말하는 것이었다……. 푸케가 머뭇거리는 것을 보자 그는 덧붙여 말했다. "지금 내 특사 청원을 위해 기록을 작성하고 있네……. 그리고 부탁이니 죽는 얘기는 제발 하지 말게. 그날 어떤 특별한 도움이 필요하면 내가 먼저 자네에게 얘기하겠네."

마침내 쥘리앵은 고독을 얻게 되었으나 전보다도 맥이 빠지고 겁약해졌다. 그 약해진 마음에 남아 있던 얼마 안 되는 힘은 드 라 몰 양과 푸케에게 자기 마음을 숨기는 데 모두 소진하고 말았던 것이다.

저녁때쯤 해서는 한 가지 생각이 떠올라 다소 위안이 되었다.

만약 오늘 아침 죽음이 그렇게 추악해 보인 순간에 사형 집행을 한다고 알려 왔더라면 관중의 눈초리가 가시처럼 나를 찔러왔을 것이다. 그랬다면 내 거동은 처음 살롱에 발을 들여놓는 소심한 겉멋쟁이처럼 어색했을 것이다. 이 시골뜨기들 중 눈치 빠른 놈들은 내 나약함을 알아차렸을 테고……. 하지만 아무도 내 나약함을 보지 못했으니 다행이지.

이런 생각을 하니 고통의 일부를 더는 느낌이었다. 지금 나는 비겁한 인간이 되어 있지만 그걸 아는 사람은 아무도 없을 것이다. 그는 노래하듯 거듭 뇌었다.

다음 날엔 더 불쾌한 사건이 그를 기다리고 있었다. 그의 아버지가 방문을 알려 온 것은 오래전부터였다. 그날 쥘리앵이 잠에서 깨기도 전에 머리가 허연 늙은 목수가 감방에 나타났다.

쥘리앵은 맥이 탁 풀리는 느낌이었다. 그는 가장 불쾌한 질책이 퍼부어질 것을 각오하고 있었다. 가뜩이나 괴로운 데다가 설상가상으로 그날 아침에는 자기 아버지를 좋아하지 않는 데 대한 가책까지 심하게 떠오르는 것이었다.

감방지기가 감방 안을 좀 정돈하는 동안 그는 혼자서 생각했다. 운명적으로 우리는 이 지상에서 부자간으로 태어났다. 그런데 우리는 서로 최악의 상태로 만난 것이다. 그는 내가 죽음을 앞둔 순간에 내게 마지막 타격을 가하러 온 것이다.

감방지기가 나가자마자 노인의 지독한 힐책이 시작되었다.

쥘리앵은 눈물이 흘러내리는 것을 억제할 수 없었다. 그는 분통이 터져 속으로 중얼거렸다.

이 무슨 창피스럽게 약한 꼴이냐! 아버지는 내 비겁함을 도처에 과장해서 퍼뜨리고 다닐 것이다. 발르노며 베리에르를 지배하는 한심한 위선자 놈들이 얼마나 의기양양해할까! 놈들은 프랑스에서도 제법 큰 존재인 척하며 온갖 사회적 특전을 모아 쥐고 있다. 적어도 지금까지 나는 이렇게 생각할 수 있었다. 놈들이 돈을 그러모으고 온갖 영예가 놈들 위에 쌓이는 것은 사실이지만 나는 고귀한 영혼을 갖고 있다고 말이야.

그런데 그들 모두가 믿는 증인인 아버지가 나타나 죽음 앞에서 내가 약한 꼴을 보이더라고 온 베리에르 장안에 과장해서 보증할 것이 아닌가! 누구나 알고 있는 죽음이라는 시련에서 비겁한 놈 노릇을 하다니!

쥘리앵은 거의 절망에 빠져 있었다. 그는 자기 아버지를 어떻게 돌려보내야 할지 알 수 없었다. 그처럼 눈치 빠른 노인을 속여 넘긴다는 것이 지금의 그로서는 도저히 힘에 부치는 일이었다.

그는 모든 가능한 수단을 속으로 재빨리 헤아려 봤다.

"저는 저축해 둔 게 있어요!" 별안간 그가 이렇게 외쳤다.

이 천재적인 한마디가 노인의 안색과 쥘리앵의 처지를 일변시켰다.

"그걸 어떻게 처리할까요?" 쥘리앵은 좀 더 태연해져서 말했다. 그 말이 발휘한 효과를 보고 그의 열등감은 깨끗이 사라졌다.

늙은 목수는 쥘리앵이 일부를 자기 형들에게 남길 듯이 보이는 그 돈을 남의 손에 넘기지 않으려는 욕심에 불타고 있었다. 그는 열심히 말을 잔뜩 늘어놓았다. 쥘리앵은 빈정거리는 심정이 될 수 있었다.

"그럼 저는 주님 뜻에 따라 유언장을 만들겠어요. 형들에게는 각각 1000프랑씩 주고 나머지는 아버지께 드리죠."

"좋아, 나머지는 응당 내가 받아야지. 네 마음도 하느님 은총에 감동한 모양이니 착한 기독교인으로 죽고 싶으면 네 빚을 갚는 게 좋을 게다. 그 밖에도 네 양육비와 교육비를 내가 댔는데 너는 그 생각은 하지 않는구나……."

이것이 부성애라는 것이구나! 이윽고 혼자 남자 쥘리앵은 비통한 심정으로 되뇌었다. 곧 간수가 나타났다.

"부모님 방문 후에는 언제나 수감자들에게 고급 샴페인 한

병씩을 갖다 드리는뎁쇼. 한 병에 6프랑씩이니 좀 비싸기는 하지만 마음이 상쾌해지니까요."

"컵 세 개만 갖다 주오. 그리고 복도를 오락가락하는 소리가 들리는 죄수 두 명을 들여보내 주시오." 쥘리앵은 어린아이처럼 서두르며 말했다.

간수는 도형장(徒刑場)으로 끌려갈 준비를 하고 있는 전과범 둘을 데리고 왔다. 그들은 상당히 쾌활한 데다가 남달리 교활하고 담대하고 냉혹한 악당들이었다.

"제게 20프랑만 주신다면 제 신세를 자세히 얘기해 드리죠. 참 기찬 얘깁니다." 둘 중 하나가 쥘리앵에게 이렇게 말했다.

"거짓말을 늘어놓으려고?" 쥘리앵이 말했다.

"천만에요. 거짓말을 하다가는 20프랑을 샘내는 옆에 있는 이 친구가 대번에 폭로할걸요."

그자의 얘기는 참으로 추악한 것이었다. 그 얘기는 용감함을 드러내 보이는 점도 있었지만 거기에는 오직 돈에 대한 한 가지 정열만이 담겨 있었다.

그들이 나가자 쥘리앵은 이제 완전히 딴사람이 된 듯했다. 자신에 대한 분노도 모두 사라졌다. 드 레날 부인이 떠난 이후로 소심해져서 더욱 극심하게 느껴지던 괴로움이 우수로 바뀌었다.

그는 혼자 생각에 잠겼다. 내가 살아남아 점차 외양에 속아 넘어가지 않게 되었다면, 파리의 살롱들도 내 아버지 같은 신사 양반들이나 또는 저 도형수들 같은 능란한 악당들로 가득차 있음을 알게 되었을 거다. 그들이 옳은 셈이지, 살롱의 인

사치고 아침에 일어날 때 '오늘은 저녁을 어떻게 먹을까?'라는 비통한 생각을 하는 사람은 없겠지. 그런데도 놈들은 자기네의 청렴을 뽐내지! 그러고는 배심원으로 법정에 나서서, 배고파 쓰러질 듯한 사람이 은그릇 한 벌을 훔쳤다고 거만하게 처벌을 내린단 말이야.

궁정이란 것이 있고 장관 자리를 잃느냐 얻느냐 하는 중대 문제 같은 것이 있지. 그러나 살롱의 신사님들도 저녁을 먹을 필요성 때문에 저 두 도형수들이 저지른 것과 똑같은 범죄를 저지른단 말이야…….

'자연법'이란 게 어디 있단 말인가. 그따위 말은 요전번에 나를 몰아세우던 차장 검사에게나 어울리는 낡아빠진 객설이지, 그놈의 조상도 루이 14세의 공탈(公奪) 덕을 보아 부자가 됐을 거다. 그런 짓을 하는 것을 형벌로 방지하는 법률이 있을 때야 비로소 '법'이란 것도 있게 마련이겠지. 법률 이전에 사자의 힘, 춥고 배고픈 사람의 욕구, 요컨대 '욕구'만이 자연스러운 것이다……. 천만에, 우러러보이는 사람들이란 다행히 현행범으로 붙잡히지 않은 사기꾼일 뿐이다. 사회의 이름으로 나를 고발한 자도 결국 치사한 짓으로 부자가 된 놈일 뿐이다……. 나는 살인죄를 범했으니 사형 선고를 받은 것은 당연하다. 그러나 그 한 가지 사실을 제외하고는, 나를 처단한 발르노 같은 놈은 사회에 백배나 더 해를 끼치는 놈이다. 여기서 쥘리앵은 노여움이 가셨지만 서글픈 듯이 덧붙여 생각했다.

자, 그러고 보니 내 아버지는 그 인색함에도 불구하고 그런 모든 신사 나리들보다는 나은 편이다. 아버지는 나를 사랑한 적이라곤 없다. 치욕스러운 죽음으로 그의 체면을 망침으로써 우리 부자 관계는 갈 데까지 간 셈이다. 금전 결핍에 대한 두려움증과 인색함(사실 이 말은 인간의 약점을 일컫는 과장된 견해지만) 때문에, 아버지는 내가 삼사백 루이의 돈을 남겨줄 수 있다고 하자 놀랍게도 금방 위안과 안심의 표정을 보이지 않던가. 어느 일요일, 저녁을 먹고 나서 그는 베리에르 사람들에게 그 황금을 자랑하고 부러움을 사겠지. 이만한 대가라면 너희 중 누가 아들 하나쯤 단두대에 목 잘린 것을 기뻐하지 않을쏘냐? 아버지의 눈초리는 이런 뜻을 발하며 반짝일 것이다.

이런 철학적 명상은 진실을 뜻할 수도 있는 것이지만 죽음을 갈망하게 하는 성격을 띠는 명상이었다. 지루한 닷새가 그런 식으로 흘러갔다. 격심한 질투로 제정신이 아닌 듯한 마틸드에게 그는 정중하고 다정하게 대했다. 하루 저녁에는 쥘리앵은 정말로 자살할 생각을 했다. 드 레날 부인이 떠난 것 때문에 깊은 슬픔에 빠진 그의 마음은 안절부절못하는 상태였다. 현실에서나 공상에서나 아무것도 그를 즐겁게 하지 못했다. 운동 부족으로 건강이 상하기 시작했으며 젊은 독일 학생처럼 흥분하기 쉬운 나약한 성격이 되어 갔다. 그는 불행한 사람들의 마음을 공격하는 어떤 부당한 생각이 떠오를 때마다 강인한 도전으로 그것을 물리치는 남자다운 기상을 잃어 가고 있었다.

나는 진실을 사랑했다…… . 그 진실이 어디에 있는가? ……도처에 위선이 있을 뿐, 적어도 허풍만이 난무할 뿐. 가장 덕성스럽다는 사람들에게도 가장 위대하다는 인물들에게도 그렇다. 그의 입술에는 역겨움의 표정이 떠올랐다……. 아니, 인간은 인간을 신뢰할 수 없는 것이다.

자기가 돌보는 가련한 고아들을 위해 의연금을 모집하던 ×××부인은 아무개 공작이 10루이를 기부했다는 얘기를 한 적이 있다. 다 기만이지. 그런데 내가 무슨 말을 하는 건가? 세인트헬레나에서 나폴레옹도 그랬는데! ……로마왕을 위한 성명이라니 그야말로 순전한 협잡이지 뭔가.

아아! 그런 인물이, 그것도 불행에 빠져 자기 의무를 준엄하게 상기해야 할 판국에 협잡으로 전락하는 판이니 나머지 인간들에게는 뭘 기대한단 말인가?

……어디에 진실이 있는가? 종교에? ……그렇지, 마슬롱이며 프릴레르며 카스타네드 따위가 하는 말 속에……. 그는 씁쓸한 경멸의 미소를 띠고 계속했다. 진정한 기독교에서나 찾아볼 수 있을까? 성직자들이 옛날 사도들처럼 적은 보수로 봉사하는 진정한 기독교에서? ……그러나 성 바울도 명령하고 얘기하고 남들에게 자기 얘기를 하게 하는 즐거움으로 보답을 받은 셈이지…….

아! 정말로 진정한 종교가 있다면……. 나도 참 어리석지! 마음이 약해진 나는 고딕식 성당의 존귀한 색유리 그림들을 보고 그 색유리 그림에 새겨진 사제를 상상하는 꼴이다……. 내 영혼은 그런 사제를 갈구하니 그런 사제가 있다면 그를 이해할 수도 있으리라……. 그러나 눈에 띄는 것은 그저 다소간의 매력을 빼고는 추한 머리 모양을 한 겉멋쟁이……, 드 보부아지 기사 정도의 사람뿐.

그러나 진정한 사제, 마시용이나 페늘롱 같은 사제가 있다면……. 마시용은 뒤브와를 축성했었지. 『생시몽의 회상록』이 페늘롱의 면모를 손상시킨 것은 사실이다. 그러나 요컨대 진정한 사제가 있다면……. 그렇다면 다정다감한 영혼들은 이 세상에서 결합할 수 있는 하나의 거점을 가질 수 있을 텐데……. 그러면 우리는 고립되지 않을 것이다……. 그 선량한 사제가 우리에게 신을 얘기해 주겠지. 그러나 어떤 신인가? 아니, 성경의 신은 아냐, 잔인하고 복수욕에 가득 찬 그 옹졸한 폭군은 아니지……. 차라리 볼테르의 신, 정의롭고 선량하고 무한한 신이겠지…….

그는 자기가 줄줄 외우는 성경의 기억이 모조리 떠올라 마음이 뒤숭숭해졌다……. 신과 성경과 사제, 삼자를 한꺼번에 생각한다면 우리 사제들이 행하는 가공할 악덕을 보고 어찌 신의 거룩한 이름을 믿을 수 있으랴?

고립된 삶! …… 얼마나 무서운 고통이냐!

…… 이러다간 내가 미쳐서 정신이 나갈 것만 같다. 쥘리앵은 손으로 제 이마를 두드리며 중얼거렸다. 나는 지금 이 감방 안에 고립되어 있다. 그러나 나는 이 지상에서 고립되어 살지는 않았다. 나는 강한 의무감을 지니고 있었지. 옳건 그르건 나 스스로 규정해 놓은 의무가 있었지……. 그것은 폭풍우가 몰아치는 동안 내가 의지할 수 있던 견고한 나무 둥치와도 같았어. 사실 나는 비틀거리기도 했고 흔들리기도 했다. 결국 나도 하나의 인간에 지나지 않았으니까……. 그러나 나는

폭풍우에 휩쓸려 가지는 않았다.

자꾸 고립을 생각하게 되는 것은 이 감방의 축축한 공기 때문일 거야……. 그런데 위선을 저주하면서도 아직도 위선자가 되어야 할 이유가 어디 있는가? 지금 나를 괴롭히는 것은 죽음이나 감방이나 축축한 공기가 아니라 드 레날 부인이 없는 것이다. 만약 베리에르에서 부인을 만나 보기 위해 그 댁 지하실에 몇 주일간 숨어 지내야 한다면 내가 이처럼 불평할 것인가?

그는 여기서 쓸쓸한 웃음을 띠고 소리를 높여 혼자 중얼거렸다.

아무래도 동시대인들의 영향이 우세하구나. 죽음을 눈앞에 두고 나 혼자 중얼거리면서도 나는 아직도 위선자 노릇을 하고 있으니……. 오 한심한 19세기여!

……사냥꾼이 숲 속에서 총을 쏜다, 희생물이 쓰러진다, 사냥꾼은 잡으려고 내닫는다. 그의 발길이 60센티미터 높이의 개미집에 부딪혀 개미집을 부수고 개미들과 그 알들을 멀리 흩뿌린다……. 제아무리 철학자 개미라도 그 사냥꾼의 장화인, 그 거대하고 무시무시한 검은 물체를 결코 이해할 수 없을 것이다. 그 알 수 없는 물체는 붉은 불길을 내뿜으며 무시무시한 소리에 뒤이어 도저히 믿을 수 없는 빠른 속도로 별안간 그들의 거처에 뚫고 들어온 것이다…….

……죽음이니 삶이니 영원이니 하는 것도 이와 마찬가지로, 그런 것들을 이해하기에 충분히 큰 기관을 가진 존재에게는 아주 간단한 일일 것이다…….

하루살이는 한 여름날 아침 9시에 태어나서 저녁 5시면 죽는다. 그 하루살이가 어찌 '밤'이란 말을 이해할 것인가?

그것에게 다섯 시간만 생명을 더 준다면 그것은 밤이 어떤 것인지를 보고 이해할 것이다.

이처럼 나도 스물세 살에 죽는 것이다. 드 레날 부인과 함께 살기 위해 오 년만 더 생명이 주어진다면…….

이렇게 중얼거리고 나서 그는 메피스토펠레스처럼 웃어젖히기 시작했다.

지금 이런 거창한 문제들을 놓고 떠벌리다니 나도 참 얼빠진 놈이다!

첫째, 나는 마치 누군가가 내 말을 듣기라도 하듯 위선적인 태도에서 못 벗어나고 있다.

둘째, 생명이 며칠 남지 않은 판에 마음껏 살고 사랑하는 것을 잊고 있다……. 아아! 드 레날 부인이 여기 없구나! 필경 남편은 부인이 다시 브장송에 오게 놔두지 않을 것이며 체면을 손상시키도록 방임하지 않을 것이다.

이것이 바로 나를 고독하게 만드는 원인인 것이다. 착하고 전능하며 어질고 복수를 탐하지 않는 정의의 신이 없기 때문이 아닌 것이다…….

아! 그런 신이 존재한다면 나는 그 발아래 꿇어 엎드려 간구하리라. 위대하신 신이여, 착하신 신이여, 너그러우신 신이여, 제게 사랑하는 여인을 되돌려 주소서! 하고.

밤이 이슥했다. 그가 한두 시간 평온한 잠을 자고 났을 때 푸케가 찾아왔다.

쥘리앵은 자기 마음속을 분명히 들여다보는 사람처럼 굳세고 확고한 기분이 들었다.

# 45장




그는 푸케를 보자 말했다.

"나는 그 가엾은 샤 베르나르 사제를 불러오는 심술궂은 짓은 하고 싶지 않네. 그 양반은 사흘은 식사를 못 하게 될지도 모르니까. 대신 피라르 사제의 친구로 음모가 통하지 않는 얀세니스트 한 분을 찾아내 주게."

푸케는 이런 얘기가 나오기를 초조하게 기다리던 참이었다. 쥘리앵은 이 지방 여론에 합당한 모든 조치를 깍듯이 이행했다. 고해 사제는 잘못 선택했지만, 쥘리앵은 드 프릴레르 사제 덕분으로 감옥 안에서 수도회의 보호를 받았다. 좀 더 재치 있게 행동했다면 도망쳐 나갈 수도 있었을 것이다. 그러나 지하 감옥의 나쁜 공기로 말미암아 그의 이성의 힘은 약해지고 있었다. 그러던 중 드 레날 부인이 돌아오게 되어 그는 그 이상 행복할 수가 없었다.

"제 첫째 의무는 당신에 대한 거예요. 저는 베리에르에서 도 망쳐 왔어요⋯⋯." 부인은 그를 포옹하며 이렇게 말했다.

쥘리앵은 부인에게만은 조금도 자존심에 구애받지 않고 자신의 모든 약점을 털어놓았다. 부인은 그에게 어질고 매력적이었다.

저녁때 감옥에서 나오자마자 부인은 희생물에게 달려들 듯 쥘리앵에게 눌어붙는 고해 사제를 자기 숙모 댁으로 불렀다. 그 사제는 브장송 상류 사회의 젊은 부인들에게 신망을 얻으려고 안달이 난 사람이었기 때문에, 드 레날 부인은 쉽사리 그를 브레이 르 오의 수도원으로 보내 구일기도를 올리게 할 수 있었다.

쥘리앵의 미친 듯한 사랑의 격정은 이루 표현할 방도가 없는 것이었다.

돈의 힘과 신앙이 독실하기로 이름 높은 부유한 숙모의 세력을 이용하고 남용함으로써 드 레날 부인은 하루에 두 번씩 쥘리앵을 만날 수 있는 허가를 얻어냈다.

그 소식을 듣자 마틸드는 미칠 듯한 질투심으로 끓어올랐다. 드 프릴레르 씨도 자기 힘으로는 하루에 한 번 이상 애인을 만나게 해 줄 수 있을 만큼 관습을 모두 무시할 수는 없다고 그녀에게 고백했던 것이다. 마틸드는 드 레날 부인의 일거일동을 탐지하기 위해 부인의 뒤를 밟게 시키기까지 했다. 드 프릴레르 씨는 쥘리앵이 마틸드의 사랑을 받을 만한 위인이 못 된다고 설득하느라 자기의 모든 능란한 지혜를 다 짜냈다.

그런 모든 괴로움에 사로잡힌 중에서도 마틸드는 그럴수록 더욱더 쥘리앵을 사랑하는 것이었으며 거의 매일같이 쥘리앵에게 화내며 대들었다.

쥘리앵은 자기 때문에 엉뚱하게 신세를 망친 그 가엾은 처녀에게 끝까지 온 힘을 다해 성실하게 대하려고 애썼다. 그러나 드 레날 부인에 대한 열광적인 사랑이 언제나 그를 압도하는 것이었다. 제대로 해명이 되지 않아 연적의 방문이 순결한 것임을 끝내 마틸드에게 설득할 수 없을 때면 그는 혼자 이렇게 생각했다. 이제 이 드라마의 종말도 머지않았다. 지금 내가 마음을 좀 더 잘 숨기지 못한다 해도, 그것이 모든 것을 변명해 줄 것이다.

드 라 몰 양은 드 크루아즈누아 후작이 죽었다는 소식을 알게 되었다. 거부(巨富)인 탈레르 씨가 마틸드의 행방불명에 대해 불쾌한 말을 했던 것이다. 그러자 드 크루아즈누아 씨는 그에게 찾아가 그 말을 취소하라고 요청했다. 드 탈레르 씨는 자기에게 온 익명의 편지들을 꺼내 보였다. 그 편지는 교묘하게 수집한 상세한 증거들로 가득 차 있어서 가련한 후작은 어렴풋이나마 진상을 알아차리지 않을 수 없었다.

드 탈레르 씨는 눈치 없는 희롱까지 던졌다. 분노와 고통에 속이 뒤집힌 드 크루아즈누아 씨가 아주 강경하게 사과를 요구하고 나서자 백만장자는 차라리 결투를 택했던 것이다. 결국 어리석음이 승리를 거두어 가장 사랑받을 가치가 있는 파리의 청년 하나가 스물네 살도 안 되어 죽음을 당했던 것이다.

이 죽음의 소식은 가뜩이나 약해진 쥘리앵의 마음에 이상한 병적 충격을 주었다. 그는 마틸드에게 이런 얘기를 했다.

"그 가련한 크루아즈누아는 정말로 분별 있는 신사로서 우리를 대해 줬어요. 당신 어머니 살롱에서 당신이 유난히 내게 친절히 대했을 때 그는 나를 몹시 미워했을 테고 웬만하면 내게 싸움이라도 걸어왔을 거예요. 경멸 뒤에 오는 증오란 극단적인 것이 보통이니까요."

드 크루아즈누아 씨의 죽음으로 마틸드의 장래에 대한 쥘리앵의 생각도 모두 뒤바뀌고 말았다. 그는 드 뤼즈 씨의 청혼을 받아들여야 한다고 마틸드를 설복하느라 여러 날을 소비했다. 그는 마틸드에게 이렇게 말했다.

"그는 그다지 위선적이지 않은 소심한 사람이니 아마 청혼자의 하나로 나설 것입니다. 그의 가문에는 공작 영지도 없고 하니, 가엾은 크루아즈누아보다는 좀 더 속이 깊고 지속적인 야심의 소유자인 그 사람은 쥘리앵 소렐의 미망인과 결혼하는 데 까다롭지 않을 것입니다."

"그 미망인은 이제 위대한 정열이란 것을 멸시하는 여자랍니다." 마틸드는 쌀쌀하게 대꾸했다. 여섯 달의 사랑 끝에 마틸드는 자기 애인이 다른 여자, 그것도 자기들의 모든 불행의 근원인 여자를 더 좋아하는 것을 보게 될 만큼 충분히 살아온 것이었다.

"당신 생각은 옳지 않아요. 드 레날 부인의 방문은 내 특사 청원을 맡은 파리의 변호사에게도 특이한 구실을 마련해 줄 거예요. 변호사는 피해자의 보살핌을 받는 가해자의 처지를 유리하게 지적할 수 있을 겁니다. 이것은 상당한 효과를 거둘 수 있을 테고, 어쩌면 후일 당신이 나를 무슨 멜로 드라마의 주제로 회상할 거리가 되기도 하겠죠……."

복수가 불가능한 미칠 듯한 질투심, 희망 없는 불행의 연속 (왜냐하면 쥘리앵이 석방된다고 가정하더라도, 어떻게 그의 마음을 되돌릴 수 있겠는가?), 그러면서도 그 불충실한 애인을 전보다도 더욱 사랑하는 수치심과 괴로움 때문에 드 라 몰 양은 우울한 침묵에 빠졌다. 드 프릴레르 씨의 열성적인 친절도 푸케의 거리낌 없는 솔직함과 마찬가지로 마틸드를 그 침묵에서 벗어나게 할 수는 없었다.

한편 쥘리앵은 마틸드의 출현으로 빼앗기는 시간을 제외하고는 거의 미래를 생각하지 않고 사랑에 빠져 지냈다. 사랑의 정열이 극도에 달해 가식이 그림자도 없이 사라져 버릴 때면, 그런 정열의 야릇한 효과로 인해 드 레날 부인도 쥘리앵과 함께 수심을 잊고 다정한 쾌활함을 나눌 수 있었다. 그는 부인에게 이런 얘기를 하는 것이었다.

"전에 우리가 베르지의 숲 속을 함께 거닐고 있었을 때 저는 몹시 행복할 수 있었는데, 격심한 야심에 끌려 제 마음은 공상의 나라를 헤맸지요. 이 아름다운 팔이 바로 제 입술 곁에 있었는데도, 저는 제 가슴에 이 팔을 꼭 껴안을 생각은 않고 미래에 마음을 빼앗기고 있었지요. 저는 거대한 행운을 쌓아 올리기 위해 지탱해야 할 수많은 마음의 갈등에 사로잡혀 있었어요……. 당신이 이 감옥에 찾아와 주지 않으셨다면 저는 행복이라는 걸 모르고 죽었을 겁니다."

두 가지 사건이 일어나 이 평온한 삶을 흔들어 놓았다. 쥘

리앵의 고해 사제는 철저한 얀세니스트이기는 했지만 예수회
원들의 음모에서 완전히 벗어나지 못하고 자신도 모르는 사이
에 그들의 도구가 되었다.

하루는 그가 찾아오더니, 자살이라는 무서운 죄에 빠지지
않도록 특사를 얻기 위해 가능한 모든 조치를 취해야 할 것
이라고 말했다. 그런데 성직 계급은 파리의 법무성에 많은 영
향력을 갖고 있는바, 한 가지 손쉬운 방법이 있다는 것이었다.
즉 보란 듯이 개종해야 한다는 얘기였다.

"보란 듯이!" 쥘리앵이 그의 말을 되풀이했다. "아! 이제 보
니 신부님도 선교사처럼 연극을 하시려는군요."

얀세니스트 사제가 엄숙하게 말을 계속했다.

"당신의 젊은 나이, 하느님께 받은 그 남의 이목을 끄는 용
모, 석연치 않은 범행 동기, 드 라 몰 양이 당신을 위해 펼치는
그 장한 행동, 당신의 피해자가 당신에게 보이는 놀라운 우정
에 이르기까지 모든 것이 당신을 브장송의 젊은 여인들에게
영웅으로 만들어 놓았소. 그 여인들은 당신 때문에 모든 것
을, 심지어 정치까지도 잊고 있는 판이오…….

그러니 당신의 개종은 그들의 가슴에 커다란 반향을 일으
키고 깊은 인상을 남길 것이오. 그러면 당신은 종교에도 매
우 유익한 공헌을 할 수 있는 셈이오. 이런 경우에 예수회원들
도 똑같은 행동을 취하리라는 하찮은 이유만으로 내가 주저
할 것 같소! 그들의 탐욕과는 아무 상관 없는 이런 특수한 경
우조차 그들의 피해를 입을 필요가 있겠소! 그래서는 안 되지
요……. 당신의 개종을 보고 많은 사람들이 눈물을 흘린다면

볼테르의 불경한 저작을 열 번 출판한 해독도 금방 무효가 될 것이오."

이 말에 쥘리앵은 냉정하게 대답했다.

"나 스스로 자신을 멸시한다면 내게 무엇이 남겠소? 나는 한때 야심에 차 있었지만 지금 와서 그것을 자책하고 싶지는 않아요. 그때는 시대의 조류에 따라 행동했을 뿐이지요. 지금은 아무 희망 없이 그날그날 살아가고 있습니다. 그러나 지금 내가 어떤 비겁한 짓을 한다면 이 지방 사람들이 보는 앞에서 스스로 비열한 인간이 되는 꼴일 것입니다……."

또 다른 사건은 드 레날 부인에게서 비롯된 것이어서 더욱 쥘리앵을 괴롭게 했다. 어떤 교활한 여자가 부인의 천진하고 수줍은 마음을 설복했는지 모르지만, 부인은 생클루로 달려가서 샤를 10세 앞에 무릎을 꿇고 쥘리앵의 사면을 애원하는 것이 자신의 의무라고 믿게 되었던 것이다.

쥘리앵과 헤어지는 고통을 이미 당한 적이 있던 부인은 그런 비장한 결심을 하자 다른 때 같으면 죽기보다도 싫었을, 남의 구경거리가 된다는 불쾌감도 이제 안중에 없었다.

"저는 국왕께 가서 당신이 제 애인이라고 떳떳이 고백하겠어요. 한 인간의 생명은, 더구나 쥘리앵 같은 분의 생명은 어떤 체면보다도 귀중한 거예요. 당신이 제 목숨을 해치려 한 것은 질투심 때문이라고 말하겠어요. 이런 경우에 배심원단이나 국왕의 동정으로 구출된 가엾은 젊은이들의 예는 많이 있어요……."

이 말을 듣고 쥘리앵은 큰 소리로 외쳤다.

"우리 둘을 사람들 구경거리로 만드는 행동을 절대 하지 않겠다고 맹세하지 않으면, 저는 당신을 만나지 않고 제 감방 문을 걸어 잠그게 하겠어요. 절망 때문에 저는 당장 내일로 죽어 버리고 말 거예요. 파리에 간다는 그 생각은 당신이 해낸 게 아니지요. 그런 생각을 일러 준 교활한 여자가 누군지 말해 보세요…….

이 짧은 삶의 얼마 안 되는 나날을 행복하게 지냅시다. 우리들의 존재를 숨기도록 해요. 제 죄는 너무나 뚜렷한 겁니다. 드 라 몰 양은 파리에 누구보다도 유력한 배경을 갖고 있으니, 인간적으로 가능한 일은 그녀가 다할 걸로 믿으세요. 이곳 시골의 부유한 유력층 인사들은 모두 저를 미워하고 있어요. 당신이 구명 운동까지 하고 나서면 그 부유층 인사들은 물론, 특히 온건한 사람들까지도 분격시킬 거예요. 그들에게는 남의 목숨쯤이야 아무것도 아니거든요……. 마슬롱이나 발르노 같은 부류, 그리고 그들보다는 좀 나은 수많은 사람들의 웃음거리가 되지 맙시다."

지하 감옥의 나쁜 공기가 차츰 쥘리앵에게 견딜 수 없게 되었다. 다행히 쥘리앵의 사형 집행이 통고된 날에는 찬란한 햇빛이 만물에 즐겁게 내리쬐고 있었고 쥘리앵도 굳건한 용기가 솟았다. 그에게는 대기 속을 걸어 나가는 것이 오랫동안 바다에 나가 있던 항해자가 육지를 산책하는 것처럼 상쾌한 느낌이었다. 자, 만사가 잘되어 나간다, 나도 조금도 용기를 잃지 않았고. 그는 속으로 이렇게 중얼거렸다.

잘려 나가려는 그 순간만큼 그 머리가 그렇게 시적인 적은 일찍이 없었다. 한때 베르지의 숲 속에서 지냈던 가장 감미로운 순간들이 한꺼번에 그의 머릿속에 강렬하게 되살아나는 것이었다.

모든 것이 단순하고 자연스럽게 끝났으며 쥘리앵은 아무런 가식 없이 최후를 마쳤다.

그 이틀 전 그는 푸케에게 이런 말을 했다.

"흥분할지 어떨지 나도 장담할 수가 없네. 이 추하고 눅눅한 지하 감방 생활에 신열이 올라 이따금 정신을 차릴 수 없을 때가 있거든. 그러나 공포는 아냐. 마지막 순간에도 나는 하얗게 공포에 질린 얼굴을 보이지는 않을 걸세."

마지막 날 아침에는 마틸드와 드 레날 부인을 다른 곳으로 데려가라고 그는 푸케에게 미리 부탁해 두었다.

"두 여자를 같은 마차에 태워 데려가게. 역마차의 말이 내내 속보로 달리도록 해 주게. 두 여자는 서로 부둥켜안거나 아니면 서로 지독한 증오를 보이거나 하겠지. 그 어느 경우에나 가없은 여자들은 무시무시한 고통을 약간은 잊을 수 있을 거야."

쥘리앵은 또 마틸드가 낳을 아이를 돌보기 위해서라도 살아남을 것을 드 레날 부인에게 다짐하게 했다.

하루는 그가 푸케에게 이런 말을 했다.

"누가 알겠나? 어쩌면 우리가 죽은 후에도 감각이 남아 있을지도 모르지. 나는 베리에르를 굽어보는 높은 산의 그 작은 동굴에서 쉬고 싶네. 쉰다는 말이 지금 심경에 어울리는 말이야. 자네에게도 몇 차례 얘기했지만, 밤에 그 동굴 속에 들어가 프랑스에서도 가장 풍요로운 지방의 경치를 멀리 내려다보고 있노라면 야망이 내 가슴을 불태웠지. 그때는 야망이 내 정열이었으니까……. 요컨대 그 동굴은 내게 아주 소중한 곳이야. 그리고 그 동굴의 위치는 철인(哲人)의 마음이라도 끌 만큼 훌륭하다는 걸 아무도 부인할 수 없을 걸세……. 그런데 브장송의 수도회 사람들은 돈이라면 무슨 짓이든지 하는 사람들이니까 자네가 잘만 하면 그들은 내 시신을 자네에게 팔기라도 할 거야……."

푸케는 그 슬픈 거래에 성공했다. 그는 친구의 시신을 옆에 놓고 자기 방에서 혼자 밤을 새우고 있었다. 그때 놀랍게도 마틸드가 들어서는 것이었다. 불과 몇 시간 전에 그는 브장송에서 40킬로미터나 떨어진 곳에 마틸드를 남겨 두고 온 길이었다. 마틸드의 눈초리가 이리저리 헤매고 있었다.

"그를 보고 싶어요." 그녀가 이렇게 말했다.

푸케는 말할 용기도 일어설 기력도 없었다. 그는 손가락으로 마루 위에 놓인 커다란 푸른 망토를 가리켜 보였다. 그 속에 쥘리앵의 시신이 싸여 있었다.

그녀는 털썩 무릎을 꿇었다. 보니파스 드 라 몰과 마르그리트 드 나바라의 기억이 아마 그녀에게 초인적인 용기를 불어넣어 주었을 것이다. 그녀는 떨리는 손으로 망토를 열었다. 푸케는 고개를 돌렸다.

서둘러 방 안을 왔다 갔다 하는 마틸드의 걸음 소리가 들렸다. 그녀는 촛불을 여러 개 켜놓았다. 푸케가 힘을 내어 그녀를 쳐다보니, 마틸드는 자기 앞의 작은 대리석 탁자 위에 쥘리앵의 머리를 올려놓고 그 이마에 키스하고 있었다…….

마틸드는 쥘리앵이 선택한 무덤까지 애인을 따라갔다. 수많은 사제들이 관을 호위해 갔다. 아무도 모르게 포장을 친 마차 안에 혼자 앉아서 마틸드는 자기가 그렇게도 사랑했던 남자의 머리를 두 무릎 위에 얼싸안고 따라갔다.

한밤중에 쥐라 산맥 가운데 가장 높은 봉우리 하나의 정상 근처에 다다르자, 수많은 촛불로 장엄하게 불을 밝힌 그 작은 동굴에서 많은 사제들이 장례식을 올렸다. 장례 행렬이 지나온 작은 산골 마을들의 주민 모두가 이 특이한 의식에 호기심이 끌려 행렬을 따라와 있었다.

마틸드는 기다란 상복을 입고 그들 가운데 나타나, 장례식이 끝나자 그들에게 5프랑짜리 금화를 수천 닢이나 뿌려 주었다.

마틸드는 푸케와 단둘이 남아 자기 손으로 애인의 머리를 묻어 주고자 했다. 푸케는 가슴이 터질 듯한 괴로움으로 미칠 것만 같았다.

마틸드의 정성으로 그 야생 동굴은 이탈리아에서 막대한 비용을 들여 조각한 대리석으로 장식되었다.

드 레날 부인은 쥘리앵과의 약속을 충실히 지켰다. 부인은 조금도 자신의 생명을 해치려 하지는 않았던 것이다. 그러나 쥘리앵이 떠난 지 사흘 후, 드 레날 부인은 자기 아이들을 포옹하면서 죽었다.

# 현대적 감성의 고전 명작, 스탕달의『적과 흑』

스탕달(Stendhal)은 발자크(Balzac), 플로베르(Flaubert), 졸라(Zola) 등과 더불어 19세기 프랑스의 가장 뛰어난 소설가의 한 사람일 뿐만 아니라, 찬연한 프랑스 문학사 전체에서도 우뚝 솟은 거봉의 하나라고 할 수 있다. 그는 발자크나 졸라처럼 방대한 소설 세계를 구축하지도 않았고, 플로베르처럼 미학적으로 정련된 소설 창작을 위해 평생을 문학의 순교자와 같은 삶을 산 작가도 아니었다. 소설가로서의 스탕달의 재능은 나이 사십 대 중반에 이르러서야 뒤늦게 꽃피어, 길지 않은 생애 동안 불과 몇 권의 소설 작품으로 결실을 보았을 뿐이다. 또한 이 불우했던 소설가는 자기 시대 사람들의 몰이해에 희생되어, 그의 작품들은 작가의 생존 시에는 물론 사후 상당한 기간 동안에도 특별한 주목을 받지 못한 채 묻혀 있었다. 그러나 자기 시대의 반응에는 미리부터 절망을 느끼고 오직 미래의 독자들에게만 희망을 걸었던 작가 자신의 예상대로, 스탕달의 작품들은 19세기 후반에 이르러 재발견되고 재조명되기 시작했으며, 20세기에 와서는 프랑스뿐만 아니라 전 세계적으로 뛰어난 가치를 인정받기에 이르렀다. 오늘날 그의 소설은 19세기 프랑스 문학이 산출한 탁월한 걸작일 뿐만 아니라 현대인의 감성에 가장 호소력 있는 친숙한 19세기 소설로 평가받고 있다.

한 인간의 일생으로서 스탕달의 생애는 그 자체가 특별히 흥미로운 것이라고 할 수는 없지만 작품을 대할 때 그것을 쓴 사람에게 관심이 기우는 것은 자연스러운 현상이므로, 우선 이 작가의 일생에 대해 일별해 볼 필요가 있겠다.

본명이 앙리 벨(Henri Beyle)인 이 작가는 1783년 1월 23일 프랑스 동남부의 도시 그르노블(Grenoble)에서 삼 남매 중 장남으로 태어났다. 그가 산 시대는 프랑스의 격변기로, 그는 여섯 살 때 세계사적 대사건인 프랑스 대혁명을 목격한 후 제1공화정, 나폴레옹 제정, 왕정복고, 칠월 왕조 등 차례로 등장한 여러 정치 체계를 경험한다. 그는 1799년까지 고향 그르노블에서 유년기와 소년기를 보냈다. 어머니를 일찍 여의고, 자신과는 성향이 매우 달랐던 변호사인 아버지 및 가족과의 불화 속에서 보낸 그의 어린 시절은 몹시 어둡고 우울한 것이었다. 『적과 흑(Le Rouge et le Noir)』, 『파르마의 수도원(La Chartreuse de Parme)』과 더불어 스탕달의 가장 중요한 저작의 하나로 평가받는 미완의 자서전적 에세이 『앙리 브륄라르의 생애(Vie de Henry Brulard)』에 이 시절의 이야기가 자세히 기록되어 있다. 만년에 쓴 이 에세이는 어린 시절 앙리 벨의 삶의 궤적을 기록한 중요한 전기적 자료인 동시에, 후에 대소설가가 될 인물의 독립적인 개성과 특이한 감성에 대한 흥미로운 증언을 이루고 있는 저작이다.

1799년 스탕달은 적대적인 집안 환경과 혐오하던 고향 그르노블을 떠나 파리로 간다. 표면적인 이유는 이공과 대학 입학시험 준비를 위한 것이었으나 내심으로는 낭만적인 사랑과 문학적 영광을 꿈꾸며 파리로 올라갔다. 그러나 이 문학 지망생의 소망은 많은 우여곡절과 긴 우회를 겪은 후에야 이루어지게 된다. 파리 생활에서 병들고 실의에 빠져버린 소년 앙리 벨은 국방성 고위 관리였던 친척 피에르 다뤼(Pierre Daru)의 주선과 후견으로 국방성 직원으로 들어갔다가, 용기병 소위로 임관받아 1800년 이탈리아에 갔다. 이탈리아의 발견은 스탕달의 생애에서 중요한 의미를 갖는 사건으로 그는 이때부터 이탈리아를 정신적 고향으로 사랑하게 되며, 또 후에는 오랜 기간 이탈리아에 거주하기도 한다.

문학에 대한 열정을 여전히 간직하고 있던 스탕달은 1802년 군대를 사직하고 파리로 돌아가 다시 독서와 습작 생활을 시작하지만 경제적 궁핍 때문에 이런 생활을 오래 지속할 수 없게 된다. 여배우 멜라니 길베르(Mélanie Guilbert)와 사랑에 빠져 얼마 동안 마르세유에 함께 체류하는 등 여러 가지 일을 겪은 후, 1806년 그는 다시 피에르 다뤼의 후견으로 관료의 길에 들어간다. 전쟁 감독관 임시 보좌역이란 직책에 임명받아 독일의 브룬스윅(Brunswick) 임지로 떠난 1806년부터 1814년까지 스탕달은 나폴레옹 제정의 관리로서 프랑스와 외국을 왕래하며 공무를 수행한다. 몇 차례의 승진으로 관료로서 꽤 탄탄한 전망을 바라보게 되지만, 1814년 나폴레옹의 몰락과 더불어 스탕달의 출세의 전망도 막을 내린다.

부르봉 왕조의 복고는 이 제정의 관리에게 긴 실의와 실직의 세월을 의미하는 것이었다. 1830년 칠월 혁명으로 왕정복고 체제가 붕괴할 때까지 스탕달은 일정한 직업이 없는 딜레탕트로 궁핍한 무위의 생활을 영위한다. 그러나 이 실직 상태는 관직 생활로 중단되었던 문학적 정열을 회복시켜, 작가 스탕달의 탄생을 위해서는 다행스러운 계기가 되었다고 할 수 있다. 왕정복고에 실망한 스탕달은 곧 자신의 정신적 조국인 이탈리아의 밀라노로 떠난다. 1821년까지 칠 년이나 계속된 밀라노 체류 기간 동안 그는 자신의 감정에 가장 큰 흔적을 남긴 이탈리아 여인 메틸드 뎀보우스키(Métilde Dembowski)에 대한 강렬한 사랑을 경험한다. 이 여인이 안겨준 실연의 슬픔과 정치적 이유 때문에 밀라노를 떠나면서 스탕달은 '밀라노인 앙리 벨, 살고 사랑하고 썼노라……'라는 유명한 자신의 묘비명을 작성했다.

이 밀라노 체류 시절부터 스탕달은 글을 써서 발표하기 시작했다. 1815년에 음악가들의 전기인 『하이든, 모차르트, 메타스타지오의 생애(Vies de Haydn, de Mozart et de Métastase)』를 출판한 이후 1817년에는 『이탈리아 회화사(Histoire de la

Peinture en Italie)』를 냈고, 1820년에는 『연애론(De l'Amour)』을 탈고했다. 이처럼 스탕달의 문필 생활은 소설에 앞서 에세이 종류의 글로부터 시작되었고, 그가 남긴 저작의 분량도 전체적으로 보면 소설보다 에세이류가 훨씬 많다. 소설로서 그의 첫 작품은 밀라노를 떠나 파리에 돌아와 있던 1827년에 쓴 『아르망스(Armance)』이고, 그의 대표적 소설 『적과 흑』은 그의 나이 47세 때인 1830년에 나온 것이다.

1830년 칠월 혁명으로 왕정복고 체제가 무너지고 칠월 왕조가 들어서면서 스탕달의 오랜 실직 생활도 끝나게 된다. 그가 새로 얻은 직책이라야 이탈리아의 조그만 항구 도시 치비타베키아(Civitavecchia) 주재 프랑스 영사라는 한직에 불과한 것이었지만, 그는 이 말단 외교관 직을 상당히 성실하게 수행한 것으로 알려져 있다. 영사 직을 수행하는 기간에도 스탕달은 정력적으로 글을 써서 여러 저작을 남겨놓았다. 1835년부터는 미완의 대작인 『뤼시앵 뢰벤(Lucien Leuwen)』과 자서전적 에세이 『앙리 브륄라르의 생애』를 집필했으며, 1839년에는 그의 양대 걸작 소설의 하나로 꼽히는 『파르마의 수도원』을 오십여 일 만에 구술로 완성했다. 스탕달은 이탈리아의 임지를 떠나 휴가차 돌아와 있던 파리에서 뇌졸중으로 1842년 3월 23일 세상을 떠났으며, 그의 유해는 파리의 몽마르트르 묘지에 안장되었다.

일생의 궤적을 거칠게 요약해 볼 때 인간 앙리 벨의 생애는 그 자체로 특별히 찬란하거나 비장한 것으로 보이지는 않는다. 통상적인 의미로 그의 일생은 그렇게 성공적인 것이었다고 할 수 없으며, 행복의 추구를 인생의 목표로 생각한 사람이었는데도 그의 삶은 유별나게 행복한 것도 아니었던 듯싶다. 이 특이한 감성의 소유자는 가족과 불화를 빚었고 자신이 산 시대 전체와도 대체로 갈등 상태에 놓여 있었다. 관료로서 성공의 전망은 나폴레옹의 몰락으로 중도에 끊겨 버렸고, 후세에 찬양의 대상이 된 그의 걸작들도 생전에는 그에게 전혀 영광을 가져다주지 못했다. "수많은 세월과 사건 후에도 나에게 기억되는 것은 사랑했던 여인의 미소뿐이다."라고 말년에 와서 술회하고 있는 이 지칠 줄 모르는 행복의 추구자에게 가장 중요했던 것은 여인과의 사랑이었지만, 그의 생애에 떠오르는 많은 여인 중 그 누구도 그에게 지속적이고 행복한 애정 생활을 가져다주지는 못했다. 하지만 작가의 생애가 그 자체로서 무슨 중요성을 갖겠는가. 다른 많은 작가와 마찬가지로 작가 스탕달의 삶은 그가 남긴 작품들과의 연관하에서만 의미를 지닐 것이다.

스탕달의 대표작에 관해서는 독자의 취향에 따라 논란의 여지가 있을 수 있겠지만, 아무래도 이 작가의 이름이 가장 자주 언급되는 것은 『적과 흑』과의 연관하에서일 것이다. 1830년 출판 당시에는 거의 무명에 가까웠던 작가의 작품으로 별다른 주목을 받지 못한 채 곧 잊혀져 버렸지만, 이제는 이 한 권의 소설이 여러 가지 의미에서 세계적으로 유명한 작품이 되었다. 각국어로 번역되어 세계 각지의 수많은 독자에게 읽히며, 영화화되어 그 제목과 아울러 표면적 줄거리가 대중에게도 널리 알려져 있다는 의미에서뿐만 아니라, 진지한 학문적 관심의 대상으로서 그 소설 세계에 대한 논의와 토론이 끊임없이 제기되고 있다는 의미에서도 『적과 흑』은 유명한 작품이 된 것이다. 프랑스 문학사를 집대성한 문학사가 랑송(Lanson)은 『적과 흑』 한 권의 소설을 구십여 편에 달하는 발자크의 방대한 『인간극(La Comédie Humaine)』 전체의 성과와 비교하여 다음과 같이 평가하고 있을 정도이다. "중죄 재판소의 한 평범한 사건을 가지고 스탕달은 역사적 심리와 역사 철학에 관한 깊은 연구를 이루어놓았다. 대혁명이 형성해 놓은 사회에서 행위의 은밀한 동기와 영혼의 내면적 성질에 대해 그는 500페이지의 분량으로 『인간극』 전체와 맞먹는 것을 우리에게 가르쳐 준다." 스탕달 애호가들의 열광에 비한다면 랑송의 이러한 평가는 오히려 온건하고 객관적인 편이라고 할 수 있을 것이다. 동시대인들에게 이해받지 못했고 한때 잊혀지기까지 했던 이 작품이 현대에 와서 이처럼 폭넓은 공감과 높은 평가를 받는 이유가 무엇인가? 이 본질적인 질문에 대해 생각해 보기 전에 먼저 작품의 집필 경위 등 외적 배경을 간단히 살펴볼 필요가 있겠다.

작품이 시작되기 전 일러두기(Avertissement)에 스탕달은 '다음 페이지들은 1827년에 쓰였다고 생각하는 것이 좋겠다.'라는 말을 써넣었지만, 이 연대는 편의적으로 기입된 것일 뿐 『적과 흑』의 실제 집필 연대는 1827년 이후이다. 이 소설에는 빅토르 위고(Victor Hugo)의 연극 작품인 『에르나니(Hernani)』

를 둘러싼 논쟁 등 1830년의 실제·사건들에 대한 언급도 있는
것이다. 연구자들의 조사에 의하면 스탕달이 '쥘리앵(Julien)'
이라는 제목으로 이 소설을 처음 구상한 것은 1829년 10월
25일에서 26일 사이의 밤 마르세유 여행 중에서였다. 그해
11월 말까지 계속된 마르세유 체류 기간 동안 스탕달은 이 소
설의 짧은 초안을 만들었던 것으로 보인다. 앙드레 지드(André
Gide)가 지적한 바 있지만 작가 스탕달의 특성의 하나는 글을
빨리 써내는 재주이다.『파르마의 수도원』만큼 놀라운 속도는
아니었지만 스탕달은『적과 흑』이란 대작을 완성하는 데에도
일 년 이상의 시간을 필요로 하지 않았다. 마르세유 여행에서
파리로 돌아와 1830년 초부터 본격적으로 작품을 집필한 것
으로 보이는데, 그해 4월에는 출판업자와 출판 계약을 했고
5월에는『적과 흑』이란 작품 제목이 정해지고 소설 첫 부분의
인쇄가 시작되었다. 교정 과정에서도 계속해서 수정과 보완이
이루어져서, 이 소설의 인쇄가 완료되어 시판에 들어간 것은
1830년 11월 15일경이었다.

오늘날『적과 흑』의 대본으로 채택하고 있는 것은 일반적
으로 이 초판본이다. 초판본 이외에 참고할 수 있는 것으로
는 두 가지 자료가 남아 있다. 하나는 수정판을 낼 생각으로
스탕달이 초판본 책에 틈틈이 수정과 첨삭을 가한 것으로 그
의 영사 임지였던 치비타베키아의 뷔시(Bucci) 도서관에 보관
되어 있다. 다른 한 자료는 스탕달의 친구이자 서류 상속자였
던 로맹 콜롱(Romain Colomb)이 스탕달 사후에 출판한『적

과 흑』 판본이다. 1846년 헷젤(Hetzel) 출판사와 1854년 미셸 레비(Michel Lévy) 출판사에서 각각 간행했던 로맹 콜롱에 의한 『적과 흑』은 초판본과 상당한 차이를 보인다. 스탕달의 『적과 흑』 원고가 유실되어 버렸기 때문에 어느 자료를 정본으로 작품의 텍스트를 만들어야 하느냐 하는 데는 이론이 있을 수 있다. 스탕달 연구의 기초를 확립한 앙리 마르티노(Henri Martineau)의 방법은 작가 최초의 생각과 영감을 존중하는 것으로, 명백한 오류와 오식을 수정하는 선에서 초판본을 대본으로 하고 다른 판본과의 차이는 책 뒤 노트에 밝히는 방식이다. 그러나 스탕달 자신의 수정본을 대본으로 하여 출판되는 『적과 흑』 판본도 나오고 있다. 여기에서는 가장 널리 통용되는 방식을 받아들여, 앙리 마르티노가 편찬한 플레야드(Pléiade) 총서에 수록된 『적과 흑』을 원본으로 하여 작품을 번역하였다.

스탕달의 소설 창작의 특징은 실재하는 사건이나 문서를 단서로 삼아 소설을 구상한다는 점일 것이다. 『파르네즈 가문의 영화의 기원(Origine de la grandeur de la famille Farnèse)』이라는 중세 이탈리아의 한 고문서가 『파르마의 수도원』의 단서가 되었다면, 『적과 흑』은 1820년대에 프랑스에 실재했던 형사 재판 사건에서 단서를 얻어 구상된 소설이다. 전통적 문학 연구는 작품의 기원이나 원천을 밝히는 데 역점을 두었던 만큼 『적과 흑』의 단서가 되었던 두 가지 사건에 대해서도 자세한 연구가 이루어져 있다.

베르테(Berthet) 사건은 개요만으로 볼 때는 『적과 흑』 줄거리와 상당한 유사성을 보여 주는 사건으로 1827년 12월 28일부터 31일에 걸쳐 《법정 신문(La Gazette des Tribunaux)》에 상세한 내용이 게재되었던 사건이다. 앙투완 베르테(Antoine Berthet)라는 청년이 교회에서 미슈(Michoud) 부인을 총으로 저격한 죄로 사형당한 이 사건은 『적과 흑』의 주인공 쥘리앵 소렐의 모험을 연상시키는 점이 많다. 쥘리앵과 마찬가지로 가난한 집안 출신인 베르테는 마을 사제의 도움으로 신학 공부를 하고 사제를 지망하는 청년이었다. 그는 미슈 집안에 가정 교사로 채용되어 부인의 호의와 신임을 얻게 되나 남편에 의해 해고당한다. 뒤이어 베르테는 코르동(Cordon)이라는 귀족 집안에 가정 교사로 들어가지만 그 집 딸과의 관계를 의심받아 그 집에서도 쫓겨난다. 코르동 집안에서 쫓겨나게 된 것은 미슈 부인의 편지 때문이라고 의심을 품은 베르테는 자신의 야심이 좌절된 것에 복수하기 위해 미슈 부인의 살해를 기도하였다. 미슈 부인은 총격으로부터 목숨을 건졌지만, 베르테는 사형 선고를 받고 1828년 2월에 기요틴으로 처형되었다. 당시에 많은 센세이션을 불러일으켰던 베르테 사건은 적어도 『적과 흑』의 줄거리 구상에 많은 암시를 제공한 것으로 평가되고 있다.

　베르테 사건과 더불어 『적과 흑』 창조에 단서가 된 또 다른 사건은 라파르그(Lafargue) 사건이다. 1829년 3월 피레네(Pyrénées) 지방에서 있었던 형사 재판 사건으로, 이 사건 역시 《법정 신문》에 상세한 보고가 수록되어 있다. 스탕달 연구가인 클로드 리프랑디(Claude Liprandi)는 이 사건 연구에 책한 권을 바치고 있지만 사건의 전말은 단순한 것이었다. 가구 세공인이었던 가난한 청년 라파르그가 변심한 애인 테레즈 카스타데르(Thérèse Castadère)를 질투심 때문에 살해하여 목을 자른 사건이었다. 사형당했던 베르테와 달리 라파르그는 이 살인죄로 5년 형을 선고받았다. 스탕달은 이 사건에 깊은 인상을 받았던 모양으로, 1829년에 출판된 그의 『로마 산책(Promenades dans Rome)』에서 라파르그 사건에 관해 여러 차례 언급하고 있다. 어떻게 보면 평범하고 진부한 이 사건에서 스탕달이 주목한 것은 라파르그라는 가난한 청년에게 드러나는 정열적인 모습이었다. 인습에 얽매인 상류 계급이 활력을 상실한 반면, 진정한 필요성과 싸우는 하류 계급만이 정열적 에너지를 간직하고 있다고 생각한 스탕달은 라파르그 사건을 사회 계급의 문제와 연결시켜 "어쩌면 차후로 위대한 인물들은 모두 라파르그가 속한 계급으로부터 출현할 것이다."라고까지 말했다. 이러한 스탕달의 견해로 미루어 보아 라파르그 사건이 하층민 출신의 정열적인 주인공 쥘리앵 소렐의 창조에 많은 시사를 주었으리라는 것은 쉽게 짐작할 수 있다.

현실 사건에서 출발하여 작품을 구상하는 방식 때문에 스탕달의 소설적 상상력의 빈곤을 지적하는 비평가도 있다. 그러나 그것은 이 소설가의 창작상의 한 가지 특징일 뿐이지 그의 상상력의 결함을 의미하지는 않을 것이다. 『적과 흑』이라는 소설이 전체적으로 스탕달의 상상력의 소산임은 말할 나위가 없다. 베르테 사건과 라파르그 사건은 『적과 흑』의 구상에 하나의 모티브를 제공했고 이 풍요로운 소설에 어렴풋한 밑그림을 제시했을 뿐이다. 소설의 전개는 이 범죄 사건들의 추이를 그대로 따르는 것이 아니며, 쥘리앵 소렐이란 복잡한 심리를 가진 매력적인 주인공은 결코 베르테나 라파르그 같은 범용한 범죄자들의 복사판일 수 없다. 현실의 평범한 사건들을 스탕달의 천재적 재능이 어떻게 요리하고 변용하여 탁월한 문학 작품에 이르게 했는가는 이 소설의 독서가 자명하게 밝혀줄 것이다.

『적과 흑』을 대할 때 일반 독자들의 첫째 의문은 상징성을 띤 것으로 보이는 소설의 제목이 무엇을 의미하느냐 하는 것이다. 작품 제목에 관하여 작가 자신은 아무런 언급이 없기 때문에 1세기 이상의 세월에 걸쳐 많은 평자들이 갖가지 해석을 내놓은 바 있다. 여러 해석이 각각 하나의 주장일 뿐이지 확증을 가진 정설일 수는 없으므로, 이 문제에 관해서는 몇 가지 해석을 소개할 필요가 있겠다.

스탕달의 가까운 친구였던 로맹 콜롱에 의하면『적과 흑』이란 제목은 갑작스럽게 우연히 떠오른 영감에 기인한 것으로 색깔 명칭을 자주 사용한 당시의 유행을 따른 것이라고 한다. 이 증언을 따른다면 작품 제목에 특별한 상징성을 부여하기는 어려울 것이다. 아스티에(Hastier)는 흑색은 왕정복고기에 극성스러운 활동을 보였던 수도회(congrégation)의 색깔인 반면 적색은 쥘리앵에게 선고를 내린 법관들의 복장을 뜻한다고 해석하고 있다. 그러나 작품에서 법관들의 복장 색깔이 언급된 부분은 없다. 자쿠베(Jacoubet)는 『적과 흑』 1부 5장에 나오는 베리에르 교회의 에피소드에 주목한다. 레날 씨 집에 처음 들어가기 전 교회에 들른 쥘리앵 소렐이 어두컴컴한 교회 안에서 바닥에 뿌려진 성수에 비친 진홍빛 커튼의 그림자를 보는 순간 핏자국을 본 듯 전율하는 장면이 나오는데, 주인공의 앞날을 암시하는 듯한 이 장면과 작품의 제목이 연결된다는 것이 자쿠베의 해석이다. 중요한 스탕달 연구가 중 한 사람인 클로드 리프랑디 역시 이와 유사한 해석을 하고 있다. 앙리 마르티노는 『적과 흑』의 가르니에(Garnier) 판 서문에서 적색은 주인공 쥘리앵의 공화주의를 뜻하며 흑색은 성직 계급을 가리킨다는 해석을 내놓고 있다. 쥘리앵이 자유주의적 성향을 지닌 반항아라는 점에서 이 해석에 일면의 타당성을 인정할 수 있겠지만, 그가 철저한 공화주의자라는 주장은 하기 어렵기 때문에 이 해석 역시 하나의 가설로 볼 수밖에 없겠다. 앙리 마르티노는 후에 그의 저서 『스탕달의 감정(Le Cœur de Stendhal)』에서 앞서의 자신의 해석에 좀 더 뉘앙스를 부여해, 적색을 군인의 복장과 주인공의 급진주의에, 그리고 흑색을 사제의 수단과 수도회의 음모에 이중으로 연결하는 해석을 내놓고 있다. 마르티노와 더불어 스탕달 연구의 권위자인 델리토(Del Litto) 교수는 단순히 적색을 군인 신분의 상징으로, 흑색을 사제 신분의 상징으로 보고 있으며, 카스텍스(Castex) 교수도 이 해석에 동의하고 있다. 이외에도 『적과 흑』의 제목에 관한 설명으로 다양한 시도가 있지만, 오늘날 가장 널리 알려지고 또 가장 일반적으로 수용되는 해석은 적색은 군직을 상징하고 흑색은 성직을 상징한다는 해석이다.

대부분의 걸작 소설들이 그렇듯이 『적과 흑』은 단일한 관점에서 조명이 가능한 단순한 구조의 소설이 아니다. 관점에 따라서 이 작품은 정치 풍속 소설로 읽힐 수도 있고 연애 심리 소설일 수도 있고 주인공의 기이한 일생을 나룬 일종의 모험 소설일 수도 있으며 인간의 행복 문제를 다룬 소설로 읽힐 수도 있다. 물론 이 소설의 흥미와 매력과 가치는 이런 다양한 요소들을 하나의 소설 구조 속에 혼합, 융해하여 수미일관하게 짜 넣은 작가의 탁월한 기술에서 나올 것이다.

『적과 흑』은 지면의 가장 많은 부분을 주인공의 사랑 이야기에 할애하고 있으며 이 사랑 이야기가 작품의 주된 흥미를 이룬다. 베르테 사건의 전말을 연상시키는 작품의 외면적 줄거리, 즉 한 하류 계급 출신 남자와 상류 계급 출신 두 여자의 사랑이라는 줄거리 때문에 이 소설은 통속적으로 유명해지면서 평범한 연애 소설처럼 평가 절하되어 오독된 측면도 있다. 현대에 와서 뛰어난 리얼리즘 소설로 부각되기 전에 『적과 흑』은 먼저 예리하고 섬세한 연애 심리 분석으로 그 문학적 가치를 인정받은 작품이기도 하다. 비평가들은 17세기 라 파예트(La Fayette) 부인의 소설에서부터 이어져 내려오는 프랑스 분석 소설의 전통 속에서 우선적으로 『적과 흑』의 예술성에 주목했던 것이다.

이 작품에는 드 레날 부인과 마틸드 드 라 몰이라는 대조적인 두 여주인공이 등장하여 주인공 쥘리앙 소렐과 애정 관계를 맺는다. 작품에서 약 사 년간의 기간 동안 서술하는 쥘리앵의 생애 가운데, 그의 가장 큰 고뇌와 기쁨은 자신의 사랑 문제와 연관되어 있다고 할 수 있다. 그래서 정치적 관점에서 이 주인공의 미숙성을 지적하는 비평가는 쥘리앵 소렐이야말로 사회적 반항을 실천한다고 스스로 믿으면서 실상은 여인들과의 영문 모를 싸움에 대부분의 시간을 소비하는 인물이라고 말할 수 있게 되는 것이다. 스탕달은 그 어떤 심리학자 이상으로 명석하게 주인공들의 사랑의 심리를 분석해 보여주며, 그 심리 분석이 이 소설의 큰 재미 가운데 하나이다.

그러나 『적과 흑』의 사랑 이야기는 그 자체로서 충족되는 단순한 구조로 이루어져 있지 않다. 이 사랑 이야기는 작가 스탕달의 중심적 관심사였으며 또 작품 말미에 이르면 주인공 쥘리앵의 본질적 문제로 떠오르는 인간의 행복에 관한 개념과 불가분의 관계로 연결되어 있다. 그리고 무엇보다도 이 사랑의 우여곡절은 시대적 현실과 복잡하게 얽혀 든다. 이 작품의 다양성은 주로 사랑 이야기와 시대 현실이 교묘하게 뒤얽혀 있는 구조로부터 기인한다고 할 수 있다. 시대의 정치, 경제, 사회적 현실이 이 작품에서는 먼 배경으로만 등장하는 것이 아니라 직접적인 제재로 취급되며, 작중 인물들의 심리적 현상도 모두 시대적 상황과 연결되어 있다. 레날 부인의 다정하고 헌신적인 사랑의 진정한 가치를 쥘리앵이 왜 죽음을 앞둔 순간에서야 인식하게 되는가, 마틸드에 대한 그의 연애 심리는 왜 그처럼 애증의 감정이 뒤섞인 복잡한 양상을 띠는가 하는 문제는 프랑스 대혁명 이후의 사회 구조적 변화와 그로부터 연유하는 청년층의 사회 심리를 고려할 때만 해명할 수 있을 것이다. 찬란한 귀족 청년들의 구애를 물리치고 가난한 하층민을 사랑하게 되는 마틸드의 기이한 사랑의 심리도 몰락의 마지막 단계에 접어든 귀족 계급의 현상에 분노하고 반항하는 그녀의 영웅주의적 계급 의식을 참조할 때만 명백히 밝힐 수 있다. 물론 시대적 현실이 하나의 예술 작품인 이 소설의 의미를 전적으로 규명할 수 있는 요소는 아니지만, 시대적 현실을 도외시하고는 이 소설의 어떠한 측면도 완전하게 해명할 수는 없을 것이다.

'1830년의 연대기'라는 작품의 부제가 의미하는 바와 같이 그리고 오늘날의 많은 스탕달 연구자들이 강조하고 있는 바와 같이, 『적과 흑』은 프랑스 왕정복고기의 정치적 연대기이다.

스탕달은 이 작품에서 불안정의 증상을 드러내는, 왕정복고라는 반동 체제 말기의 여러 양상을 포착하여 그 의미를 밝히고 또 신랄하게 비판한다. 스탕달이 시대의 정치 현실을 문제 삼는 방식은 대단히 직접적이다. 스탕달은 작품 속에 정치 얘기가 직접적으로 나오는 데 대해 대단히 거북한 느낌을 가지고 있어서 『적과 흑』을 비롯하여 여러 작품에서 그런 느낌을 토로하기도 하지만, 소설은 시대 현실을 반영하는 거울이 되어야 한다는 입장에서 왕정복고 말기의 정치 현실을 형상화한 것이다. 프랑스 리얼리즘 문학의 대표적 작가로 꼽히는 발자크가 정치 문제를 다루는 방식은 대체로 간접적이고 우회적이다. 『고리오 영감(Le Père Goriot)』이나 『잃어버린 환상(Illusions Perdues)』이나 『창녀의 영광과 비참(Splendeurs et Misères des Courtisanes)』 같은 발자크의 대표적 작품들에서는 정치적 현실이 먼 배경으로만 메아리를 갖거나 작중 인물들의 사생활과 연결되어 부분적이고 사소한 측면에서만 부각될 뿐이다. 플로베르의 작품에서는 정치 문제가 아예 뒤로 숨어 버리거나 자질구레한 삽화의 형식으로만 등장한다. 반면에 『적과 흑』에서는 정치 문제가 시종일관 작품의 전면에 떠오르며, 거의 모든 작중 인물들의 생존이 정치적으로 규정되는 것을 볼 수 있다.

작품을 열면서 독자는 베리에르라는 시골 소도시의 배경을 마주하게 된다. 높은 산과 골짜기를 흘러내리는 격류, 붉은 기와지붕을 얹은 하얀 집들이 늘어선 언덕 등 아름다운 산간 도시의 경관은 지극히 평화로운 목가를 연상시키는 바가 있다. 그러나 곧 뒤이어 작자는 이 작은 도시가 정치적 격정으로 뒤흔들리고 파당 간의 싸움과 증오심으로 균열되어 있으며 주민들은 모두 금전적 이해관계에 집착하여 역한 분위기임을 보여 준다. 급진 왕당파의 시장은 번영하는 자유주의자들을 의식하여 항상 마음이 편치 못하며, 시장과 더불어 베리에르의 유력 인사인 빈민 수용소장 발르노는 갖가지 저열한 음모를 획책하는 파렴치한이고, 또 자유주의자들은 그들대로 자유주의의 기치 아래 부의 독점적 지배나 꿈꾸는 탐욕스럽고 기회주의적인 부르주아들로 나타난다. 왕정복고 통치의 특징으로 왕권과 교회 세력의 결합으로 이룩된 소위 '교권 독재(dictature cléricale)'의 분위기는 이 시골의 구석구석까지 침투하여, 신비에 싸인 수도회가 도처에 상호 감시와 밀고의 풍토를 조성해 놓고 있다. 수도회에서 파견한 첩자는 판사에게 압력을 가해 자유주의자들에게 불리한 판결을 내리게 하고, 이런 현상을 목격한 어린 주인공은 교회의 절대적 세력을 확신하고 사제가 되기로 결심한다. 정직하고 덕성스러운 인물들은 변절을 강요당하거나 아니면 자리에서 추방당하는데, 이런 상황에서도 상류층 인사들은 혁명이 재발하면 목을 잘리게 되지나 않을까 항상 불안해하며 전전긍긍한다. 이러한 여러 양상들은 왕정복고 말기의 정치, 사회적 상황을 지방적 차원에서 조명하여 보여 주는 것이다.

주인공 쥘리앵 소렐이 시골에서 파리로 이동하면서 『적과 흑』 후반부의 무대는 지방에서 파리로 옮겨진다. 작자는 작품의 전반부에서 폭로했던 것과 동일한 정치의 메커니즘을 후반부에서도 보여주고 있지만, 이번에는 그것을 지방적 차원이 아니라 정치의 핵심부에서 해부한다. 급진 왕당파의 고위 인사들이 은밀히 모여 정치적 음모를 꾸미는 현장을 묘사할 때는 물론, 그 밖에 귀족들의 일상생활을 묘사하는 대부분의 장면에서도 스탕달의 시각은 근본적으로 정치적이다. 스탕달은 귀족적 취미를 지녔던 작가이고 귀족들의 세련되고 우아한 생활양식과 매너에 심정적으로 친화감을 느꼈던 사람이지만, 귀족 사회를 묘사할 때는 그 사회의 화려한 외관에 미혹되지 않고 이제 하나의 희망 없는 사회 계급으로 전락한 귀족 계급의 역사적 현실을 냉정하게 분석하여 제시한다.

쥘리앵이 기거하게 되는 라 몰 후작의 저택을 '권태의 사원'

이라고 지칭하면서 작가는 그곳의 답답한 분위기를 묘사한다. 왕정복고기의 정치 담당 세력인 대귀족 계급의 살롱은 금기 사항이 많아서 종교, 정치, 문학 등 적극적이고 활발한 정신에게 흥미로운 모든 주제에 대한 자유로운 토론이 금지되어 있다. 그리하여 이 살롱에서는 기껏 날씨 얘기, 로시니(Rossini)의 음악 얘기, 궁정의 일화 등이 화제가 될 뿐이다. 많은 금기 사항에서 비롯하는 살롱의 이 권태로운 분위기는 개인적인 우연에서 기인하는 것이 아니라 귀족 계급이 처한 역사적 현실과 체제의 자체 모순에서 연유한다. 아우어바흐(Auerbach)는 그의 저서 『미메시스(Mimesis)』에서 이 사실을 다음과 같이 지적한다. '역사적 사건들에 의해 처단받고 완전히 무효가 된 상황들을 부적절한 수단으로 복원하려고 시도함으로써, 부르봉 체제는 관료층과 그 구성원들을 충당하는 지배 계급 내에 인습과 속박의 분위기를 조성했다. 그 분위기에 대해서는 거기 휩쓸린 사람들의 총명함이나 선의도 무력할 수밖에 없는 것이다.' 대혁명과 공포 정치하에서 박해받던 두려운 기억이 라 몰 후작의 살롱을 무겁게 짓누르는 권태의 분위기를 만들어낸 것이다. 복고 왕정의 체제는 기성의 모든 것을 존중해야 하며 예절과 관습에 복종해야 한다는 정통성의 개념을 공적 사회와 지배 계급 내에 널리 유포시켰다. 공적 사회에서 생존할 수 있는 방식은 맹목적인 공경과 절대적인 순응뿐이다. 역사적 흐름을 거슬러 가 앙시앵 레짐(Ancien Régime)을 복원하려고 꾀하는 왕정복고 체제는 스스로 체제의 명분과 도덕적 입장의 취약성을 의식하고 있기 때문에 일체의 창의성과 솔직한 토론을 배척하는 것이다. 대귀족 사회는 솔직한 토론이 이루어질 경우에는 자기 계급의 거짓된 지적 기반과 역사적 모순이 노정될 것을 두려워하는 것인데, 이것은 바로 파멸하기 전부터 자신의 파멸을 확신하는 태도와 다름없다. 스탕달은 귀족 계급의 정신적 나약화 현상과 아울러 이런 살롱의 분위기를 통해서 귀족 계급이 더 이상 미래가 없는 몰락 계급임을 보여 주며, 1830년의 왕정복고 체제의 현실을 날카롭게 통찰한다.

이상에서 살펴본 바와 같이 자기 시대의 정치, 사회적 현실을 작품 속에서 직접적으로 문제 삼는 것은 스탕달 문학의 특징이며 또 장점이기도 하다. 『적과 흑』이 쓰인 것이 현실 도피 경향의 낭만주의 문학과 과거의 시대를 형상화하는 역사 소설의 전성기였다는 점을 감안하면 이 작품의 선구적 성격은 두드러지게 부각될 것이다. 『적과 흑』은 낭만주의의 전성기에 쓰인 선구적인 리얼리즘 문학의 성과라고 평가받을 만한 여러 가지 측면을 지닌 작품이다. 스탕달은 일찍부터 스스로 낭만주의자를 자처했던 작가였고, 본격적인 낭만주의의 선언서인 위고의 「크롬웰 서문(Préface de Cromwell)」이 나오기 사 년 전인 1823년에 이미 「라신과 셰익스피어(Racine et Shakespeare)」라는 글을 통해 고전파와 낭만파 사이의 싸움에서 낭만파를 적극적으로 옹호했던 작가였다. 그러니만큼 스탕달에게는 낭만적인 요소가 다양하게 발견되는 것이 사실이다. 그와 그의 주인공들에게서 드러나는 격렬한 열정, 강렬한 감동에의 취향, 정력 예찬과 영웅 숭배의 경향, 지나친 개인주의와 자아

중심주의의 성향, 방종과 무절제의 옹호, 모험적이고 공상적인 기질 등등 스탕달과 그의 작품에서 지적할 수 있는 낭만적인 요소는 많다. 그러나 그는 샤토브리앙(Chateaubriand)식의 장황하고 감상적인 낭만주의 문체를 극도로 혐오하여 나폴레옹 법전의 짧고 명쾌한 문장을 모델로 삼은 작가였고, 그의 심리 분석은 고전주의 문학을 연상시킬 만큼 분명하고 명석하며, 낭만주의자식으로 현실을 이상화하는 일이 결코 없다. 그는 낭만주의의 목가가 판치는 시대에 전원생활의 권태로운 실상을 아무런 환상 없이 그려 낸 작가였다.

소설은 거울처럼 세상을 비추는 것이라는 『적과 흑』 속에서의 스탕달의 주장 자체가 현실 도피적인 낭만주의 문학 한가운데서 이미 하나의 진전을 나타내는 것이 사실이다. 그러나 이 주장에서 소설은 객관적 현실을 그대로 복사해야 한다는 사실주의적 수법의 강조나, 소설은 현실을 있는 그대로 반영해야 한다는 단순한 반영론만을 본다면 그것은 스탕달의 문학관을 지극히 부분적으로 이해하여 왜곡한 것에 지나지 않을 것이다. 『적과 흑』 속에 제시된 사회 현실은 작자의 비전으로 선택한 현실이며, 작자의 역사, 사회관의 매개에 의해 설명하고 해석한 현실이다. 스탕달은 작품 속에 흔히 작자의 육성으로까지 개입하여 어떤 사태에 대해 설명을 하고 때로는 가치 판단을 내리는 일조차 주저하지 않는 작가이다. 모든 작품이 다 그렇겠지만 특히 『적과 흑』은 작자의 비전을 고려하지 않고서는 완전히 해명할 수 없는 작품으로 보인다.

이 작품이 왕정복고 말기의 정치적 상황을 대상으로 하여 그 체제가 흔들려 곧 결산의 날을 맞게 될 듯한 사정을 보여 준다면, 그것은 그러한 객관적인 역사적 사실 때문이기도 하지만 왕정복고의 반동적 질서를 혐오하여 그것의 파괴를 갈망하는 작자의 생각이 담겨 있기 때문이기도 하다. 발르노나 탕보 같은 속물적 반동주의자들을 취급할 때의 신랄한 어조, 마슬롱이나 프릴레르 같은 광적인 급진 왕당파의 음모꾼 사제들을 묘사할 때의 통렬한 매도(罵倒), 배타적인 기성 질서에 부딪혀 장렬하게 산화(散華)하는 주인공의 생과 사의 묘사가 모두 인생과 역사를 바라보는 작자의 일정한 태도의 소산이다. 요컨대 『적과 흑』이란 작품은 정치적 관점에서 볼 때 왕정복고란 반동적 질서에 대한 가차 없는 단죄이며, 보다 정의롭고 공정한 질서에 대한 소망의 표현이라고 볼 수 있다.

1814년 나폴레옹의 몰락과 더불어 망명해 있던 부르봉 왕조와 귀족 계급이 귀환하여 왕정복고가 이루어졌을 때 스탕달의 태도는 무조건적인 반대자의 입장은 아니었다. 나폴레옹 휘하의 관료였던 그에게 나폴레옹의 몰락은 곧 관료로서의 승진과 출세의 전망이 무산됨을 의미하는 것이었지만, 그는 개인적 원한에 의해 왕정복고를 무조건 배척하는 태도는 아니었다. 스탕달은 다만 왕과 귀족 계급이 현실에 적응할 것만을 요구했다.

복고된 새로운 체제에 현실에의 적응을 요구했다는 것은, 프랑스 대혁명 이후의 엄청난 사회적 변화를 직시하고 그러한 변화의 불가피성과 불가역성을 존중하여 통치할 것을 요구했음을 의미한다. 그런데 복고자들이 현실에 적응하는 대신 혁명으로 잃어버린 과거의 특권을 되찾는 데 집착함으로써 왕정복고는 곧 시대착오적인 반동적 성격을 드러냈다. 처음에는 체제에 협조할 생각까지 가졌던 스탕달이 프랑스를 버리고 이탈리아로 떠나 오랫동안 자발적 망명 생활을 영위한 것은 바로 왕정복고 체제에 대한 그의 혐오감 때문이었다. 『에고티즘의 회상록(Souvenirs d'Egotisme)』에서 스탕달은 '부르봉 왕가(그것이 당시 내게는 악취 풍기는 진흙과도 같았다.)에 대해 품었던 극도의 경멸감에, 뵈뇨 씨의 친절한 제안을 거절한 며칠 후 나는 파리를 떠났다.'라고 기록하고 있다.

스탕달의 정치적 입장은 대단히 다양하고 변화가 심하며 때로는 모순을 보이기조차 해서 그를 특정한 정치적 계열에 위치시키기가 몹시 힘든 것이 사실이다. 그러나 정치 문제에 있어서 딜레탕트의 회의주의적 외관을 보여 주는데도 그는 근본적으로는 18세기 계몽 사상가들의 충실한 제자로 남는다. 인간의 자유와 평등을 설교하고 프랑스 대혁명을 준비한 계몽 사상가들에 대한 그의 찬양에는 동요가 없으며, 그는 그들의 가르침에 따라 사회와 역사를 바라보는 사람인 것이다. 그래서 그는 일체의 회의주의적 태도에도 불구하고 근본적으로는 자유주의적이고 진보적인 정치적 입장을 유지한다. 그는 진보주의자의 입장에서 왕정복고를 비판적으로 바라보며, 계몽 사상가들의 가르침대로 역사가 진전될 것을 확신하는 사람으로서 반동적 질서의 필연적인 붕괴를 믿는다. 『적과 흑』의 사회 묘사는 이러한 작가의 역사관에 의해 밑받침되는 것이다.

스탕달은 『앙리 브륄라르의 생애』에서 '나는 더러운 것을 혐오하는데, 민중이란 내 눈에 항상 더러워 보인다.'라고 서슴없이 말한다. 또 '민중과 더불어 산다는 것은 내게는 순간순간마다 고통이 될 것이다.'라거나 '가게 방의 사람들과 더불어 살기보다는 매달 보름씩을 감옥에서 보내는 편이 좋을 것이라고 생각한다.'라는 식으로 반민중적인 자신의 귀족적 취향을 공언하기도 한다. 섬세한 감수성과 세련된 취미를 갖춘 사람들과 접촉하며 안락하고 우아한 환경에서 살고자 하는 욕망을 스탕달은 결코 포기할 수 없었던 것으로 보인다. '행복한 소수(happy few)'라는, 스탕달이 소중히 여기는 유명한 개념이 바로 그의 선민주의적(選民主義的)인 태도를 잘 반영하고 있다. 이러한 측면 때문에 스탕달은 철저하게 민중의 편에 서는 진정한 민중의 벗이 될 수는 없었다. 그렇지만 그는 일찍부터 민중에게 지속적인 관심을 기울인 작가였고, 적어도 이념적으로는 민중의 편에서 생각하려고 애쓴 최초의 작가 가운데 한 사람이다.

스탕달은 최대 다수 시민의 최대 행복이라는 엘베시우스(Helvétius)의 사회적 이상을 자신의 이상으로 받아들인 작가였다. 그는 '최대 다수의 사람들에게 유익한 것을 모두 고려하지 않고는 미덕이란 단어를 절대 말하지 마라.'라고 여동생 폴린에게 편지를 썼으며, 자기 자신은 '특수한 행복은 보편적인 행복에 연결되어 있다'고 믿는다고 일기에 기록하고 있다. 그는 민중의 더러움에 대한 심정적인 혐오감을 솔직히 시인하지만, 스스로의 말대로 '민중을 사랑하고 민중의 압제자들을 증오한' 작가였고, '민중의 행복을 위해서라면 무슨 일이든지 할 것'이라고 거침없이 얘기한 작가이기도 하다.

계몽 사상가들의 충실한 제자로서 스탕달은 주저 없이 특권에 반대하여 평등의 편에 선다. 그가 왕정복고 체제를 비판한 이유 중의 하나는 이 체제가 혁명에 의해 단죄된 특권을 옹호하고, 특권 의식에 의해 사회를 재조직하여 혁명 이전의 상태로 되돌리려고 획책한다는 데 있다. 스탕달은 특권의 적으로서 사회적 구분을 정당화하려는 어떠한 이론에도 동의하지 않는다. 그에게는 하층 계급의 사람이 상층 계급의 구성원보다 개인적 가치와 능력이 열등할 어떠한 선험적 이유도 없는 것이다. 스탕달의 인간관은 소속 계급에 따라 인간의 가치를 결정하려는 계급적 편견에 정면으로 맞선다. 스탕달 애호가의 한 사람이기도 한 알랭(Alain)은 그의 인간관을 다음과 같이 평가하고 있다. '스탕달에게서 발견되는, 다른 소설가들과는 전혀 닮지 않은 소설가적 천재성의 일부는 모든 인물들이 우선 그의 앞에서는 평등하다는 점에 있다.' 스탕달은 소설은 시대의 거울이라는 이론에 입각하여 『적과 흑』을 자기 시대의 연대기로 만들고 있는데, 이 연대기는 이상에서 언급한 작가의 역사관과 인간관에 비추어진 시대상이며, 작품의 주인공 쥘리앵 소렐은 세상과 인간에 대한 작가의 비전을 구현하는 인물이다.

쥘리앵 소렐이란 주인공은 명료하고 확고한 계급의식과 의식적인 계급 투쟁의 개념을 소설 속에 끌어들인 최초의 주인공으로 꼽힌다. 하지만 불평등한 사회 질서에 도전하다가 죽어 간 반항아로서만 이해하기에 이 인물은 너무도 복잡하고 다양한 성격의 주인공이다. 이 하층 계급 출신의 주인공은 대체로 작자의 공감과 경탄을 받지만, 때로는 귀족적 취미의 작가가 극도로 싫어한 어떤 천민적 속성을 나타내 보이기도 하는 인물이다. 무엇보다도 스탕달 자신이 「『적과 흑』에 관한 초안문(Projet d'Article sur Le Rouge et le Noir)」에 써놓은 다음과 같은 설명이 이 인물이 전적으로 미화되고 이상화된 인물이 아님을 보여 준다.

　　작자는 쥘리앵을 결코 하녀들을 위한 통속 소설의 주인공처럼 취급하지는 않습니다. 작자는 이 주인공의 결점과 그의 마음의 나쁜 움직임을 모두 보여줍니다. (……) 쥘리앵은 모욕당하고 고립되고 무지하고 호기심이 많으며, 오만으로 가득 찬 어린 농부입니다.

이상에서 작가 자신의 설명이 보여주는 바와 같이, 쥘리앵을 전적으로 무구(無垢)한 반항의 순교자로만 취급하는 것은 파렴치한 출세주의자로만 모는 것과 마찬가지로 편협한 비평의 태도일 것이다. 쥘리앵은 자신의 출신 계층 내에서나 그가 발붙이려고 애쓰는 상류 계층 내에서나 다 같이 스스로를 낯설게 느끼며, 또한 접촉하는 모든 환경 속에서 낯선 사람으로 대접받는 특이한 감수성의 소유자이다. 철저하게 뿌리 뽑힌 자이며 항상 '대양 가운데 버려진 조각배처럼 홀로' 있는 이 외로운 이방인은 상층 계급뿐만 아니라 시대 전체, 시대의 가치관 및 이상 전체와 대립되는 인물임에 틀림없다. 이 특이한 감수성의 소유자는 스탕달이 창안한 저 사회적 정화(精華)들의 미학적이고 형이상학적 서클인 '행복한 소수'란 그룹 말고는 어떠한 사회적 카테고리 속에도 집어넣기 어려운 인물이다. 이 예외적인 존재에 대해 '그의 존재 자체가 시대에, 선과 악에, 가치관에, 생의 의미에 제기된 의문'이라고 한 어떤 비평가의 견해는 수긍할 만하며, 그것이 쥘리앵 소렐의 가장 본질적인 의미일지도 모르겠다.

독자에 따라서는, 사회에 대한 일체의 미련을 버리고 높은 탑에 갇혀 오만한 고독 속에서 마음의 평정과 행복을 발견하는 죽음 직전의 쥘리앵에게서 가장 강렬한 인상과 감동을 받을 수도 있을 것이다. 스탕달은 쥘리앵의 마지막 모습을 통해 불행한 시대에서 인간의 행복이란 순전히 내적 자아로부터 끌어낼 수밖에 없다는 얘기를 하고 있는 셈이다. 그러나 쥘리앵의 본질을 그의 마지막 순간에서 본다 해도 그의 사회적 반항의 의미가 부인되는 것은 아니다. 쥘리앵은 사회적 야망에 눈이 어두워 레날 부인과의 사랑에서 행복을 느끼지 못하고 행복한 시간을 덧없이 흘려보냈다는 회한에 빠지기는 하지만, 끝까지 자신의 사회적 반항의 정당성을 의심하지는 않는다. 그는 자신이 대항해 싸웠던 사회의 불의에 의해 부당하게 처단받는다는 자각 속에서 죽어 가는 인물이다.

한 역사가는 왕정복고 시대를 연구한 책에서 당시의 사회상을 잘 밝혀 주는, 다음과 같은 부자간의 대화를 인용하고 있다. '가련한 마리안, 너는 미쳤구나 하고 아버지가 말했다. 우리 같은 노동자들의 자식이 공증인이 되는 것을 본 적이 있다더냐? / 왜 못 돼요? 하사였던 나폴레옹은 황제가 되었어요.' 이 소박한 대화는 대혁명과 나폴레옹 제정이 이룬 엄청난 사회적 변화와 그것이 젊은 세대의 사고방식에 미친 영향에 대해 시사하는 바가 많다. 법적, 정치적 질서로 엄격한 사회적 구분이 존재하던 대혁명 전의 앙시앵 레짐하에서는 자식이 아버지의 신분과 지위를 그대로 계승하는 것이 당연한 일로 간주되었다. 그런데 대혁명은 앙시앵 레짐의 계급 제도를 파괴하고 법 앞에서 만인이 평등하다는 근대 시민 사회의 원리를 확립했다. 그리고 혁명의 혼란기와 나폴레옹 치하의 계속된 전쟁의 와중에서, 많은 개인과 가족이 직업과 부와 지위의 사다리를 엄청나게 빠른 속도로 타고 올라 신속한 사회적 상승을 이룰 수 있었다. 나폴레옹 자신이 '미미하고 재산도 없던 일개 중위'의 신분에서 유럽의 제왕이 됨으로써 신속한 사회적 상승의 전형을 보여 준 인물인 것이다. 이러한 사정은 사회적 상승 의지를 모든 계층에 널리 유포했다. 이제 하층 계급에서 태어난 재능 있고 능력 있는 젊은이는 집안 환경에 안주하기를 거부하고 사회의 상층으로 뛰어오르기를 희망하는 분위기가 형성된 것이다. 쥘리앵 소렐은 대혁명과 나폴레옹 제정 이후 세대의 사회적 상향 의지를 가장 통렬하고 극적인 형태로 구현한 인물이다.

쥘리앵은 목수인 소렐 영감의 세 아들 중 막내로 태어난다. 격심한 육체노동을 요구하는 집안 환경과는 잘 어울리지 않는 섬세하고 연약한 체질을 타고나 항상 멸시받으며 자란 쥘리앵은 교육을 약간 받게 됨으로써 자신의 집안 환경과 더욱더 유리된다. 문맹인 부친과 형들은 쥘리앵의 책 읽는 습성을 전혀 좋게 보지 않으며, 그를 가족의 부담이 되는 비능률적인 노동력으로만 취급하여 박해한다. 나폴레옹 군대의 군의관이었다가 퇴역한 친척 노인이 이 천덕꾸러기 아이에게 심심파적으로 라틴어를 가르친 것이 쥘리앵이 받는 교육의 시발점이된다. 쥘리앵은 뒤이어 마을 사제 밑에서 성서와 신학 공부를하며, 비상한 기억력의 소유자인 그는 라틴어 신약 성서를 전부 암송하기에 이른다. 쥘리앵 최초의 스승인 늙은 퇴역 군의관은 열렬한 보나파르티스트로 나폴레옹에 대한 자신의 열광을 어린 제자에게 그대로 물려준다. 독자 앞에 처음 모습을 드러낼 때부터 쥘리앵은 이미 열렬한 나폴레옹 숭배자로, '출세하지 못할 바에는 차라리 골백번이고 죽는 편을 택하겠다는 불굴의 결심', 즉 요지부동의 사회적 상향 의지를 지닌 인물로 묘사된다. 불완전하고 편협한 교육의 결과로 쥘리앵은 나폴레옹의 신화를 더욱 광신적으로 수용하여, 나폴레옹 시대야말로 개인적 능력과 가치에 대한 보상에는 끝이 없었다는 식으로 생각한다.

『적과 흑』은 나폴레옹의 예에서 고무받아 불굴의 사회적 상향 의지를 획득한 젊은이가 사회와 부딪히는 얘기를 기록하고 있다. 쥘리앵이 부딪히는 사회는 더 이상 혁명이나 전쟁의 와중이 아니다. 왕정복고 체제는 다시는 이전과 같은 큰 폭의 사회적 유동성이 허용되지 못하게 하는 것을 목적으로 운용

되는 반동적 체제인 것이다. 쥘리앵은 자기가 사는 사회는 아무리 비상한 개인적 능력을 갖추었다 해도 목수의 아들에게는 기회가 주어지지 않는 사회임을 발견한다. 그는 자신의 비천한 출생 신분 때문에 도처에서 경멸과 조소의 대상이 되는 것을 뼈아프게 의식해야 한다. "아아! 이십 년 전이었다면 나도 그들처럼 군복을 입었을 텐데! 그렇다면 나 같은 사람은 전쟁터에서 죽거나 서른여섯 살에 장군이 되었을 텐데." 나폴레옹 시대를 그리워하는 쥘리앵의 이러한 탄식은 재능과 능력에 더 이상 기회를 주지 않는 자기 시대에 대한 저주의 외침이기도 하다. 그는 레날이나 발르노 같은 범용한 인간들이 자리를 차지하고 자기와 같은 뛰어난 재능이 꽃피는 것을 막는 불평등한 사회 현실에 분노하여 도전하는 인물이다. 요컨대 그는 한 비평가의 지적처럼 '귀족의 반동뿐 아니라 이미 형성된 부유한 명사층이 1830년에 일으켜 세우는 장벽의 희생자들, 부르주아적 법칙에 도전하는 불행한 후보자들' 중의 하나인 것이다.

쥘리앵의 삶과 죽음은 개인적 우월성과 사회적 기득권 사이에 벌어지는 갈등과 모순의 드라마를 보여 준다. 그는 자신이 상층으로 뛰어올랐을 때 행할 수 있는 찬란한 역할을 확신하는 사람으로, 상류층 인사들과 동등한 무기를 들고 싸울 수 없음을 항상 애석해한다. 이 인물에 대한 상류 계급 인사들의 의심과 경계와 노여움은 능력에 대한 기득권의 두려움과 분노를 표시하는 것으로, 스탕달은 이 인물을 통해 역사 발전의 영원한 법칙인 특권과 능력 사이의 싸움을 보여 주고 있다. 대항해 올 위험이 있는 모든 요소를 말살하려 드는 경향은 모든 특권의 불변하는 속성이다. 기득권을 획득한 왕정복고하의 특권자들은 쥘리앵 소렐의 얼굴에서 혁명의 무서운 기억을 되살리며 자신들의 기득권에 도전하는 세력의 상징을 본다. 그리하여 그들은 이 두려운 존재를 처단하기로 암암리에 합의하는 셈이다. 이러한 논리가 적어도 부분적으로는 쥘리앵의 처형을 설명해 준다. 명석한 쥘리앵은 자신의 죽음이 내포하는 의미를 분명히 의식하기 때문에 '재판'이라고 명명된 작품의 제2부 41장에서 유명한 법정 연설을 행하는 것이다.

쥘리앵은 레날 부인을 저격한 죄로 체포되어 재판받는 것이므로 그것은 평범한 형사 재판의 성격을 띠는데, 그는 이 연설을 통해 형사 재판을 정치 재판으로 탈바꿈시킨다. 이처럼 자신의 재판에 정치적 성격을 부여하는 것은 표면적인 구실이거나 자신의 범죄를 호도하려는 의도가 아니다. 그는 레날 부인의 저격을 시인하고 더구나 그것이 사전에 계획한 것이었다고 과장해 말함으로써, 삶에 대한 환상을 일절 갖지 않으며 오로지 스스로 자청한 죽음을 기다릴 뿐이다. 이 법정 연설은 쥘리앵 자신의 삶과 죽음의 의미를 찬탄할 만큼 간결하게 요약하여 보여 준다. 우선 이 연설에서 쥘리앵은 분명한 계급 선언을 한다. 자신이 벗어나고자 그렇게 발버둥 쳤던 애초의 출신 계급 속에 자신을 위치시키면서, 이 계급을 상층 계급과 대비하여 하층민의 계급의식에 정치적인 열정을 부여한다. 다음으로 교육에 의해 출생 환경에서 뿌리 뽑힌 하층민이 사회의 상층으로 뛰어오르려 했던 반항과 도전의 과정으로 자신의 생애를 규정하고, 이러한 그의 생애가 배타적인 상류 계급의 반 감을 사서 죽음을 불러오는 것을 얘기하고 있다. 이것은 주관 적이고 즉흥적인 발상이 아니라 반항아로서의 쓰라린 삶의 모든 경험이 가르쳐 준 사회의 숨겨진 깊은 진실로, 작품 전 체의 줄거리에 의해 뒷받침되어 있다. 그리고 쥘리앵은 사회의 특권층이 자신을 속죄양으로 삼아 그의 죽음을 특권에 도전 하는 세력에 대한 경고의 의미로 사용하려 한다는 무서운 사 실을 지적한다. 기득권을 독점적으로 유지하려는 특권층은 쥘 리앵을 제물로 삼아 도전 세력을 응징하는 상징적 의식을 거 행하는 것이다.

마지막으로 쥘리앵의 연설은 같은 계급의 사람들에 의해 재판받지 못하는 판결이 공평할 수 없다는 이의를 제기한다. 사회 계급에 따라 사회와 역사와 인생을 바라보는 태도가 상 이하며 각 사회 계급은 이해관계를 달리하는 집단이라고 한 다면, 쥘리앵의 이러한 이의 제기는 모든 불평등한 사회의 재 판에 다 같이 적용될 수 있을 것이다. 위계화(位階化)된 사회 의 모순과 부당성을 낱낱이 폭로하는 쥘리앵 소렐은 좀 더 공 정하고 정의로운 사회 질서에 대한 염원을 불러일으키면서 무 대에서 사라져 가는 인물이다.


뛰어난 스탕달 연구가이며 프랑스 인민 전선 정부의 수반이 기도 했던 레옹 블룸(Léon Blum)은 현대인은 스탕달에게서 살 아 있는 '친구 또는 형제와도 같은 어떤 존재'를 느낀다고 얘 기하고 있다. 무엇이 스탕달을 이처럼 현대인이 공감할 수 있는 현대적인 작가로 만들었는가? 『적과 흑』에서 스탕달이 그리는 1830년의 프랑스 사회 현실은 이제 대체로 극복된 현실일 것이다. 왕정복고하의 구체적인 정치, 사회적 문제들이 이제 더 이상 현대인들의 관심사일 수는 없을 것이다. 그렇지만 오늘날 세계 각지의 독자들이 『적과 흑』에 보내는 경탄과 찬사의 눈길은 옛날의 찬란한 유물에 대해 던지는 것과 꼭 같은 시선만은 아니다.

쥘리앵 소렐의 비극은 현재에도 세계 도처에서 일어나는 비극일 수 있다. 이 비극적 주인공의 드라마는 그의 참수와 더불어 끝장난 것이 아니라 수많은 형태로 되풀이해 나타났으며 또 계속해서 나타날 드라마인 것이다. 그가 그토록 희망하고 기원했던 사회, 즉 사회적 구분이 인간 개개인의 가치와 능력에만 근거하는 그 정당하고 공정한 질서는 아직도 도래하기를 기다려야 할 형편인 만큼, 그가 그토록 통렬하게 비판한 사회적 메커니즘은 아직도 충분히 현실적인 의미를 갖는다. 『적과 흑』이 20세기에 와서 수많은 독자의 애독서가 된 것은 결코 우연이 아닐 것이다. 그것은 이 작품이 현대인의 고뇌와 아픔을 공유하며 현대인의 감수성에 호소할 수 있는 많은 요소를 지니고 있기 때문이다. 스탕달이 그린 구체적인 역사적 사실은 흘러간 시대의 것이지만, 그 구체적 사실을 통해 스탕달이 밝힌 역사와 사회와 삶의 원리는 아직도 유효하여 우리의 심금을 울린다. 스탕달은 자신의 시대 현실을 직시하고 그 시대의 가장 첨예한 문제에 천착함으로써 『적과 흑』이란 한 권의 소설을 오늘날까지도 조금도 의미가 퇴색되지 않는 보편적인 작품으로 만들기에 성공하고 있는 것이다.

『적과 흑』의 번역 대본은 Henri Martineau판 『Romans et Nouvelles』(tome I, Bibliothèque de la Pléiade, Gallimard, 1952년 간)에 수록된 대본에 의거했음을 밝혀 둔다.

이동렬

# 작가 연보

1783년    본명은 마리앙리 벨(Marie-Henri Beyle). 1월 23일 그
         르노블의 비외제줫트 거리(Rue des Vieux-Jésuites)에서
         태어났다.

1790년    11월 23일 모친이 사망했다.

1791년    외삼촌 로맹 가뇽(Romain Gagnon)과 함께 사부아
         (Savoie) 지방의 에셸(Echelles)에 체류했다.

1792년    12월 라얀느(Raillane) 신부가 앙리 벨의 가정 교사
         로 들어왔다. 스탕달이 '라얀느의 횡포(La Tyrannie
         Raillane)'라고 부르는 가정 교사와의 공부가 1794년 8월
         까지 계속되었다.

1793년    현의 반혁명 용의자 명단에 올라 있던 부친 셰뤼뱅 벨
         이 5월 15일 투옥당했다. 그는 두 차례 일시 석방되었

다가 재투옥된 후 1794년 7월 24일 완전히 석방되었다.

1796년    11월 21일 그르노블에서 중앙 학교(École Centrale)의 개교와 동시에 그곳에 입학했다.

1799년    수학 경시 대회에서 일등 상을 받는 등 좋은 성적으로 삼 년간의 공부를 마치고 파리로 떠났다.

파리에서 이공과 대학(École Polytechnique) 입학시험에 응시하려던 애초의 계획을 포기한 후, 여러 곳을 전전하다가 병들고 실의에 빠져 12월 말경 친척인 다뤼(Daru)가에 거주한다.

1800년    국방성 고위 관리였던 피에르 다뤼(Pierre Daru)의 주선으로, 국방성의 임시 직원으로 일했다.

10월 23일 제6용기병 연대의 소위로 임관했다.

1801년    2월 1일 미쇼(Michaud) 장군의 부관으로 임명받아 이탈리아 롬바르디아 지방에 체류했다. 연말경에 병가(病暇)를 얻어 그르노블로 떠났다.

1802년    그르노블에서 빅토린 무니에(Victorine Mounier)란 여자에게 반해 4월에는 파리에서 그녀를 다시 만났다.

6월 군대에서 사직했다. 문학에 뜻을 두고서, 이탈리아어 지식을 보완하고 영어 공부를 시작하며 극장에 열심히 드나들고 비극 작품의 습작을 하고, 「라 파르살(La Pharsale)」이란 서사시를 쓸 계획을 세웠다.

1803년    「두 사람(Les Deux Hommes)」이란 희극을 쓰려고 시도하는 동시에 사교 생활을 계속했다.

6월에는 금전적인 궁핍으로 그르노블에 돌아갔다.

| 1804년 | 그르노블에 싫증을 내고 다시 파리로 떠났다. 누이동 |
생 폴린과 빈번한 서신을 주고받았다.

새로운 희극 작품 『르텔리에(Letellier)』의 집필을 시작했다.

그의 사상에 지대한 영향을 끼친 데스튀 드 트라시(Destutt de Tracy)의 저작 『이데올로기(Idéologie)』를 발견했다.

| 1805년 | 견습 여배우 멜라니 길베르(Mélanie Guilbert)와 사랑에 빠져 함께 마르세유로 떠났다. 그녀와 함께 지내며 무역상에서 일했다. |

| 1806년 | 행정 감독관 및 참사원 의원으로 임명된 피에르 다뤼와 다시 관계를 맺고 10월 16일 독일로 떠났다. 전쟁 감독관 임시 보좌역으로 임명받아 독일 브룬스윅(Brunswick)에서 근무했다. |

| 1807년 | 빌헬민 드 그리스하임(Wilhelmine de Griesheim)과 연애를 시작했다. |

셰익스피어와 골도니(Carlo Goldoni)의 작품을 읽었다.

| 1808년 | 『브룬스윅 풍경(Tableau de Brunswick)』과 『스페인 계승전쟁사(Histoire de la Guerre de Succession d'Espagne)』 집필을 시도했다. |

| 1809년 | 피에르 다뤼 휘하에서 근무. 피에르 다뤼가 나폴레옹 제국의 백작으로 선임되었다. |

| 1810년 | 8월 1일 참사원 보좌관으로 임명되었다. |

8월 22일 황실 재산 감독관으로 임명되어 관료로서 출

세 전망을 갖게 되었다.

1811년    파리에서 사교 생활 영위. 여배우 앙젤린 브레이테르
         (Angéline Bereyter)와 관계를 맺었다.

         다뤼 백작이 장관으로 임명되었다. 스탕달은 다뤼 백작
         부인에게 사랑을 고백했다.

         8월 29일 이탈리아로 떠났다. 밀라노에서 십일 년 전에
         알던 여인 안젤라 피에트라그뤼아(Angela Pietragrua)와
         재회. 이탈리아의 여러 도시를 여행한 후 11월에 프랑
         스로 돌아왔다.

         『이탈리아 회화사(L'Histoire de la Peinture en Ita-
         lie)』의 집필을 시도하고 『미켈란젤로의 생애(Vie de
         Michelangelo)』의 초고를 썼다.

1812년    7월 23일 임무를 띠고 러시아로 떠났다.

         모스크바 전투를 보고 모스크바에서 한 달간 체류한
         후, 퇴각하는 나폴레옹 군대와 함께 러시아를 떠났다.

1813년    1월 31일 파리 귀환. 지사나 참사원 청원 위원으로 승
         진하지 못한 것에 몹시 실망했다.

         독일로 떠나 지방 행정 감독관의 직무를 수행하며 6월
         과 7월을 독일에서 체류했다.

1814년    나폴레옹 실각의 해. 그르노블에서 도피네(Dauphiné
         지방 방어를 준비하는 작업을 하다가 파리로 가서 연
         합군의 파리 입성을 목격했다.

         부르봉 왕조 복고 후 관직을 기대하다 실망하고, 이탈
         리아에 정주할 결심으로 7월 20일 밀라노로 떠났다.

향후 칠 년간 밀라노를 본거지로 생활했다. 안젤라 피에트라그뤼아와 새로운 사랑에 빠졌다.

1815년 루이알렉상드르세자르 봉베(Louis-Alexandre-César Bombet)란 필명으로 『하이든, 모차르트, 메타스타지오의 생애(Vies de Haydn, de Mozart et de Métastase)』를 파리에서 출판했다.

안젤라와 결별했다.

1816년 밀라노에서 딜레탕트 생활을 계속했다.

4월에는 그르노블에 머물며 바이런(George Byron)을 만났다.

1817년 『이탈리아 회화사』를 출간했다. 드 스탕달 씨(M. de Stendhal)란 필명을 처음 사용하여 『1817년의 로마, 나폴리, 플로렌스(Rome, Naples et Florence en 1817)』를 출간했다.

1818년 3월 메틸드 뎀보우스키(Métilde Dembowski)에 대한 열정적인 사랑이 싹텄다.

『나폴레옹의 생애(Vie de Napoléon)』를 집필했다.

1819년 6월 20일 부친이 사망했다.

1820년 『연애론(De l'Amour)』을 탈고했다.

1821년 이탈리아 정부로부터 과격파로 의심받아 밀라노를 떠나게 되었다. 메틸드와 이별하고 6월에 프랑스로 귀환했다.

1822년 여러 살롱에 출입하며 사교 생활을 영위했다.

8월 17일 『연애론』을 출간했다.

11월 1일 런던에서 발간되는 《신월간지(New Monthly Magazine)》와 협력을 시작했다.

1823년    『라신과 셰익스피어(Racine et Shakespeare)』를 출간했다. 11월 『로시니의 생애(Vie de Rossini)』를 출간했다.

1824년    이탈리아에서 귀국하여 파리에 거주했다.

클레망틴 퀴리알(Célmentine Curial) 백작 부인과 연애했다.

1825년    12월 『산업인들에 대한 새로운 음모(D'un nouveau complot contre les industriels)』를 출간했다.

1826년    퀴리알 백작 부인과 관계가 단절되었다.

『아르망스(Armance)』를 집필했다.

1827년    2월 『로마, 나폴리, 플로렌스』 제2판 출간.

8월 첫 소설 『아르망스』가 출간되었다.

1828년    군인 연금이 끝나고 영국 잡지들과의 협력도 끝나 극심한 경제적 궁핍을 겪었다

1829년    『로마 산책(Promenades dans Rome)』의 집필을 완료했다. 9월에 출간되었다.

알베르트 드 뤼방프레(Alberte de Rubempré)와의 연애 실패로 실의에 빠져 9월 남 프랑스 지방 여행길에 올랐다.

12월 13일 잡지 《파리 리뷰(Revue de Paris)》에 단편 「바니나 바니니(Vanina Vanini)」를 게재했다.

1830년    단편 「미나 드 방젤(Mina de Vanghel)」을 완성했다.

3월 지윌리아 리니에리(Giulia Rinieri)와 연애했다.

5월 '적과 흑'이란 제목이 확정되고 7월까지 집필에 몰두했다.

7월에 프랑스 칠월 혁명이 발발하고 뒤이어 칠월 왕조 성립. 새 정치 체제가 들어서자 9월 25일 트리에스테(Trieste) 주재 영사로 임명받아 11월 이탈리아의 임지로 떠났다.

11월 『적과 흑』이 두 권으로 출간되었다.

11월 26일에 트리에스테 영사로 부임하나, 당시 이탈리아를 지배하던 오스트리아 정부가 그의 영사 인가장을 거부했다.

1831년    파리의 결정을 기다리며 트리에스테에 거주했다. 다시 교황령인 치비타베키아(Civitavecchia) 주재 영사로 임명받아 4월 17일에 부임했다. 교황청은 그의 영사 임명에 동의했다.

1832년    치비타베키아에서 영사 직을 수행하면서 빈번히 로마를 왕래하고 이탈리아의 여러 도시를 여행했다.

『에고티즘의 회상록(Souvenirs d'Égotisme)』을 집필했다.

1834년    『뤼시앵 뢰벤(Lucien Leuwen)』을 구상했다.

1835년    1월 문인의 자격으로 레지옹 도뇌르 훈장을 받았다.

6~9월 『뤼시앵 뢰벤』 구술.(그러나 이 대작은 미완으로 남았다.)

11월 23일 자서전적 에세이 『앙리 브륄라르의 생애(Vie de Henry Brulard)』의 집필을 시작했다.

1836년    11월 『나폴레옹에 관한 회상록(Mémoires sur Napoleon)』 집필을 시작하나, 다음 해 이 저작을 포기했다.

1837년    단편 「비토리아 아코랑보니(Vittoria Accoramboni)」와 「첸치 가문(Les Cenci)」을 발표했다. 『여행자의 회상록 (Mémoires d'un Touriste)』을 집필했다.

1838년    단편 「팔리아노 공작 부인(La Duchesse de Palliano)」을 발표했다. 「카스트로의 수녀(L'Abbesse de Castro)」 집필을 시작했다. 11월 4일부터 12월 26일 사이의 단기간에 대작 『파르마의 수도원(La Chartreuse de Parme)』을 구술하여 완성했다.

1839년    「카스트로의 수녀」를 《두 세계지(Revue des Deux Mondes)》에 2회에 걸쳐 게재했다. 4월 6일 『파르마의 수도원』을 출판했다. 여러 편의 단편 초고를 쓰고 장편 『라미엘(Lamiel)』을 구상했다.

6월 24일 파리를 떠나 스위스와 이탈리아 여러 곳을 돌아다닌 후 8월 10일에 임지 치비타베키아에 도착했다. 『라미엘』을 집필했다.(이 작품은 미완성으로 남았다.)

1840년    『파르마의 수도원』을 수정하면서 계속 『라미엘』에 관심을 기울였다.

10월 15일 《파리 리뷰(Revue Parisienne)》에 실린 『파르마의 수도원』에 대한 오노레 드 발자크(Honoré de Balzac)의 찬양의 글을 읽었다.

1841년    3월 15일 뇌졸중 발작이 시작되었다.

1842년    파리에서 집필 작업 중 3월 22일 뇌브데카퓌신 (Neuve-des-Capucines)거리에서 뇌졸중 발작으로 쓰러졌다. 거처인 호텔로 옮겼으나 의식을 회복하지 못하고 3월 23일 사망했다. 아송프시옹(Assomption) 성당에서 가톨릭 장례 의식을 거친 후 3월 24일 몽마르트르(Montmartre) 묘지에 안장되었다.

세계문학전집 **96**

# 적과 흑 2

1판 1쇄 펴냄  2004년 1월 15일
1판 49쇄 펴냄  2023년 9월 13일

지은이  스탕달
옮긴이  이동렬
발행인  박근섭, 박상준
펴낸곳  (주)민음사

출판등록  1966. 5. 19. (제 16-490호)
서울특별시 강남구 도산대로1길 62(신사동) 강남출판문화센터 5층 (우편번호 06027)
대표전화 02-515-2000  팩시밀리 02-515-2007
www.minumsa.com

© 이동렬, 2004. Printed in Seoul, Korea

ISBN 978-89-374-6096-8 04800
ISBN 978-89-374-6000-5 (세트)

* 잘못 만들어진 책은 구입처에서 교환해 드립니다.

# 세계문학전집 목록

세계문학전집은 계속 간행됩니다.